Printed in the United States
20512LV00001B/56

Controversia
de Imperio
Legis
et Emblemata
de Origine Iuris

MM

A

Depósito Legal No. 10-1-1646-03, Bolivia
ISBN: 99905-0-430-X

De acuerdo con las disposiciones vigentes sobre propiedad intelectual, podrán citarse fragmentos de esta obra, siempre y cuando tales citas se hagan conforme a los usos honrados y en una medida justificada por el fin que se persiga, de tal manera que con ello no se efectúe una reproducción de la obra sin la autorización previa y por escrito de la Editorial Javeriana.

Referencias

del Granado, Juan Javier 1965-
Controversia de imperio legis et Emblemata de origine iuris /
Juan Javier del Granado
‹Estado de Derecho› ‹Análisis económico del Derecho›
‹Derecho Indiano› ‹Derecho Natural›

B

A la auténtica alma mater *del Cono Sur*

La Universidad Real y Pontificia de San Francisco Xavier de Chuquisaca,
una de las más antiguas de América,
fue creada en 1624
por bula papal de Gregorio XV y real decreto de Felipe IV.

Sucre, Bolivia

C

Juan Javier del Granado

Catedrático que fue de Teoría Económica.
Facultades de Derecho de la Universidad Iberoamericana
en La Paz y El Alto.

John M. Olin Fellow en el Análisis Económico del Derecho
y Lloyd M. Robbins Fellow en la Historia del Derecho.
Facultad de Derecho de la Universidad de California
en Berkeley.

Catedrático Auxiliar de Derecho Latinoamericano.
Escuela de Derecho de Chicago-Kent.

Quiero agradecer a la Aula Boalt la acogida que me ha dispensado. Aquí he pasado momentos realmente estimulantes y días felices. Atesoro la cordial amistad de sus profesores y siempre disfruto hablar en sus salones.

Me detengo, no sin antes señalar la gran influencia del celebérrimo jurista Hans Kelsen, quien desterrado de Alemania tuvo un brillante y entrañable paso por Berkeley.

Boliviæ, nationi conditæ supra iurisdictionem tribunalis iustitiæ.

Controversia de Imperio Legis

Exordios, introitos y la aprobación del censor .... H
 All novelty is but oblivion .... H

Prólogo 1
 Sta arrivando la rivoluzione! 1

Capítulo 1 5
 Der Rechtsstaats bevorsteht! 5

Capítulo 2 20
 Economic analysis of law-ius naturale secundarium 20

Capítulo 3 28
 El espíritu barroco y la elección racional 28

Capítulo 4 36
 Der Primat des Willens für die Basis aller Politik und Recht 36

Capítulo 5 48
 La probabilidad y el discurrir al caso 48

Capítulo 6 56
 El carácter estratégico de la riqueza 56

Capítulo 7 67
 Ius dominii 67

Capítulo 8 77
 L'applicazione dell'approccio economico alla sfera delle scelte politiche 77

Capítulo 9 85
 La expropiación 85

Capítulo 10 89
 El Derecho y el tiempo 89

F

Capítulo 11 110
  Droit administratif 110
Capítulo 12 113
  De indiarum iure 113
Epílogo 119
  La teoría de elección pública 119

Index

Emblemata de Origine Iuris

Plebis Vis 1

⟨𓂀⟩ 3

Appendix

Exordios, introitos y la aprobación del censor

All novelty is but oblivion

*A*nd yet, and yet... la novedad, sí la hay; se nos presenta con el delirante olvido de la memoria, *wird die Aufhebung des Relikts aus der Vergangenheit verlangt*. La tienda del anticuario se convierte por obra de esta premisa en un magnífico laberinto de realidades plurales y contrapuestas, en un recinto donde es difícil distinguir entre el ayer y el hoy. En este espacio del futuro-pasado, la tienda del anticuario, es donde puedo imaginar a Borges, o a su *alter ego* bibliófilo, Cartaphilus, recorriendo cuidadosamente con sus ávidos dedos de bibliotecario algunos viejos anales. El escritor argentino interprete, amante y seductor de lo antiguo descubre en esa tienda, ubicada en el porteño barrio de San Telmo, a un hombre procedente del país alegórico del Libertador, el cual busca entre los palisemptos, pergaminos y otras sombras de la memoria al hado de América Latina. El viejo se dirige al joven y le dice que él puede mostrarle cómo descubrir el arcano conocimiento que anhela. Ambos dialogan sobre la estética occidental y la cultura indiana, se maravillan ante el esplendor intelectual del Siglo de Oro y sienten devoción por la retórica escolástica. Es América y Europa, el Viejo y Nuevo Mundo, Barroco y modernidad, que se unen desde la lógica de las semejanzas discontinuas en un sincretismo cultural e intelectual perfecto: Averröes, Abenjaldun, Suárez y Vitoria, conviven con Vázquez de Menchaca y Solórzano, pero también con Posner, Landes y Cooter. En el cúlmen de esta conversación apócrifa, el más joven, del Granado, descifra el mensaje órfico-pitagórico de esta neo-caverna, y con extrema fe en el progreso de los pueblos de América, se convierte en un jurista apasionado que, tal como el mismo expresa, se atreve a yuxtaponer, el *ius naturale secundarium* de los siglos XVI y XVII con el *economic analysis of law* de los siglos XX y XXI, es decir, el pensamiento jurídico de las escuelas americanas de Chuquisaca y de Chicago; arriesga mucho y sin lugar a dudas las críticas llegarán por este flanco, pero la obra debe entenderse globalmente ya que dosifica la tradición propia con la contemporaneidad de las nuevas perspectivas.

Ante el fin de la modernidad que puso las bases de su existencia con los principios ilustrados de la autonomía de la Razón y el protagonismo del Estado, el inefable burócrata que trae en las alforjas los -ismos más maléficos del pasado, no depondrá su propósito de sociedad controlada, su intoxicación ideológica, ni su intolerancia a la disensión. Cualquier visión racionalista es, según del Granado, por definición dogmática, excluyente, sin espacio de interrelación pacífica con lo diverso, incapaz de admitir que puedan existir otras formas de vida, dignas de respeto. He ahí la prueba más decisiva, cuando un esforzado de la forma recibe un estilo de gran tradición humanista, y lejos de amenguarlo, lo devuelve acrecido frente al imperante racionalismo. Esta obra, magistral y delicadamente tratada, indaga en clave literaria en el ámbito del Derecho, con un portento de intensidad filológica.

La tienda del anticuario es la gran matriz que desencadena el estudio de Granado. La obra participa del recurso estructural del argumento-tesis marco organizado al modo de las «cajas chinas» que se desenvuelven de forma concéntrica. La piedra maestra que une este edificio teórico sostenido por los pilares del elenco de tradiciones, culturas, lenguas y gentes, es el gobierno de los tribunales; sirve al autor para reformular y remodelar el concepto clásico de imperio de la ley: afirmar como esencial la construcción a nivel regional de un Estado de Derecho sobre la base de la función jurisdiccional en donde deberán quedar atrás los excesos y las violaciones que han caracterizado la vida política de las naciones latinoamericanas. Del Granado responde a aquellas críticas que producen un inmerecido efecto deslegitimador de la función jurisdiccional a momento que se fragua el Estado de Derecho. De este modo el razonamiento jurídico analógico expresa una historia que ya se ha narrado que parece irreal porque se mezclan los sucesos que pertenecen a hombres en épocas distintas. De este «experimento intelectual» del Granado extrae todas las posibilidades fusionando la mentalidad matemática de la teoría de juegos con la profunda teología y poética de la Escolástica Barroca. El autor amplía la tesis de Landes y Posner acerca del rol de un Poder Judicial independiente e imparcial, como órgano encargado de aplicar, a través de renovado concepto de analogía, la voluntad promulgada por una mayoría de factura no sólo política sincrónica sino jurídica diacrónica. El contractualismo sufre una profunda revisión ya que se observa a través de la atalaya de la «necesidad apremiante de coste-beneficio» y no «a través de elevados principios».

La arquivolta de esta compleja construcción se cierra con un análisis profundo de las nerviaciones de este diálogo colectivo, es decir, la racionalidad humana ejercida únicamente por el sujeto individual, verdadero último eslabón de la cadena que conduce, mediante las analogías fácticas con los casos pasados y futuros, a la mayoría diacrónica. El manejo de las fuentes en este apartado es sumamente rico, y sorprende la comparación constante entre los postulados de la conciencia de un humanismo cristiano y los de la elección racional, contrapuestos ambos al imperante racionalismo europeo también monoteísta, que pretende la adoración de la diosa Razón con el mismo fervor con el que Moisés bajaba del Monte Sinaí; no en vano del Granado ha debido extraer el brillo a muchas viejas joyas.

La controversia concluye, como no podría ser de otra forma, con dos inquietantes emblemas opuestos poéticamente: la conjura del pueblo colgando al mandatario en un farol y la palabra litigiosa y plena de fuego simbolizada por el ave Fénix. Tras los emblemas surge la pregunta, ¿cuál es futuro del Derecho Público en América Latina? La obra de Granado tal vez tenga su mayor logro en desvelarnos una posible episteme alternativa, en la que mayorías sincrónicas y diacrónicas se mezclan y entrelazan dando significado al complicado galimatías de un nuevo orden regional para América Latina. La superación que se produce de la dicotomía entre el saber barroco y el saber moderno a través de su invitación a la ficción y al juego, nos desvela el mundo secreto de las conexiones, donde del Granado utiliza una nueva rejilla desmontando los parámetros culturales que cifran el discurso, superando el lenguaje y las medidas tradicionales.

Ha llegado la hora de partir, ya el manto de la noche empieza a cubrir al barrio de San Telmo y la conversación los ha dejado exhaustos, pero Borges desaparece un instante y reaparece con una bella edición de los *Prólogos, con un prólogo de prólogos*, la ofrece como presente a su compañero porque ahora ha comprendido plenamente que no sólo su idioma, su literatura, su arte, sino su Derecho, sus instituciones de gobierno y sus métodos administrativos, fueron una gigantesca revolución en el pensamiento del siglo XVI, que se caracterizó por el empeño de acabar con la tiranía que subyuga al hombre con su poder desde hace milenios.

—Josep Cañabate

Professor Associat.
Universitat Autònoma de Barcelona.
Department de Dret Públic i de Ciències Historicojurídiques.
Àrea d'Historia del Dret i de les Institucions.

Prólogo

Sta arrivando la rivoluzione!

Cual disco duro de pizarra, en un anticuario del barrio porteño de San Telmo, entre gramófonos viejos, muebles art-deco y retratos manoseados por la usanza, el hado que pesa sobre Iberoamérica[A] parece ser de: ¡78 revoluciones por minuto![B] Nuestra fragilidad por los riesgos inherentes a la convivencia y organización social no nos torna singulares o diferentes a otras regiones, ni por la inestabilidad vivida en el pasado los iberoamericanos, ni ningún otro pueblo, hemos nacido con la tragedia como destino: lo de ayer suena a disco rayado y obsoleto. Debemos recordar que en la entrevista apócrifa en que hablan juntos Johann Wolfgang von Goethe (1749-1832) y Napoléon Ier. (1769-1821),[C] este último expresa que ya no se pueden escribir tragedias, por cuanto al haber la política sustituido a la fatalidad, el destino ya no existe; sea porque su visión es la única propuesta eficaz al problema de la libertad del hombre, ora porque en ella late la cuestión del actuar y el desafío de determinar el destino colectivo. Reaccionando contra una visión heroica de la vida y un enfoque mesiánico del futuro, se replantea la política como arte de lo posible. La pregunta por lo políticamente posible desplaza el anterior énfasis en la necesidad histórica, a la vez que se opone a repetir un pasado que se mostró inviable. Aparte de sus intenciones críticas, la invocación del realismo es un llamado a la construcción colectiva del orden. El orden no es una realidad objetivamente dada; es una producción social y ésta no puede ser obra unilateral de un actor, sino tiene que ser emprendida colectivamente.

Ahora, hay quienes están convencidos que, en cada una de las manifestaciones de la vida colectiva, claro está que la política se convierte en la lucha de clases. Si entendemos verdaderamente la historia política

---

[A] Cabe señalar que los franceses acuñaron el término *latinoamericano* para justificar la invasión a México en los años 1860 y para enfrentar ese concepto al de *iberoamericano*.

[B] Con referencia a las interminables revoluciones que estallaron, confer Nicanor Arzaes (1849-1927), Las revoluciones de Bolivia (1918).

[C] Georg Wilhelm Friedrich Hegel (1770-1831), Vorlesungen über die Philosophie der Geschichte 215 (1837).

como la historia de la lucha de clases,^A atrevámonos a dilucidar el misterio: ¿qué revolución es de provecho para la sociedad? A fin de cuentas, la revolución social acabaría con la rosca, con aquel contubernio de claro carácter redistributivo que inhibe el crecimiento sostenido y elevado de la actividad económica. Debemos rechazar enfáticamente la absurda tesis del economista de la Universidad de Maryland Mancur Olson (1932-1998), quien en el colmo de las paradojas no aclara cómo conjugar el riesgo del desgarramiento social con el mantenimiento de la estabilidad económica.^B Esbocemos aquí esa rampante ilógica, pues no hay duda de que ninguna revolución social por sí misma es provechosa, al ser toda aquélla un proceso anárquico;^C mientras la anarquía impera, la población se afana en destrozos y ruedan cabezas sin asomo de remordimiento, tal como diría Hegel con aptitud teutónica: como si se partiera la flor de un repollo, «*als das Durchhauen eines Kohlhaupts*».^D Mientras una revolución social perdura, el pueblo se extravía y esa orgía de sangre sirve de monumento magro del proyecto colectivo; en la sociedad, la conciencia sobre la cultura del respeto a la ley se pierde, al tiempo que campea en el ánimo colectivo la idea que incita a matar y destruir; mas, desgraciadamente, el gobierno queda neutralizado y sobreviene un clima de total desorden y falta de respeto a la propiedad privada. Desde la perspectiva del deterioro de las relaciones sociales, el interés por la paz disminuye tanto en cuanto se detenga la participación de la población en la actividad económica, y como consecuencia, una revolución social llega a adquirir tal grado de violencia que ni siquiera sus propios líderes son capaces de controlarla, de parar el horror de la contienda sin freno que

---

^A Carlos Marx (1818-1883), Manifest der Kommunistischen Partei (1848); Die Klassenkämpfe in Frankreich 1848-1850 (1911); Der 18. Brumaire der Louis Bonaparte (1914). Lionel Charles Robbins (1898-1984), The Economic Basis of Class Conflict 17-22, 26-28 (1939).

^B Por más que dude uno de la lógica del proceso, no hay que soslayar una cuestión que está en el centro de la idea del progreso. The Rise and Decline of Nations: Economic Growth, Stagflation, and Social Rigidities 165 (1982). Pondría el argumento de Olson al revés: en una era de prosperidad aparece la coalición social que organiza el movimiento insurgente y se encarga de la redistribución de la riqueza. Así, el argumento de Olson se muerde la cola. Las revoluciones las encabezan «*small conspiratorial elites*», The Logic of Collective Action: Public Goods and the Theory of Groups 106 (1965), ó «крпкой организацией революционеров» según Vladimir Ilich Lenin (1870-1924), Цто Делать? 127 (1902).

^C Él concede, «*Obviously, anarchic violence cannot be rational for a society*», Dictatorship, Democracy and Development, 31 The American Political Science Review 567 (1993); y «*Obviously, anarchic violence is always irrational for a society*», Power and Prosperity 64 (2000).

^D Die Absolute Freyheit und der Schrecken, VI Phänomenologie des Geistes III (1807).

Controversia de imperio Iegis

cada día, con toda su carga de desolación y zozobra, cobra una nueva evidencia y crea otra desesperanza.[A] El saldo de la espiral de violencia es, para nuestro infortunio, la muerte, el miedo, el agobio; por muchos años no se disipará la sombra cerniéndose sobre el horizonte de la repercusión profundamente negativa del holocausto social.

Pero, al lado de este saldo de destrucción y dolor, la idea de una revolución social connota un sabor intenso de esperanza. El alma afirma su devoción hacia quien nos asombra; y, así, en Iberoamérica veneramos el símbolo del Che (1928-1967), quien cual Josué —guerrero tremendo y feroz— parece abofetear la conciencia de Occidente como el icono más visible de aquella etapa heroica de los años 1960; veamos su emblemática imagen: melena por el hombro, barba desarreglada, boina y en ella la estrella solitaria y la mirada proyectada hacia el futuro.[B] En los países en vías de desarrollo existe una vasta literatura que informa a la población oprimida sobre cómo provocar la subversión,[C] y gran parte de estos grupos humanos son víctima de fuertes desigualdades en ingresos, educación, salud y acceso a una vivienda digna; por lo tanto, todos ellos anhelan una revolución como el cambio que mejorará el nivel de calidad de vida; no obstante, si estos grupos deciden llevar a cabo la revolución, van a carecer de una literatura que precise cómo consumar racionalmente la realización del ideal que propenden y, en consecuencia, se meterán en una «*kettle of magicians*».[D]

[A] Nos sirve de ejemplo que el Presidente Gonzalo del Partido Comunista del Perú «Sendero Luminoso», en 1983, no pudo templar la violencia intracomunal que se encendió en Ayacucho, Perú. Y Louis Antoine Léon de Saint-Just (1767-1794) constata hasta qué punto el ejercicio del Terror en los meses pavorosos que van al 27 de julio de 1794 —9 de thermidor del año II, según el nuevo calendario— había insensibilizado el crimen, como los licores fuertes insensibilizan el paladar.

[B] Esta foto clásica de El Che, un símbolo de rebeldía para los jóvenes, fue tomada el 5 de marzo de 1960. El foco de la guerrilla rural, elevado a un rango modélico sin pruebas, por imperio de la sola voluntad del guerrillero heroico, es un signo dramáticamente hermoso, ejemplarizador y poético, pero apartado de la política real: su influencia en la misma fue trágica para varias generaciones de jóvenes iberoamericanos que siguieron a pies juntillas la teoría del foco. Sin duda el mismo desencanto con las formas democráticas que había propiciado el surgimiento de la guerrilla, favoreció también la aceptación de la dictadura militar; en los años 1980 un nuevo capítulo de dictaduras militares se abrió en la historia de Iberoamérica.

[C] Verbigracia, Guevara, *La Guerra de guerrillas* (1961); Régis Debray (1941-), *Révolution dans la révolution?* (1967)

[D] Edmund Burke (1729-1797), *Reflections on the Revolution in France* VI (1790).

3

Analysieren wir also die Zweckrationalität, nach der eine soziale Revolution streben. En este sentido, podríamos establecer un criterio de costo-beneficio: ¿cuáles son los logros sociales que los líderes desean alcanzar, y hasta qué sacrificios empujarán al pueblo? No obstante, al consultar la literatura subversiva, se trasluce en ella un espíritu mercenario en donde se enuncia, según señala Guillermo Lora (1925-), «el apotegma del fusil por encima de la política».[A] En el siglo XXI, la sociedad es demasiado compleja para que, ya la guerrilla, ya las fuerzas armadas, intervengan en política o decidan el asunto público. Las instituciones que articulan la política de la sociedad han de ser varias y tienen que ceñirse a una restricción de costo-beneficio. Al concebir que la revolución social tiene propósitos de la redistribución de la riqueza, cabe preguntarse qué género de revolución social realizaría la transferencia de la riqueza de manera eficiente. Ésta es una cuestión académica que, para la Bolivia de mediados del siglo XVIII, formuló Narciso Campero (1815-1896):[B]

«La revolución es una necesidad para Bolivia y una necesidad que ha estado muy distante de ser satisfecha, puesto que Bolivia clama por ella y clama tan incesantemente. Esto admitido, hay que averiguar desde luego cuál es el género de revolución que convendría a Bolivia y cuáles los medios más adecuados para haber de realizarla».

Nadie puede dudar que, en el siglo XX, se ha producido un avance cualitativo notable en la creación de la riqueza; con todos sus deslumbrantes adelantos tecnológicos, la era actual ha elevado el nivel de vida de la mayor parte de los ciudadanos del mundo, y la civilización del fin del siglo XX ofrece muchas razones para ser optimista. La humanidad entrará al próximo año, década, siglo y milenio con una nueva concepción de revolución, que gira alrededor de un mundo interconectado y prácticamente ya sin fronteras físicas. Y la pregunta decisiva a la hora de negociar la hermandad que tiene que unir a todos los pueblos iberoamericanos será: ¿cómo vamos a dar el salto de progreso que se necesita para avanzar en los desafíos reales que impone el futuro?

[A] Revolución y foquismo 32 (1973). Si tomamos el ejemplo del propio Mao Tse-Tung, grande entre los revolucionarios del siglo XX, puso en marcha pésimas políticas para China Popular. Gordon Tullock (1922-), The Social Dilemma: The Economics of War and Revolution 20-21 (1974).

[B] Proyecto de Revolución 2 (1857).

Capítulo 1

Der Rechtsstaats bevorsteht!

*U*no de los objetivos del presente libro es precisamente plantear que la democracia es capaz de efectuar transferencias de la riqueza, y de producirla en forma ordenada, justa y eficiente *cuando el deseo de la mayoría está sometido al imperio de la ley*, sin llevar a la sociedad a la anarquía que suscitaría una revolución. Desde nuestra perspectiva, el gobierno mayoritario *nach Recht und Gesetz* es un medio que permite racionalizar las intenciones revolucionarias albergadas en los individuos, no de frustrar las mismas.[A] Dicho de otra forma, donde la majestad reside en la mayoría y no así en la ley, «εἶναι τὸ πλῆθος καὶ μὴ τὸν νόμον»,[B] cualquier proyecto revolucionario resulta demasiado anárquico para ser eficientemente llevado a la práctica. Esperando en vano el advenimiento del hombre nuevo del comunismo y el inminente derrumbe del Estado, Marx perdió de vista el carácter instrumental del Derecho.[C] Nuestro propósito es sugerir que el imperio de la ley, lejos de obstaculizar acciones revolucionarias dirigidas a romper con *l'Ancien Régime*, implanta una restricción de costo-beneficio a la violencia de la turba, porque la democracia representativa y los derechos y libertades fundamentales ejercen una función racional de equilibrio.

Por eso, el establecimiento de un sistema de gobierno en el cual el hombre no esté por encima de la ley es un principio fundamental. Jean Jacques Rousseau (1712-1778) opina que tal es «*le grand problème en politique, que je compare à celui de la quadrature du cercle en géométrie*».[D] A lo largo de los siglos, los pensadores han abordado el tema del imperio de la ley sobre los hombres,[E] y han intentado perfilar sus contornos. El Doctor Angelicus

---

[A] *Une interprétation au contraire de* Charles Austin Beard (1874-1948), An Economic Interpretation of the Constitution 154 (1913). Marx, III Das Kapital (1895).

[B] Aristóteles (384-322 A.DE J.C.), δ' Πολιτικῶν δ' (335 A.DE J.C.)

[C] De esta forma, Evgeny Pashukanis (1891-1938) pronosticó que con un mayor desarrollo del socialismo el Derecho y el Estado irían desapareciendo paulatinamente, Об?а Теори Права и Марксизм (1926). Timothy O'Hagan (1941-), Marxism and the Rechtsstaat, The End of Law? 65-69 (1984).

[D] Carta remitida el 26 de julio de 1767 al Marquis de Mirabeau (1715-1789).

[E] Friedrich August von Hayek (1899-1992), The Constitution of Liberty XI-XIII (1960).

(1225-1274) clasifica a los gobiernos en aquéllos que se someten al imperio de la ley y en aquéllos no sometidos al mismo, y no en función de quiénes son los gobernantes;[A] la clasificación según sus gobernantes es estéril: nos regresa hasta las ciudades-estado τοῦ Ἑλληνικοῦ πολητισμοῦ cuyo paradigma se verifica en la incubación del género humano, cuando los gobiernos estaban dominados por el interés absorbente de una clase exclusiva y excluyente; y su clasificación por el imperio de la ley es fecunda: proclama el principio que conduce al porvenir en su seno. Fuerza era que la sociedad ofreciera un fenómeno nuevo en el mundo, si la historia no había de quedar estacionaria e inmóvil; en el gobierno mixto *rei Romanæ publicæ*, como refiere Polibio (205-125 A.DE J.C.),[B] varias clases coexistían para hermanarse por medio de las formas variadas y flexibles de las instituciones representativas.

El imperio de la ley, por tanto, nos lleva a una conclusión problemática: ¿quién o quiénes gobiernan?[C] Al respecto, el imperio de la ley no parece ser misteriosamente el gobierno de algún grupo o persona en particular.[D] Este problema se vislumbra tan incierto y lleno de facetas, que encontrar una solución adecuada resulta una tarea compleja y difícil. En los siglos siguientes a la República, el Emperador no estaba obligado a adherirse a la norma jurídica, «*Princeps legibus solutus est*».[E] Sin embargo, el mismo Derecho Romano reconocía que la autoridad imperial estaba revestida del poder y la autoridad de la ley para ser funcional y para ser respetada y acatada por propios y extraños.[F] Los legistas del Mediœvo intentaron zanjar esta contradicción tan primaria. A este respecto hay que destacar

---

[A] I In Libros Politicorum Aristotelis Expositio I XIII (1250). La luz de su pensamiento al respecto se guía por Juan de Saresberia (1115-1180), Policraticus (1159). James Blythe (1948-), The Mixed Constitution and the Distinction between Regal and Political Power in the Work of Thomas Aquinas, 47 The Journal of the History of Ideas 547 (1986).

[B] ϛʹ Ἱστορίαι (130 A.DE J.C.)

[C] Con una especie de escepticismo moderado, que ha bebido hondamente en las fuentes del realismo jurídico angloamericano, o de la sociología jurídica proveniente de Europa, algunos autores no admiten el concepto de un imperio de la ley, aparte del gobierno de algunos hombres investidos de alta autoridad legal para impartir justicia.

[D] Paul Kahn (1952-), The Reign of Law 28, 94 (1997).

[E] I Digesta III XXXI.

[F] «*Adeo de auctoritate iuris nostra pendet auctoritas*», I Codex I XIIII IIII.

Controversia de imperio legis

que, en un espíritu de realismo, Azón (1198-1230) replicó: «*Nam si diceret*, ego sum legibus obligatus, *mentiretur*».[A]

El Derecho Natural pretendió encontrar la respuesta en el gobierno de Dios: ἡ βασιλεία τοῦ θεοῦ. Graciano (1080-1150) configuró *ius naturale* como el eslabón crucial entre los Derechos Divino y Humano.[B] Esa idea mosaica, שמים מלכות[?], que precisa que la לאו[?] procede de Dios, originaría según y conforme la teocracia de los egipcios[C] —a cuyo conjuro se desmoronaría la República Romana[D]— En efecto, cabe resaltar que el fondo sobre el que se mueve dialécticamente nuestro mundo ético provendría de una combinación monoteísta de antiguas deidades del paganismo cananeo y mesopotámico en un Dios personal y providente, creador del mundo.[E] Considerando que el imperio de la ley es el gobierno divino, los canonistas especulaban si el Sumo Pontífice no sería partícipe de la autoridad divina y, podría abrogar al Derecho Natural o dispensar del mismo a los hombres, llegando incluso el Ostiense (1201-1271) al extremo excesivo, hiperbólico de proponer que el Santo Padre sería capaz de transformar el cuadrado en círculo, «*potest mutare quadrata rotundis*»![F] Por lo general, los canonistas conjeturaban que el Sumo Pontífice no ejercitaba la autoridad divina sobre el Derecho Natural.

Este eslabón se rompió cuando, en el siglo XVI, el humanista Juan Luis Vives (1492-1540) expresó con rotundidad que no hay Derecho Natural que no lo sea a la vez de Gentes y colocó al Derecho en el umbral de la esfera de lo humano: «*quamquam mihi nullum uidetur esse ius naturale, quod non sit idem etiam gentium, ius enim omne atque æquitas inter solos homines est*».[G] Durante el siglo XVI y comienzos del XVII, tanto en la Península Ibérica como en los lugares más apartados y dispersos de América, un numeroso grupo de juristas, teólogos y humanistas,

---

[A] Lectura Azzonis (1581).

[B] Concordia discordantum canonum Distinctio VIIII Capitulum I (1140).

[C] Hans Kelsen (1881-1973), Gott und Staat, 9 Logos 261 (1923).

[D] Donde el Emperador es considerado una deidad terrenal, el gobierno de los hombres se convierte en una propuesta de incierta materialización.

[E] William Foxwell Albright (1891-1971), Yahweh and the gods of Canaan (1965).

[F] Summa auræ (1477).

[G] In Leges Ciceronis Prælectio (1519).

seguidores de Vives, sintetizó varias de las corrientes del humanismo y de la Escolástica —en un mosaico impresionante de nuevas combinaciones— y sentó las bases de la llamada ‹Escolástica Tardía›. Los mismos fueron seguidores del pensamiento de Vives, con su talante progresista y antidogmático,[A] cuando no devotos de su polifacética figura de pensador casi profeta,

«Ut de me uno loquar, nolim quemquam se mihi addicere; nec auctor umquam sectæ, nec suasor ero, etiamsi in mea uerba iurandum sit; si quid uobis, o amici, recte uidebor admonere, tuemini illud quia uerum, non quia meum».[B]

En corrección de términos, cabe referirse más acertadamente a esta última como ‹Escolástica Barroca›, pues nada tenía de tardía. En la asombrosa variedad del Barroco, embona deslumbradoramente un desarrollo doctrinal muy avanzado para su época; por eso se habla con propiedad del Siglo de Oro hispano-luso, catalano-aragonés y americano. Los escolásticos barrocos no eran teóricos del Derecho Natural tanto como del Derecho de Gentes y del Derecho Natural Secundario que era igualmente Derecho Humano, «alia autem est natura hominis quæ est propria sibi in quantum est homo».[C] Tampoco eran seguidores del Doctor Angelicus ni del Venerabilis Inceptor (1300-1349). Los escolásticos barrocos encarnaron un modo de pensar de larga tradición intelectual con matices sumamente particulares derivados de esa mezcla de cultura que tenía la Península Ibérica; en el extremo del continente europeo, fue y es el mirador al mar de diversas culturas: en África, en Levante y más allá, en el enorme triángulo de Asia, la India. El estudio que se recoge en el presente libro recupera la tradición propia de la América hispano-lusa y catalano-aragonesa, simboliza el reencuentro con su mejor tradición y pensamiento jurídicos, y lo hace uniéndola al moderno análisis económico del Derecho; es hora que nos demos cuenta que, en lo que toca a la disciplina del Derecho, somos los herederos de una tradición de gran sustento ideológico e imaginativo.

Sin embargo, si la ley es resultado de la creación y reflexión humana y como tal refleja, comenta y resume a toda la sociedad —y no surge por la

---

[A] José Luis Abellán (1938-) asegura que son propios de la Península Ibérica los rasgos que caracterizan a la escuela bautizada con el nombre de ‹erasmismo›, El erasmismo español, Una historia de la otra España 141 (1975). De ahí que la figura de Vives no puede ser descartada a la ligera como pretende Marcel Bataillon (1895-1977) en Erasme et l'Espagne (1937).

[B] De Disciplins libri XX Præfatio (1531).

[C] Doctor Angelicus, V Sententia libri ethicorum XII (1264).

creación divina— ¿a quién se sometería el imperio impersonal de la ley? Durante la Ilustración, otra respuesta que se pretendió plantear es el gobierno de la Razón. La idea de una Razón exógena, que existe fuera de la mente humana, como un orden objetivo y en última instancia divino, inherente a la naturaleza externa, se replanteó con la nueva causalidad mecánica originada en la revolución científica que tiene lugar a partir del siglo XVII. De este modo, Hugo Grocio (1583-1645) reintroduce a la naturaleza como eslabón crucial, esta vez entre la Razón y el hombre.[A] Grocio tuvo una visión fragmentada y distorsionada de los conceptos de la Escolástica Barroca. Su intención no era la de ser un racionalista cartesiano; editó su obra unos años antes de la publicación de la obra principal de René Descartes (1596-1650).[B] Fue la Ilustración, más bien, con un concepto de dominio de la naturaleza a través de la Razón, la cual creyó ver el nuevo racionalismo en su sistema de Derecho Natural. El iusnaturalismo descartó a la ligera el Derecho de Gentes, que en principio no vino a significar otra cosa sino la concepción del Derecho Natural de los Pueblos, o el Derecho Natural aplicado al conjunto de Estados o naciones, «*applicata totis ciuitatibus, nationibus, siue gentibus*», según la sentencia de Tomás Hobbes (1588-1679).[C] *Avec son esprit cartésien, sinon méthodique,* Emmerich von Vattel (1714-1767) *estime que cet Auteur est le premier qui ait donnée «une idée distincte» du droit des gens,*[D] y así, aduciremos que el iusnaturalismo fue una reversión al pensamiento de una época anterior, que presenta menor nivel de sofisticación.

En el Derecho Público, desafortunadamente, esta respuesta todavía se propone. Immanuel Kant (1724-1804) eliminó a la naturaleza —que puede ser percibida o entendida como la realidad del mundo externo— en cuanto eslabón entre la racionalidad y la estructura mental del sujeto, pero mantuvo la Razón exógena de la Ilustración. En la segunda mitad del siglo XX, tal como lo expone Carlos Nino (1943-1993) con una expresión incisiva,[E] los «Kantianos» Jürgen Habermas (1929-)[F] y John

---

[A] De iure belli ac pacis libri tres, in quibus ius naturæ et gentium item iuris publici præcipua explicantur (1625).

[B] Discours de la Méthode (1637).

[C] De Cive XIIII (1642).

[D] Le Droit des Gens Preface (1758).

[E] Ética y Derechos Humanos (1984).

[F] Theorie des kommunikativen Handelns (1981); Faktizät und Geltung: Beiträge zur Diskurstheorie des Rechts und des democratischen Rechtsstaats (1992). Robert Alexy (1944-

Rawls (1921-)[A] aún continúan manteniendo aquel paradigma de la Razón y la lógica humana. El erudito de Derecho de la Universidad de Chicago Cass Sunstein (1954-) —viéndose obligado a batirse en retirada— no ha tenido mayor éxito. «*That theory probably cannot itself be accepted without reference to general theoretical considerations, and its acceptance or rejection should not be incompletely theorised*», concluye.[B] Aun los procesalistas más acérrimos del siglo XX interpretan el proceso a la luz de la Razón, así en los Estados Unidos de América del Norte, Albert Martin Sacks (1920-) señala que el pronunciamiento jurisdiccional de un tribunal concierne únicamente a aquellos conflictos que son susceptibles de ser resueltos racionalmente.[C] El pensamiento jurídico del siglo XX, desgraciadamente, no ha mostrado el mismo vigor que el barroquismo de los siglos XVI y XVII para liberarse de esta filosofía dañina, regresiva, empobrecedora y alienante.

Ya en el siglo XVIII, el escritor irlandés Jonatán Swift (1667-1745) lo advierte:

«*All philosophers who find*

Some favourite system to their mind

In every way to make it fit

Will force all Nature to submit».[D]

En la admirable búsqueda del saber, Platón (427-370 A.DE J.C.) ha llegado a representar durante siglos la más sugestiva expresión, en clave neopitagórica, de la fascinación por la sistematización teórica. Sin

---

), Theorie der juristischen Argumentation: Die Theorie des rationalen Diskurses als Theorie der juristischen Begründung (1978); Theorie der Grundrechte (1985); Idee und Struktur eines vernünftigen Rechtssystems, 44 Archiv für Rechts- und Sozialphilosophie 30 (1991); Recht, Vernunft, Diskurs (1995).

[A] A Theory of Justice (1971); The Idea of an Overlapping Consensus, 7 Oxford Journal for Legal Studies 1 (1987); Political Liberalism (1985); The Domain of the Political and Overlapping Consensus, 64 New York University Law Review 233 (1989); The Idea of Public Reason Revisited, The University of Chicago Law Review 765, 807 (1997).

[B] Incompletely Theorised Agreements, 108 Harvard Law Review 1733, 1772 (1995); Legal Reasoning and Political Conflict (1996); On Analogical Reasoning, 106 Harvard Law Review 741 (1993); One Case at a Time: Judicial Minimalism on the Supreme Court (1999).

[C] The legal process: basic problems in the making and application of law (1958).

[D] Cadenus and Vanesa (1726). El autor de la muy mordaz sátira de la sociedad inglesa, Gulliver's Travels (1726).

embargo, el origen es más remoto: tal respuesta es una variante de la vieja noción homérica del Cosmos ordenado que parece prefigurar la jerarquía de la Justicia. Si tenemos presente lo que nos dice Heráclito (536-470 A.DE J.C.), ὁ κόσμος eterno preexiste al conjunto de las deidades del Olimpo, «κόσμον τὸν αὐτὸν ἁπάντων οὔτε τις θεῶν οὔτε ἀνθρώπων ἐποίησεν, ἀλλ' ἦν ἀεὶ καὶ ἔστιν καὶ ἔσται πῦρ ἀείζωον ».[A] En cosmología, esta noción quedó superada por la concepción monoteísta del Dios omnipotente de los hebreos —o de los egipcios—[B], la idea de que אדני יהוה –ó ‏‏ ‏ – preexiste a la creación del universo, pues la creación en su totalidad no expresa sino la voluntad divina.[C] El humanismo renacentista —esa pedagogía que sitúa al hombre en el centro del universo— pondría esta idea de una voluntad creativa definitivamente en su justa dimensión, esto es, en la esfera de la conciencia individual. Así, el hombre se convierte en un eslabón vital entre Dios y su creación.[D]

[A] Clemens Alexandrinus (150-220), ε' Στρωματεῖς ιδ' (190). Τὸ πῦρ ἀείζωον es, acaso, el símbolo que mantuvieron las vírgenes vestales para que siga ardiendo públicamente —una de aquéllas, la Virgen Rea Silvia es la antecesora de María en la concepción milagrosa— se trataba de algo más deífico y eterno que el dios más poderoso del Panteón. Donde dejara de refulgir la Llama Eterna, se presagiaba un cataclismo inimaginable para el Imperio Romano, equivalente a un pestilente caos o un episodio bélico espeluznante.

[B] Sigmund Freud (1856-1939) conjetura en Der Mann Moses und die monotheistische Religion (1938) que Moisés, figura inconfundible en la imaginación del pueblo mosaico, está basado en el personaje real del faraón Akhnaton (1405-1365 A.DE J.C.)

[C] La prioridad óntica de Dios le da cabal sentido a toda la efímera contingencia del universo.

[D] Postura humanista que refleja la creencia mosaica de que el hombre continúa la obra creadora de Dios. בראשית רבד סג:ו No hay nada más distante τῆς ἀπαθείας inherente a la idea estoica del Derecho Natural. A esta doctrina Martín Lutero (1483-1546) se opuso, De seruo arbitrio (1525); Desiderius Ἐράσμος (1466-1536), De libero arbitrio diatribe (1524). Y cabe destacar que, en contraste con lo apuntado por Harold Joseph Berman (1918-) en Roman Law in Europe and the Jus Commune: A Historical Overview with Emphasis on the New Legal Science of the Sixteenth Century, 20 Syracuse Journal International Law & Commerce 1 (1994), con la Reforma Protestante el hombre se sojuzga al dictado de las premisas *sola fide, sola gratia et sola Scriptura*. Huldreich Zwingli (1484-1531), Die Klarheit und Gewissheit des Wortes Gottes (1522). Vaya por delante que la doctrina constitucionalista del Norte tiene que ver con la teología esperanzada de la gracia salvífica de Dios, no con la voluntad del hombre, quien en cuanto es su criatura encara el dilema de elegir como gobernarse a sí mismo. E positivismo jurídico surge de la voluntad del hombre; el republicanismo cívico, de la exclusividad de la gracia divina. Así constatamos, en Thomas Jefferson (1743-1826) en Notes on Virginia (1787), la observación del pueblo elegido como el receptáculo y difundidor de la virtud cívica.

En el ámbito de la teología, la mecánica celeste poscientífica nos regresó a la concepción de un tiempo anterior de un Cosmos indiferente y de una deidad lejana, sobre la cual Isaac Newton (1642-1727) comentó, con una sugerente resonancia de Platón[A] cuya clave es claramente neopitagórica,[B] que Dios debía ser matemático —¡pues usó un modelo basado en la geometría euclidiana![C]— Será de Alexander Pope (1688-1744) la genialidad de escribir, con una sencillez burlona y en unos versos un poco ramplones, el epitafio del físico y matemático inglés:

«Nature and Nature's laws lay hid in night—

God said, Let Newton be! and all was light».[D]

Vana ilusión. Ya en el siglo XVII, David Hume (1711-1776) contribuyó a tocar la marcha fúnebre de esta ilusión racionalista, repitiendo una nota del siglo XII de Algazel (1059-1111), quien de una manera brillante y demoledora nos revela la incongruencia en la estructura de las argumentaciones construidas por los filósofos para erigir al concepto de una relación causal necesaria.

[E] «الاقتران بين ما يعتقد في العادة سببا وما يعتقد مّسببا ليس

ضروريا عندنا . وانّ اقترانما لما سبق من تقدير الله سنحانه يخلقها

على النساوق، لا لكونه ضرّريا في نفسه، غير قابل للفرق».[A]

[A] Τίμαιος νγ' (350-365 A.DE J.C.)

[B] *L'idea pitagorica di rappresentare numeri con punti disposti secondo figure geometriche porta alla scoperta di numerose proprietà dei numeri, dei quadrati, dei cubi e delle loro somme.* Debemos percatarnos que el misticismo pitagórico constituyó primitivamente un desenfreno religioso con las formas geométricas y las relaciones numéricas, y que las matemáticas son en realidad el producto de una larga odisea evolutiva de peroraciones teológicas.

[C] Hacemos referencia siquiera de paso, que Karl Friedrich Gauss (1777-1855) formuló los postulados de una nueva geometría no-euclidiana tan sólo treinta años después de que Kant sostuvo la verdad absoluta del espacio euclidiano como máxima indiscutible y a priori de la sensibilidad que nosotros imponemos a cuanto conocemos; la geometría euclidiana había reinado como la verdad definitiva sobre el espacio durante veintidós siglos.

[D] Epitaph Intended for Sir Isaac Newton, In Westminster-Abbey (1730).

Controversia de imperio legis

Y a finales del siglo XVIIII se verificaría incluso que el cálculo instantáneo de Newton —el cual epitomó una relación determinista— estaba viciado de imprecisión, lo que marcaría el fin de esta aspiración teórica. El trabajo de Henri Poincaré (1854-1912) demostró este fallo cuando abordó el problema del movimiento de tres cuerpos celestes y sondeó los límites de la certeza matemática;[B] la desaparición de la misma[C] trastornó la línea divisoria de Platón[D] en mayor grado que el irracionalismo emparentado con Friedrich Wilhelm Nietzsche (1844-1900), quien tomó su cosmología del teorema del eterno retorno de Poincaré y proclamó la muerte del ideal de una futura redención en la historia.

Al mismo tiempo, otra respuesta que se pretendió establecer es *die Philosophenherrschaft der toten Hand*, el gobierno que estaría dado por la mano muerta de un rey-filósofo o gran legislador,[E] de un Solón o Publicola,[F] que sustentaría la colectividad en un conjunto sistematizado de planteamientos prácticos y normativos, que hagan posible el equilibrio de poderes, de suerte que la ambición contrarreste a la ambición y que la Constitución del Estado se convierta en ley del poder y ley de leyes. La

---

[A] تهافت الفلاسفة ١٧ [١١٠٠]. Nos imaginamos a los doctores de la Escolástica Barroca leyendo en Averröes (1126-1198) la refutación detallada, punto por punto, de las dudas que había presentado Algazel, libro que fue traducido al latín con el título de Destructio destructionum (1529).

[B] Sur le problème des trois corps et les équations de la dynamique, 13 Acta Mathematica 1 (1889); I Les Méthodes nouvelles de la mécanique céleste 3 (1892).

[C] Desde del siglo XVIIII predomina una situación de desamparo en el mundo de las matemáticas, en las que la certeza viene desmoronándose. Morris Kline (1908-1992), Mathematics: The loss of Certainty (1980); Mathematical Thought From Ancient to Modern Times (1972).

[D] α′ Πολιτεία ϛ′ (370 B.C.)

[E] La mano fuerte del Único Legislador levantaría diques y represas para contener el curso irreprimible del río de la fortuna, Il Principe XXV (1513).

[F] Cabe resaltar que los prohombres estadounidenses optaron por utilizar el pseudónimo de Publicola en The Federalist (1787-88), puesto que comprendieron el sesgo de la crítica que lanzó Plutarco (45-120) sobre la figura de Solón, en cuanto a que éste había inscrito sus reformas republicanas en unas tablillas de madera para después retirarse de la vida política, abandonando Atenas a su suerte: «ὁ μὲν γὰρ ἅμα τῷ θέσθαι τοὺς νόμους ἀπολιπὼν ἐν ξύλοις καὶ γράμμασιν ἐρήμους τοῦ βοηθοῦντος ᾤχετ' ἀπιὼν ἐκ τῶν Ἀθηνῶν». Σόλωνος καὶ Ποπλικόλα σύγκρισις (105-115).

mayor parte del constitucionalismo clásico sigue este paradigma. Por nuestra parte, argumentaremos que gobierno constitucional formal no es igual a Estado de Derecho; en los siglos XVIIII y XX la vigorosa y accidentada historia constitucional de Iberoamérica ha demostrado no ser más que una etapa altamente convulsiva, cargada de personajes capaces de todo con tal de no perder los privilegios del poder. La norma constitucional, como señala Bautista Saavedra (1869-1939), no es más que un vano intento por poner freno a estas ambiciones que asemejan una caballada coceante que la atropella desbocando.[A] Un iberoamericanista ha sugerido, incluso, que el Derecho Público iberoamericano es maquiavélico, del mismo modo que el Derecho Público angloamericano es lockiano.[B] A lo anterior ha agregado que esta cultura de organización social parece ser la herencia humanista del Reino de Aragón; sin embargo, il Diabolico Fiorentino (1469-1527), las más de las veces interpretado como el humanista consumado,[C] es más bien un platonista empedernido;[D] *e inóltre, la letteratura della Ragion di Stato che lui ha ispirato e il tacitismo sono smentite dagli Scolastici barocchi perché questi riflettono una visione troppo semplicistica.*[E] *Anzi, i dottori scolastici hanno tenuto presente che il pensiero machiavelliano* era un descarado plagio a la inversa del pensamiento del gran historiador griego Polibio. Cabe mencionar que Polibio sostenía el principio por el cual están fatalmente sujetas a la

---

[A] La Democracia en Nuestra Historia (1921-).

[B] Richard McGee Morse (1922-), Toward a Theory of Spanish American Government, 15 Journal of the History of Ideas 71 (1954); New World surroundings: culture and ideology in the Americas 112 (1989).

[C] Maurizio Viroli (1952-), Machiavelli (1998). Nada más lejos de un humanista, si por este término se entiende un fiel seguidor de Isócrates (436-338 A.DE J.C.) *chi si era generosamente votato a promuovere e a rafforzare con le tecniche della retorica i valori affermatisi nella cultura umanistica.*

[D] Michæl Oakeschott (1901-1990) ha descrito con especial claridad ese vicio del tratamiento racionalista de la política, siendo ésta última siempre «*so deeply veined with both the traditional, the circumstantial and the transitory*». Rationalism in Politics and other Essays 7 (1962). La reflexión política no puede ser contemplativa: su expresión debe ser persuasiva. Más allá de las grandes abstracciones, se impone la necesidad de comprender el azaroso mundo de la práctica e involucrarse con él.

[E] Pedro de Rivadeneyra (1526-1611), Princeps christianus adversus Nicalaum Machiavellum, cæterosque huius temporis Politicos (1603); Juan de Salazar (1575-1645), Política española (1619); Francisco de Quevedo (1580-1645), Política de Dios y gobierno de Cristo (1626); Diego Saavedra y Fajardo (1584-1648), Idea de un príncipe político-cristiano representada en cien empresas (1640); Claudio Clemente (1594-1642), El maquiavelismo degollado (1637); Baltasár Gracián (1601-1658), El Político (1646).

degeneración, todas las cosas de este mundo, aun el denominado ‹gobierno mixto› —uno de los temas recurrentes del pensamiento político occidental, incluso en los tiempos modernos—

En otro plano, la mano muerta del Diabolico Fiorentino es paisajista, es decir, revela algún sistema que encarne la dimensión mítica del Estado de Derecho.[A] Hegel piensa que la historia es susceptible de ser expuesta con exactitud por la contraposición axiológica —o ideológica— entre una civilización y otra diversa. En tal posición, Hegel presenta una sucesión de abstracciones desmesuradas que tornan farragosa la lectura, despertando escaso alivio sus espasmos de monismo imperante. Se barrunta el aburrimiento y, sin remisión, ello sucede hasta que una cierta luz se abre camino en el fatigado caletre: acaso se trate simplemente de una incoherente confusión entre el nexo de causalidad y de la racionalidad. De aquí su famosa frase: «*Was vernuenftig ist, das ist wirklich; und was wirklich ist, das ist vernuenftig*».[B] El casamiento positivamente poco romántico entre la lógica atemporal y la historia, propuesto por Hegel, aunque orgánico y autoreferencial, encuentra su base en una causalidad defectuosa; el mismo no es lógico —*Obwohl es einen Gegenentwurf in der wirklichen Welt gibt, die vernuenftige Logik kann nicht auf dem Widerspruch aufbauen*— ni histórico —*Die Geschichte ist nicht als geschlossenes System zu konzipieren*—[C] El marxismo, lo que identificamos en cuanto tal, es una extendida filosofía de la historia tomada de Hegel. En ella, las categorías idealistas —el espíritu los pueblos[D] y las formas de civilización— son sustituidas por categorías rudamente materialistas, las clases sociales y modos de producción que en éstas son dominantes. Por su parte, el historicismo de Friedrich Karl von Savigny (1779-1861), sin el proceso de *die dialektische Aufhebung der Vergangenheit*,[E] une una colección de conocimientos en torno a las Pandectas y *ius commune* con la idea del espíritu del pueblo[F] *ou de l'esprit general d'une société, comme le*

[A] Jaime Mendoza (1874-1939), El Macizo Boliviano (1937).

[B] Einleitung, Phänomenologie des Geistes.

[C] La historia es una mezcla fatídica entre contingencia y azar. Karl Raimund Popper (1902-1994), The Open Society and Its Enemies (1945); The Poverty of Historicism (1957).

[D] Siegfried Brie (1838-1931), Der Volksgeist bei Hegel und in der historischen Rechtsschule (1909).

[E] 1-6 Geschichte des römischen Rechts im Mittelalter (1815-31).

[F] Paolo Cappellini (1956-), 2 Systema iuris (1985). Von Savigny, Vom Beruf unsrer Zeit für Gesetzgebung und Rechtswissenschaft (1814); 1 System des heutigen römischen Rechts (1840).

disait le Barón de Montesquieu (1689-1755)[A] que degenerará en *«das Volk»* schmittiano.[B] Aunque von Savigny pone mucho énfasis en fuentes de la época mediœval, es preciso matizar que en buena parte omite las del Renacimiento y del Barroco.[C]

No hay duda de que las grandes teorías metafísicas de la historia y del Derecho enajenan de los mismos al hombre, quien culmina rindiendo culto a un sistema. Sólo partiendo de la extraordinaria fuerza de la libertad como expresión de lo propiamente humano, podrá liberarse de la encrucijada en la que lo encerraron el hombre, al sacrificarse para supuestamente salvarlo de un mundo que se ha escapado de sus manos. A pesar del propósito del discurso de Hegel y von Savigny de crear una conciencia de cómo el pasado podría usarse para transitar responsablemente hacia el futuro, cualquier principiante que ha leído a Heródoto (485-425 A.DE J.C.) entiende al menos que la etimología de ‹ἱστορίαν› no tiene connotación alguna fuera de una investigación o relato. Aunque en la Europa continental Niklas Luhmann (1927-1998) rechaza tajantemente la pluma del Gran Legislador, «*Das Recht stammt nicht aus der Feder des Gesetzgebers,*»[D] su obra —de gran severidad en la construcción teórica— trata de fundamentar por qué es plausible hablar de una nueva lógica, que procede mediante un sistema binario, autopoiético de comunicación, para entender el Derecho en una sociedad mediatizada, donde los procesos de comunicación —y no los hombres— son los que dotan de realidad, de racionalidad, a los conceptos. Él afirma que la ley se crea a sí misma. Creemos, sin embargo, que el Derecho es una expresión de gran vitalidad; su causa activa y vivificante no tiene la

---

Aldo Schiavone (1944-), Alle origini del diritto borghese: Hegel contro Savigny (1984). Hegel, Grundlinien der Philosophie des Rechts (1820); Marx, Das philosophische Manifest der historischen Rechtsschule, Rheinischen Zeitung (1842).

[A] L'Esprit des lois (1748).

[B] Carl Schmitt (1888-1985), Die geistesgeschichtliche Lage des heutigen Parlamentarismus (1923); Der Begriff des Politischen (1932); Staat, Bewegung, Volk: die Dreigliederung der politischen Einheit (1935); Der Leviathan in der Staatslehre des Thomas Hobbes: Sinn und Fehlschlag eines politischen Symbols (1938). Michael Stolleis (1941-), Rechtsgeschichte im Nationalsozialismus, Beiträge zur Geschichte einer Disziplin 1-10 (1989).

[C] Confer Hans Erich Troje (1934-), Humanistische Jurisprudenz, Studien zur europäischen Rechtswissenschaft unter dem Einfluß des Humanismus (1993).

[D] Rechtssoziologie 208 (1980); Law as a Social System, 83 Northwestern University Law Review 136 (1989); Operational Closure and Structural Coupling, The Differentiation of the Legal System 13 Cardozo Law Review 1419 (1992).

Controversia de imperio legis

capacidad de generarse por sí misma, ni es obra de mano muerta, decrépita o metafísica. Por el contrario, el Derecho es obra del esfuerzo y tenacidad del hombre *de carne y hueso* —término empleado por el ínclito académico Miguel de Unamuno y Jugo (1864-1936)— que sin descanso viene librando la batalla del futuro por consolidarse.

Con objeto de lograr un mayor entendimiento del imperio de la ley, examinemos *die Willkür*[A] *der Mehrheit* vista a través del tiempo; en donde las generaciones de hombres que se deslizan y viven, al deslizarse y vivir, avizoran la estrella inmóvil del pasado y penetran con sus miradas en el abismo del porvenir; y —*mit neuen mathematischen Analysemöglichkeiten wie der Spieltheorie*— estudiemos la evolución de las instituciones representativas para interpretar este gobierno. Para Marco Tulio Cicerón (106-43 A.DE J.C.), la República Romana fue el resultado de una prolongada evolución, «*nostra autem res publica non... una hominis vita, sed aliquot constituta sæculis et ætatibus*».[B] Esto permite comprender al Estado actual no sólo como un cuerpo, sino una agrupación de varias instituciones, las cuales, si bien tuvieron interacción a través de la historia, han tenido una génesis y una evolución por separado. En este trabajo clasificamos las instituciones representativas en dos géneros: *instituciones políticas sincrónicas* e *instituciones jurídicas diacrónicas*. Como veremos, el gobierno de la mayoría no se asienta en elevados principios sino en la necesidad apremiante, por lo cual descubrimos que las voluntades que conforman las señales jurídicas y políticas de una mayoría, entendidas en su sentido más amplio, están sometidas a una restricción de costo-beneficio. Este trabajo, por tanto, es un intento de precisar el concepto del *Rechtsstaat*[C] a través del análisis económico, con un enfoque que permita una aproximación mayor de lo que ha sido posible hasta hoy.

Asimismo, nuestra intención es realizar una investigación que reconstruya la crónica maravillosa y admirable del Derecho Indiano en el siglo XVI: veremos que una de las bases institucionales más firmes del Estado de Derecho y un elemento fundamental para cualquier régimen que se presuma democrático, es oriundo de las Américas. Cada generación reescribe su historia interrogando nuevamente al pasado

---

[A] Ferdinand Tönnies (1855-1936), Thomas Hobbes Leben und Lehre (1896).

[B] ll De re publica ll (51 A.DE J.C.).

[C] Aparece el uso de este término a partir de la obra de Robert von Mohl (1799-1875), Staatsrecht des Königreiches Württemberg (1831).

sobre las preguntas que surgen en su presente. Este trabajo es el producto de un nuevo examen histórico profundo de las instituciones jurídicas del Nuevo Mundo. En este territorio, donde se produce por parte de expertos y estudiosos un fuerte apego a la historia más tradicional, se nos desvelan los siguientes lugares comunes: la recepción en los países iberoamericanos del Derecho Privado elaborado en Europa, en cuanto los códigos sustantivos y adjetivos de varios países europeos fueron injertados —aun con gruesos errores de traducción o trascripción— en suelo americano; y la influencia en el Derecho Público de la doctrina jurídica confeccionada en los Estados Unidos de América del Norte, en cuanto nuestras instituciones republicanas incorporaron el control jurisdiccional de la constitucionalidad, y en algunos casos, el sistema federal del país del Norte. Este enfoque tradicional sitúa en el centro de sus preocupaciones a los desarrollos jurídicos de los siglos XVIIII y XX. Sin embargo, una perspectiva renovada, que incluya la evolución jurídica que se experimenta a lo largo de los siglos XVI y XVII, revela que el sistema de las Pandectas que facilitaría la simplificación, racionalización e incluso codificación del Derecho y el control jurisdiccional de los actos políticos son más bien creaciones peninsulares, las cuales se dan en tanto que los doctores de la Escolástica Barroca componen extensos tratados jurídicos así como diseñan instituciones jurídicas genuinas para el Nuevo Mundo.

El valor de este libro radica sobre todo en que ofrece una perspectiva más amplia del análisis económico del Derecho.[A] Es necesario profundizar en el estudio de le teología, la lingüística, la filología, la literatura, las humanidades y la historia de la cultura, para que los eruditos podamos cambiar radicalmente las apreciaciones y abordar planteamientos innovadores, sobre los retos del presente y las tareas para el futuro de Iberoamérica. Tras la resaca que produce el fracaso del pensamiento utilitarista —como cálculo vacío y estéril— la economía neoclásica y, hacia las postrimerías del siglo XX, el análisis económico del Derecho, emergen del positivismo lógico sobre la base de una apreciación renovada

---

[A] En este libro se combina de manera casi imposible el brillo de las matemáticas con el de las letras, el rigor histórico con la novedad de los planteamientos, los atributos de los estudios especializados en un espacio cultural con las ventajas únicas del enfoque de la elección racional. Es preciso que se rescate la investigación referida a una determinada cultura de un corporativismo de mediocres, menos creadores, menos imaginativos, con menos talla intelectual, quienes hablan en nombre de los culturalmente desposeídos, algo así como si nos faltara luz y fuéramos incapaces de aunar temas como la identidad histórica y la naturaleza de la cultura con la perspectiva de la teoría económica.

de los límites de la facultad del raciocinio. Así se adopta desde el enfoque de la ciencia económica una perspectiva escéptica, que no escatima críticas a la demencia sanguinaria del totalitarismo. En aras a evitar en el horizonte del nuevo siglo otra tiranía en ciernes, probablemente más terrible —con un reactivado culto a la fuerza armada, que ayer marcó la frágil convivencia entre pueblos, culturas, religiones y civilizaciones— en este libro se intenta romper con la visión tradicional de la economía como ciencia racional, y sacar al barroquismo del sarcófago donde parece que la historiografía lo considera inhumado.

Juan Javier del Granado

Capítulo 2

Economic analysis of law-ius naturale secundarium

Las orientaciones doctrinales del pasado se han venido rezagando en contraste con el repunte de otros enfoques.[A] Esperando que surja una polémica de altura que nos permita tener una visión más clara y más precisa del Estado de Derecho, su naturaleza, significado y limitaciones, este libro intenta desarrollar un enfoque particularmente distinto que marque el fin de una era: una época en que aún las fórmulas dogmáticas alambicaban el debate intelectual de Iberoamérica, llevando la discusión a un punto muerto, si no al fracaso cual callejón sin salida de diversos experimentos revolucionarios orientados por el carácter totalizante de una ideología, bien intencionada como pretender la emancipación humana, pero letal para la cosa pública. A pesar de las imponentes transformaciones observadas en los últimos tiempos, cuando las formas de organización social y económica se desenvuelven con mayor amplitud, y los avances teóricos se suceden a una velocidad cada vez mayor, llama la atención que todavía el proceso de debate intelectual en Iberoamérica se presente indisolublemente anclado en viejos esquemas doctrinales, limitando sus posibilidades para ofrecernos una perspectiva renovadora.

La ruptura con el pasado sugiere la pregunta de cómo el presente y el futuro de Iberoamérica deben ser valorados. Iberoamérica iniciará el siglo XXI con su incorporación activa al proceso de construcción de una institucionalidad en el ámbito regional;[B] las bases del nuevo orden regional deben asentarse por un acuerdo que no sólo establezca el marco jurídico para asegurar la convergencia de los procesos integracionistas, sino también la oportunidad para la construcción de una institucionalidad que hasta el momento, en los países de Iberoamérica, no se ha logrado en el ámbito nacional. Para el desarrollo económico de la región, es imprescindible que seamos capaces de mejorar el sistema de impartir justicia, cuyas deficiencias en el ámbito nacional son reconocidas por la

---

[A] Confer Thomas Samuel Kuhn (1922-1996), The Structure of Scientific Revolutions (1962).

[B] Son iniciativas prioritarias para la región la consolidación del Mercado Común del Sur, la entrada en vigor del Tratado de Libre Comercio de Norteamérica y las negociaciones formales para el Acuerdo de las Américas.

población.[A] En cada país de Iberoamérica, nos sentimos capaces de romper las más elementales normas jurídicas y de convivencia política. Frente a una situación que, en el ámbito nacional, está lejos de responder a promesas de bienestar para la población, la creación de una institucionalidad regional paralela será como un borrón y cuenta nueva para la región. Sin recurrir a la solución parcial del problema en cada nación —con la evidente dificultad que esto conlleva— podemos comprender cómo los esfuerzos deberán concurrir, en el siglo XXI, a fin de lograr que la institucionalidad regional pueda adaptarse y convertirse en la clave que dé sustento a las aspiraciones de Iberoamérica. Hay que construir de inmediato las instituciones que promuevan el crecimiento económico acelerado y armónico de la región. Ante la reducción del actor principal del mundo moderno que ha sido el Estado-nación,[B] dentro del contexto de un avance lento pero visible del presente hacia el futuro, es posible percibir la aparición de nuevas formas de gobierno que apuntan hacia una nueva etapa en la historia, comparable con el surgimiento del Estado-nación de finales del Mediœvo. Hoy se habla del fin de las soberanías y del Estado-nación; la idea de las fronteras nacionales está siendo superada por los nuevos tiempos y con fuertes presiones tecnológicas en el campo de la informática, pues el tipo de organización burocrática-estatal del gobierno centrales y el nacionalismo —ese culto a la bandera y al fusil— no responden hoy en día a los cambios que la tecnología y la producción nos imponen. Vaya por delante nuestra firme convicción que progresamos hacia el gobierno del tribunal supranacional, como instrumento para profundizar el proceso descentralizador e integrador en el ámbito regional.

Por eso, en este proceso adquiere validez el legado intelectual del hombre luso-catalano-hispano y americano, cuya presencia abarca no sólo el Subcontinente y la Península Ibérica, sino que proyecta también sus raíces culturales y humanistas hasta los Estados Unidos de América del Norte. Ante todo debemos subrayar el desconocimiento total de la aportación peninsular a las ideas que coadyuvaron a la formación del mundo moderno: aludimos a una clara herencia cultural. El presente libro

---

[A] Véase la jurimetría de Edgardo Buscaglia, Jr. (1959-), A quantitative assessment of the Efficiency of the Judicial Sector in Latin America, 17 International Review of Law and Economics 275 (1997); Maria Dakolias (1965-), Court Performance Around the World: A Comparative Perspective, 2 Yale Human Rights and Development Law Journal 87 (1999).

[B] Confer John McGinnis (1957-), The Decline of the Western Nation State and the Rise of the Regime of International Federalism, 18 Cardozo Law Review 903 (1996).

se inscribe en la preocupación de rescatar la aportación importantísima de Iberoamérica a la ciencia del Derecho. Conviene recordar que la Escolástica Barroca logró grandes adelantos en la rama de Derecho Público, *die spanische Barockscholastik hat die Entwicklung des öffentlichen Rechts in unvergleichlichem Maße beeinflußt* mas un sustantivo avance en Derecho Privado que no serían repetidos sino hasta fines del siglo XVIIII en Prusia y comienzos del siglo XX en los Estados Unidos de América del Norte. Lo cierto es que encontramos relegada a una nota en la historia del Derecho la obra de muchos pensadores jurídicos de gran estatura que son enteramente capaces de dialogar con el siglo XXI, y en este libro intentaremos una primera aproximación a algunos de los problemas, obstáculos y confusiones que parecen rodear a nuestro entendimiento en la materia.

Durante el Siglo XII, en una época en que se había abierto una gran brecha entre los mundos occidental y árabe y en que la primacía de la técnica y del pensamiento estaban en Andalucía y en el Norte de Africa, los peninsulares habían asimilado del mundo árabe todo lo que a la sazón se conocía sobre filosofía peripatética, medicina y matemáticas;[A] durante muchos años de esa cruda situación, en que la cruz dejó de ser el símbolo de tormento y se convirtió en símbolo de esperanza, ellos habían mantenido la tradición propia de una antigua literatura y filología latinas, que florecieron en la Península Ibérica durante los siglos III-VII. Como receptores de las avenidas y bifurcaciones del pensamiento occidental, de la teología cristiana, del *ius commune* y del humanismo renacentista, ya en la antesala del Barroco, los mismos hubieron de enfrentarse en el siglo XVI con *die Änderung in der Weltanschauung* que supuso el desembarco en 1492 de Cristóbal Colón (1451-1506) en playas antillanas y el inicio de un encuentro de culturas que habría de revolucionar al orbe entero.[B] *Neste sentido, o desembarque de Colombo desata um processo que leva toda a humanidade a tomar consciência das diversidades culturais e da dimensão planeta. Isto é importantíssimo. O desembarque de Colombo é um símbolo de um grande processo, cuja conseqüência é a globalização da humanidade.* Con el descubrimiento de una ruta viable a través del Atlántico, usando los

---

[A] La ascendencia que tuvo la escuela de traductores de Toledo.

[B] Francisco López de Gómara (1511-1564) calificó el descubrimiento de Indias como el suceso más importante desde la Crucifixión de Cristo. Historia general de las Indias, con todos los descubrimientos, y cosas notables que han acaescido en ellas, dende que se ganaron hasta agora (1552).

Controversia de imperio legis

vientos Alisios, y de una ruta por mar hacia la India, una gran aportación de la lusitano-catalano-hispanidad al mundo ha sido la mundialización económica. Eso no es todo: la lusitano-catalano-hispanidad nos ha dado la pluralidad de culturas porque siempre se ha considerado como el producto de la síntesis o de la convergencia de varias culturas e identidades muy distintas entre sí. En este sentido quizá haya sido la Península Ibérica, que reúne en sí diversas raíces humanas, la cultura más adecuada para entrar en contacto con la ‹alteridad› —en tanto realidad física y moral ajena[A]— del indígena americano, en un ambiente de apertura y tolerancia. Lo cierto es que toda la historia de Occidente está marcada por la incorporación de lo americano y por el traslado del hombre y cultura europeos a las tierras recién halladas.

En este orden de apreciaciones es interesante observar la poderosa aportación de la lusitano-catalano-hispanidad al conocimiento del Derecho; se trata de una de esas raras proezas en el ámbito de doctrina que se asocian con los sueños. Sobre todo: hay ideas e instituciones que se desarrollan que son hasta hoy la base del mundo moderno. La Escolástica Barroca da un nuevo sentido y perspectiva a la aventura humana cuando, a base de un esfuerzo sin precedentes de revisión y sistematización general de las Pandectas conforme al pensamiento teológico y a la pedagogía humanista, nos lleva a los conceptos principales del marco teórico del Derecho Civil y hasta del *common law*[B]; es más, el gobierno que la Corona castellana establece en Indias, marca una nueva etapa de construcción creadora de unas instituciones políticas y jurídicas que son fundamento del imperio de la ley. La historiografía jurídica carece de una justa apreciación de la Escolástica Barroca;[C] y no otorga la consideración debida a lo mucho que el imperio de la ley se basa en instituciones e ideas muy anteriores al siglo XVIII. En esta laguna del conocimiento confluyeron varios factores: aquel rapto de locura que enfrentó a católicos y protestantes y que ensangrentó los campos de Europa a principios del siglo XVII dejando una estela claramente visible de odio sectario; el relato protestante de los nuevos descubrimientos, en clave de

---

[A] José de Acosta (1539-1600), Historia natural y moral de las Indias (1590).

[B] James Russell Gordley (1946-), The Philosophical Origins of Modern Contract Doctrine (1991).

[C] Víctor Tau Anzoátegui (1938-), ¿Humanismo jurídico en el mundo hispánico?, 20 Anales de la Universidad de Chile 585 (1989).

leyenda negra antiespañola y antiportuguesa;[A] el viejo prejuicio antisemita de parte de los europeos del Norte contra el destacado papel en el ámbito literario e intelectual que en la Península y América desempeñaron quienes «recibieron el bautismo de pie» y sus descendientes; *au XVIII siècle, l'abandon progressif de les langues anciennes pour les témoignages littéraires en langue vulgaire*; la impotencia de un rey, el Hechizado (1661-1700), quien no tuvo descendencia y la irrupción de nuevos patrones racionalistas en la concepción, ordenación y funcionamiento del Estado, siguiendo las pautas emprendidas por la monarquía francesa, porque la facción borbónica gano aquella Guerra de Sucesión; la invasión de *les grognards de* Napoléon Ier., los cuales franquearon los Pirineos y entraron en Zaragoza en 1808 profiriendo gritos de «*avec du vin jusqu'aux genoux*»; la ineptitud de un rey, el Deseado (1784-1833), quien tras haber sido obligado a ceder su trono ante le Petit Caporal, ignoró la admirable y heroica resistencia del pueblo y la lealtad —incluso la adicción— de sus súbditos peninsulares y americanos, desechando la Constitución panhispana de Cádiz, escenario en el que, por la ausencia del soberano, el pueblo asumió la soberanía y se reunieron las Cortes con participación de diputados de la Península y América;[B] la indiferencia general, cuando no animadversión, de una historiografía jurídica decimonónica, atrapada en nacionalismos excluyentes y exagerados y la ficción de una enconada polémica entre el *mos italicus* y el *mos gallicus*; la confusión generalizada de la causalidad con la racionalidad en que, a partir de la revolución científica del siglo XVII, es partícipe el pensamiento occidental, produciendo esa maraña de ideas que parece imposible de desmadejar y que ha dejado serias secuelas para el Derecho Público; y en ello radica el meollo del asunto: las confusiones y contradicciones internas de la concepción neotomista post-ilustrada de la Escolástica Barroca;[C] es innegable de que

---

[A] Julián Juderías y Loyot (1877-1918), La Leyenda Negra, estudios acerca del concepto de España en el extranjero (1914); William Maltby (1940-), The Black Legend in England, the Development of Anti-Spanish Sentiment 1558-1660 (1971).

[B] Jaime Rodríguez (1940-), La independencia de la América española (1996).

[C] Si posamos la mirada en el clásico de la cultura occidental, Aristóteles, aun sin mencionar al Doctor Angelicus, descubriremos una síntesis incompleta de escuelas que representan posiciones antitéticas. Los cultivadores del neoaristotelismo, entre los que podemos mencionar a algunos artífices de la filosofía de la Universidad de Chicago, entre ellos Martha Craven Nussbaum (1947-), así como sus parientes más cercanos, los neotomistas, caen en la trampa intelectual y metodológica de considerar a estos pensadores como si fueran creadores autónomos. El concepto de ‹autor›, como demuestra la más relevante historiografía, es una invención de la modernidad reciente. Con anterioridad a la aparición de la imprenta en el siglo XV, que permite un mayor acceso a los libros y pasquines, y que facilita el discurso intelectual coetáneo de la sociedad, los

quien nace en una época determinada necesita una teología que responda a sus inquietudes; de ahí que los neotomistas del siglo XVIIII reinterpretaron el sentido de la Escolástica Barroca, privilegiando a la teología en detrimento del humanismo, *el qual no pot deixar d'haver tingut influència notable en el moment d'esplendor del Segle d'Or de la cultura luso-hispana i catalana.* Como advierte Helmut Coing (1912-), la Escolástica Barroca carece de una investigación pormenorizada y apoyada en un aparato archivístico, que permita dilucidar el significado de esta etapa crucial en la formación del Derecho;[A] como quiera, es preciso saber más y mejor, no como mera voluntad de erudición, sino en cuanto la necesidad vital de introspección y de conocimiento de los nexos entre el pasado y el presente. Desde este enfoque, nadie puede dudar que toda aportación intelectual es bienvenida. Tenemos investigaciones pioneras editadas por Paolo Grossi (1933-).[B] En el terreno de la historia del Derecho, Gordley nos ofrece una obra inteligente, escrita con claridad, aunque sin dominio en la tradición intelectual de la Península y América. Paul Oskar Kristeller (1905-1999) tiene siempre presente que la Escolástica y el humanismo durante el Renacimiento se conjugaron;[C] se preguntarán los especialistas, motivados seguramente por el estilo retórico de desborde imaginativo, vivaz, a veces brioso, con que escribían los humanistas, si no se llegó a desarrollar contrariedad de conceptos o esquemas. Pero la investigación de las fuentes le ha permitido develar que no hay nada más lejos de la realidad: la Escolástica y el humanismo, si no quedarían fusionados, al menos habrían de formar eslabones complementarios. Y Guido Kisch (1889-1985) nos da pistas al concentrar su atención en la figura clave de Vives;[D] se presenta entonces, la oportunidad de asignarle cabal y armónica vigencia a la fuerza del legado jurisprudencial de Vives en ambos lados del Atlántico. Un dato tan significativo como este invita a consolidar una nueva línea de investigación, si no mediara cierta circunstancia que aconseja moderar los entusiasmos. La labor es sin duda

---

escritores se esforzaron en aprehender y preservar el pensamiento de quienes les precedieron. Tan sólo en nuestros días, cuando los escritos de nuestros rivales están ampliamente divulgados, aunamos el impulso por estar actualizados con una completa e imposible ruptura con el pasado.

[A] Europäisches Privatrecht, I Alteres Gemeines Recht (1500 bis 1800) 101 (1985).

[B] La Seconda scolastica nella formazione del diritto privato moderno (1972).

[C] Humanism and Scholasticism in the Italian Renaissance, 17 Byzantion 366 (1944).

[D] Erasmus und die Jurisprudenz seiner Zeit: Studien zum humanistischen Rechtsdenken 69-89 (1960).

enorme, complicada y difícil; se trata de un regreso de la historiografía a sus raíces intelectuales en la filología, y no así en la trillada ‹filosofía›.

En esta perspectiva el estudio de la historia del Derecho se convierte en un ejercicio más completo de comprensión de la cultura jurídica de una época y lugar determinados. El presente libro fija nuestra atención sobre lo largo y ancho de toda la inmensa geografía de América,[A] así como sobre dos fases en la historia política y jurídica del Nuevo Mundo. Cabe destacar que el método comparativo, siempre útil y hasta necesario para nutrir el conocimiento, no sólo conjuga conscientemente las similitudes entre diferentes países del Continente, sino que toma nota de la alta complejidad de la historia como suma de historias diferentes. Es peligroso excederse en las analogías históricas; sin embargo, la historia es poderosamente misteriosa y revela un fondo de procesos análogos que recorren largos periodos temporales. El descubrimiento de afinidades entre periodos históricos muy distantes, reafirma el concepto diverso, pero único, del Ayer y del Ahora, y hace que la historia sea siempre dinámica, abierta a todos los futuros. En el contexto legal nos sigue maravillando encontrar correspondencias entre las instituciones político-jurídicas de los Reinos de Indias y de los Estados Unidos de América del Norte, en particular la preponderancia que se dio y da a togados y a audiencias en la administración de ambos gobiernos. Con un sentido mercantilista acorde a la época, el Derecho Indiano establece un precedente histórico —si bien puede ser ignorante la opinión pública occidental en el tema— para la doctrina constitucional, federal y administrativa de los Estados Unidos de América del Norte. Tenemos otro punto de comparación en que tanto los Reinos de Indias, cuanto los Estados Unidos de América del Norte, ejemplificaron sociedades heterogéneas que compartieron la extraordinaria y casi única experiencia americana; y ambas sociedades capitalizaron en los siglos XVI y XX la hegemonía mundial, que originara un enconado resentimiento. Al revalorizar la herencia jurídica de Iberoamérica, la misma se reexamina y se constituye en fuente de permanente creación innovadora; si a ésta se suman los últimos adelantos de la ciencia jurídica en el Norte a través de la economía, podremos disponer del conocimiento requerido para construir el andamiaje institucional que permita que la economía de la región funcione. Atrevámonos a yuxtaponer *ius naturale secundarium* de los siglos XVI y XVII con *the economic analysis of law* de los siglos XX y

---

[A] En este sentido, nuestro enfoque historico es americocentrista.

Controversia de imperio legis

XXI —el pensamiento jurídico de las escuelas americanas de Chuquisaca y de Chicago— hacia el apuntalamiento de algo que, sin duda, se convertirá en una necesidad epistemológica en la próxima centuria: un Derecho Público reconstituido, de amplio espectro, que reúna lo mejor de las doctrinas jurídicas de ambos hemisferios. La llamada escuela de Chicago[A] que actualmente provoca una revolución económica y política en Iberoamérica que difícilmente pueda ser detenida, es el resultado de la revolución ordinalista registrada en la década de los 1930. Las doctrinas jurídicas que hicieron de Chuquisaca[B] centro en el Cono Sur del humanismo de gusto barroco, y del ánimo que se prolonga con fecunda energía durante casi todo el Siglo de Oro, ejercieron una notable influencia en su tiempo e impulsaron la transformación del sistema de Derecho romano-canónico.

Ambas escuelas americanas, *ius naturale secundarium* y *the economic analysis of law*, afirman que el Derecho tiene su origen en el accionar del ser humano: el concepto del Derecho se asocia a un esquema explicativo más amplio del sujeto individual, cuyas claves están en la motivación y cognición humanas y en que se priman los aspectos de la toma de decisión humana. Es conveniente destacar que el uso de términos como *voluntad, razón, persona, derecho* y *propiedad,* si bien llegan a ser muy trillados, no son empleados con claridad dentro de su verdadera connotación, siendo que en el ámbito del Derecho se omite muy frecuentemente formular una explicación cabal sobre su alcance. El presente libro es innovador porque se trata de collages de palabras, de frases extraídas en ocasiones de obras de distintos autores, yuxtaposición de textos de varia invención y sucesión de fragmentos aparentemente inconexos, los cuales conducen al lector a un tema que no ha sido suficientemente estudiado: recoge los aspectos ora teológico,[C] ora económico, más destacables del esquema explicativo psicológico del sujeto individual que constituye la base del Derecho, y que se ofrece a nosotros como una clave reveladora de múltiples secretos: sólo de este modo abordamos con rigor, profundidad y amplitud el tratamiento concerniente al Estado de Derecho.

[A] Léase London School of Economics en las islas británicas.

[B] Léase Salamanca, Alcalá de Henares y Évora en la Península Ibérica, y México en el Norte.

[C] El pensamiento no se agota en la filosofía; puede encontrarse en la literatura. En la Península Ibérica y América así sucede: los nuestros han sido «filólogos, o más bien humanistas, en el más comprensivo sentido,» Unamuno, El sentido trágico de la vida XII (1913).

Juan Javier del Granado

Capítulo 3

El espíritu barroco y la elección racional

Aunque esta confrontación significa la división del mundo una vez más en hemisferios, la aparente antinomia entre ambas escuelas del pensamiento jurídico americano se resuelve si se advierte la fuerte correlación que existe en el énfasis que *ius naturale secundarium* de los siglos XVI y XVII y *the economic analysis of law* de los siglos XX y XXI pusieron en la racionalidad del sujeto individual. Cicerón explica que *«lex est ratio summa insita in natura, quæ iubet ea, quæ facienda sunt, prohibitque contraria»*[A] y, por su parte, Vives sitúa aquella ley en el ser humano.[B] Partiendo de esta premisa, se hace posible encontrar en el sujeto individual la respuesta a los límites y las posibilidades de la racionalidad; *the economic analysis of law* se refiere a una racionalidad parigual con la única divergencia de que, en lugar de ubicarse *natura atque adeo natura secundaria*, se construye a partir del *know-how* del productor y de las preferencias del consumidor. Así, ambas escuelas del pensamiento jurídico llegan a una concepción radicalmente subjetivista de la elección racional; y el razonamiento práctico se centra en el espacio de la propia conciencia individual. Un estado de *con-scientia* singular estalla σαν οξύμωρον sin sentido en el enfrentamiento del participio y el prefijo;[C] acá representa el encuentro afortunado de dos contrarios: el acervo de los significados compartidos del lenguaje y la propia mente humana;[D] la persona es *«natura rationabilis individuæ substantiæ»*[E] ó un *rational maximiser*. Según San Isidoro de Sevilla (560-636), la racionalidad se refiere a la voluntad individual que utiliza, como un recurso constante, esa herramienta clave y primordial, la propia mente humana —para barajar de manera eficaz los conocimientos almacenados e

---

[A] De legibus I VI (52 A.DE J.C.)

[B] In leges Ciceronis prælectio (1532).

[C] Raymond Ruyer (1902-1987), Paradoxes de la conscience et limites de l'automatisme (1966).

[D] Heráclito de Efeso vislumbra el distingo claro entre τοῦ λόγου común de los hombres y τῆς προαιρέσεως de la propia mente, «διὸ δεῖ ἕπεσθαι τῷ ξυνῷ, τουτέστι τῷ κοινῷ· ξυνὸς γὰρ ὁ κοινός. τοῦ λόγου δ' ἐόντος ξυνοῦ ζώουσιν οἱ πολλοὶ ὡς ἰδίαν ἔχοντες φρόνησιν». Sextus Empiricus (150-220), η' Πρὸς μαθηματικούς ρλγ' (190).

[E] Anicio Manlio Severino Boecio (480-524), Contra Eutychen et Nestorium III (510).

introducidos en la memoria— y percatarse de lo derecho.[A] Siempre será conveniente, cuando se trata de un asunto en verdad importante, volver a la raíz de la cosa; y en la raíz etimológica de la racionalidad está lo recto, «*dum rectum iudicat, ratio est*». Podemos afirmar que lo recto se refiere a lo *honestum*, o incluso podría interpretarse como lo *utile*,[B] conforme al ordenamiento de medios y fines que hace la voluntad individual; *sic explanat* Fray Francisco Suárez (1548-1627), «*nam uoluntas est, quæ ordinat media ad finem, quia ipsa est, quæ intendit finem, et eligit media propter ipsu, et ita statuit, ut fiant*».[C] Este ordenamiento denota la profundidad psicológica del modelo del ser racional elaborado por San Agustín (354-430) conforme a la antigua tradición judaica *creationis ex nihilo* decretada sin la noción helénica τοῦ κόσμου pre-ordenado que la avale. Dios ha concedido al ser humano el libre albedrío, es decir el obrar por elección propia. Para comprender el arrojo y la grandeza de la concepción agustina de la libertad humana —postura paradójica, ya que se combina con la insistencia en la obediencia acaso más absoluta en el orden de la ciudad terrenal—[D] hay que reparar en lo que distingue a la razón de la voluntad. Podemos afirmar que la razón es el ordenamiento que hace ese primer acto que nos lleva a la elección, la voluntad; pero la voluntad puede liberarse, no sólo de este ordenamiento, el cuál refrende los límites de actuación, sino también de todo referente anterior de racionalidad, para elegir de manera distinta. En este sentido el acto de la voluntad puede considerarse libre. La nueva voluntad se contrapone a la antecesora, la razón ordenada; produciendo de esta manera la lucha interior de dos voluntades que San Agustín confesó poseer, «*duæ uoluntates meæ, una uetus, alia noua*».[E] Aunque en el ancho mundo se cuente con cierto margen de acción, debemos entender que la racionalidad del presente tiene un límite visible.[F] Algunas veces olvidamos que jamás se puede

---

[A] «*Dum uiuificat corpus, anima est: dum uult, animus est: dum scit, mens est: dum recolit, memoria est: dum rectum iudicat, ratio est*». De homini et portentis, XI Originum seu Etymologiarum Libri XX 1 (615).

[B] «*Medium inter superabundantium et defectum, et hoc rationem rectam*», Princeps Scholasticorum, VI In Decem Libros Ethicorum Aristotelis ad Nicomachum Expositio I.

[C] I Tractatus de Legibus et Legislatore Deo V (1612).

[D] XVIIII De ciuitate Dei contra paganos libri XXII (427).

[E] VIII Confessionum 10 (400).

[F] En teoría de las Decisiones no es posible olvidarse de la búsqueda de criterios de racionalidad limitada o incompleta, de mayor configuración real. Herbert Alexander Simon (1916-), Models of Bounded Rationality 291 (1982).

conocer el futuro con entera certeza; se trata de un tema que entra en el espacio del razonamiento práctico, donde no hay un plan predeterminado para encauzar nuestro esfuerzo, un pronóstico que haga determinable a un futuro incierto, empero el acto de elegir nos permite enfrentar las contingencias, hasta alcanzar la frontera donde la voluntad recrea al ordenamiento de la razón.

El método por el que la latinidad cristiana y la economía neoclásica desarrollan sus respectivos modelos psicológicos pertinentes a la elección racional es el mismo: el camino de la honda introspección y del autoconocimiento.[A] El acontecer cotidiano está repleto de explicaciones e interpretaciones psicológicas de la conducta, formuladas por cualquier persona. La latinidad cristiana alude a la naturaleza del individuo; comprende que el ser humano entraña un rostro solitario y que en la encrucijada del libre albedrío, que nos lleva a la elección de algo y que, cuando se elige, expresa la libertad de la ley de Dios, se halla la cabal comprensión de los actos de la persona. La economía neoclásica parte de la base de un ordenamiento consistente de las preferencias del sujeto racional; y el ordenamiento de éstas a todas vistas permanece consistente tanto en cuanto los costes de transacción son positivos. Aclaremos que disentimos acerca que puedan existir costes de transacción nulos: éstos, así como los costos de información,[B] siempre serán positivos, y muchas veces prohibitivos.[C] Habría que plantearse si en un mundo de costes de transacción nulos la población no tendría preferencias intransitivas o altamente variables[D] y se producirían nuevas transacciones sin cesar, lo que trasmutaría a dicho mundo en un $\chi\acute{\alpha}o\varsigma$ irreductible. No se puede negar que el punto capital en la mera distribución de la riqueza, a ser resuelto por un gobierno político sustentado en el principio de mayoría, es la no reducida posibilidad del surgimiento de nuevas coaliciones. En las

---

[A] «*Our knowledge of ourselves is based on introspective observation,*» Frank Knight (1885-1972), Risk, Uncertainty and Profit 7 (1921).

[B] Stigler, The Economics of Information, 69 Journal of Political Economy 213 (1961).

[C] Por ahora, hemos optado por ignorar la igualación de beneficios con costos de oportunidad que hacen los economistas. No es necesario elaborar series interminables de costos de oportunidad para esbozar las transacciones políticas. La gente toma en cuenta aquellas actividades con las cuales, hasta donde tienen certeza, prevén obtener ganancias. El origen de tal suposición deriva del fracaso parcial del análisis marginal que Armen Albert Alchian (1914-) pugna por resolver en Uncertainty, Evolution, and Economic Theory, 58 Journal of Political Economy 211, 213 (1950).

[D] «*Probatur quia continue consuetudines et dispositiones variantur*», Jean Buridan (1295-1358), Questiones super Libros Politicorum (1513).

Controversia de imperio legis

vísperas de la Revolución Francesa, le Marquis de Condorcet (1743-1794) señaló la grave paradoja.[A] Tres amigos, que tienen las preferencias transitivas y ordinales de xR_yR_z, yR_zR_x, zR_xR_y, respectivamente, verifican que son incapaces de tomar una decisión colectiva entre las alternativas de $\{x, y, z\}$. Sin embargo, más aterrador aun que la paradoja propuesta por Condorcet a fines del siglo XVIII nos parece el caso del burro de Buridan planteado a mediados del siglo XIIII. En este problema, que parece no haber tenido verificación empírica, un burro se encuentra en una posición equidistante con respecto a dos pajares y, al no poder decidirse por uno de aquéllos, el animal infeliz muere de hambre.

Es evidente que el individuo debe darle alguna relación de orden a sus preferencias, y podemos afirmar que los costes de transacción positivos activan a la población a sistematizar sus preferencias individuales y se encuentran *ad fonem et originem* de la racionalidad humana. Precisemos que el individuo elige el objeto de su preferencia en condiciones de incertidumbre y sujeto a la restricción de los intercambios que puede efectuar, y hasta en cuanto puede identificar la canasta que maximaliza sus beneficios y minimiza sus costos. Ante todo debemos hacer notar que los instintos *hominis œconomici* —el individualismo economicista— provienen de la separación de las cosas que dependen de éste de aquellas otras que no le son dependientes;[B] y no del apego que tiene a la riqueza. Sugerimos que, una vez realizada la transacción con los demás, el individuo queda ligado al ordenamiento de las preferencias que eligió, puesto que la incidencia de los costes de la transacción en la disminución de los recursos propios pone en evidencia una mayor restricción presupuestaria para elecciones posteriores y, consecuentemente, le queda reducida la posibilidad de hacer nuevas transacciones. Las preferencias del individuo se fraguan en el seno de la historia de las elecciones propias precedentes. La naturaleza actúa, siempre con economía, por el medio más expedito, «*la Nature, dans la production de ses effets, agit toujours par les moyens les plus simples*».[C] De modo parecido, el individuo no sólo intenta llegar a sus metas con el menor gasto posible de recursos sino también ejerce la

---

[A] Essai sur l'application de l'analyse à la probabilité des décisiones rendues à la pluralité des voix (1785).

[B] La separación que Epicteto (50-120) nos conseja, β' Διατριβαί (90); Ἐγχειρίδιον (80).

[C] Pierre Louis Moreau de Maupertuis (1698-1759), Accord de differentes loix de la nature (1744); «*la quantité d'action ... est toujours la plus petite qu'il soit possible*», Essai de cosmologie II Partie (1750).

economía al realizar las elecciones de fines.[A] Debemos subrayar que las decisiones teleológicas pocas veces son de carácter colectivo, a no ser que la población *suum unanimis uoluntatibus* se comprometa a un fin. El fin que deseamos es endógeno al individuo; y al individuo de ningún modo puede compelérsele a un acuerdo respecto de fines. *Credere actionem uoluntatis est*. San Pablo (7-67) cuestiona, « Ἱνατί γὰρ ἡ ἐλευτοῦ μον κρίνεται ὑπὸ ἄλης συνειδήσεως».[B]

La profunda ideología humanista del religioso peninsular del siglo XVI, que apostaba por una evangelización pacífica en América, iría a contrastar marcadamente con el desgarramiento europeo de las guerras de religión del siglo XVII. En aquel siglo de muerte, la sociedad europea yace sepultada en la más horrible confusión, y en la guerra más sangrienta; puesto que en nombre incluso de Cristo, príncipe y señor de la paz, se mantienen envueltos en una encarnizada lucha, a espada, sangre y fuego, católicos contra protestantes. La violencia de los ejércitos mercenarios todo lo convierte en destrucción y muerte. Como señalaron varios doctores de la Escolástica Barroca, todo el miedo y el horror ante la guerra y la ruina y la desolación que trae, antes de dar motivos para abrazar otra fe y renunciar a la ancestral, hubiera hecho al indígena americano odiar a Cristo. Cuando en el continente americano emergen las llamas candentes de la guerra, cerca de las riberas del río Bío-Bío, donde el guerrero araucano ofrece una feroz resistencia al conquistador peninsular, quien anda a zancadas por las tremendas cordilleras de los Andes, el guerrero-poeta Alonso de Ercilla y Zúñiga (1533-1596) nos muestra la sangrienta crueldad del terrible azar bélico. En esta guerra, hay muertos de ambos lados. Ercilla afina la lira y canta el dolor; su poesía bulle de muerte, mutilación, desmembramiento y trituración de cráneos:

[A] Robert Cooter (1954-) ha enunciado el desarrollo de una teoría unificadora de las ciencias sociales, la teoría de las Preferencias Endógenas, Law and Unified Social Theory, 22 Journal of Law and Society 50, 60 (1995).

[B] α' Επιστολη προ Κορινθίων ι' κθ' (60).

Controversia de imperio legis

«Miembros sin cuerpos, cuerpos desmembrados

lloviendo lejos trozos y pedazos,

hígados, intestinos, rotos huesos,

entrañas vivas y bullentes sesos».[A]

Su poesía registra con crudeza los horrores de la guerra y sus efectos brutales; antes que, en la incomparable tradición de la épica desde Homero (850-770 A.DE J.C.), exaltar el heroísmo de una guerra que, si la sangre corre, garantiza una muerte sublime y sin sufrimiento alguno, su poesía condena lo horrible y lo absurdo de la guerra, que sepulta al individuo en una congoja y penuria extremas.[B] Cada verso contribuye a crear un sentimiento especialmente corrosivo de injusticia; el verdadero horror es la guerra; es observada como el último recurso, porque es la alternativa más costosa y, deberá ser defensiva y justa. De otra forma, el Bardo de los ingleses une los pedazos de cadáveres desmembrados en un Endriago grotesco, ante quien se le debe rendir cuentas,

«*hath*

a heavy reckoning to make, when all those legs and

arms and heads, chopped off in battle, shall join

together».[C]

Ercilla lamenta que los logros de la guerra habían sido escasos. La imposición de una conversión forzosa y humillante, entre las comunidades indígenas agredidas, sólo provocó la ira y contaminó de odio los corazones. Ercilla sigue la línea de pensamiento que fuera trazada por Fray Francisco de Vitoria (1483-1546)[D] con la sutileza de quien trabaja dentro de la norma, y por Fray Bartolomé de las Casas (1474-1566)[E] con la temeridad de quien desafía el orden, que en la práctica la guerra siempre hace más daño que bien. Los doctores de la Escolástica Barroca se inscriben en un esfuerzo por evitar toda manifestación de

---

[A] III La Araucana XXXII (1569).

[B] Como señala Andrés Bello (1780-1865) en La Araucana (1841).

[C] The Life of King Henry V 4, 1 (1599).

[D] De indis recenter inventis (1539); De indis, sive de iure belli Hispanorum in barbaros (1539).

[E] De unico uocationes modo omnium gentium ad veram religionem VI (1552). Ó el eco del sermon del dominico fray Antonio de Montesinos (1475-1545), el primero en alzar la voz en favor de los indios allá por 1511: ¿Es que acaso no son hombres? ¿No tienen ánimos racionales?

violencia, de modo principal la guerra y la esclavitud, y otras prácticas degradantes y discriminatorias que violan la dignidad humana.

Si partimos del principio que la persona humana está en el centro de toda elección, podremos comprender cómo un ente colectivo no puede ser portador de una voluntad o de un ordenamiento de racionalidad. El celebrado teorema de imposibilidad del economista de la Universidad de Stanford Kenneth Arrow (1921-), que entraña el abandono del supuesto de la racionalidad social, pone de manifiesto las dificultades de construir una ordenación colectiva de preferencias de un modo en sí lógicamente consistente o transitivo a partir de la consistencia individual en las elecciones.[A] La voluntad y la razón humanas son una actividad ejercida solamente por el sujeto individual; *la volonté générale* de Rousseau y *la Ragion di Stato* de Giovanni Botero (1544-1617)[B] no son sino ficciones: una invención imaginaria de la vida en la que lo creado debe ser más importante que lo tomado de la vida; un cuento, un embuste, un engaño, una falsedad, un infundio, una patraña; y el Estado fuerte, personificado[C] del barón von Pufendorf (1632-1694) una alucinación absolutamente exangüe e impotente, por muy vital y vigorosa que se pretenda. En un trabajo clásico publicado por el profesor de Oxford Francis Ysidro Edgeworth (1845-1926), éste llegó a la conclusión de que ascendía a un despropósito, si no llegaba al abismo del sinsentido, la conjetura de Jeremy Bentham (1748-1832)[D] sobre «la mayor felicidad, para el mayor numero de personas»; se preguntó: «*is this more intelligible than ‹the greatest illumination with the greatest number of lamps›?*»[E] El Estado dista mucho de poseer una metodología matemáticamente calculable para medir los resultados de la legislación, y está más lejos aun de tener una razón o una voluntad. Como afirmó

[A] Social Choice and Individual Values (1951).

[B] Ragione di Stato (1589).

[C] «*ex plurium pactis implicita et unita, pro uoluntate omnium habetur*», VII De jure naturæ et gentium libri octo II (1672).

[D] «*An action then may be said to be conformable to the principle of utility ... when the tendency it has to augment the happiness of the community is greater than any it has to diminish it*», Introduction to the Principles of Morals and Legislation (1789); «*that the conduct which, under any given circumstances, is objectively right, is that which will produce the greatest amount of happiness on the whole; that is, taking into account all whose happiness is affected by the conduct*», Henry Sidgwick (1838-1900), The Methods of Ethics (1874).

[E] Mathematical Psychics (1881), Appendices, VI On the errors of the ἀγεωμετρητοί.

Francisco de Quevedo (1580-1645), «el más eficaz medio que hubo contra Cristo, Dios y hombre verdadero, fue la razón de Estado».[A] Así, la decisión de Caifás y los fariseos marca el carácter sacrificial de todas nuestras determinaciones: degollar a unos para que no mueran todos. Luego la sangre inocente de Nuestro Señor Jesucristo corrió negruzca, bañando la cruz, goteando de los clavos. ¿Por qué? No nos cabe duda de que fue por la decisión de Poncio Pilatos con respecto a las exigencias de un grupo de presión en el Sanedrín, cuyo propósito era la crucifixión del Nazareno; se constata fehacientemente que el Estado carece por completo de toda voluntad o razón propias.

Pienso en una escena de la tumba del faraón,

la diosa egipcia con el pequeño en brazos,

cargados de ternura, como la Virgen con el Niño;

la égloga de Virgilio que predijo de tu llegada;

el sol en cruz que Constantino tuvo frente a sí;

Verdadero Dios y verdadero hombre, Dios encarnado,

cabe con Atanasio, patriarca de Alejandría, decir que:

«Αὐτὸς γὰρ ἐνηνθρώπησεν, ἵνα ἡμεῖς θεοποιηθῶμεν».

Es preciso que reconozcamos que el Estado no es más que un nexo contractual, un instrumento para dirimir nuestras diferencias, una vasta red inter-conectada de pactos que mantienen la convivencia en un mundo salpicado de violencia e integrado en un tejido compacto de situaciones de conflicto y de relaciones de poder, como Fernando Vázquez de Menchaca (1512-1569) demuestra reiteradamente en su lúcido y deleitoso tratado de Derecho Público, denominado Controversarium illustrium usuque frequentium libri tres (1564); se trata de un pensador coherente del siglo XVI, que escribe en pleno apogeo de la Escolástica Barroca; Vázquez de Menchaca retoma la tradición contractualista del Derecho Canónico en la cual, al decir del conciliarista Juan Alfonso de Segovia (1386-1458), la verdad se prefiere a la ficción, «ueritas præfertur fictioni».[B]

[A] II Política de Dios y gobierno de Cristo VI.

[B] Tractatus de Conciliorem et Ecclesiæ Auctoritate 224 (1439).

Juan Javier del Granado

Capítulo 4

Der Primat des Willens für die Basis aller Politik und Recht

La voluntad expresa y sintetiza los límites entre los que oscila el pensamiento y la acción; recalca el vínculo que une a la racionalidad endógena del sujeto individual con la causalidad, para que la persona evite quedarse atrapada en un atasco. En la racionalidad se subraya la relación con que son encadenadas las expectativas del intelecto; casi por definición, éstas desembocan en una necesidad lógica, inmanente, inevitable. Éste es el orden lógico y necesario, y no otro. En la causalidad se destaca la relación con que son conjuntadas las impresiones sensibles; aquéllas revelan el sometimiento ante la contingencia. En estas acepciones se percibe ya —siquiera vagamente— la tensa relación entre lo sensible y lo conceptual que caracteriza a la reflexión desde Platón;[A] el nexo causal es ilusorio, como observa Ludwig Josef Johann Wittgenstein (1889-1951) desde la soledad de los fiordos noruegos.[B]

La voluntad es un término que refleja algo más que el simple hecho de elegir: ή προαίρεσις, *uoluntas* encierra un significado distinto τῆς βουλήσεως, del cual es una simple traducción literal. En consecuencia, ¿de qué estamos hablando?, ¿cómo se explica dicho concepto? El término ‹*uoluntas*› denota un crisol donde se reúnen los poderes que alberga el egipcio. En Occidente, el alma ganó alas y comenzó a volar mediante un proceso por el cual se interioriza la inspiración externa de los dioses en una facultad propia de cada ser humano. En las representaciones de la tragedia griega —un ritual dionisiaco[C]— por primera vez encontramos que este conflicto, antes divino, se desata en el alma humana; así aparece con frecuencia en Eurípides (450-380 A.DE J.C.);

[A] En el Τίμαιος, uno de sus últimos diálogos. «*The squirming facts exceed the squamous mind*», Wallace Stevens (1879-1955), Connoisseur of Chaos III (1944).

[B] Confer Tractatus Logico-Philosophicus 6.37-.371 (1922). Algazel y Hume igualmente negaron que existiera un vínculo necesario entre un hecho y aquellos otros con los que está habitualmente asociado. Philipp Frank (1884-1966), Das Kausalgesetz und seine Grenzen (1932).

[C] Está más cercano a nosotros el dios que nació dos veces —mitad dios y mitad hombre— en la expresión de Publio Ovidio Naso (43 A.DE J.C.-18), «*nec enim præsentior illo est deus*»; ningún dios de aquel cielo grecolatino se había mostrado tan cercano al hombre.

Controversia de imperio legis

Medea[A] antes de asesinar a sus hijos dice que sabe qué crimen está a punto de cometer, pero su pasión es más fuerte que sus deliberaciones, «θυμὸς δὲ κρείσσων τῶν ἐμῶν βουλευμάτων»; acá no debe nada a la intervención de los dioses.[B] Cabe resaltar que, bajo la perspectiva monoteísta de un Dios omnipotente, ‹uoluntas› es el nombre para designar la facultad creadora, la maravilla ¡acaso el milagro! *creationis ex nihilo*: la fuente inagotable de la contingencia, que se halla incompletamente traspuesta al hombre,[C] pues ἡ ποίησις inspirada por el arribo de las Musas no brota como una nueva ἀρχή del fondo del alma de las personas. Vives incorpora la rica iconografía que acompaña al Panteón del politeísmo greco-romano en la comedia Fabula de Homine (1518); los dioses que habitaban en el Monte Olimpo, unos y otros, irrumpen en carcajadas y gritos de admiración ante uno de los espectáculos más fascinantes que han podido contemplar: la desnuda criatura humana, azorada ante el misterio, casi a oscuras, ofrece un simulacro que sólo tiene la carcasa de la divinidad de la Fe monoteísta, pero que les infunde tal asombro, tal extrañeza, que la identifican con Júpiter. «¡*Summe Iuppiter, quantum illis spectaculum!*» Una ovación de gritos, aplausos y alaridos de placer despide a la humana criatura cuando, al término de su interpretación, en verdad soberbia y magistral, sube para saludar a su público; y el abarrotado teatro puesto en pie clama para que ingrese en sus filas con los dioses en sus dorados espacios del Olimpo. Con finura y desbordante imaginación, Vives representa la idea judeocristiana de que Dios nos creó para enseñorearnos sobre el mundo; y así ataja el peligro herético de Pelagio (360-420) en el que tal vez se encontraba despreocupado Giovanni Pico della Mirandola (1463-1493);[D] a

---

[A] Piénsese también en la cruel Martina surgida de la pluma de Augusto Guzmán (1903-1994), Cuentos del Pueblo Chico (1954).

[B] Bruno Snell (1896-), Die Entdeckung des Geistes; Studien zur Entstehung des europäischen Denkens bei den Griechen (1946).

[C] «Que assí como Dios tiene en su poderío la fábrica del mundo, y con su mando la gouierna: assí el ánima del hombre tiene el cuerpo subjecto, y según su voluntad lo mueue y lo gouierna: el qual es otra ymagen verdadera de aqueste mundo a Dios subjecto», Fernán Pérez de Oliva (1494-1533), Diálogo de la dignidad del Hombre (1546). «*Deum te igitur scito esse, si quidem est deus, qui viget, qui sentit, qui meminit, qui providet, qui tam regit et moderatur et movet id corpus, cui praepositus est, quam hunc mundum ille princeps deus*», Cicerón, VI De re publica XXVI.

[D] «*O summan Dei patris liberitatem, summan et admirandam hominis foelicitatem! Cui datum id hebere quod optat, id esse quod uelit*», Oratio de hominis dignitate XVI (1489). Es el hombre con sus fuerzas, a través de un ascenso cognoscitivo y volitivo, el que alcanza la divinidad al margen de la gracia de Dios según Pelagio.

diferencia del escritor renacentista, toda la obra de Vives surca los límites de la razón y la voluntad humanas; la agudeza humana, si bien fue hecha a imagen y semejanza de Dios, tiene también una serie de elementos que podríamos llamar de carácter limitativo.

La voluntad es una segunda razón, que lleva en sí algo tan arbitrario y contingente como el ciego azar. De esta suerte intuye Arturo Schopenhauer (1788-1860), movido por un arranque de ateísmo, la posibilidad de sustituir en su filosofía la magnífica y misteriosa voluntad divina por otra voluntad metafísica; ambas infunden un sentimiento muy natural y hondo, el escalofrío ante la fragilidad y la indefensión de la existencia. *Des Dinges an sich* no es sino esa voluntad, intuida por Schopenhauer, que impulsa la evolución de la vida y de la que la individualidad es su inevitable víctima; la misma es tan real que uno comprende inmediatamente su absoluta realidad, «*ein durchaus unmittelbar Erkanntes und so sehr Bekanntes, dass wir, was Wille sei, viel besser wissen und verstehn als sonst irgend etwas, was immer es auch sei*».[A]

Es preciso aclarar que la subsunción de la racionalidad bajo la égida de la voluntad en Derecho Público, que está en la base del positivismo jurídico, no pertenece al Diabolico Fiorentino [B] ni a Hobbes.[C] Tampoco pertenece a los irracionalistas Nietzsche [D] ó Schopenhauer.[E] No se puede negar que estos escritores conservan toques manieristas provenientes del Barroco hispano-luso y catalano-aragonés;[F] lo cierto es que la preceptiva literaria de Schopenhauer provino de sus lecturas tempranas de Gracián [G] y que su traducción al alemán del Oráculo manual y arte de prudencia

---

[A] I Die Welt als Wille und Vorstellung § 22 (1819).

[B] Il Principe (1513).

[C] Leviathan, or the Matter, Form, and Power of a Commonwealth (1651).

[D] Die Geburt der Tragödie aus dem Geiste der Musik (1872); Menschliches, Allzumenschliches (1878); Also sprach Zarathustra (1883-85); Jenseits von Gut und Böse (1886); Zur Genealogie der Moral (1887); Der Fall Wagner (1888); Die Götzen-Dämmerung (1889); Der Antichrist (1895), Nietzsche contra Wagner (1895), Ecce Homo (1908).

[E] Confer, Die Welt als Wille und Vorstellung (1819); Über den Willen in der Natur (1836).

[F] Según Ernest Robert Curtius (1886-1956), más vale hacer a un lado el término ‹Barroco› y hablar en cambio de ‹manierismo›, que aparece como una tendencia cíclica en la historia de los estilos literarios, Europäische Literatur und lateinische Mittelalter XV (1953).

[G] El Héroe (1639), El Político, El Discreto (1646), Oráculo manual y arte de prudencia (1646), Agudeza y arte de ingenio (1648), El Criticón (1651, 1653, 1657).

(1646)[A] fue objeto de profundo estudio y análisis por parte de Nietzsche. *Die spanische Barockscholastik* en manos indianas hizo una enorme aportación a la doctrina del Derecho Público. Claro está que se requieren estudios filológicos del acervo intelectual y jurídico de los siglos XVI y XVII: no es posible separar la forma de la exposición de su contenido. El género barroco evoca con idoneidad aquella espléndida síntesis de la voluntad y de «un otro yo»,[B] la razón. Sin embargo, la idea que conduce al positivismo jurídico se remota aun más lejos, hasta el siglo XIII; el canonista Lorenzo Hispano (1200-1248)[C] la enunció en un comentario,[D]

«*Unde et dicitur habere celeste arbitrium...o quanta est potestas principis quia etiam naturas rerum immutat substantialia huius rei applicando alii, et de iustitia potest facere iniquitatem, corrigendo canonem aliquem uel legem, immo in his que uult, est pro ratione uoluntas*».[E]

Lorenzo comenta que la voluntad divina ejercitada por el Sumo Pontífice como legislador puede considerarse la razón misma. Lorenzo cita la frase de Décimo Junio Juvenal (60-140), «*est pro ratione uoluntas*»[F] e indica que no hay quien en el mundo que le pueda decir ¿por qué haces esto? «*Non est in hoc mundo qui dicat ei ‹Cur hoc facis›*»; apunta que no existe marco externo de racionalidad desde el cual puede juzgarse la voluntad de Inocencio III, fuera de la mera razón del Sumo Pontífice. De suerte que, en el siglo XV, el conciliarista Segovia muestra el claro corte que en Derecho Público distingue a la racionalidad de la causalidad.[G] Tal distinción no se introdujo de nuevo hasta mediados del siglo XX por Hans Kelsen (1881-1973).[H] Segovia distingue el Derecho y la política —esto es racional— de la naturaleza y la percepción —esto es

---

[A] Hand-orakel und Kunst der Weltklugheit (1861).

[B] Gracián, I El Criticón VIII (1651).

[C] Kenneth Pennington (1941-), Law, Legislative Authority and Theories of Government 1150-1300, in The Cambridge History of Mediœval Political Thought 424, 428 (1987); The Prince and the Law, 1200-1600 44-48 (1993).

[D] Con referencia a la decretal de Inocencio III (1161-1216), Quanto personam (1189).

[E] I Apparatus glossarum Laurentii Hispani in Compilationem tertiam 3 Quanto personam (1215).

[F] VI Saturæ CCXXIII (90).

[G] XVII Historia actorum generalis synodi Basiliensis XXXXVII (1453).

[H] Kausalität und Zurechnung, 46 Archiv für Rechts- und Sozialphilosophie 321 (1960).

causal— porque la voluntad humana debe intervenir para implementar una consecuencia político-jurídica, «*ex ea, que prefuit, uariaque esse potest uoluntate ordinatoris*». Cinco siglos después, Kelsen hace la misma distinción del mismo modo, basada en la intervención de la voluntad humana, «*durch den Eingriff eines menschlichen Willens*».[A]

Hobbes, en cambio, sintió la necesidad de disociar a la voluntad de la racionalidad, cuando sugirió que la voluntad es el apetito postrero en la deliberación, «*last appetite in deliberation*»;[B] actitud que, *nach einem romantischen Zwischenspiel*, Nietzsche llevaría al extremo del delirio irracional *mit seiner Formulierung des Begriffs vom ‹Willen zur Macht›*, zahiriendo al ‹*Willen zum Leben*› de Schopenhauer. Rechazar la razón y reemplazarla por una desenfrenada voluntad de dominio, sin un sentido de lo posible, incapaz de desplegar una agenda que recoja urgencias y ordene prioridades, no conduce a nada. Las personas debemos elegir, y ser consistentes con nuestras elecciones. Es más, el dominio nietzscheano es un elemento concomitante con la obediencia religiosa, aunque Nietzsche no quiso sacar esta conclusión, «*Das dem Stärferen diene das Schwächere, dazu überredet es sein Wille, der über noch Schwächeres Her sein will*».[C] En el fondo no veo como puede uno escapar a ella: la aceptación con razón y sustento es menos degradante que la obediencia a ciegas y servil, bajo un mando arrogante y feroz. El filósofo hispano-romano Lucio Anneo Séneca lo dice de manera llana, «*non pareo deo, sed adsentior*».[D] Hobbes ya no tendrá este concepto; incluso ya no sirve mantener una complementariedad entre la voluntad y la Razón; el hombre deberá utilizar otros elementos, otras facultades, otras capacidades, y no esa voluntad vinculada a sus apetitos desaforados, a sus lazos pasionales y atávicos. No obstante, no queda claro luego de la gran tradición de la Ilustración, ¿por qué Hobbes sintió que es necesario disociar a la voluntad de la racionalidad? Los hijos del siglo XX, y de sus horrores, hemos llegado a comprenderlo. Por lo que respecta al cálculo cuyo papel habría sido siempre el de iluminar[E] a la espontaneidad

---

[A] La voluntad es la semilla que germina el positivismo jurídico.

[B] The Questions Concerning Liberty, Necessity, and Chance 35 (1656).

[C] «*‹D›ieser Luft allein mag es night entrathen,*» Von der Selbst-Überwindung, II Also sprach Zarathustra (1884).

[D] «*Ex animo illum, non quia necesse est, sequor,*» Epistola XCVI (50).

[E] «*‹M›agistra est igitur, et præceptrix uoluntatis, ratio, non domina,*» Vives, De anima et uita libri tres (1538).

irreflexiva, cabe destacar que la estructura misma del pensamiento cambió durante el proceso que abrió paso a la época moderna. La transformación que se dio tuvo un relieve tal que el eje definidor de la modernidad originó en ella. De ahí que, a partir de la denominada Ilustración, cuya consigna era «¡*Sapere Aude*!»[A], la racionalidad buscaría descubrir la certeza clara y distinta del mecanismo causal.[B]

La racionalidad exógena de la Ilustración pretende funcionar con la precisión de una maquinaria de reloj;[C] y como todos los relojes marchan a la misma hora,[D] la Razón digna de ese nombre ha de ser tan sólo una. La Razón irradia la confianza del pensamiento claro en el que «*le blanc est blanc, le noir est noir*».[E] Tras el éxito que tuvo la física de Newton en el siglo XVII, se introduce el infalible método matemático para estudiar las ciencias morales. Con lógica infalible, Kant explica los errores de juicio en términos de una suma ideal entre vectores newtonianos, «*wird es daher nötig sein, das irrige Urteil als die Diagonale zwischen zwei Kräften anzusehen*».[F] La Razón llevará, a su conjuro y virtualmente sin esfuerzo, a un predominio de la virtud en la conducta, según Descartes, ya que «*la doctrine ordinaire de l'École est que* uoluntas non fertur in malum, nisi quatenus ei sub aliquâ ratione boni repræsentatur ab intellectu».[G] Cuando

---

[A] «¡*Habe Muth dich deines eigenen Verstandes zu bedienen!*» Immanuel Kant (1724-1804), Was ist Aufklärung? (1784). Confer la ponencia que pronunció en Berkeley en 1983 Michel Foucault (1926-1984), Qu'est-ce que les Lumières?

[B] Para lograr esta transformación, en la primera mitad del siglo XVII, Francis Bacon (1561-1626) rechazó la causalidad final, «*ex his causa finalis tantum abest ut presit, ut etiam scientias corrumpat*», II Nouum Organum 2 (1620). Es más, Descartes trasmutó las causes formal y material en la causa eficiente y la extensión geométrica, por medio de la aplicación del álgebra a la geometría y un sistema de coordenadas que surcan las dimensiones del espacio, Géométrie (1637). En la segunda mitad del siglo XVII, Newton simplificó los vórtices causales cuando sistematizó —a la par que Leibnitz— el cálculo infinitesimal, Philosophiæ Naturalis Principia Mathematica (1687).

[C] Gracias al descubrimiento del isocronismo del péndulo por Galilei fue posible el desarrollo del reloj mecánico, Christiaan Huygens (1629-1695), Horologium Oscillatorium sive de motu pendulorum (1673); y con el avance de la mecánica de precisión, se llegó a principios del siglo XVIII a una exactitud en la medición del tiempo de un par de minutos a la semana, lo que culmina en la visión de Newton del Universo Físico como un Gran Reloj —¿cómo lo supo? lo verificó con su reloj—

[D] Albert Einstein (1879-1955) logró romper el esquema de los relojes sincrónicos. Zur Elektrodynamik bewegter Körper, 17 Annalen der Physik und Chemie 891 (1905).

[E] Claude Adrien Helvétius (1715-1771), De l'Homme XXIII (1772).

[F] Kritik der reinen Vernunft 295 (1781), 351 (1787).

[G] Carta remitida el 30 de mayo de 1637 a Marin Mersenne (1588-1648).

está pronta la aparición de la obra de Descartes, Grocio ya modela al Derecho Público sobre las matemáticas,[A] «*sicut mathematici figuras a corporibus semotas considerant, ita me in jure tractando ab omni signulari facto abduxisse animum*». Más tarde, el barón von Leibnitz sustituye la idea clara y distinta del cartesianismo por una lógica despiadadamente matemática, «*ut nulla vox admittatur, nisi explicata*» et «*ut nulla propositio, nisi probata*»;[B] *er und* der deutsche Naturrechtslehrer Freiherr von Pufendorf siguen la senda abierta por su mentor y maestro Erhard Weigel (1625-1699), quien asegura que «*Matheis non sit pars Philosophiæ... ed quod it ipsima Philosophia*».[C] En Derecho Público el racionalista Kant invierte el orden establecido por Lorenzo Hispano, al subsumir a la voluntad más bien bajo el imperativo de la racionalidad;[D] y Rousseau, el hijo del relojero de Ginebra, subordina *la volonté générale* ante el dictamen de la Razón, «*Il faut obliger les particuliers à conformer leurs volontés à leur raison*».[E] La razón histórica bien podría manifestarse en los astutos ardides del comandante Ulises, ya que Hegel confunde irremisiblemente a la razón de éste con la Razón del ceñudo filósofo Platón. De ahí que la nueva ideología garantiza la impunidad contra una larga lista de monarcas absolutos, celosos de sus prerrogativas, fanáticos dictadores y déspotas, algunos ciertamente ilustrados, quienes desde el ejercicio del poder más absoluto y sanguinario, establecen *la tradition étatiste et dirigiste des economies du XVIIe au XXe siècle*.

Para explicar la búsqueda incansable de la certidumbre racional a partir de aquel período, Stephen Edelston Toulmin (1922-) vuelve a la historia social.[F] Sostiene que fue concebida como una respuesta reactiva a la acción corrosiva de la inseguridad que provocó la discordia entre grupos humanos; pues durante el siglo XVII Europa se vio sumergida en una vorágine de trágicas guerras religiosas que trajeron hambruna y desastre; la sociedad se vio inmersa en un clima de incertidumbre ante la ola de agitación estruendosa que lo invadió todo y le confirió al siglo XVII un

---

[A] De iure belli ac pacis libri tres en 59.

[B] Noua methodus discendæ docendæque iurisprudentiæ 25 (1667); Characteristica Uniuersalis (ohne Überschrift, 1677).

[C] Philosophia mathematica 2.62 (1693).

[D] Kritik der praktischen Vernunft (1788); I Die Metaphysik der Sitten (1796).

[E] Il Du Contrat social VI (1762).

[F] Cosmopolis, The Hidden Agenda of Modernity (1990).

sentido espeluznante que rebasa los límites de nuestra comprensión. Una mirada cautelosa y crítica a los hechos y los repliegues de la historia social abre nuevas vertientes de investigación, pero también es importante penetrar hasta la estructura del pensamiento humano. Toulmin no sólo pasa por alto el análisis de las interconexiones complejas y numerosas que se producen entre las concepciones de racionalidad y de causalidad,[A] sino que también es incapaz de percatarse del cambio —a peor[B]— que se produjo durante la Ilustración de la naturaleza del pensamiento humano. Esta última es determinante en gran medida de la naturaleza de la experiencia humana. Tras la Ilustración, la racionalidad siguió el modelo reinante de la causalidad, la cual pone de manifiesto, a su vez, la certeza clara y distinta de un mecanismo causal. La confusión de la racionalidad y la causalidad que se produce después de la Ilustración es la *razón* por la que Hume se ve *obligado* a desterrar la idea de que hay una relación causal necesaria: sólo suponemos que renacerá el sol en rojo hiriente del nuevo día a partir de la experiencia,[C] meditación que está ya enunciada, con anterioridad incluso a Algazel, en la sátira meníppea Ζεὺς Τραγωιδός (150) de Luciano de Samosata (120-190). El otro extremo conduce al irracionalismo, por lo demás absurdo. Como observa Alfred North Whitehead (1861-1947), nosotros utilizamos de manera cotidiana la racionalidad.[D] El razonamiento práctico, por su parte, es la expresión suprema de la racionalidad inherente en la resolución como una causalidad de conceptos: se trata nada menos que de la razón del astuto comandante Ulises, no la del ceñudo filósofo Platón —cerrado en sí mismo y obsesionado únicamente por su intelecto—

[A] Él concede, «*The debate about rationality (rules/rule conformity) and causality (laws/law governedness) is too often pursued in a way that fails to allow for the complexity and diversity of the points at issue,*» Rules and their Relevance for Understanding Human Behaviour, in Understanding Other Persons 187 (1974).

[B] La perversa Razón del iluminismo arranca, del proceso cognitivo de la mente, el deseo, la emoción y la aspiración, para depositarlos en esa parte oscura que también nos constituye: nuestro subconsciente —la gran aportación de Freud— como si la percepción de lo propio y el propio sentimiento nos estarían vedados. Die Traumdeutung (1900). Todavía no hay pruebas para sostener que los motivos del id están disfrazados y censurados por el ego y el superego para evitar su intrusión en la conciencia. Das Ich und das Es (1923).

[C] Philosophical Essays Concerning Human Understanding (1748); An Enquiry Concerning Human Understanding (1758).

[D] The Function of Reason (1929); Science and the Modern World (1925).

Además, una estrecha interpretación del Barroco no comprende al humanismo en todo su alcance. Aquí tenemos la clave de lo que falla en el pensamiento de Toulmin. Tomando como referencia la obra historiográfica de José Antonio Maravall (1911-1986),[A] Toulmin considera al manierismo como la deformación sistemática del pensamiento, sujeta a la enorme contradicción que llevó a la sociedad europea a las rencillas entre pueblos y a la vasta epopeya de la guerra entre católicos y protestantes. Es exactamente al revés: la cultura del Barroco es la confluencia y la convivencia de varias perspectivas unidas en el punto común de la mirada del observador con su particular visión —amplia, múltiple y viva— del mundo. El observador se ubica en una posición de privilegio autorreferente, viéndose con diversas luces de mayor o menor intensidad, desde múltiples ángulos, con muchos prismas; se entromete en el tiempo y el espacio para romperlos en fragmentariedad espejeante; y a pesar del avance paralelo e inconexo de distintas formas para interpretar la realidad, su radiante visión humanística tiene una cohesión notable. La época del Barroco es la extensión natural del Renacimiento, alcanzando la estilística renacentista su madurez con el manierismo; la cultura del Barroco es un humanismo apasionado e intenso. El sujeto racional observa no sólo una acumulación de objetos externos, separados de su mente, sino que se produce una suerte de entrecruzamiento de dichos objetos con su percepción subjetiva. Así, el lenguaje ha adquirido mayores maneras y acentos; una enorme riqueza verbal que desborda a veces las posibilidades de la lengua; y una plurivocalidad que lleva a un sentido de posibilidades nuevas e innovadoras perspectivas. En consecuencia, el discurso se representa como un contrapunto más cercano a la realidad. Según Toulmin, el manierismo podría bien denominarse como «*histrionic and grotesque*».[B] La perspectiva y la proporción renacentistas han cedido terreno ante la exageración y la tendenciosidad barrocas: hay una sobre-profusión de ideas, una mezcla de géneros atiborrados de parloteo arcano, fogoso discurso, laboriosa imagen, parábola, alegoría, verso, Sagrada Escritura, mito, sátira, perífrasis, concepto, hipérbaton, aforismo, hipérbole, afilado epigrama y formula mágica —todos los ingredientes cultos de un caldero de original, divertida y ocurrente erudición— El humor, siempre agudo, produce

---

[A] La cultura del barroco (1975). Confer Toulmin, The Abuse of Casuistry: A History of Moral Reasoning 145 (1988).

[B] Cosmopolis, 54.

Controversia de imperio legis

escenas geniales y conmovedoras en la tradición de la sátira meníppea, que pretenden desmistificar la filosofía y explorar y revelar la condición humana con un pulso empecinadamente realista. Se acierta al reproducir el estilo limpio e imaginativo utilizado por los poetas hispano-romanos Aurelio Clemente Prudencio (348-405)[A] y Marco Valerio Marcial (40-101).[B] En la interpolación de imágenes, $\acute{o}\ \lambda\acute{o}\gamma o\varsigma\ \acute{\epsilon}\lambda\alpha\beta\epsilon\ \tau\acute{o}\ \tilde{\eta}\vartheta o\varsigma\ \sigma o\upsilon\ \varkappa\alpha\grave{\iota}\ \tau\acute{o}\ \pi\acute{\alpha}\vartheta o\varsigma\ \sigma o\upsilon$ por medio de la personificación de una entidad abstracta. La cultura del Barroco se fundamenta en lo razonable y piadoso; resulta paradójico que el humanismo se haya llegado a considerar hoy más bien como una forma de agnosticismo; cualesquiera que fueran las enseñanzas del humanismo secular, éste se enraíza últimamente tanto en el valor judeocristiano de compasión como en una vuelta al mundo grecolatino.[C] La tradición agustina de la primacía de la voluntad por encima de la razón y del respeto a la persona, da la impresión de haber triunfado sobre la otra tradición agustina del estigma del pecado original[D] y de respeto hacia figuras de autoridad. Francesco Petrarca (1304-1374) indica el cambio de actitud al destacar que la primera regla es el cultivo de la verdadera voluntad antes que del intelecto: «*Tutius est uoluntati bone ac pie quam capaci et claro intellectui operam dare*»;[E] que termina por precipitar el desenlace previsible durante el Siglo de Oro, donde la dialéctica y la argumentación ceden ante el ingenio y la persuasión. En el género barroco se manifiesta la inclusión reconocible de otros textos e idiomas, que lo transforman en una perfecta torre de Babel, con la característica singular de que sus huéspedes no sólo deben fundirse a través de un sincretismo

---

[A] Apotheosis (380); Dittochæon (385); Psychomachia (390).

[B] Epigrammata (70).

[C] Cabe afirmar el papel irremplazable del ideario cristiano, en la promoción de un auténtico humanismo: reside el valor del Dios del cristianismo, de Jesús como el Verbo encarnado —sin deshelenizarlo— verdadero Dios y verdadero hombre aún en la hora de la muerte, de su virtud tremendamente humana, trivialmente humana, inconfundiblemente humana —demasiado humana, diría Nietzsche— y de la doctrina del cuerpo humano como templo de la esencia divina, en que la dignidad humana se eleva a un rango inusitadamente grande, a la altura misma del Dios Todopoderoso. Despierta un humanismo total y absoluto la afirmación de ese valor supremo que es la vida humana, el valor inestimable de cada hombre y niño, sin el cual no es posible que haya la convivencia plural, respetuosa y pacífica ni el auténtico progreso social, ni los más elementales «derechos humanos».

[D] La idea paulina que Cristo, como nuevo Adán, como nuevo primogénito de la humanidad redimida, canceló la obra de devastación que Adán el rebelde había sembrado.

[E] De sui ipsius et multorum ignorantia (1367).

políglota, sino también se requiere de un expansivo compromiso estético. En la sátira meníppea, a fin de estimular la decisión volitiva y de aguzar el acto cognitivo, se mezclan el temblor interno que produce la creación poética con el orden de la argumentación en tono mesurado, coherente y sobrio que proporciona el diálogo. La época del Barroco logra, en suma, desarrollar un arte depurado de la persuasión; es decir, el arte superior de persuadir que hace posible la convivencia pacífica de los diversos y de los opuestos, descubriendo la riqueza inmanente en el pluralismo y la tolerancia sociales, con respeto a la dignidad y a la conciencia de cada persona. Vives observa,

«*Humanæ omnes societates duabus potissimum rebus ac continentur, iusticia ac sermone; quarum si alterutra desit, difficile sit cœtum et congregationem ullam siue publicam siue priuatam diutius consistere ac conseruari. Neque enim uel cum iniquo possit quis habitare...uel cum eo uelit uiuere, quem non intelligit*».[A]

Cabe mencionar que Toulmin pone reparos al conjunto en mármol de Gianlorenzo Bernini (1598-1680), integrado por la santa de Avila (1515-1582) en éxtasis y el ángel desnudo que se presenta sin las telas encoladas que tenía y que parece a punto de atravesarla con una flecha. Hay una mezcla inextricable de rapto místico y manifestación orgiástica en esta representación de la santa, con la que Bernini logró esculpir una de las obras más volátiles y dinámicas jamás realizadas. En efecto, se trata de la estatua más sugerentemente erótica que pueda contemplarse en una iglesia. Sin embargo, el espíritu puritano de Toulmin no logra entender que la misma obra se basa en aquella poderosa tradición de hablar de la unión con Dios en las alturas, por el camino de la experiencia mística, con una voz que confunde el ámbito de esta esfera, con el amor profano y con las delicias de la aventura erótica[B]; una nueva y excitante aventura que llena muchas de las páginas que la misma santa escribe:

«Hirióme con una flecha

enherbolada de amor

y mi alma quedó hecha

una con su Criador».[C]

[A] IIII De disciplinis I (1531).

[B] Confer San Gregorio el Grande (540-604), Super Cantica Canticorum expositio (580).

[C] Sobre aquellas palabras *dilectus meus mihi*.

Controversia de imperio legis

La mentalidad de Toulmin tiene que ver más con el espíritu puritano que con el beato desposorio espiritual que encontramos metafóricamente descrito en el שיר השירים, que tan poética como eróticamente recoge la mística ortodoxa de la santa de Avila. Nos preguntamos, ¿cómo más podía Bernini haber impactado en el espectador al representar la intensa y perdurable vida mística de la santa?

Capítulo 5

La probabilidad y el discurrir al caso

En el corazón de la modernidad ya nada es verdadero; según el razonamiento de Nietzsche, la luz de la verdad no es más que *«ein bewegliches Heer von Metaphern, Metonymien, Anthropomorphismen»*.[A] Sin embargo, los doctores de la Escolástica Barroca tienen un *Weltanschauung* con rasgos muy diferentes al del nihilismo del siglo XVIIII: la consecución de ese misterioso impulso hacia la verdad pende de la conciencia humana; y aunque resplandezca ésta en cada uno de nosotros con la luz interior de la sindéresis, puede tener errores. Vives sostiene que aun quienes están superiormente dotados en su intelecto de continuo se equivocan; es porque son humanos y es de humanos errar; porque todo lo humano adolece de flaqueza, *«ut sunt humana omnia infirma»*.[B] Debemos admitir, con cierta solemnidad, que tan sesudos varones no están en posesión de la Verdad Absoluta del racionalismo europeo. Sólo mediante el vasto olvido de *un profond changement de mentalité* podría Antonio Regalado García (1932-) aseverar que estos doctores, en el vestíbulo de la época moderna, supusieran la más elevada exposición del espíritu nihilista.[C] En el fondo, los ojos nuevos de la modernidad aparecen como una reacción frente al racionalismo iluminista. Para estos doctores, la humanidad no es *une passion inutile, pour paraphraser* Jean Paul Sartre (1905-1980).[D] *Chaque être humain est crée comme force créatrice a l'image et a la ressemblance du Créateur*; lo cierto es que los cristianos en la Península Ibérica nunca llegaron a perder la fe, a pesar de que los tiempos eran difíciles y las condiciones de vida lacerantes; hay que mencionar a los casi ochocientos

---

[A] Über Wahrheit und Lüge im außermoralischen Sinne (1873). Confer Ronald Dworkin (1931-), Objectivity and Truth: You'd Better Believe It, 25 Philosophy and Public Affairs 87 (1996).

[B] De Instrumento Probabilitis, De disciplinis libri XX (1531). La dialéctica socrática era una discusión negativa de las grandes cuestiones de la filosofía y de la vida, que descartaba los lugares comunes y las incoherencias de las opiniones opuestas, dirigida con un sistema consumado a la búsqueda del resplandor de la sola y única Verdad. Las disputas de la escolástica tenían un objeto distinto. Trataban de asegurar que el discípulo comprendiera su propia opinión y, por una correlación necesaria, la opuesta.

[C] Calderón: los orígenes de la modernidad en la España del Siglo de Oro (1995). Risueños nihilistas; algunos progresistas modernos ríen y ríen sin saber por qué.

[D] Être et le néant (1943).

Controversia de imperio legis

años de ‹luchar contra los moros› como el basamento que sostiene su esperanza; fe que para los cristianos ha permitido fomentar a la dignificación humana porque eleva a un hombre de una virtud inconfundiblemente humana, יְשׁוּעַ [A], a la potencia de .הַדְּבָרָא [B]

Los doctores de la Escolástica Barroca son seguidores del retór hispano-romano Marco Fabio Quintiliano (35-95), quien establece que el ejercicio de la lógica constituye una parte esencial de la retórica, pues la misma pertenece a la razón de su objeto. En la Península Ibérica en el siglo XVI, la retórica de Quintiliano se funde con otra tradición que imparte a la lógica algunas dosis de lingüística y de gramática y que culmina en el siglo XII con Pedro Hispano (1205-1277).[A] La lógica terminista nos hace descubrir el carácter convencional o artificial, como se dice ahora, del uso lingüístico, y aplica esta intuición a la forma de evaluar la inferencia. Ante la imposibilidad de aplicar una rigurosa noción de verdad a la esfera de la acción humana, el discurrir se torna entimemático: los entimemas son el cuerpo de la persuasión; τὸ ἐνθύμημα es una clase τοῦ συλλογισμοῦ que se aviene con lo probable y no con proposiciones sustentadas en una verdad única e irrebatible; son menester para la retórica las *consequentiæ* como se excitan en la lógica y el retór deberá forzar las posibilidades de ese dispositivo argumental hasta el extremo. Así como individualmente no podemos abrazar como meta la posesión de la certidumbre de la geometría o de la física, es evidente que lo mejor a que se puede llegar es a poseer una opinión justa. La *recta ratio* de la Escolástica Barroca no conduce a *das allgemeine Gesetz* o a la certeza rotunda basada en el discurrir deductivo a partir de un primer principio, como en el caso de las matemáticas, sino a la opinión y al juicio humanos.[B] En el siglo XVI, Fray Domingo de Soto (1495-1560) asegura, «*Alias quippe necessarias demonstratem, ut in Mathematicis, alias uero propter ineuidentiam consequentiæ sub opinione colligimus pro qualitate cuiusque scientia*».[C] Podemos

---

[A] Summulæ logicales (1230). Entre bromas y veras, a mitad de su discurso contra los lógicos, Vives hace alarde de que hay quienes equivocadamente piensan que la lógica terminista es oriunda de Bretaña o Irlanda y que fue luego cultivada en París, «*nam sunt qui putent hæc primum in Britannia aut Hybernia orta, deinde Parisiis alita atque aucta*». Liber in pseudo-dialecticus (1519).

[B] Cabe destacar el rechazo que se gesta siglos atrás en la Península Ibérica a la teoría neoplatónica de Avicenna (980-1037) sobre lo unidad del intelecto humano como un ámbito separado, en contacto con la idea acabada y preexistente; lo que está en juego es saber si el pensamiento —el verdadero pensamiento— está bajo el dominio del individuo o no. Confer la obra De anima (1152) del traductor de Toledo, Domingo Gundisalvo (1110-1180).

[C] I De iustitia et iure V (1556).

49

observar que la Escolástica Barroca considera el razonamiento práctico un asunto de probabilidad y no de certeza. El discurrir es un arte de vivir, una capacidad práctica que busca, en cada situación, propiciar la acción más apropiada.

Pero lejos de faltarle lógica y sustento, el razonamiento práctico muestra con agudeza e ingenio los argumentos que aduce. Tan sesudos varones descargan una andanada de argumentos con lógica impecable. Y aunque tales argumentos nunca pierden su apasionada lucidez, estallan entre la volátil, exquisita locura de palabras de una ágil elocuencia. Así, los doctores de la Escolástica Barroca entrelazan las leyes de la lógica con las maravillas del concepto y del ingenio. Cabe resaltar que suscita un permanente asombro la obra *Agudeza y arte de ingenio* (1648) de Gracián, en la que el escritor aragonés define muy certeramente el intrincado, complejo y delicado aparato intelectual del ingenio. En sus conceptos más ambiciosos el hermético y cifrado Barroco gusta de multiplicar las variadas ópticas, «Auméntase en la composición la agudeza, porque la virtud unida crece, y la que a solas no pasara de una mediocridad, por la correspondencia con la otra llega a ser delicadeza».[A] Así, toda una serie de argumentos entimemáticos de mayor o menor probabilidad se interpolan para presentar una metáfora continua que hace que los *intentiones* que surjan de la mente del espectador rematen con una *consequentia* que forma la agudeza. El ingenio se resuelve siempre en el juego de percepciones y expectativas. Sin embargo, en la dinámica del psiquismo humano no existe un punto de inflexión a partir del cual se vislumbre con claridad que la jugosa argumentación esté cediendo su lugar a la lógica del discurso.[B] Podemos afirmar que Grocio realiza una interpretación burda y manifiestamente imprecisa de la estética atrevida y vibrante del Barroco —lo que dificulta su delimitación y estudio— al plantear que opera como fuente de autoridad, «*Usus sum etiam ad iuris probationem testimoniis philosophorum, historicorum, poetarum...*»[C]

Fray Luis de Molina (1535-1600) indica que *natura* no demuestra en forma clara lo que debe entenderse por *iuri naturali*, «*natura non ita*

[A] Discurso LI.

[B] El distingo que hace Emanuele Tesauro (1592-1675) pertenece a una época posterior racionalista. Él mantiene que «*l'unica loda delle Argutezze, consistere nel saper ben mentire*», Il cannocchiale aristotelico 491 (1670).

[C] Prolegomena.

distincte nos docere ea quæ iuris sunt naturalis», y que al deducirlo de un primer principio lejano y obscuro es fácil que se cometa algún error, «*facile error surrepat, præsertim cum conclusiones eiusmodi remote obscureque ex primis principiis colliguntur»*,[A] especialmente en las circunstancias diversas y variables del mundo que habitamos, «*a multis circumstantiis, quibus uariatur»*. La vida humana depende de toda una variedad de circunstancias y no hay nada estable en el mundo; se vive en medio de una diversidad innumerable de circunstancias cambiantes. Para descifrar las causas y analizar de forma realista las condiciones de la vida, ofreciendo una respuesta adaptada a cada problema concreto, los doctores de la Escolástica Barroca consideran que es necesario estudiar cada caso en particular. El discurrir se torna casuístico: acomoda los principios de la acción humana al caso, teniendo en cuenta el entorno en que se desenvuelve y mirando las circunstancias que le atingen. Cada situación debe analizarse en lo particular y resolverse en lo individual por un razonamiento casuístico. Las normas de aplicación general no pueden anticipar la enorme variedad de situaciones y contingencias que pueden concurrir en cada ocasión, pues el mundo no deja de ser permeable a la inmensa variedad de las cosas. Cabe aclarar que —desde que Blas Pascal (1623-1662) atacó acerbamente al casuismo—[B] el racionalismo ilustrado pretende subvertir tal paradigma legítimo del pensamiento. El Dios de Newton se cansa de ordenar las cosas con su mirada y busca lo inverso: rige el universo con leyes de aplicación general. Aquéllo supone un cambio completo respecto de la Escolástica Barroca, para la cual la circunspección divina es omnisciente y dispone en cada caso y tiempo particular; como explica Fray Luis de León (1527-1591), Dios «no guarda una regla general con todos y en todos los tiempos, sino en cada tiempo y en cada ocasión ordena su gobierno conforme al caso particular del que rige».[C] Sólo al no poder la inteligencia del ser humano comprender todas las cosas con todas sus particularidades, el tejido del entendimiento las reduce a consideraciones comunes y categorías interpretativas generales. Pedro Simón Abril (1530-1595) manifiesta que,

---

[A] I De iustitia et iure tractatus I IIII (1596).

[B] Lettres Écrites par Louis de Montalte à un Provincial de ses Amis (1656). Confer Unamuno y Jugo, La agonía del cristianismo VIIII (1925).

[C] De los nombres de Cristo (1583).

«nuestro entendimiento no pudiendo comprender todas las cosas por menudo, por su natural flaqueza, redúcelas a consideraciones comunes como hacen los astrólogos a las estrellas, que no pudiéndolas comprender por menudo divídelas por constelaciones».[A]

Aquella visión parcial se basa en el reconocimiento que nuestra comprensión es imperfecta.

Lo que no es decir que muchas cosas no estén sujetas, nos explica Molina al referirse a la fijación de precios, sólo a la voluntad y elección humanas, «*pro solo hominum beneplacito, et arbitrio*».[B] Sin embargo, especulemos que una racionalidad parigual sujeta a la voluntad endógena y modelada como el sujeto económico es precisamente la que, a finales del siglo XVIIII y a lo largo del siglo XX, fue recuperada por la economía neoclásica que, lejos de demostrar que la suya es la verdad absoluta, conduce al «criterio probabilista»;[C] tanto así que, «*A model validated empirically is never proclaimed the immutable truth*».[D] Y cabe destacar que John Richard Hicks (1904-1989) exclama, «*Economics is a leading example of uncertain knowledge*» y «*most macro magnitudes...are subject to errors*».[E] La afirmación que acabamos de hacer lleva implícita una hipótesis novedosa, tanto en el terreno de la teoría económica como en el de la historia del Derecho, pero los hechos a veces son más sorprendentes que cualquier hipótesis, y es incontestable que el descubrimiento de América a fines del siglo XV fue una enorme revelación tanto humana como geográfica y filosófica en la historia de Occidente. Es más, la riqueza del continente americano tuvo un alto impacto económico que repercutió en la Península Ibérica en un elevado índice inflacionario[F] y dejó sentirse en el resto de Europa hasta bien entrado el siglo XVIII. Por lo tanto, la Escolástica Barroca pudo

---

[A] Primera parte de la filosofía llamada la lógica, o parte racional: la qual enseña, como ha de usar el Hombre del diuino, y celestial don de la razón (1587).

[B] *Idem*, II CCCXLVII.

[C] Juan Bautista Soto (1882-1952), La tragedia del pensamiento 95 (1937).

[D] Fred McChesney (1948-), Assumptions, Empirical Evidence and Social Science Method, 96 Yale Law Journal 339, 341 (1986). Popper, Logik der Forschung (1934); Postscript to the Logic of Scientific Discovery (1982).

[E] Causality in economics 2 (1979).

[F] Earl Jefferson Hamilton (1899-1989), Imports of American Silver and Gold into Spain, 1503-1660, 43 The Quarterly Journal of Economics 436 (1929); American treasure and the price revolution in Spain, 1501-1650 (1934); Money, prices, and wages in Valencia, Aragon, and Navarre, 1351-1500 (1936); War and prices in Spain, 1651-1800 (1947).

observar el efecto dramático de corto y largo plazos de la riqueza americana para la economía, y dio origen a algunas de las ideas centrales que están plasmadas en la economía neoclásica, las cuales en los siglos XVIIII-XX la ciencia económica iba a matematizar.[A] Así, la escasez se revela como una nueva idea claramente formulada por primera vez en Martín de Azpilcueta Navarro (1492-1586) en el siglo XVI, quien plantea que el dinero «vale mas donde o quando ay gran falta del, que donde ay abundancia»;[B] y la teoría subjetiva del valor está ya presente en el siglo XVI en el Oidor chuquisaqueño Juan Matienzo de Peralta (1517-1587).[C] Otra base doctrinal formulada por la Escolástica Barroca en el siglo XVI se debió a Molina, quien se anticipó a los conceptos de la competencia y de la oferta y demanda en la economía. Al referirse a la fijación de precios, enuncia, «*Multitudo emptorum concurrentium plus uno tempore, quam alio, et maiori auditate, facit pretium accrescere: emptorum uero raritas facit illud decrescere*».[D] Cabe destacar que los doctores de la Escolástica Barroca denunciaron el monopolio; *<monopolium est injustum et rei publicæ injuriosum>* era la sabia expresión en Charcas, aunque como señala Joseph Alois Schumpeter (1883-1950), no lograron desarrollar el concepto de un equilibrio competitivo que fije los precios.[E] Es más,

---

[A] Como asegura Stigler, la economía se transformó «*from an art, in many respects literary, to a science of growing rigor,*» Production and Distribution Theories 1 (1941). Gerard Debreu (1921-), Economic Theory in the Mathematical Mode 74 The American Economic Review 267-278 (1984); The Mathemization of Economic Theory, 81 American Economic Review 1-7 (1991). Los doctores de la Escolástica Barroca y sus discípulos estudiaron la determinación del precio, abogando por un justiprecio sobre el que no llegaron a unificar criterios. Sin embargo subyace la idea de que el precio debería ser determinado por el mercado, pero de manera justa y sin que hubiera conspiraciones por la vía de discriminación de precios, actuaciones monopolísticas, creación de escasez artificial de los productos o elevación por encima del nivel de competencia. El riesgo es consustancial a la empresa, y la retribucion de este riesgo es la renta que obtiene el empresario.

[B] Comentario resolutorio de cambios sobre el principio del capítulo final de usuris XII (1556), doce años antes que la obra de Juan Bodino (1530-1596), Réponses aux Paradoxes du Sire de Melestroit (1568). Nicolás Copérnico (1473-1543), quien sugirió que era la tierra que giraba alrededor del sol, había anotado esta idea, pero su obra no fue editada hasta el siglo XXVIIII, Ladislas Wolowski (1810-1876), Traictie de la première invention des monnoies de Nicole Oresme, textes français et latin d'après les manuscrits de la Bibliothèque impériale et Traité de la monnoie de Copernic, texte latin et traduction française (1864).

[C] I Commentaria Ioannis Matienzo regii senatoris in Cancellaria Argentina regni Peru in librum quintum recollectionis legum Hispaniæ II (1580).

[D] *Idem*, II CCCXLVIII.

[E] Llega a la conclusión que éstos «*lacked nothing but the marginal apparatus,*» History of Economic Analysis II (1954).

Molina se anticipa al individualismo economicista al forjar su teoría de la libre voluntad humana.[A] El individuo se inclina por lo *proprius* y por lo *melius*, maximaliza el interés propio.[B] Asimismo, el concepto de la indiferencia en la economía proviene de Molina, quien lo formula en franca refutación del determinismo. ‹*Indifferentia est de essentia liberi arbitrii*›[C] reverberaba en las aulas carolinas.

Es más, en la Escolástica Barroca la idea de la evolución por el tiempo se revela como una doctrina precisa y claramente formulada. Podemos afirmar que los doctores *iuris naturæ* de los siglos XVI y XVII son más bien teóricos *iuris gentium aut iuris naturalis secundarii*; insertándose en la poderosa *natura*, destacan la mutabilidad del paisaje humano, y elaboran sus teorías inmersos en el contexto temporal del proceso constante de los cambios y mudanzas que se operan en el interior de la sociedad, como el dios Jano que tenía dos caras con miras al futuro y al pasado, para ofrecer una visión más equilibrada y objetiva de lo que influye al hombre y sobre lo cual el hombre puede actuar; visión que no sería reeditada sino por la economía neoclásica y la teoría de juegos, disciplinas que impartirían una noción de temporalidad a las matemáticas.[D] Así, al tratar sobre el origen de la propiedad privada y del Estado, los doctores americanos *iuris gentium aut iuris naturalis secundarii* inician la paciente búsqueda, no de la razón última de la sociedad, o de la mera verdad del Derecho Público, ni de la verdadera revolución, sino *utilitatis et expedientis publici et consensus populi*.

Iberoamérica llega al inicio del tercer milenio apegada a una ortodoxia jurídica agotada en su capacidad de renovar las formas sociales. Invitamos a todos los hombres con ánimo y capacidad de prever las grandes tareas que tenemos en la región a entretejer una nueva doctrina de Derecho Público que haga posible la convivencia armónica y justa de la sociedad iberoamericana en los años por delante. Estimo que al conjuntar el

---

[A] Concordia liberi arbitrii cum gratiæ donis, divina praescientia, providentia, prædestinatione et reprobatione concordia (1595).

[B] Commentaria in Primam Secundæ diui Thomæ 3 4, 10 1, 56 3-6 (1622); in Secundam Secundæ 26 3. Pierre de Fermat desarrolló la maximización, Methodus ad disquirendam maximam et minimam (1638).

[C] «[P]ro sua libertate tendere indifferentur in obiectum per uolitionem aut nolitionem», in Primam Secundæ, *idem* 13 6.

[D] A este respecto hay que destacar que Hicks considera que la economía neoclásica está igualmente «on the edge of history, facing both ways», *idem*, 4.

pensamiento filosófico de las escuelas americanas de Chuquisaca y de Chicago se retoma una tradición no del neoliberalismo,[A] sino de un Derecho Público recuperado de la herencia cultural propia y renovado mediante la ciencia económica. El neoliberalismo se basa en dos principios: el fundamentalismo del mercado, que es aquella visión según la cual los mercados por sí mismos son eficientes y suficientes para el crecimiento sostenido y el pleno empleo, y la economía de efecto cascada, que es la visión de que el crecimiento por si mismo inevitablemente beneficia a todos, incluyendo a los pobres, y el mejor camino para ayudar a los pobres es maximalizar el crecimiento. Ni la teoría económica, ni la evidencia, respaldan a alguna de estas proposiciones sin que rija el imperio de la ley. Nuestra hipótesis es que *the economic analysis of law* tiene la suficiente capacidad para renovar los conceptos de la Escolástica Barroca hispano-lusa, catalano-aragonés y americana de la voluntad y el consentimiento populares y de la utilidad y conveniencia públicas. Como explica George Joseph Stigler (1911-1991), «*We live in a world that is full of mistaken policies, but they are not mistaken for their supporters*».[B] En un mundo en el cual la comparación interpersonal de la utilidad es imposible debido a que los individuos representan unidades sicosomáticas —y no mónadas liebnizianas[C]— y donde resulta absurda la agregación social de inestables e intransitivas ordenaciones de las preferencias individuales, descubramos cómo la población logra efectuar una transacción político-jurídica.

[A] Constatamos que, aunque algunos parecen no saberlo, antes de la codificación de las leyes del mercado y antes de la aceleración del proceso de globalización, el mundo tampoco era un paraíso. En realidad, sólo un pequeño porcentaje de personas, mucho menor que el actual, disfrutaba de una vida buena. Sin ir más lejos, los nacidos en la época de Cristo vivieron en condiciones de inseguridad y penuria extremas.

[B] The Economist as Preacher and other essays 9-10 (1982).

[C] La Monadologie (ohne Überschrift, 1714).

Capítulo 6

El carácter estratégico de la riqueza

Con economía la población intenta alcanzar sus fines con el menor gasto posible de medios,[A] y se procura la mayor acumulación de la riqueza.[B] Me atrevo a pensar que la riqueza se refiere a la disposición en la población de cooperar. En esta era de inexorable mundialización económica, la riqueza permite al individuo obtener la satisfacción de los deseos propios gracias a la cooperación del prójimo *auf der ganzen Welt*. Hasta cierto punto, la riqueza supone una fuerza de negociación sobre la voluntariedad —el esfuerzo concertado de todos y cada uno de nosotros— para desarrollar *know-how*, con base en el conocimiento que la sociedad ha acumulado desde el tiempo inmemorial, y para ponerlo a su servicio a fin de dar solución a la escasez. En una economía de mercado, la riqueza es un componente de medios para mantener y alcanzar los fines humanos; así el hombre se libera[C] mediante la tenacidad y el esfuerzo propios frente a la constricción de la escasez. Ante el vertiginoso avance tecnológico que define la época actual, puntualicemos que el producir valor privado y social es el acto revolucionario *par excellence*.[D] Comento al respecto que maximalizar la riqueza *simpliciter* no es un fin en sí mismo, a no ser que maximalice la probabilidad de que disponga la población de los suficientes medios económicos para conseguir complejos fines propios. Por ello, el carácter instrumental de los medios económicos atañe directamente a la cuestión de la distribución de la riqueza. Damos por sentado que es posible

---

[A] Baron Robbins, An essay on the nature and significance of economic science Chapter II (1932).

[B] Richard Posner (1944-), Utilitarianism, Economics and Legal Theory, 8 Journal of Legal Studies 103 (1979); The Economics of Justice 60-87 (1983); Wealth Maximization Revisited, 2 Notre Dame Journal of Legal Ethics and Public Policy 85 (1985).

[C] Stigler, Wealth, and Possibly Liberty en 7 The Journal of Legal Studies 213 (1978).

[D] Al liderizar en los siglos XII-XIII y XVIII-XVIIII las revoluciones jurídica e industrial, las clases burocrática —la que a Marx se le olvidó— y burguesa establecieron el buen gobierno y ampliaron la productividad de la sociedad. La noción marxista decimonónica, que veía en la clase obrera al sujeto revolucionario por excelencia, perdió de vista muy pronto la evolución real de esa clase cuyas reivindicaciones y luchas reformistas le habían procurado, ya a fines del siglo XVIIII, la consecución de un avance social notable, Eduardo Bernstein (1850-1932), Die Voraussetzungen des Sozialismus und die Aufgaben der Sozialdemokratie (1899).

encontrar una fórmula para impulsar la cooperación humana, que nace de una fructífera e insólita relación de carácter estratégico; no se puede negar que esta cooperación permite a la población hacer frente a los problemas de la vida, sobre la base del envío de sucesivas señales político-jurídicas para aplacar la violencia, precisamente, como veremos a propósito del Estado de Derecho, para facilitar y apoyar de forma debida los procesos de negociación en el mercado.

Cabe resaltar que cualquier acuerdo entre los integrantes de un grupo que desean maximalizar su riqueza debe otorgar a cada individuo los derechos de acceder a, por lo menos, una porción de bienes igual a la que podría arrebatar si usase su fuerza, o capacidad de violencia. Dentro de un grupo, puede acordarse que los bienes se distribuirán entre ellos partiendo de cualquier principio, ya sea en forma igualitaria o dando mayor proporción a aquél que es más veloz, a aquélla que es más atractiva, o incluso a quien es más productivo. Puede que, teniéndose una norma social τοῦ καλοῦ καὶ δικαίου, se aclare que *pacta sunt seruanda*.[A] Sin embargo, si a alguno de ellos le correspondiere menos de lo que podría sacar empleando su fuerza, éste dejaría de lado el acuerdo y se llevaría la parte del león.[B] Cada cual puede ver que, al flexionar los músculos[C], la modélica economía de John Umbeck (1945-) termina por corroborar lo que dijo Trasímaco en la Πολιτεία (370 A.DE J.C.) de Platón, que el poder de decisión colectiva termina por coincidir con el poder del más fuerte, «τοῦ κρείττονος ξυμφέρον»;[D] las relaciones de mera fuerza, que no pueden dejar de subsistir, se transforman en relaciones de Derecho y la normatividad tiende a ser sustituida por el derecho del más fuerte. Nada extraño si aceptamos el principio nietzscheano «*in dem furchtbaren Gespräche der athenischen und melischen Gesandten*»;[E] según la advertencia

---

[A] Richard Hyland (1945-), Pacta sunt seruanda: A medidation, 34 Virginia Journal of International Law 405 (1994). O «*aliena rapere conuincitur, qui ulera necessaria sibi retinere probatur,*» Concordia discordantum canonum Distinctio XXXXII Capitulum I; la frase de que la propiedad privada es un robo que se atribuye a Pierre-Joseph Proudhon (1809-1865), Qu'est-ce que la propiété? (1840).

[B] La ley de la jungla, Esopo (590-520 A.DE J.C.), Μῦθοι (560 A.DE J.C.)

[C] Might makes rights: a theory of the formation and initial distribution of property rights en 19 Economic Inquiry 38, 40 (1981).

[D] Platón, A

[E] I Menschliches, Allzumenschliches 92 (1878).

de los atenienses a los melios, los fuertes hacen todo lo que está en su poder y los débiles ceden, «δυνατὰ δὲ οἱ προέχοντες πρὺσσουσι καὶ οἱ ἀσθενεῖς ξυγχωροῦσιν».[A]

La creación de la riqueza, la fuerza creadora en lo económico, no puede separarse de debates en torno a la distribución de la riqueza ni mucho menos de los marcos jurídico y político de la sociedad basados en la violencia; esto está fuera de toda duda y discusión.[B] De modo que, para comprender cómo serán distribuidos los recursos de una sociedad, bien entre los individuos, bien entre los grupos o clases que la integran, debe sopesarse la habilidad variable para usar la fuerza. La inclinación de la población a establecer nuevas relaciones o normas en la sociedad depende de la capacidad que tenga para usar la violencia. Alexis de Tocqueville (1805-1859) da bastante importancia a este factor. En las notas que preparaba para escribir un segundo volumen de l'Ancien régime et la révolution, dijo: «Une révolution profonde dans l'art de la guerre: C'est une des grandes caractéristiques de la Révolution française. Un grand chapitre sur ceci».[C] A partir de esta época, los avances en el desarrollo τῆς τέχνης τοῦ πολέμου han logrado que exista una mayor igualdad entre la población. En la lucha darwiniana por la supervivencia, estos avances llegan a estar tarde o temprano al alcance de todos. Pasó la coyuntura cuando una hueste de conquistadores, a caballo y cubiertos con corazas, batía a diez mil indios, «Y en verdad, que no fue por nuestras fuerzas, que éramos pocos, sino por la graxia de Dios que es mucha».[D] Michel de Montaigne utilizó el termino «imechaniques viles victoires!»[E] para describirla. El fenómeno de hoy de la igualdad, si bien no se manifiesta en el campo de

---

[A] Tucídides (472-396 A.DE J.C.), ἑ' Ιστοριαι, ξυνέγραψε τὸν πόλεμον τῶν Πελοποννησίων καὶ Ἀθηναίων ρϑ'-ϙ' (396 A.DE J.C.).

[B] Es preciso advertir que una norma social no puede decirse que existe, en la acepción positiva del término, a no ser que sea minimamente efectiva, Cooter, Decentralized Law for a Complex Economy: The Structural Approach to Adjudicating the New Law Merchant, 144 University of Pennsylvania Law Review 1643, 1664 (1996). Cooter modela la moral sobre la eficacia de los mecanismos de repartición del castigo social.

[C] (1859).

[D] Anónimo, Conquista del Perú llamada la Nueva Castilla (1534).

[E] En un ensayo lleno de envidia insana, Des Coches, III Essais VI (1588). Resurge entonces la leyenda negra de la Conquista. La visión negativa y despectiva de España, cultivada en el resto de Europa, fue una maniobra propagandística propiciada por los estados rivales.

Controversia de imperio legis

batalla, por lo menos se refleja en el escenario urbano y rural de la lucha de clases.[A] Con ello, el número de hombres militantes en cualquier movimiento ha ido adquiriendo cada vez mayor importancia. De esta observación experimental deducimos el siguiente principio, que sustenta las relaciones de poder de una democracia: en toda conflagración social, la mayoría es la que predomina.[B]

Cabe trasladar este principio a los términos de la teoría de señales. Para hacer creíble la amenaza de uso de la fuerza, es más efectiva la proclamación que emite la mayoría de la asamblea de representantes del pueblo que la coacción de un grupo de terroristas en función de una docena de atentados con bombas. Vaya por delante nuestra firme convicción de que la violencia social rara vez constituirá una amenaza creíble.[C] El recurrir a la violencia contra la sociedad, proceso negativo de carácter destructivo que desencadena lamentables sucesos así como tragedias personales y colectivas, es costoso para el actor social, que no ha podido lograr su objetivo, sin tener en cuenta que, al perdurar la situación de ruptura violenta, la sensibilidad de la población a la misma disminuye en tanto en cuanto se detiene su actividad económica. El presente estudio se encuentra vinculado al análisis que hace Eric Posner (1966-) relacionado con el ejercicio del voto, a pesar de que sólo habrá una pequeña probabilidad de que un voto pueda influir decisivamente en los comicios. «*The signal here is the act of voting in the voting booth, not the vote in favor of one person or another*».[D] Sin embargo, es preciso reconocer que nadie puede afirmar seriamente que las elecciones no sirven para lo que en principio están destinadas: llevar al poder por la vía democrática a

---

[A] William McNeill (1917-), The Pursuit of Power: Technology, Armed Force and Society since A.D. 1000 (1982).

[B] Esta última precisión supone un dato positivo y verificable aun si no por las simulaciones en el laboratorio: se ha demostrado empíricamente a lo largo de la historia y está apoyada por hechos observacionales tan bien comprobados como los sucesos capitales de la Revolución Francesa.

[C] Reinhard Selten (1930-), Spieltheorische Behandlung Oligopolmodels mit Nachfragetragheit, 121 Zeitschrift für die Gesomte Staatwirtschaft 301, 667 (1965); Reexamination of the Perfectness Concept for Equilibrium Points in Extensive Games, 4 International Journal of Game Theory 25 (1975). No consideramos el grado de la violencia, sino lo fundamental de su efectividad, en el valor de la amenaza. *Une interprétation au contraire les différents modèles proposes par* James de Nardo (1949-), Power in Numbers, The Political Strategy of Protest and Rebellion 35-40, 188-228 (1985).

[D] Law and social norms 22 (2000); Symbols, Signals, and Social Norms in Politics and the Law, 27 The Journal of Legal Studies 765 (1998).

los representantes de las mayorías políticas. Ése es precisamente el aspecto sobre el que hacemos mayor hincapié en este estudio y en todo caso la moción votada por mayoría en la asamblea representativa resulta una señal clara y fácil de entender que una mayoría de la población ha apoyado la iniciativa. La mayoría, segura que prevalecerá y que tendrá la victoria en su poder, se animaría a lanzarse a la aventura y se aprestaría a recurrir a la violencia. La verdadera fuerza de la mayoría es implícita y se funda en la legitimidad de lanzar la amenaza contra la minoría que, usando la jerga de la teoría de juegos, se hace ‹creíble› en previsión al no sorprendente resultado de una lucha social. Bajo tales condicionantes, parece ser que la sociedad no tiene otra salida que rendirse ante lo inevitable. Sólo así se logra evitar que la ruptura violenta se desencadene entre la población. Lo anterior implica, repetimos, la aceptación de lo inevitable; la sociedad actúa como si aquel destino fuese inmodificable y, por ende, termina aceptando la iniciativa para atajar el paso avasallador de la violencia. Ahora bien, si el número de militantes apegados a una causa resulta indicativo del posible resultado de la lucha social, el concitar la casi unanimidad de la población será un presagio inequívoco de lo que va a ocurrir. Sin embargo, una causa rara vez podrá determinarse con la voluntad, voto o consentimiento de todos; por el contrario, sucede que las más veces se adoptan las decisiones sólo con el apoyo de la mayoría; *refertur ad uniuersos, quod publice sit per maiorem partem*.[A] Así, la sola aplicación del principio de mayoría resulta suficiente para resolver un sangriento conflicto. Por ende, la sociedad contemporánea acepta el principio de mayoría, o al menos le presta conformidad, no por el carácter moral o la prudencia que demuestra, «*in quantum enim in ea sunt prudentes, habet prudentia et virtutem*»,[B] sino por *la banalité* del poder que reside en la mayoría[C] para dominar por la fuerza a la minoría. «*In quantum autem multi habet potentiam*».

[A] Ulpiano (170-228), L Iuris enudeati ex omni uetere iure collecti Digestorum seu Pandectarum libri L XVII, De diuersis regulis iuris antiqui. Cabe destacar que esta frase fue arrancada de su contexto primitivo en el Derecho Societario por el docto tratatista de los Concilios del siglo XV, Francisco de Zabarella (1339-1417), Tractatus de Schismate (1408).

[B] Pedro de Alvernia (1240-1304), Questiones super politicum III 15 (1275).

[C] La celebre observación de Hannah Arendt (1906-1975) sobre la banalidad del mal, en Eichmann in Jerusalem: A Report on the Banality of Evil (1963), puede emparejarse con estas palabras.

Controversia de imperio legis

En la literatura de apoyo a la legitimidad del principio de mayoría, mucho se comenta sobre el Teorema del Jurado de Condorcet.[A] Sin embargo, dicho Teorema, con un uso inexplicable de *leyes* de la probabilidad, establece la pretensión epistemológica falaz de que la mayoría tiene una mayor posibilidad de poseer la Verdad; la trillada Verdad[B] no existe sino como una aspiración de corte racionalista innegable; y cabe reconocer que la misma monserga, como el resplandor del sol, esencia misma de una Verdad irrefutable, es capaz de imponer una tiranía que más bien sumirá al mundo en una etapa negra de su historia.

Pero volvamos atrás: Si la capacidad de violencia *a main armée* de las clases mantiene las relaciones de poder, ¿cómo llega la sociedad a prescindir de la violencia? La pregunta podemos formularla de otra forma: ¿de qué manera aplacamos la violencia de los demás? La paz es un ideal que todos deseamos. Respecto a ella, Luis Mariano Guzmán (1830-1900) propone:

«La paz no se predica, ni se pregona. La paz es un modo de ser social; es la manifestación más significativa del bienestar general. Donde el individuo sufre, nunca habrá paz, a pesar de todas las modificaciones oficiales, de todos los discursos, de todas las homilías de la prensa, por boca de sus más acreditados oradores».[C]

De modo que, para evitar que un individuo nos agravie, será necesario proporcionarle dinero. Sin embargo, si hubiera que sobornar a todos y cada uno de los individuos de la comunidad para que no nos agraviasen, ninguna cantidad de dinero que consiguiéramos reunir sería suficiente para contenerlos, puesto que cada uno de los individuos trataría de exigir de nosotros todo lo que tenemos.[D] Tendríamos que regatear con cada individuo y jamás dispondríamos de la suficiente cantidad de dinero como para realizar la transacción con el total de la sociedad. Frente a esta realidad, lo que necesitamos es una institución que nos lleve a conseguir

---

[A] Duncan Black (1908-1991), The Theory of Elections and Committees 156-84 (1958).

[B] Una de estas aporías es que el racionalismo moderno conduce a la producción industrial de la muerte, sea por los campos de concentración, los gulags o el gas Zyclon-B. La verdad absoluta no existe y esto es absolutamente cierto.

[C] Bolivia y sus disensiones intestinas 65 (1874); Estudios sobre la paz en Bolivia (1876).

[D] Aquello se convierte en un caos donde cada uno nos exprime hasta el último centavo a causa de que cualquiera piensa que «si no lo tomo yo, otro se lo llevará». En el ejemplo, no hay exclusividad donde todos los individuos son capaces de agraviarnos y se plantea el problema estratégico que el pago dado a un individuo no aleja la amenaza que tenemos encima de los otros.

un acuerdo de paz, haciendo las concesiones que se requieran. Planteamos que el sistema de gobierno mayoritario permite dispersar la amenaza de violencia a la que nos enfrentamos proveniente de la comunidad entera, mediante la realización de un número limitado de transacciones con un poder único: una reducción de los costes de transacción.[A] El gobierno de la mayoría monopoliza las relaciones de poder, lo que resuelve el problema estratégico que enfrentamos, y sirve para establecer un mercado de la paz.

Cabe destacar que hemos constatado, la paz social está vinculada a los derechos y a las transacciones económicas. Por consiguiente, partamos de la fórmula propuesta por Ronald Harry Coase (1910-) en The Problem of Social Cost,[B] quien desde la perspectiva de economista nos ofrece dos análisis agudos: primero, que el concepto de daño es recíproco; y segundo, que los derechos son en realidad factores de producción.[C] Si los conceptos nos resultan confusos, para dejar en claro nuestro parecer, señalemos la terminología, e incluso demos un sentido más amplio al lenguaje económico que emplea Coase. Para revelar las ideas en que Coase se extiende, así como aquéllas que no consiguió desarrollar, vamos a apuntar los siguientes términos. En primera instancia, en la noción de daño, Coase encuentra implícitos tanto costos como beneficios. Aplicando este análisis, hallamos evidente, al igual que Coase, que el daño es *recíproco*. Cualquier individuo que infringe mi derecho me ocasiona un daño; cuando yo, en uso de mi derecho, lo excluyo a él, también le causo un perjuicio, al privarle de sacar provecho de una actividad económica. Sin embargo, diferimos de Coase, en que no podemos aseverar que el daño sea *proporcionalmente recíproco*. Vemos en la realidad que los beneficios de una actividad productiva tienden a estar más concentrados, mientras que los costos tienden a estar más dispersos, a través de las propiedades.[D]

[A] El gobierno se instituye, justamente, a fin de que se reduzcan los costes de transacción, y no para ocasionar los mismos.

[B] 3 The Journal of Law and Economics 1 (1960).

[C] En términos económicos, el derecho de propiedad autoriza a ciertas personas a apartar a otras de determinados factores de producción. Esta barrera permite a las personas que detenten los derechos de propiedad exclusivos a que administren y multipliquen *suum res* y produzcan la riqueza social. Harold Demsetz (1930-), Wealth Distribution and the Ownership of Rights, 1 The Journal of Legal Studies 223, 229-32 (1976). El Doctor Angelicus anticipa el análisis económico del derecho de propiedad, cuando recalca *potestatem procurandi et dispensandi res*, I II Summa Theologiæ 66 2 (1266).

[D] Hagamos un distingo, entre externalidad en donde hay divergencia entre los costos e ingresos sociales y privados, y la externalidad económica.

Controversia de imperio legis

Por ejemplo, el ruido generado por el funcionamiento de una planta industrial, al dispersarse por el aire, traspasa los límites de la propiedad en que ésta se encuentra, constituyendo una molestia para la población que vive en propiedades aledañas; asimismo, la actividad de la planta produce gases, que contaminan el medio ambiente en que todos coexistimos. El hecho de que los beneficios estén concentrados explica que éstos se puedan aprehender. En el ejemplo anterior, si la actividad es el ensamblado de partes metálicas, una vez finalizada queda un lote de máquinas que tienen un determinado valor. Si los costos estuviesen concentrados, podrían ser aprehendidos y pagados por aquella persona que genera una actividad productiva. Volviendo al ejemplo, el ruido y los gases, por ser volátiles, se dispersan y no existe ninguna forma de evitar que sean producidos; *hæc appræhensio difficilis est*. Que los costos de una actividad productiva no sean aprehendidos por su causante, y que la sociedad en general deba cargar con el perjuicio, supone la destrucción de la *reciprocidad proporcional* entre el daño social-privado. Los costos y beneficios privados, antes que los costos y beneficios sociales, sirven de catalizador de la participación particular en actividades productivas. Cuando los costos no son aprehendidos resulta una externalidad negativa. Una externalidad negativa no existiría, en cambio, si los costes de transacción fuesen nulos y si pudiéramos pagar a los demás por soportar los costos dispersos como consecuencia de la actividad. El análisis económico que estudia las externalidades *ist eine galileische Revolution der marxistischen Kategorien der Entfremdung*.[A] Debido a los costos externos, la población se enajena de la propia actividad productiva; y no existe capacidad económica para asegurar que el mercado satisfaga los requerimientos que tenemos.[B] En ese sentido la enajenación resulta del fracaso del mercado, de la externalidad, de la divergencia entre los costos social y privado, y es preciso señalar que es necesaria la intervención estratégica del aparato coercitivo del Estado para que la sociedad avance —aunque éste a menudo no cumpla con los fines para los cuales fue instituido y que determinan su legitimidad—

[A] Para una descripción profunda de la revolución de Galilei (1564-1642) en la física, confer Edmund Husserl (1859-1938), Die Krisis der europäischen Wissenschaften und die transzendentale Phänomenologie: Eine Einleitung in die phänomenologische Philosophie (1936). *Mit anderen Worten: Hat der Marxismus sein Ziel erreicht—und jegliche Relevanz verloren.*

[B] Un concepto religioso va al fondo del problema de la enajenación: se plantea la distancia entre Dios y el hombre.

Coase concluye su ensayo, y la sección que a su parecer es más crucial a su pensamiento, escribiendo sobre el *laissez faire* y sobre diferentes concepciones del mundo ideal. El planteamiento de Coase, como no logra extenderse en el análisis en virtud del cual los beneficios de una actividad productiva están más concentrados que los costos, es incapaz de aclarar la regulación pública de los derechos de propiedad. Al ser incapaz de resolver una cuestión que se halla inconveniente, opta por eludirla. *«The whole discussion is irrelevant»*, concluye. Sin embargo, *wie mein Lehrer* Robert Cooter (1954-) *vorgeschlagen hat* en su elaboración sobre Coase,[A] al tratar la negociación sobre derechos o la lucha por los mismos como un coste de transacción difiere su análisis y estudio, *«postpones analysing it»*.[B] Muchas situaciones económicas se caracterizan por la interacción estratégica, y Cooter sugiere que la teoría de juegos es el instrumento que permite analizar esta interacción. Puede decirse que, en los últimos años, *la théorie des jeux* ha logrado un avance que representa un salto enorme en el análisis de los conflictos en los que está inmerso el quehacer social. La teoría de juegos tuvo como inspiración la discusión De bello et ludis de San Isidoro de Sevilla;[C] sin embargo, no es hasta la publicación en 1944 del libro Theory of Games and Economic Behavior de Jancsi von Neumann (1903-1956) cuando aparece el instrumento de análisis para las situaciones generales.[D] La teoría de juegos no tiene como objetivo principal el de aconsejar nada sobre el comportamiento individual, trata de la acción en los microgrupos para la obtención de ventajas máximas y de los conflictos de interés que se pueden formalizar y a los que se puedan aplicar presupuestos de la economía neoclásica; toda una rama de la teoría de señales extiende el mismo análisis a los macrogrupos.[E]

[A] Confer The Cost of Coase, 11 The Journal of Legal Studies 1 (1982) y la respuesta de Coase en The Firm the Market and the Law 162 (1988).

[B] Law and Unified Social Theory, *idem* at 53.

[C] XVIII Originum seu Etymologiarum Libri viginti.

[D] Zur Theorie der Gesellschaftsspiele, 100 Mathematische Annalen 295-320 (1928).

[E] La teoría de señales se establece en el contexto de la educación superior; Andrew Michael Spence (1944-) desde la Universidades de Harvard y Stanford, de las que ha sido decano, describe como en mercados asimétricos los mejor informados intentan favorecer sus resultados económicos, transmitiendo los datos en su poder a los peor informados mediante una señal «creíble». Así, concluye que no es posible explicar el salario más elevado en el mercado laboral de los recién titulados por el valor económico del conocimiento que adquieren en la universidad. En cambio, sostiene que, al titularse, están enviando una señal «creíble» a eventuales patrones sobre su inteligencia y sus aptitudes generales. Job Market Signalling, 87 Quarterly Journal of

Controversia de imperio legis

La economía neoclásica no es el ensalzamiento del mercado, sino algo muy distinto: es el estudio de cómo dedicar recursos escasos a fines alternativos. Irónicamente, al abordar las complejidades de la interacción estratégica, la matematización no permite detentar una mayor certeza porque se generan, no un equilibrio único, sino equilibrios múltiples, y es imprescindible que esté establecida la dependencia de los pasos, en el sendero de la historia para fijar el equilibrio. Desgraciadamente, algunos autores intentan sacar a colación críticas de la economía del equilibrio. Lejos de ser el fin de la economía neoclásica, ésta pasa a poseer un conjunto de herramientas potentes, para analizar con precisión una realidad contradictoria, ajena a las verdades únicas. A partir de la revolución ordinalista registrada en la década de los 1930, la economía neoclásica ya optó por rehuir a los sistemas cardinales de análisis matemático.[A] En la etapa actual del quiebre de los paradigmas, la escuela de Chicago requiere forzar la mirada a sus principios que se encuentran perfectamente fundamentados en la preferencia revelada como el indicador más efectivo de la utilidad individual.

Volvamos al anticuario en el histórico barrio de San Telmo en busca de algún extravagante objeto de una época pasada. Allá, entre arañas de cristal y portarretratos, se ve claramente una vitrina mostrando una máquina de escribir antigua: no deja de ser interesante la historia del teclado ‹azerty› —llamado así por ser las primeras letras del teclado de izquierda a derecha— Si vemos la segunda fila del teclado, advertiremos la siguiente secuencia: ‹dfghjkl›, una cadena de consonantes, que no incluye las primeras dos del alfabeto. Ello indica que el concepto original del teclado fue el de ordenarlas, precisamente, en una natural secuencia alfabética. Pero, ¿por qué se dispersaron las letras más comunes a sitios lejanos? Resulta que el problema con el fácil acceso a estas letras era que, curiosamente, se alcanzaba una velocidad excesiva, la cual provocaba un desastre mecanográfico: los brazos de la máquina no tenían el tiempo necesario para regresar a su lugar de reposo y se atascaban. Cabe resaltar que ha habido muchos intentos por reemplazar el teclado ‹azerty›. De hecho, en 1932, se diseñó uno nuevo conocido como DSK —teclado simplificado Dvorak— que demostró ser ligeramente mejor que el

---

Economics, 355-74 (1973); Market signaling: informational transfer in hiring and related processes (1974).

[A] Cooter, Were the Ordinalists wrong about Welfare Economics?, 22 Journal of Economic Literature 507 (1984).

teclado tradicional. ¿Quién se va a molestar en utilizar otro más eficiente, si tan sólo sirve para mejorar ligeramente la rapidez de escritura? Valga la oportunidad para reflexionar en el sentido de que, si el ahorro de tiempo fuese más significativo, la gente adoptaría el nuevo teclado. En la actualidad, encontramos que este ejemplo es mal utilizado para sugerir que el mercado no es capaz de producir un resultado eficiente, y que la dependencia del sendero nos conduce a uno u otro equilibrio que no es necesariamente el mejor.[A] Pero ¿quién tendrá la osadía insólita de asegurar qué es lo mejor, lo óptimo? Éste nunca dejará de ser producto de la elección subjetiva de medios y fines con la inversión comprometida en el sendero que hasta ahora se ha recorrido.

La cooperación está caracterizada por una interdependencia estratégica. El análisis de Cooter trasciende al de Coase, y configura un panorama de innovación en economía, un horizonte de perfeccionamiento doctrinal hacia el cual debemos tenazmente dirigirnos. El presente trabajo sigue a Cooter y atiende su llamado a un análisis económico del Derecho Público.[B] Si bien en el presente apartado hemos formulado un nuevo esquema explicativo de la señal política, queda todavía la tarea de elaborar un esquema propio de descripción de la señal jurídica por medio del análisis temporal, para vislumbrar el distingo claro entre una señal sincrónica y una señal diacrónica. La dimensión temporal dirige nuestros actos, de ahí que el hombre reflexione acerca de su pasado y de su futuro y tienda puentes de entendimiento entre generaciones distantes, ora sea en la memoria colectiva, ora en el razonamiento jurídico. Antes de abordar dicho análisis estratégico de la norma política y jurídica, desarrollemos con mayor amplitud el ‹análisis económico del derecho de propiedad› que aporta novedad y frescura a algunos términos tan trillados y maltratados en el ámbito del Derecho: *estas dos palabras de ‹tuyo› y ‹mío›* no deberán quedarse en la mera abstracción, sin hacerse patente, concreto, ese bullir de relaciones que los elementos lingüísticos contraen al ser actualizados en el idioma jurídico.

[A] Paul David (1934-), Clio and the Economics of Qwerty, 75 American Economics Review 332 (1985); Stan Liebowitz (1950-), The fable of the keys, 33 The Journal of Law and Economics 1 (1990).

[B] The Minimax Constitution as Democracy, 12 International Review of Law and Economics 292 (1992). James Buchanan (1929-), Markets, States, and the Extent of Morals (in Critique of Our System), 68 The American Economic Review 364 (1978).

Capítulo 7

Ius dominii

Para comenzar esta reflexion, formulemos una pregunta necesaria: ¿una disposición o afectación legal de la sociedad disminuye el valor de los derechos de propiedad? Tal pregunta provoca el impulso de contestar con un emotivo y contundente ‹¡Sí!› Sin embargo, la regulación pública de los derechos de propiedad debería suscitar una reflexión más profunda que la que se ha producido hasta ahora.[A] Desde nuestra perspectiva, los derechos de propiedad son un instrumento propio de los individuos que viven en sociedad, el que deriva su contenido y significado del hecho de que sirve para que las personas formen las expectativas que permiten mantener racionalmente un trato social.[B] Así, el titular de un derecho de propiedad, para actuar de determinada manera o para impedir que los demás restrinjan su acción, invoca el consentimiento de los demás miembros del grupo social o acude a la tutela de instituciones político-jurídicas. Coase desmonta la lógica del argumento: en el supuesto que los costes de transacción sean bajos, el mercado opera un reajuste determinando que los efectos externos de la acción sean interiorizados por el sujeto económico. De tal forma, las externalidades positivas se interiorizarán mediante la detentación por el sujeto económico del derecho de propiedad que confiere la posibilidad de excluir a terceros de los beneficios de su actividad. De igual forma, las externalidades negativas quedarán interiorizadas por medio del derecho que detenta un tercero, el mismo que le confiere la facultad de restringir cualquier acción que le cause perjuicio. Si esto sucede, la creación o reconocimiento de los derechos de propiedad, en alguna medida, cumpliría la función de interiorizar las externalidades positivas y negativas. Al producirse la interiorización de las externalidades, el sujeto económico toma en cuenta en mayor medida los costos y beneficios que

---

[A] Cabe resaltar que los derechos de propiedad son aquéllos que hemos adquirido en el mercado, como el bien que poseemos y del cual podemos apartar a otros, o las bendiciones de que gozamos, como nuestra libertad y nuestra fuerza de trabajo, de las cuales nadie puede privarnos. Lo que exigen los derechos de propiedad es la facultad de utilizar un determinado factor de producción —y, a la vez, apartar a otras personas del mismo—

[B] Demsetz, Toward a Theory of Property Rights, 57 The American Economic Review 347 (1967); Félix Huanca Ayaviri (1964-), Análisis Económico del Derecho 8-14 (1995).

resultan de la acción económica, optimizando el uso de los recursos, lo que redunda en un mayor bienestar social.

Aunque las viejas polémicas en torno a la propiedad privada han decrecido, éstas no han quedado definitivamente olvidadas. Por tanto, resulta pertinente recordar que marcó un hito, en la evolución de los derechos de propiedad, la predicación franciscana de la cristiandad como el evangelio de los pobres. Quienes depositan vehementemente su fe *an die marxistische Ideologiekritik* podrían conducirnos a pensar que dicho concepto ha sido promulgado para la promoción, la defensa y la justificación del orden capitalista como medio que facilite la explotación del pobre. Sin embargo, el observar la evolución del concepto permite una lectura precisamente contraria: éste se fragua con las variadas formas de organización que adoptaron las órdenes mendicantes en el ejercicio de su apostolado.[A] Siglos antes de que surgiera un discurso acartonado que vaticinara la hipotética revolución del proletariado y que, como remedio radical, propugnara la abolición violenta de la propiedad privada sobre los medios de producción, la predicación franciscana hizo de la mayor pobreza la más templada de las armas espirituales. De tal suerte que una oleada de comentaristas y polemistas jurídicos comenzaron a indagar la naturaleza y función de los derechos de propiedad, buscando una conciliación definitiva en torno a la distinción entre *simplex usus factus* y la verdadera propiedad, cuestionando si existe realmente diferencia entre ambos conceptos —incluso en el terreno de los bienes consumibles—

Consideramos útil y esclarecedor establecer una cierta matización. El punto sobresaliente de la controversia acerca de la pobreza franciscana radica en que constituye una percepción de indiscutible congruencia, pues la renuncia al derecho de propiedad viene acompañada, no casualmente, por la radical denegación de la voluntad del individuo, característica inusitada que destaca la importancia del aspecto volitivo en la esencia misma del concepto de derecho de propiedad. Las diversas modalidades y categorías del derecho de propiedad en sí mismas son una extensión de la voluntad: la más genuina expresión de la propia personalidad. No hay valor más relevante para el hombre que el dominio sobre la libertad

---

[A] Hijo de un comerciante de Asís, el Juglar de Dios (1182-1226) utiliza la pobreza evangélica como un argumento que confronta la avaricia de los mercaderes. «*Fratres nihil sibi approprient...uadant pro eleemosyna confidenter, nec oportet eos uerecundari, quia dominus pro nobis se fecit pauperem in hoc mundo*». Regula bullata (1209). Gilbert Keith Chesterton (1874-1936) pinta, en St. Francis of Assisi (1923), un cuadro lúcido y penetrante; no cuenta mucho, pero da unas claves esenciales para su comprensión.

individual, puesto que llama poderosamente la atención que a partir de su propia libertad la persona ejerce la plenitud del dominio sobre las demás cosas y puede usar y gozar de éstas. «*Nihil enim est homini amabilius libertate propriæ uoluntatis; per hanc enim homo est et aliorum dominus, per hanc aliis uti uel frui potest*».[A] Los doctores de la Escolástica Barroca hacen hincapié en la libertad natural. Por consiguiente, cabe destacar que provocan una transformación radical del propio concepto de derecho de propiedad y su contenido esencial al expresar que es un poder o una facultad jurídicamente tutelada que corresponde a una persona.[B] «*Quicumque ergo habet facultatem secundum leges, habet ius*[*-dominium*]».[C] Comparten el criterio que la propiedad debe ser considerada como una institución del Derecho de Gentes y coinciden en advertir la separación entre la esfera de la naturaleza y el nuevo espacio de la innovación humana. La división de los derechos de propiedad surge como herramienta de gran utilidad para el hombre, cuyo ámbito de interacción es en mayor medida resultado del puro artificio humano que de la misma naturaleza. En el contexto aquí evocado, la existencia de derechos de propiedad legalmente definidos en cuanto a su alcance, transferencia y sus mecanismos de ejecución forzosa, facilita e incentiva una gestión óptima de manejo de recursos naturales. Por ello, el Doctor Angelicus advierte que la propiedad privada es una especie de gestión que atiende fundamentalmente a una necesidad práctica;[D] reedita aquel argumento utilizado hace dos mil años por Aristóteles, quien plasmó su manifestado rechazo a la abolición de la propiedad privada propugnada por Platón; al decir de Aristóteles, lo que es de todos nadie lo cuida, «ἥκιστα γὰρ ἐπιμελείας τυγχάνει τὸ πλείστων κοινόν».[E] La propiedad privada llena el vacío provocado por la desidia de la gestión colectiva; se cuida mejor lo propio que lo ajeno, puesto que cada cual deja para otro el trabajo que le correspondería hacer para promover el bien común.

[A] Doctor Angelicus, De perfectione spiritualis uitæ XI (1269).

[B] Luhmann, Gesellschaftsstruktur und Semantik, 2 Studien zur Wissenziologie der modernen Gesellschaft 56 (1981).

[C] Vitoria, Scholia in Secundam Secundæ Sancti Thomæ 62 1 (1535).

[D] I II Summa Theologiæ 105 2.

[E] β' Πολιτικῶν α'.

Los doctores de la Escolástica Barroca dejan en claro que un sinnúmero de beneficios emanan de la propiedad privada. Cabe destacar que Vázquez de Menchaca contribuye aportando una novedosa reflexión sobre el agotamiento de los recursos comunitarios, a causa del acceso irrestricto. Dentro de este contexto, compara la pesca de alta mar con la explotación indiscriminada propiciada por la caza en un exuberante bosque o la pesca en un río virgen: con el creciente número de pobladores proclives al uso del bosque o del río, el resultado será la sobreexplotación del pescado o una acelerada destrucción de la fauna silvestre. Nos enfrentamos ante una situación de inexistencia de incentivos para el manejo racional de estos recursos, mientras que existen amplios incentivos para su explotación. Los derechos de propiedad exclusivos para la explotación del bosque o del río, condiciona a los propietarios de estos recursos con un marcado interés en el mantenimiento y preservación de los mismos. Vázquez de Menchaca esclarece, «*si multi uenentur aut piscentur in terra uel flumine, facile nemus feris, et flumen piscibus euacuatum redditur, id quod in mari non est ita*».[A] Remontándonos a la realidad imperante en el siglo XVI, cabe precisar que el océano parecía no estar sujeto al potencial peligro de una acelerada destrucción de sus recursos, incluso hasta el punto que, de continuar con ese frenético ritmo, se pudiera considerar la desaparición de los mismos. Vázquez de Menchaca señala que existía una cantidad de recursos piscícolas en el océano de tal grado, que en apariencia no ameritaba un esfuerzo encaminado a crear un sistema de manejo racional de los mismos.

Cabe puntualizar que ha llegado el momento en que se retome una tradición de liberalismo de la herencia cultural propia: los doctores de la Escolástica Barroca formulan la teoría limitativa del estado. Estos doctores comparten la opinión que los derechos de propiedad son independientes del Estado. La discusión sobre la (in)dependencia del Estado de los derechos de propiedad[B] nos permite sostener que si son independientes, el Estado debe justificar la regulación pública; al contrario, si fuesen dependientes o si hubiesen sido transferidos, la capacidad de regular la propiedad privada por parte del Estado sería simplemente absoluta. En esa tradición filosófica del hipotético *pactum*

[A] II Controversarium illustrium usuque frequentium LXXXVIIII.

[B] Véanse de David Friedman(1945-), Private Creation and Enforcement of Law: An Historical Case in 8 The Journal of Legal Studies 399 (1979) y Efficient Institutions for the Private Enforcement of Law in 13 The Journal of Legal Studies 375 (1984).

societatis en virtud del cual los ciudadanos pactaron libremente constituirse en Estado, los legistas del Mediœvo se abocaron constantemente en despejar el interrogante de si la *Lex regia* importaba una transferencia definitiva de los derechos de propiedad en favor del Príncipe. Azón pensaba que el pueblo no abdicaba de la totalidad de sus derechos y poderes, «*dicitur enim translata, id est concessa, non quod populus omnino a se abdicauerit*».[A] Baldo (1327-1400), por su parte, apelaba a la lectura literal y sacaba una conclusión diametralmente opuesta: «*Et nota uerbum, ‹dedit›; ergo populus perdidit*».[B] En este sentido, el conciliarista Segovia ha proporcionado el más contundente argumento que el pueblo no abdicaba de la totalidad de sus derechos y poderes, los cuales son en todo caso intransferibles, irrenunciables e inalienables:[C] «*nunquam sibi abdicat propterea, quod inseparabilis est ab ea*». El pueblo es el único sujeto al que se le debe imputar estos derechos y poderes, sin mediación alguna, «*que propterea, quod unicum subiectum est ac inmediatum potestatis ipsius*».[D] Así, Vázquez de Menchaca apuesta por una interpretación *Legis regis* por su propia naturaleza y por la materia sobre la cual versa, y no literal, «*Sique qualis est natura principatus, talis esse debet illorum uerborum utcunque gerenalium interpretatio*»;[E] reitera una y otra vez en su magistral tratado que el Estado se constituye para la utilidad del pueblo, y jamás debería permitirse interpretación alguna en sentido contrario, «*ad utilia tantum, non etiam quod ad contraria*».[F] Esta utilidad consiste específicamente, según Suárez, en los bienes públicos —que se ordenan inmediatamente al

---

[A] Summa Codicis I XIIII (1482).

[B] Lectura super prima et secunda parte Digesti uetiris I II (1498).

[C] No deberá ponerse en duda que existen derechos intransferibles, irrenunciables e inalienables: pese a que una mayoría de los representantes del actual congreso —o la supramayoría o la unanimidad de los representantes en la Convención Constitucional— no podrían promulgar un derecho ‹inalienable›, es innegable que éste podría consagrarse mediante el razonamiento jurídico de un tribunal. Dicho resultado se comprueba, al importar el principio de Pareto una situación de acuerdo colectivo unánime y, por ende, sincrónico, entre diferentes estados del mundo —de la misma manera que, por definición, un trato voluntario entre partes es sincrónico— Así, la alienación del derecho, en un momento dado, resulta irrealizable al estar la voluntad sujeta a un estrecho límite temporal, y el argumento jurídico analógico que consagra con ponderado criterio un derecho inalienable, a un proceso de razonamiento diacrónico.

[D] XVII Historia actorum generalis synodi Basiliensis XXXXII.

[E] I Controversarium illustrium usuque frequentium XXXXIII.

[F] Puede constatarse la deuda intelectual de Vázquez de Menchaca para con Segovia, desde el momento en que éste sitúa su obra en el concilio de Trento paralelamente al trabajo de Segovia, que, a su vez, también refleja su participación en el concilio de Basilea.

uso y usufructo de toda la comunidad, «*sed totius communitatis, ad ciuis usum, uel usumfructum immediate ordinatur*»— y en los bienes objeto de propiedad privada e intereses de particulares —«*Aliud uero est bonum commune solum secundario, et quasi per redundantiam; immediate autem bonum priuatum est, quia sub dominio priuatæ personæ*»—[A]

John Locke (1632-1704) pretende justificar el derecho de propiedad apoyándose en un fundamento que, por así decirlo, aparece como una versión menos precisa de la doctrina formulada por los doctores de la Escolástica Barroca, la cual a su vez encontraba su basamento en los postulados de la libertad natural; el fundador del liberalismo inglés, quien vino a legitimar la revolución que acababa de poner fin al absolutismo de los Estuardo, pensaba que la propiedad se justificaba por el trabajo del individuo, «*it has by this labour something annexed to it that excludes the common right of other men*».[B] Es exactamente la tesis que, en cuanto a su contenido, fue reproducida en el siglo XVIII por el padre de la economía y el profeta de la libre empresa, Adam Smith (1723-1790):[C] «*the property which every man has in his own labour, as it is the original foundation of all other property, so it is the most sacred and inviolable*».[D] Se produce, en aquel momento, el fenómeno de la objetivación del trabajo,[E] que lejos de desembocar en la defensa irrestricta de la propiedad privada, coadyuvará abiertamente en el pensamiento del sucesor más conocido de Smith: Marx. Examinemos lo que Marx llamaba la descarada plusvalía, que supone apropiarse del trabajo de otros: la misma tiene ya detrás de sí la objetivación del trabajo. Modernamente, la objetivación del trabajo conduce al filósofo estadounidense Robert Nozick (1938-) a que se arriesgue explicar el sentido de la propiedad con una doctrina que se apega a principios tan rígidos e irrenunciables que impide cualquier aclaración.[F] Los doctores de la Escolástica Barroca, poseedores de un

---

[A] I Tractatus de Legibus et Legislatore Deo VII.

[B] Second Treastise of Civil Government V XXVII (1690).

[C] Smith *passe communément pour le père fondateur de l'économie politique: l'Ecossais ne cite jamais ses sources. Par exemple, la fabrique d'épingles, qui illustre ses réflexions sur la division du travail, a été copiée de l'article Epingles de l'Encyclopédie de 1755. Un demi-siècle avant*, Bernard Mandeville (1670-1733) *affirme la notion de main invisible, sinon le termine*, The fable of the bees (1729).

[D] I An Inquiry into the Nature and Causes of the Wealth of Nations X (1776).

[E] *Die Arbeit als Form der Hegelschen Entäußerung vermittelt gleichzeitig die Selbstverwirklichung und die Entfremdung der menschlichen Persönlichkeit.*

[F] Confer Anarchy, State and Utopia 152-153 (1974).

amplio conocimiento del Derecho Romano[A] y consagrados a la defensa de los derechos de los pueblos aborígenes, jamás hubieran propuesto la devolución de tierras que consideran suyas tras cinco siglos de usurpación, sin más precisión, tal como lo impone el sistema de Nozick, quien escasamente abandona la visión dogmática, dificultando el esclarecimiento teórico en este ámbito.[B] Cabe destacar que la tendencia a la objetivación del trabajo se orienta siguiendo los rasgos generales del racionalismo, que representa ese decisivo cambio de mentalidad experimentada por la sociedad europea durante el periodo de la Ilustración —no refleja el mito calvinista del valor del trabajo[C]— Las falsas ideas del racionalismo alimentan un círculo perverso y provocador: se justifica la despersonificación, o sea, la pérdida de todos los rasgos y características individuales y concretas de la existencia genuina, para hacer desaparecer todo lo que en el hombre es verdaderamente propio e intransferible; a la vez, se personifica al ente abstracto del Estado; fracasó el intento de fundamentar la libertad y la autonomía en una Razón universal y atemporal, que anda por ahí susurrando imperativos categóricos e incondicionados, donde Kant, bastante ingenuamente tal vez, había creído cimentar *der Respekt vor der Persönlichkeit*.[D] Y Hegel, por su parte, intenta concebir al autodespliegue del Espíritu Objetivo ciertamente más allá de la individualidad de quienes lo conforman. En la obra de Margaret Jane Radin (1941-)[E] perdura la evocación —en sentido

---

[A] *Ubi homo, ibi societas; ubi societas, ibi ius.*

[B] Vázquez de Menchaca enfatiza que casi toda la propiedad tiene su origen en la usucapión, o en la prescripción adquisitiva mediante una posesión continua desde un tiempo inmemorial, transformando una situación de hecho en una situación de derecho, cuyos antecedentes los encontramos en el Derecho Romano; y no así en la legitimitadora mítica de un primer poseedor.

[C] Emil Leopold Ferdinand Kauder (1901-), The Retarded Acceptance of the Marginal Utility Theory, 67 Quarterly Journal of Economics 564 (1953); Murray Newton Rothbard (1926-1995), II An Austrian Perspective on the History of Economic Thought (1995).

[D] El estudio del intelecto ha sido una obsesión del pensamiento occidental. Desde el siglo V, podemos observar que san Agustín ya había dicho todo lo necesario para comprender la racionalidad limitada y, ante todo, había señalado la necesidad de la constitución de una esfera de heteronomía —con un poder ajeno— con un argumento tan proverbial como el refrán popular, que de buenas intenciones esta empedrado el camino al infierno. XXII De ciuitate Dei contra paganos libri XXII.

[E] Property and Personhood, 34 Stanford Law Review 957 (1982); Market-Inalienability 100 Harvard Law Review 1849 (1987); The Liberal Conception of Property: Cross Currents in the Jurisprudence of Takings 88 The Columbia Law Review 1667 (1988); The Colin Ruagh Thomas O'Fallon Memorial Lecture on Reconsidering Personhood, 74 Oregon Law Review 423 (1995); Reinterpreting Property (1993); Contested Commodities (1996).

hegeliano, naturalmente— de la personalidad, con esa aura de incomprensión que rodea todo ideal personificado: el individuo se convierte en un instrumento de un humanismo que queda atrapado en la abstracción, algo que está más cerca de la personalidad, por llamar así a la zona invisible que caracteriza al individuo más allá de sus peculiaridades, que asegura su verdadera autodeterminación no como persona sino sólo en la medida que se es miembro de un estado corporativo. Destacamos que el hombre no es un ente abstracto o un espantajo colectivo, sino un ser *de carne y hueso* en un sentido muy real, *bestial* en el sentido más riguroso de la expresión. La propiedad privada tiene una función social que a menudo no se comprende. Usted no tiene que ser muy observador para haberse dado cuenta que las propiedades privadas están mucho mejor mantenidas que las que pertenecen a la comunidad.

C'est seulement a partir de 1870 que, avec l'Ecole autrichienne, la theorie de l'utilite subjective pourra refaire surface et s'imposer a nouveau. Y no será sino hasta la década de los 1930 cuando se logre abordar el estudio económico de las instituciones jurídicas, dando lugar al llamado <análisis económico del derecho de propiedad>.[A] La revolución ordinalista refleja la aplicación al ámbito de la economía de las enseñanzas de los positivistas lógicos del Círculo de Viena,[B] quienes coinciden en la necesidad de hacer una distinción tajante entre el nexo de causalidad y de la racionalidad: *causa siue ratio*, estos componentes se han confundido entre sí con mucha frecuencia, y es incontestable que tal confusión se hace maraña a partir de la Ilustración. El filósofo inglés Alfred Jules Ayer (1910-1989) reflexiona del siguiente modo acerca de este hecho: «*propositions and questions which are really linguistic are often expressed in such a way that they appear to be factual*».[C] Los cuestionamientos epistemológicos están, por consiguiente, en la base del cambio de la economía de un concepto inverificable como *el nivel de bienestar*, a un concepto positivo como *la preferencia revelada del*

[A] Knight, Some Fallacies in the Interpretation of Social Cost, 38 Quarterly Journal of Economics 582 (1924); Scott Gordon (1924-), The Economics of a Common Property Resource: The Fishery, 62 Journal of Political Economy 124 (1954). Michael Heller (1962-), The Tragedy of the Anti-Commons, Property in the Transition from Marx to Markets, 111 Harvard Law Review 621 (1998); The Boundaries of Private Property, 108 The Yale Law Journal 1163 (1999).

[B] Wissenschaftliche Weltauffassung: Der Wiener Kreis (1929).

[C] Language, Truth and Logic 57 (1936); Ayer abre esta obra con una frase apretada que lo dice casi todo acerca de la filosofía: «*The traditional disputes of philosophy are, for the most part, as unwarranted as they are unfruitful*».

individuo. La reafirmación de la teoría subjetiva del valor tiene que ver no sólo con la reformulación de sistemas conceptuales sino con las condiciones prácticas que hacen posible la defensa real del derecho de propiedad. Establezcamos la distinción entre el dominio público y privado, temática que nos fue legada por Justiniano (483-565). «*Publicum ius est, quod ad statum rei Romanæ spectet; privatum quod ad signulorum utilitatem*».[A] Según nuestra comprensión, el gobierno actúa sobre diversas actividades, permitiendo que algunas se realicen y desaprobando otras. La propiedad privada en gran medida, abarca la libertad de hacer lo que se desea dentro de ciertos dominios. En boca de Vázquez de Menchaca, «*est enim naturalis fucultas eius, quod facere libet*».[B] Los doctores de la Escolástica Barroca se mostraron partidarios de definir el concepto de propiedad puntualmente sobre la base de la libertad natural del hombre.[C]

El gobierno y los derechos de propiedad están entonces destinados a entrar en conflicto. Coase elude el análisis de este tema, es decir, cuándo respetamos el dominio privado, en el que la persona hace lo que le parece, o cuándo transgredimos el derecho de hacer o no hacer algo dentro de ese dominio. Nosotros vislumbramos una forma de decidir cuándo se van a respetar los derechos de propiedad para actuar de forma libre dentro de un cierto dominio, o bien cuándo se va a dejar que sea la sociedad quien juzgue lo que puede hacerse y lo que no debe hacerse, cosa que coarta el uso de ese dominio. Esta respuesta tiene que ver con el supuesto de que los costos, habitualmente, están más dispersos que los beneficios, a través de las propiedades —externalidades negativas— Si los beneficios estuviesen más dispersos, dejaríamos de excluir al prójimo, o los correspondientes efectos de sus actividades, de nuestros dominios, como en el caso que nuestro vecino cultivase un huerto cuyos frutos cayesen en nuestra propiedad y que los pudiésemos disfrutar —externalidades positivas— Sin embargo, excluimos a otros porque los costos están más dispersos.[D] Las personas —los terceros— por lo general

---

[A] l Institutionum Titulus 1 IIII, Antonio Pichardo Vinuesa, l Commentariorum in Quatuor Institutionem Iustinianærum Libros (1657).

[B] l Controversarium illustrium usuque frequentium XVII.

[C] «*Et libertas quidem est, ex qua etiam liberi uocantur, naturalis facultas eius quod cuiqui facere libet, nisi si quid aut ui aut iure prohibeatur,*» l Institutes III II.

[D] Demsetz propone que los derechos de propiedad se crean para interiorizar las externalidades «*when the gains of internalisation become larger than the cost of internalisation*», Toward a Theory of

no permiten que se realice ninguna actividad que arrastre externalidades negativas en su propiedad a no ser que, aun de forma indirecta, puedan obtener los beneficios de ella. Sin embargo, algunas veces sucede que las personas —sujetos económicos— aprehenden a través de una actividad productiva beneficios concentrados que son mayores que los costos dispersos en que se incurre. Por consiguiente, en el supuesto de costes de transacción elevados, limitar los derechos de propiedad de algunos, su capacidad de excluir costos de sus dominios, al dejar que otros continúen la actividad, reportaría utilidades a todos.[A] En vista de que a las demás personas se les impide excluir costos de sus dominios, el valor de sus derechos de propiedad se ve disminuido. Esto no conduce a la paz social; como dice el Doctor Angelicus «*magis pacificus status hominum conseruatur, dum unusquisque re sua contentus est*».[B] Aun si éste es el caso, aquéllos que aprehenden los beneficios, que son más cuantiosos que todos los costos dispersos, poseen dinero[C] suficiente para compensar al grupo cuya propiedad sufre el costo de dicha actividad. Una vez que la redistribución ha sido efectuada, todos quedan satisfechos, y por medio de la acción del gobierno, el grupo multiplica su riqueza. Para recapitular, en el supuesto de costes de transacción elevados, toda vez que emprendemos cierta actividad en la cual los beneficios concentrados que aprehendemos son mayores que los costos dispersos, pagamos por los perjuicios que otros sufren y nos enriquecemos por medio de la transacción que se efectúa a través de la intervención del Estado: la regulación pública de los derechos de propiedad.

Property Rights en 350; Alchian and Demsetz, The Property Right Paradigm, 33 Journal of Economic History 16 (1973).

[A] Joel Franklin Brenner (1947-) apunta que, en Inglaterra durante la Revolución Industrial, la Doctrina del Abuso del Derecho dejó de aplicarse a las actividades que reportaban beneficios netos a la comunidad, Nuisance Law and the Industrial Revolution, 3 The Journal of Legal Studies 403, 412-15 (1974).

[B] I II Summa Theologiæ 105 2.

[C] Damos por sentado que ellos pueden enajenar los beneficios. Luego vamos a echar por tierra esta suposición, dado que en las transacciones políticas no la requerimos, pues ahí la compensación puede ser dada en otras formas.

Capítulo 8

L'applicazione dell'approccio economico alla sfera delle scelte politiche

Si otros individuos resultan afectados por costos emergentes de nuestra actividad en ámbitos en los que válidamente detentan derechos de propiedad exclusivos, es obvio que ellos se disgustarán, acudiendo incluso a la violencia para tratar de evitar que desarrollamos tal actividad.[A] Sergio Almaraz Paz (1928-1968) exclama en 1964: «Nuestro primitivismo responde a otros resortes porque somos un pueblo ofendido que empieza el camino de la venganza».[B] Las personas sólo consentirán en desistir de todo acto de violencia o venganza si les proporcionamos una compensación satisfactoria. Vázquez de Menchaca nos dice que quien goza de los frutos de una empresa, debe soportar los daños, «*incommoda expensamque cuisque rei eum sequi debere quem commoda sequuntur*».[C] Como tenemos expuesto hasta aquí, el gobierno de la mayoría permite que podamos resarcir a todos de una sola vez, a través de un número determinado de retribuciones políticas otorgadas en favor del gobierno; el gobierno, por su parte, asegura a aquellos que soportan los costos de nuestras actividades —de las actividades de toda la sociedad— una compensación de dimensión satisfactoria. ¿Cuál es la función del gobierno? ¿Acaso es la caja negra idónea en la que escondemos las transacciones? El gobierno percibe dinero producto del trabajo, al mismo tiempo que los recursos y obras son proporcionados también por el gobierno. Todo esto nos obliga a reflexionar sobre el funcionamiento del gobierno. El gobierno es el único instrumento de coerción utilizado para organizar y regular la obtención de un beneficio externo, el cual sería imposible adquirir mediante transacciones de cooperación voluntaria o usando el esfuerzo individual, sin afectar de manera negativa a otro individuo.[D]

[A] La ley del talión: «que paffe lo que fizo», surgió en los albores de la civilización, como alternativa un poco más humana a la venganza ilimitada. Aristóteles, ε' Ἠθικῶν Νικομαχείων (330 A.DE J.C.); véase el título sobre restitución en fray Tomás de Mercado (1530-1576), Summa de tratos, y contratos (1571).

[B] La Violencia en Bolivia en Mariano Baptista Gumucio (1933-), La violencia en Bolivia (1976).

[C] I Controversarium illustrium usuque frequentium V.

[D] La posición de negociación, en la que nos encontramos con respecto al gobierno, es menos ventajosa que la que tendríamos si empleáramos medios voluntarios, ya sea cooperativos o

Cabe resaltar que no es económicamente viable emplear el sistema político-jurídico para aprehender cualquier beneficio que nos propongamos, puesto que deberemos pagar sumas de dinero para aplacar la violencia o insatisfacción de la comunidad, siendo que dichos montos guardan relación con la sumatoria a que ascienden los costos dispersos que ha sufrido la propiedad de los demás a consecuencia de nuestra actividad —externalidades negativas— y de los costos de transacción para resarcirlas por medio del gobierno. Precisamente, entre los aspectos más relevantes a los que se tendrá que enfrentar una política redistribuidora de riqueza está la anomalía cíclica propuesta por Condorcet; la no reducida posibilidad del surgimiento de nuevas coaliciones predetermina que no haya ni vencedores, ni vencidos. Todos pierden frente a esta situación de riesgo de un gobierno insolvente, inestable e imprevisible, fuertemente marcado por los cambiantes movimientos de la política o de la irrupción de la violencia. Esto es lo que explica en buena medida —más allá de normatividades obsoletas y tradiciones inmorales— la ligereza exasperante de la vida política y las actitudes lesivas para con el funcionamiento democrático. Debiera ser claro, en todo caso, que la precariedad política en lugar sin límite menoscaba la propia capacidad de todos para coadyuvar una visión consensualizada, que es lo más difícil. Y así la precariedad organizativa de las coaliciones hace radicalmente imposible la aplicación de las políticas redistributivas. Nada sale a coste cero. ¿Cuál es el precio que nos exige el gobierno? Sabemos que el precio está vinculado a la estructura del gobierno mayoritario. En un debate parlamentario, Ricardo Anaya (1907-1997) nos instruye que la democracia, lejos de eliminar la violencia, la reemplaza con el voto: «La democracia no ha eliminado la lucha de clases, simplemente se ha limitado a reducir la violencia de la lucha de clases a los términos del sufragio universal».[A] ¿Qué significado tiene el sistema político-jurídico

---

individuales. Esta afirmación no es un subterfugio. En Bolivia, allá por 1871, Félix Avelino Aramayo (1846-1916) hacía escuchar su queja: «Nosotros habíamos continuado progresando rápidamente en el comercio, hasta que llegamos a esa altura de la que a nadie es permitido pasar, porque no se puede seguir aumentando la fortuna sin correr los riesgos consiguientes, en un país sin instituciones financieras y sujeto a la arbitrariedad de gobiernos, que pretenden saber todo y quieren dirigir todo, sin más ciencia que la de su autoridad», Apuntes sobre el estado industrial, económico y político de Bolivia 9. La amargura en la expresión de Aramayo es muy válida. Como hombre de empresa muchas veces se vio enfrentado a la arbitrariedad de los gobiernos. Desdichadamente, en Iberoamérica, mucho de esto no ha cambiado: el gobierno sigue procediendo según su arbitrio. Es nuestra creencia que, sobre esta situación, las instituciones mayoritarias que se adhieran al imperio de la ley constituyen una mejora substancial.

[A] Democracia y revolución 31 (1943).

mayoritario para aquella persona que emprende una actividad productiva? Dicha persona podría adquirir todas las propiedades a las que alcanzase la dispersión de los costos externos de su actividad. Asegurar esto implicaría deshacerse del problema social, ya que ese individuo soportaría todos los daños sobre su propiedad, y nadie esgrimiría razón alguna para objetar, bajo tales circunstancias. Pero, evidentemente, la propiedad es escasa, y los costos externos de la actividad, en algunos casos, se dispersan, de modo plausible, mucho más allá de lo que a ella le es posible asegurar el resarcimiento a los titulares de las propiedades afectadas. Por este motivo, acordar una transacción resultaría oneroso. Por otro lado, la persona podría intentar iniciar negociaciones con otros propietarios de fundos adyacentes, para así pagar los costos dispersos de la actividad. Se haría responsable de los costos de transacción para negociar con estas personas, costos que, reiteramos, son desmesuradamente elevados, aun sin enfrentarse con comportamientos exigentes.[A]

Hasta aquí hemos desarrollado una idea sobre cómo acometer alguna empresa que va a tener éxito en el sentido alchiano. Tomando en cuenta que nuestra actividad repercute en costos externos dispersos sobre la propiedad ajena y que los costos de transacción para llegar a un acuerdo son elevados, no nos encontramos en una posición adecuada para convencer a otras personas de abstenerse de buscar venganza. Por esta razón, no queda más alternativa que recurrir al auxilio del gobierno, pretendiendo en todo caso, a cambio de un precio político-jurídico, conseguir una regulación que permita desarrollar nuestra actividad. La idea que hemos planteado para una actividad factible puede concebirse en tres sentidos. Primero, puede tratarse de una mejora según el concepto de Pareto.[B] Este tipo de actividad dispersa mayores montos de beneficio que de costo sobre la propiedad de cada persona afectada dentro de la comunidad. En el contexto del sistema mayoritario, si indagamos acerca del precio político-jurídico que implica construir un nuevo arreglo

---

[A] Confer Lloyd Cohen (1947-), Holdouts and Free Riders, 20 The Journal of Legal Studies 351 (1991).

[B] Vilfredo Pareto (1848-1923), Il massimo di utilita dato dalla libera concorrenza, 9 Giornale degli Economisti 48 (1894); Enrico Barone (1859-1924), Il Ministro della Produzione nello Stato Collettivista, 37 Giornale degli Economisti 267 (1908); Harold Hotelling (1895-1973), The general welfare in relation to problems of taxation and of railway and utility rates, 6 Econometrica 242 (1938). Confer Cooter, The Best Right Laws: Value Foundations of the Economic Analysis of Law, 64 Notre Dame Law Review 817, 818-22 (1989).

institucional —una regulación por parte del gobierno que permita realizar una actividad— para procurar una mejora según el concepto paretiano, descubrimos, para nuestra sorpresa, que resulta nulo. El precio político-jurídico es inexistente puesto que nadie va a oponerse. Por el contrario, cualquier persona afectada levantará la voz de protesta si nos viéramos enfrentados a una negativa del gobierno. Las mejoras según el concepto de Pareto no implican precio político-jurídico alguno.

Segundo, la idea que planteamos para una actividad productiva puede ser una mejora según el criterio de Kaldor-Hicks.[A] En una medida como ésta, los beneficios que se aprehenden entre todos los individuos son mayores que los costos que se dispersan. Como hemos visto, aquellos individuos que aprehenden los beneficios netos tienen la capacidad de redistribuirlos entre aquellos cuya propiedad sufre costos netos, e incluso logran de tal manera obtener utilidades. Luego de efectuada la redistribución, la medida pasa a ser una mejora según el concepto de Pareto y se logra satisfacer el interés general. Por lo tanto, el precio político-jurídico de que una legislatura, tribunal o entidad del gobierno adopte una mejora según el criterio de Kaldor-Hicks, es igual a las externalidades negativas netas de la actividad que permite realizar, mas los costos de transacción que implica la redistribución de los beneficios de la misma por el gobierno para resarcirlas.[B] Si la condición del criterio de Kaldor-Hicks no logra alcanzar sus resultados, ninguna redistribución de los beneficios aprehendidos que se lleve a cabo va a ser suficiente para aplacar la presión de aquéllos cuya propiedad soporta los costos de cierta actividad dispersa. Descartamos el concepto promovido por Kaldor-

---

[A] Nicholas Kaldor (1908-1986), Welfare propositions in economics and interpersonal comparisons of utility, 49 Economic Journal 549 (1939); Hicks, The Foundations of Welfare Economics, 49 Economic Journal 696 (1939). Tibor de Scitovsky (1910-), A note on welfare propositions in economics, 9 Review of Economic Studies 77 (1941); Simon Smith Kuznets (1901-1985), On the valuation of social income—reflections on Professor Hick's article, 15 Economica 116 (1948); Paul Samuelson (1915-), Evaluation of real national income, 1 Oxford Economic Papers 1 (1950); Ian Malcolm David Little (1918-), A Critique of Welfare Economics (1950); William Gorman, (1923-) The Intransitivity of certain criteria used in welfare economics, 7 Oxford Economic Papers 25 (1955). Confer Antoni Casahuga (1942-1983), Fundamentos normativos de la acción y organización social (1985).

[B] Steven Shavell (1946-), Why the Legal System Is Less Efficient than the Income Tax in Redistributing Income, 23 The Journal of Legal Studies 667 (1994); A Note on Efficiency vs. Distributional Equity in Legal Rulemaking: Should Distributional Equity Matter Given Optimal Income Taxation?, 71 American Economic Review 414 (1981).

Hicks;[A] lo cierto es que esta compensación deberá hacerse efectiva en el ámbito político, aunque sea de manera colateral, puesto que la gente no tendrá paciencia ni tiempo para mantenerse en espera de una compensación hipotética. Precisamente la posibilidad de inducir a confusión es una de las principales razones por las que queremos establecer el significado de la nomenclatura de referencia. Aunque es común sostener que una actividad es potencialmente Pareto superior o dirigida hacia una mejora según el criterio de Kaldor-Hicks, si los que salen ganando pueden compensar a los perdedores; es decir, basta con que potencialmente pudiera efectuarse la compensación, que sería meramente hipotética; el estudio que se recoge en el presente libro emplea dicha terminología de una manera distinta: se reconoce el derecho de los recurrentes a una compensación adecuada y efectiva, sólo que ésta se asegura en forma colateral. Vale la pena considerar el modelo teórico de Buchanan.[B] Alcanzado un acuerdo sobre la base de una compensación efectiva, recién podrá pensarse en evaluar una política. De tal forma que, ¿cuál es la interrogante vital de la teoría política? La interrogante implica, cuando se origina una pérdida de bienestar o valor a otra persona y, por tanto, se genera efectos externos, cómo diferenciar entre las actividades dirigidas hacia una mejora según el concepto de Pareto, las que logran ser mejoras según el criterio de Kaldor-Hicks y aquéllas que no son mejoras según este último criterio. Las mejoras según el concepto de Pareto son fácilmente reconocibles, puesto que ningún individuo podrá esgrimir una razón para objetarlas. Sin embargo, un aspecto más obtuso para nosotros es cómo diferenciar entre los movimientos que son mejoras según el criterio de Kaldor-Hicks de aquéllos que no lo son. Por una parte, con una mejora según el criterio de Kaldor-Hicks, se espera poder efectuar una redistribución con la cual las personas afectadas queden satisfechas. No obstante, cuando las personas afectadas consideran tal redistribución insatisfactoria, no hay modo de determinar si la actividad fue en verdad una mejora según el criterio de Kaldor-Hicks, dado que somos incapaces de hacer comparaciones interpersonales en lo que respecta a utilidades: «*nous ne pouvons ni comparer ni sommer celles-ci car nous ignorons le rapport*

[A] El propio Hicks concede que su propuesta requiere de «*more patience, perhaps, than we ought to ask*,» The Rehabilitation of Consumer Surplus, 33 The Review of Economic Studies 108, 111 (1940).

[B] The relevance of Pareto optimality, 6 The Journal of Conflict Resolution 341 (1962); The Calculus of Consent (1962). Confer Francesco Parisi (1962-), The Market for Votes: Coasian Bargaining in an Arrovian Setting (1998).

des unités en lesquelles elles sont exprimées».[A] Por contra, suponemos que se trata de una actividad inejecutable según este criterio.

¿Deberíamos creer que el gobierno constantemente redistribuye beneficios a cada individuo de la comunidad con el fin de cubrir las externalidades que resultan de cada actividad?[B] Consideramos que los políticos poseen la habilidad para lograr implementar varias medidas que son mejoras según el criterio de Kaldor-Hicks, que se compensarán una con otra. Si la legislatura, el tribunal o la entidad del gobierno emprende varias mejoras, cada grupo podrá obtener compensación colateral por los costos en que ha incurrido su propiedad y cosechar adicionalmente una utilidad. La comunidad acumula una cantidad considerable de dinero y, por añadidura, suprime los costos de transacción que involucra el tener que redistribuir los beneficios que rinde cada mejora según el criterio de Kaldor-Hicks para compensar a aquellas personas cuyos bienes han sufrido los costos de esa medida.[C] Al ofrecer compensación en forma colateral, el sistema político-jurídico depara nuevas oportunidades económicas y genera riqueza social.[D] Parece justo hablar del ‹mercado político› o del mercado de la política. A menudo los políticos efectúan trueques en el mercado político-jurídico en forma similar a la gente que compra y vende en el mercado económico: ambos realizan actividades de negocios. *Gli attori politici ragionano come qualunque altro agente economico.* La diferencia esencial consiste en que los políticos negocian con la violencia de la comunidad.[E] En el mercado económico la información se disemina por medio del precio; en el mercado político, por medio del

---

[A] Pareto, I Cours d'Economie Politique 93 (1896). Daniel Salamanca (1865-1935), Apuntes para una teoría del Valor 21 (1935).

[B] La razón que damos para hacer esta re-distribución difiere de la conjeturada por Harold Hochman (1936-), Pareto Optimal Redistribution, 59 American Economic Review 542 (1969).

[C] No todos los beneficios son enajenables. Empero, la compensación colateral no presupone que ellos lo sean. Las transacciones, que son mejoras según el criterio de Kaldor-Hicks, se miden en el mercado político-jurídico por: «*what people are willing to pay for something or, if they already own it, what they demand* [no necesariamente en dinero] *to give it up*», el mismo criterio que Richard Posner establece para la maximización de la riqueza, Utilitarianism, Economics, and Legal Theory en 119.

[D] Cual beneficio la re-distribución mediante un sistema tributario no ofrecería.

[E] La realidad es que la amenaza de violencia existe ya en un ambiente político. Es creíble, real y hace temer que miles de personas resulten muertas, y no procede de la clase política, muy al contrario de lo propuesto en el esquema explicativo de la extracción de rentas de McChesney, Rent Extraction and Rent Creation in the Economic Theory of Regulation, 16 The Journal of Legal Studies 101 (1987).

voto. Como trabajadores del mercado político-jurídico, se debe reconocer que tienen habilidad. El jurista del Siglo de Oro Jerónimo Castillo de Bobadilla (1547-1605) precisa: «La astucia y sagacidad son necessarias a los que goviernan Republicas, porque todos los que negocian con ellos, pretenden engañarlos».[A] Lo que hacen los políticos es calcular las medidas que pueden constituir mejoras según el criterio de Kaldor-Hicks, entre grupos dentro de los cuales los beneficios de ciertas medidas van a compensar a los mismos por los costos en que han incurrido a causa de otras medidas, asegurando la compensación colateral. Observamos que, cuando el tamaño de los grupos que se benefician con las actividades es reducido, y los costos de la actividades son soportados por grandes grupos, posiblemente por la comunidad entera, la aritmética político-jurídica resulta simple. Se alterna un gran número de mejoras según el criterio de Kaldor-Hicks, y en promedio, éstas van a compensarse unas con otras en forma colateral. Por otra parte, cuando el tamaño de los grupos que se benefician de las ganancias es más grande, y el tamaño de los grupos que incurren en costos es menor, el lograr componer un conjunto de medidas que se compensen unas con otras se convierte en una operación más delicada. Por lo tanto, en algún momento, se espera que el gobierno asuma la tarea de efectuar una redistribución de los ingresos. Cuando no se puedan hallar medidas que intercambien compensaciones en forma colateral, para efectuar algunas mejoras en términos de Kaldor-Hicks, el gobierno debe brindar un subsidio o compensación monetaria a quienes sufren perjuicio a consecuencia de ellas.[B] Los precios político-jurídicos que implica obtener una mejora según el criterio de Kaldor-Hicks de una legislatura, tribunal o entidad del gobierno varían conforme a la capacidad de hallar otras medidas destinadas a compensarla. Los políticos procuran evitar este tipo de medidas cuando no les es posible idear medidas compensatorias para ellas. Si fuese de otro modo, nadie percibiría si se trata de una mejora según el criterio de Kaldor-Hicks, y ningún individuo cuya propiedad incurriese en costos se preocuparía

---

[A] I Política para corregidores y señores de vasallos VIIII (1597). En una nota al pie de página de Du contrat social ou Principes du droit politique (1762), Rousseau sostiene que, mientras que il Diabolico Fiorentino profesaba aleccionar a los reyes, era en realidad al pueblo a quien instruía.

[B] La actividad reguladora cumple propósitos de compensación. Es más, existen valoraciones político-jurídicas a las que debemos llegar antes de des-regular. Así, Richard Posner indica el fenómeno de la deliberada y continuada prestación de muchos servicios en la sociedad «*at lower rates and in larger quantities*» que los ofrecidos por un mercado competitivo no regulado o, a fortiori, por un mercado monopolista no regulado, Taxation by regulation, 2 Bell Journal of Economics and Management Science 22 (1971).

solícitamente; la población insatisfecha votaría en contra de ellos, y si no fuese posible destituirlos de sus funciones, reaccionaría con violencia.

Un sistema político debe sustentarse en una amplia base de representación[A] o, de lo contrario, el sistema no logrará evitar en forma legítima toda la violencia existente en potencia dentro de la sociedad, y cualquier individuo que negocie en el mercado político va a invertir con cautela; en palabras del Doctor Angelicus, «*ut omnes aliquam partem habeant in principatu: per hoc enim conservatur pax populi*».[B] Para sintetizar, el sistema político-jurídico representativo ofrece —a los sujetos económicos— medidas de regulación pública de los derechos de propiedad, y asegura —a los terceros— compensación por los valores que se detraen.

[A] Dado que es importante ampliar la base de representación del sistema político iberoamericano, a más del voto universal, podemos referirnos a Federico Díez de Medina (1882-1952) quien expuso, a fines del siglo pasado, un sistema electoral que aseguraba la representación tanto de las mayorías, como de las minorías. Las minorías en Bolivia (1878); Nociones comparadas de derecho público político VI (1903). Confer Pippa Norris (1953-), Choosing Electoral Systems: Proportional, Majoritarian and Mixed Systems, 18 International Political Science Review 297 (1997).

[B] I II Summa Theologiæ 105 1.

Capítulo 9

La expropiación

La expropiación constituye otra de las instituciones jurídicas que garantiza la indemnización de los bienes y valores que son objeto de despojo, de suerte que cabe plantear la cuestión, ¿qué distinción existe entre la expropiación y una mera disposición legal? En ambos casos el Estado desapodera o produce una merma en los valores que legalmente pertenecen a los particulares. Así por ejemplo, mediante una disposición o afectación legal, puede el Estado declarar un área donde poseemos tierras como zona industrial —la zonificación— haciendo que el valor de las tierras disminuya en forma considerable, sin que llegue a tratarse de una expropiación. Cualquiera de estas medidas nos priva del capital, máxime si se trata de una afectación legal, por la cual no recibimos indemnización alguna, dado que el Estado en este caso ejerce solamente su potestad regulatoria. Vázquez de Menchaca desarrolló, en 1563, la doctrina de la necesidad de una indemnización previa y justa cuando el Estado expropia bienes de propiedad privada, «*ut et si fiat ob publicam utilitatem adhuc tamen non destinat recompensatio aut remuneratio domino illius rei*».[A] La indemnización que se paga debe ser conmensurada con el valor de la propiedad que va a ser expropiada, «*remuneret res publica si potest ex integro... quod si nec etiam ex parte potest... quod deest ut quum primum venerit ad pinguiorem fortunam suppleat par est*». Por ende, la ley establece la diferencia entre la expropiación, para la que se prescribe una indemnización satisfactoria, y otras disposiciones o afectaciones legales, para las que no se reconoce indemnización alguna. Pero, ¿cómo se explica una diferencia tan arrolladora en la ley?[B] Podemos

---

[A] I Controversarium illustrium usuque frequentium V; sin dar la fuente, Julio Alberto d'Avis (1912-) cita otro lenguaje: «se dé congrua y merecida recompensa», Curso de Derecho Administrativo 190 (1960); Kris Kobach (1966-) pretende atribuir su origen a Grocio, quien tomó el sistema fundamental de Vázquez de Menchaca. The Origins of Regulatory Takings: Setting the Record Straight, 47 Utah Law Review 1215, 1235 (1996).

[B] La razón que damos es distinta de la que aporta Thomas Miceli (1959-), Regulatory Takings: When Should Compensation Be Paid, 23 The Journal of Legal Studies 749 (1994). Así nos apartamos de la cuestión sobre la eficiencia de la regulación. Antes bien tomamos la compensación colateral como la medida. Otras explicaciones vinculan la necesidad de la justa indemnización con razones de eficacia en la asignación de recursos o de prevención del riesgo moral a largo plazo, e incluso con una especie de seguro por cuenta del Estado frente a las desviaciones que pudieran producirse en la cobertura del riesgo político. Confer Lawrence Blume (1952-), Compensation for Takings: An Economic Analysis, 72 Cal L Rev 569 (1984); Cooter, Unity in Tort,

determinarla partiendo del análisis que hemos efectuado, puesto que una razón válida la sustenta: por una disposición legal no obtenemos ninguna indemnización porque, como vimos, la compensación se da en forma colateral.[A]

En Takings, private property and the power of eminent domain (1985), Richard Allen Epstein (1943-) reproduce el análisis concebido con antelación por Vázquez de Menchaca en Controversiarum illustrium aliarumque usu frequentium. El paralelismo que se puede trazar entre ambas obras es sorprendente. Ambos autores afirman que los derechos de propiedad deberían constituir un mecanismo de control sobre los actos del gobierno y que, al marcar el límite entre el dominio público y privado, la doctrina de la expropiación sería la clave del Derecho Público. Aunque más de cuatro siglos separan a Vázquez de Menchaca y Epstein, ambos se enfrentan a la prerrogativa por la que el gobierno tiene el ejercicio de la función regulatoria sobre la esfera de los derechos de propiedad. Epstein descarta la posibilidad de la compensación colateral entre distintas medidas que son mejoras en términos de Kaldor-Hicks. «*No evidence suggests that the crazy quilt of regulation will balance out*», dice.[B] Cabe destacar que el pensamiento de Vázquez de Menchaca es más radical que el de Epstein al no conceder al Estado ningún derecho de regular arbitrariamente el ejercicio de la propiedad privada, «*non poterit homini legitimætatis et integræmentis impedire liberum usum rerum suarum*»[C], y como única justificación posible, forma un concepto inverso del óptimo paretiano: donde la propiedad y la libertad privadas infrinjen perjuicio a otra persona sin beneficiar a nadie, «*iure et libertate nostra uti non possumus, cum id nemini prodest, et alteri nocet*».[D]

Contract, and Property: The Model of Precaution, 73 California Law Review 1, 19-25 (1985); Louis Kaplow (1956-), An Economic Analysis of Legal Transitions, 99 Harvard Law Review 509 (1986); William Fischel (1945-), 9 International Review of Law and Economics 115 (1989); Saul Levmore (1953-), Just Compensation and Just Politics, 22 Connecticut Law Review 285 (1990); Daniel Farber (1950-), Economic Analysis and Just compensation, 12 International Review of Law and Economics 125 (1992); Heller, Deterrence and Distribution in the Law of Takings, 112 Harvard Law Review 997 (1999).

[A] La primera formulación doctrinal de esta cuestión se encuentra en Frank Michelman (1936-), Property, Utility, and Fairness: Comments on the Ethical Foundations of ‹Just Compensation› Law, 80 Harvard Law Review 1165, 1218, 1225 (1967).

[B] Takings en 279.

[C] I Controversarium illustrium usuque frequentium XVII

[D] I *Idem* XXXXVI.

Controversia de imperio legis

Entonces nos preguntamos: ¿en qué consiste el imperio de la ley? El modo de reunir una mayoría, es formando coaliciones de minorías que comparten los mismos intereses. Sin embargo, la combinación de todos los intereses Pareto-potenciales en coaliciones constituye un problema que atañe al gobierno mayoritario, y que fundamentalmente se resuelve por medio de los tribunales. En tercer lugar, la idea que formulamos para emprender una actividad productiva, puede ser un movimiento que no guarda afinidad con el criterio de mejora, según se entiende a partir de la concepción de Kaldor-Hicks. O para tomar el extremo, puede satisfacer el criterio del concepto inverso del óptimo paretiano formado por Vázquez de Menchaca —una medida que perjudique a alguien sin redundar en beneficio de nadie— ¿Cuál es el precio político-jurídico que importa la arbitrariedad de iniciar una medida de afectación, ya sea una medida no dirigida hacia una mejora según el criterio de Kaldor-Hicks o dirigida a ella pero sin dar compensación a aquéllos cuyos derechos válidos y excluyentes se transgreden? Tal medida tiene un precio elevado dentro el marco de un sistema político-jurídico mayoritario, porque un mismo grupo puede resultar beneficiario de las utilidades producto de diferentes medidas arbitrarias, en un repetido número de veces. No obstante, un grupo en particular no puede soportar los costos en forma indefinida, puesto que sus recursos tenderán a agotarse.[A] Al generarse un precio político-jurídico como resultado de una medida arbitraria, se debe tener en consideración la externalidad negativa que se producirá a través del tiempo conforme se repita paulatinamente la misma medida, y al margen de cuán pequeño resulte ser el grupo que sufre pérdidas a través de la actividad inicial, el tamaño del grupo que sufre los costos de todas las externalidades negativas, siempre adquiere, a través del tiempo, una dimensión extraordinaria; en la mayoría de los casos, su tamaño es aun mayor que el del grupo que inicialmente obtiene ventajas, puesto que un mismo grupo puede recibir beneficios en innumerables oportunidades. Por medio de este análisis, estamos calculando las dimensiones *a través del tiempo,* y la razón que aducimos para ello es que las externalidades persisten en el tiempo. Las acciones que llevamos a cabo hoy pueden repercutir en daño a otras personas días, años

---

[A] Ciertos tipos de capital, como las tierras, son renovables. Sin embargo, a lo largo del tiempo todo capital se agota. Julián Prudencio (1815-1885), Principios de economía política aplicados al estado actual y circunstancias de Bolivia III (1845).

o incluso siglos después.[A] Bajo este enfoque, el concepto de la arbitrariedad encarna el problema del cálculo mayoritario, diacrónico de la eficiencia. Con las restricciones señaladas y según los parámetros de Kaldor-Hicks, las ganancias producto de una medida de mejora para la que no se establece ninguna compensación, requerirán ser sumamente cuantiosas, o los costos externos deberán ser sumamente pequeños, a fin de que tal medida se justifique políticamente. No importa cuán grande sea el grupo que inicialmente obtiene ganancias, ya que el tamaño de aquél, que eventualmente pierde, será mayor. De tal forma, resulta necesario que las ganancias y costos promedio sean equilibrados, de manera que el accionar del gobierno no resulte habitualmente arbitrario dentro del sistema político-jurídico mayoritario.

[A] Sin ir lejos, las personas que acentúan la arbitrariedad de la Reforma Agraria, iniciada en Bolivia hace 50 años, deberían recordar la usurpación de tierras comunales casi un siglo atrás, a las cuales José María Santiváñez (1815-1893) se opuso tenazmente, Reivindicación de los terrenos de comunidad (1871).

Capítulo 10

El Derecho y el tiempo

Somos hijos de Cronos, de las horas, días, años, siglos y milenios que van haciendo y deshaciendo de nosotros con un nervioso tic-tac, tic-tac. El tiempo nos desgarra y angustia cuando lo sentimos fluir perpetuándose en la vorágine. Lo pasado, pasado está; el presente discurre sin casi darnos cuenta; y el futuro ignorado presentimos está creándose a cada instante.[A] Con el devenir del tiempo, la combinación en coaliciones de derechos individuales y colectivos, de los intereses Pareto-potenciales, es un problema complejo para las instituciones mayoritarias simples, puesto que ellas se hallan limitadas a representar a la gente que vive en la época actual. Aquellos grupos que comparten intereses concretos y que existen en diferentes épocas no pueden reunirse, lógicamente, para actuar en defensa de sus intereses, ni para elegir representantes a cuyo derredor puedan aliarse.[B] Epstein ha planteado el problema en estos claros términos:

«*Democratic processes with universal suffrage cannot register the preferences of the unborn, and dialogue between generations is frustrated when future generations, or at least some future generations, are of necessity silent*».[C]

[A] *Quid est ergo tempus?* Desde hace milenios, el hombre se ha preguntado qué es el tiempo. El tiempo está tan vitalmente enredado con el entramado de nuestra existencia que es difícil incluso concebirlo como una entidad independiente. Pensando en el misterio de qué es realmente el tiempo, san Agustín remarcó que lo entendía perfectamente, mientras no tenga que explicárselo a alguien, «*si nemo ex me quaerat, scio; si quaerenti explicare velim, nescio*». XI Confessionum mearum libri XIII (400). En el ámbito cotidiano, los físicos creen que la llamada flecha del tiempo apunta siempre en la dirección del aumento de desorden —o la entropía— Por tanto el futuro se distingue del pasado por la irreversibilidad de un proceso. Precisamente, para demostrar el sentido del tiempo le vicomte Ilya Prigogine (1917-), en su libro Fin des certitudes (1996), dilucida la mecánica cuántica de procesos que en la naturaleza no pueden ser revertidos.

[B] Cabe destacar que la barrera del tiempo hace que los costes de transacción sean elevados, pero no prohibitivos.

[C] Justice Across the Generations, 67 Texas Law Review 1465 (1989). Llama la atención que Epstein recobra la dimensión temporal en el ámbito del Derecho Privado en un par de excelentes monografías, Past and Future: The Temporal Dimension in the Law of Property, 64 Washington University Law Quarterly 667 (1986); The Temporal Dimension in Tort Law, 53 The University of Chicago Law Review 1175 (1986); existe otra vez un espléndido paralelismo con Vázquez de Menchaca, porque Epstein discute con singular particularidad la figura de la prescripción adquisitiva o usucapión entre las formas generales de adquirir los derechos de propiedad.

Si a esos representantes les fuera posible congregarse desde épocas remotas en el pasado y el futuro, formarían coaliciones que serían más numerosas que la simple mayoría actual que es la que prevalece, y volverían a aprehender los intereses eficientes que ella sofoca. *Deshalb ein Denkexperiment:* Rawls se imagina una asamblea trans-temporal que convocaría a representantes de diferentes épocas.[A] Conviene precisar que la propuesta de Rawls no es más que una especulación filosófica,[B] y el desenfreno filosófico sin rienda es salir de los límites de racionalidad que nos confinan. Cabe destacar que el vuelo de la imaginación en estas condiciones es tarea más que difícil, sino imposible. Apartándonos de los pseudo-problemas, es decir aquellos enredos de los que no se puede hablar, como alternativa de solución en el presente trabajo se sostiene finalmente la tesis y teoría positiva que los tribunales son instituciones representativas diacrónicas, y no así las asambleas legislativas. Por tanto, reflexionemos acerca del problema del cálculo mayoritario, diacrónico de dichos intereses que lleva a cabo un tribunal.

Cabe aclarar que el ‹gobierno de los jueces›, quienes «*legem constituent*»[C] es el más antiguo que existe, anterior a la sociedad políticamente organizada. La necesidad del arbitrio entre los intereses de las personas surge tempranamente en la evolución con la sociedad. De acuerdo a la literatura antropológica, en las sociedades aborígenes —sin organización política como la entendemos en nuestra sociedad— las personas acuden a la discreción del ‹hombre de prestigio› para resolver sus diferencias de forma eficiente.[D] Con todo, aún nos queda por descubrir cuál es τὸν ἀναλογισμον que rige tales instituciones formales, y dado que proponemos que los tribunales resuelven el problema del cálculo mayoritario, diacrónico de la eficiencia, comencemos preguntándonos:

[A] The Problem of Justice Between Generations, A Theory of Justice, 284-93; Bruce Ackerman (1943-), Justice over Time, Social Justice in the Liberal State 107-221 (1980).

[B] *Die Idee gerechter Umverteilung lässt sich unter der Hypothese des Schleiers der Unwissenheit kaum realisieren. Sie setzt konkretes Wissen über konkrete Situationen voraus: und dies sogar in bezug auf die Zukunft. Eine solche Kenntnis können jedoch Philosophen nicht haben.*

[C] Suárez, I Tractatus de Legibus et Legislatore Deo II.

[D] William Landes (1939-) y Richard Posner, Adjudication as a Private Good, 8 The Journal of Legal Studies 235, 242 (1979). En algún sector de la más reciente historia del Derecho, proveniente del pensamiento pluralista, se sostiene que tales practicas sociales pervivieron aun con la instauración de instituciones jurídicas formales, António Manuel Hespanha (1945-), La gracia del Derecho (1993).

¿acaso son los tribunales instituciones mayoritarias?[A] Alexander Bickel (1924-1974) en su celebre estudio doctrinario del constitucionalismo angloamericano The Least Dangerous Branch[B] arguye que son instituciones contrarias a la mayoría.[C] Después de todo, parecería que protegieran a las minorías. Pero, si así fuese, no existiría justificación alguna para una institución de ese tipo. ¿No incitaría su existencia una revolución en contra de la misma? ¿Por qué entonces el pueblo estadounidense no ha desatado una revolución encarnizada contra la Corte Suprema y contra todos los tribunales y juristas estadounidenses? *La Révolution française, ne fût-elle pas provoquée par l'actuation du Parlement de Paris?* El enfoque que toma Bickel nos llevaría a equivocarnos, y además no logra comprender el verdadero sentido del razonamiento jurídico en el tiempo, que funciona por analogía.[D] Suponemos que los tribunales razonarían que lo justo para una persona —un día— es justo para otra —otro día— a menos que los hechos sean claramente diferenciables, lo que obedece a la consigna «*treat equals equally*» con la cual Stigler se siente incómodo.[E] Los tribunales son instituciones mayoritarias puesto que las cuestiones en las que fallan no sólo conciernen a dos partes que —hoy— comparecen ante ellos, sino también a un vasto grupo —ayer y mañana— de personas que tuvieron o

---

[A] Este libro se presenta, en parte, como resultado directo de la denominada jurisprudencia política surgida a partir de la década de los 1950 en el Norte. Confer Victor Rosenblum (1925-), Law as a political instrument (1955); Martin Shapiro (1933-), Judicial Modesty, Political Reality, and Preferred Position, 47 Cornell Law Quarterly 175 (1962); Law and Politics in the Supreme Court: New Approaches to Political Jurisprudence (1964); Toward a Theory of Stare Decisis, 1 The Journal of Legal Studies 125 (1972); Courts, A Comparative and Political Analysis (1981); Hjalte Rasmussen (1940-), On Law and Policy in the European Court of Justice: A Comparative Study in Judicial Policymaking (1986).

[B] Alexander Hamilton (1757-1804) *va descriure a la judicatura com el «least dangerous» dels poders*, 78 The Federalist.

[C] Según lo expuesto por Bickel, el control jurisdiccional constituye un «*counter-majoritarian force in our system*» y una «*deviant institution in the American democracy,*» 16, 18 (1962); Robert Bork (1927-), The Tempting of America: the Political Seduction of the Law 264 (1989). Confer James Bradley Thayer (1831-1902), The Origin and Scope of the American Doctrine of Constitutional Law, 7 Harvard Law Review 129 (1893).

[D] Cajetán (1468-1534), De nominum analogia (1498); Suárez, VI Tractatus de Legibus et Legislatore Deo III.

[E] The Law and Economics of Public Policy: A Plea to the Scholars, 1 The Journal of Legal Studies 1, 4 (1972).

van a tener pleitos análogos. ᴬ Sugerimos que existe un activismo impropio del Poder Judicial cuando procede ignorando los desarrollos jurisprudenciales del pasado y los argumentos concernientes a la aplicación futura de sus decisiones. Mediante el uso del razonamiento por analogía, los tribunales calculan coaliciones de personas que existen en diferentes épocas, pero que comparten intereses concretos, y que pueden formar un grupo más grande que la mayoría política actual.

Ampliaremos la tesis de Landes y Posner acerca del rol de un Poder Judicial independiente e imparcial como órgano encargado de aplicar la voluntad promulgada por una mayoría legislativa previa —existente en el pasado—ᴮ Los nombrados autores sostienen que los tribunales ejecutan disposiciones legislativas anteriormente promulgadas, que son producto de pactos previamente debatidos en el congreso, enfrentándose a los subsecuentes esfuerzos de posteriores sesiones del congreso tendientes a modificarlas. La certeza en la aludida ejecución jurisdiccional, a lo largo del tiempo, realza el valor del acuerdo legislativo promulgado en apoyo de los intereses de grupos que la propugnan. Podemos afirmar que tiene una dimensión temporal, el análisis económico de Landes y Posner en torno a la relación entre la legislatura y los tribunales.ᶜ Como podrá

ᴬ Calculemos a cuánto ascienden las utilidades obtenidas dando un trato análogo —a través del tiempo— a la gente en general: consideramos que, a lo largo del tiempo, pleitos análogos se van reiterando en forma intermitente. Suponemos que la violencia usada en cada ocasión que un pleito se repite es constante. Y que todos esos pleitos se deciden, a pesar de todo, de igual manera: *un certo tipo di fattispecie conduce ad un certo esito giuridico*. Así, si la violencia es costosa tanto siendo un bien como siendo un mal, el sistema legal ahorra a la gente enormes recursos. Los ahorros a obtenerse de los pleitos son adicionales a los ahorros producidos por *«defining the rights of individuals in the social product»*, Tullock, The Costs of a Legal System, 4 The Journal of Legal Studies 75 (1972). Substituyendo la violencia por los argumentos que la gente es capaz de sustentar, podemos exponer una perspectiva de lo que son nuestros tribunales en la actualidad.

ᴮ The Independent Judiciary in an Interest-Group Perspective, The Journal of Law and Economics 875 (1975); Mark Ramseyer (1954-), The Puzzling (In)dependence of Courts: A Comparative Approach, 23 The Journal of Legal Studies 721 (1994); Thomas Merrill (1949-), Pluralism, the Prisoner's Dilemma, and the Behavior of the Independent Judiciary, 88 Northwestern University Law Review 396 (1993); Robert Tollison (1942-), Interest Groups and Courts, 6 George Mason Law Review 953 (1998).

ᶜ Como Landes y Posner han expuesto en aquel artículo magistral que supera el esquema explicativo estático de la relación entre una sesión legislativa y la judicatura, la mayoría de turno tiene un fuerte incentivo para hacer respetar la independencia judicial: un tribunal tiende a exigir el cumplimiento de la ley promulgada en una sesión pasada del Parlamento contra la pretensión inconsiderada de determinados grupos de presión de existencia actual. Asimismo, la autonomía e independencia en la esfera judicial permiten a un tribunal hacer valer la pretensión de una parte que compone una mayoría diacrónica, la misma que aduce el argumento por analogía que compara el agravio concreto con hechos similares en otros casos.

apreciarse más adelante por nuestro análisis, los tribunales igualmente representan a mayorías diacrónicas —dispersas a través del tiempo— y no solamente a mayorías sincrónicas que existieron en el pasado. La regla en el razonamiento jurídico por la que se vinculan las analogías a través del tiempo es *stare decisis*,[A] que implica que la decisión establecida en un caso concreto anterior obliga al tribunal en la resolución de un caso posterior, a menos que el tribunal pueda distinguirlos mediante la comparación fáctica, lo que es obligatorio para casos semejantes, pero deja de serlo para los demás, «*quia facile sit aliquiam rationem diferentiæ inuenire*». Por supuesto, nuestro sistema del Derecho Civil romano-germánico no enraíza la institución temporal de *stare decisis*, mal comprendida en nuestro medio. Diez de Medina opina que las resoluciones de un tribunal «deben referirse únicamente al caso concreto resuelto, y nunca por punto general a otros», en lo que acierta, pero prosigue: «ni a casos análogos que en lo sucesivo ocurrieren; pues esto importaría una verdadera usurpación de las facultades legislativas».[B] El gran juez conservador Lord Devlin (1905-1992) denuncia tal atribución por parte de los tribunales, a pesar de su tradición en el *common law* anglosajón, como una usurpación de funciones, «*it crosses the Rubicon that divides the judicial and legislative powers*».[C] En nuestro sistema del Derecho Civil admitimos en forma limitada el razonamiento —a través del tiempo— por analogía, y para nosotros la jurisprudencia es una fuente del Derecho. En el discurso de apertura del año judicial de 1884 en Bolivia, Pantaleón Dalence (1815-1889) dice «la jurisprudencia no siendo obligatoria en derecho... se impone las más veces como autoridad en el hecho».[D] Sin embargo, en el sistema del Derecho Civil, el énfasis no se pone en el precedente de un caso particular, sino en una serie de casos, creando una jurisprudencia reiterada, *einer ständige Rechtsprechung* o *une jurisprudence constante*.[E] La autoridad conminada por una «serie de actos repetidos»[F] es inferior a la

---

[A] Esa regla se anuncia en el *common law* anglosajón con una expresión latina; se trata de un feo neologismo de aparición reciente en el siglo XVIIII.

[B] Nociones comparadas de derecho público político VIII (1903).

[C] The Judge 12 (1979).

[D] 455 Gaceta Judicial de Bolivia 834 (1884).

[E] Arthur Lehman Goodhart (1891-1978), Precedent in English and Continental Law, 197 The Law Quarterly Review 40, 42 (1932). «*Consuetudo autem est ius quodamm moribus institutum, quod pro lege suscipitur, cum deficit lex; nec differt scriptura an ratione consistat, quando et legem ratio commendet*», Isidorus Hispalensis, II Originum seu Etymologiarum.

[F] Luis Paz (1854-1928), Derecho público constitucional 387 (1912).

ley, y más bien conlleva el poder persuasivo de la doctrina,[A] la
«reverberacion del Derecho en comentarios».[B] «*Habet ergo sententia
privati iudicis aliquam auctoritatem, et si sit senatus publici, aut Regii multo
maiorum, augeturque per iteratas sententias conformes, non tame habent legis
auctoritatem, sed gravis Doctoris*»,[C] dice Francisco Suárez, quien en el siglo
XVII protestaba que la facultad de crear el Derecho, en aquellos reinos
donde existía, era delegado a los tribunales por la legislatura: «*Quod si in
aliquo regno specialiter statutum sit, ut iudices non recedant ab eo, quod bis, vel
pluries in senatu Regio fuerit iudicatum, id erit speciale in tali regno, et non in
virtute consuetudinis, sed illius legis scriptæ*».

Nosotros desarrollamos la idea de la legitimidad de «*judicial common
lawmaking*» porque los tribunales pueden interpretar la voluntad de la
mayoría,[D] calculando —mediante el uso del razonamiento por analogía—
coaliciones a través del tiempo que pueden formar un grupo más grande
que la mayoría política actual, y sugerimos que se adopte la regla del *stare
decisis* como parte del sistema del Derecho Civil romano-germánico.[E]
Mediante el uso del razonamiento por analogía, los tribunales conectan a
través del tiempo coaliciones de personas que, a pesar de existir en
diferentes épocas, comparten intereses concretos, y determinan si es que
ellas alcanzan a ser una mayoría diacrónica. Dado que el daño es
recíproco, hay dos grupos esparcidos a través del tiempo que llevan las de
ganar, dependiendo de por cuál de las dos partes falle el tribunal.
Empleando analogías con los hechos de situaciones idénticas a lo largo del
tiempo, el razonamiento jurídico evalúa la diferencia que hay entre los
tamaños que tienen estos grupos y calcula si a través del tiempo esta
mayoría tenderá a ser mayor que la mayoría política actual, que es
representada por la legislatura.[F] Por lo tanto, los tribunales pueden vetar

---

[A] Confer Peter Stein (1926-), Judge and Jurist in the Civil Law: A Historical Interpretation, 46 Louisiana Law Review 241 (1985); Raoul Charles van Cænegem (1927-), Judges, legislators and professors: chapters in European legal history (1987).

[B] Antonio de León Pinelo (1591-1660), Tratado de confirmaciones reales Introduccion (1630).

[C] VII Tractatus de Legibus et Legislatore Deo XI.

[D] Guido Calabresi (1932-), A common law for the age of statutes 105 (1982).

[E] Mauro Cappelletti (1927-), The Mighty Problem of Judicial Review (1989). Es posible que el Derecho Casuístico se instituya por medio del proceso de cimentación institucional de la integración económica, siguiendo el esquema del Tribunal Europeo de Justicia.

[F] Cabe especificar asimismo que los que hoy son verdugos mañana —o sus descendientes décadas o siglos después— pudieran ser víctimas.

las determinaciones de los poderes políticos, así como formular normas de Derecho.[A] Vaya por delante nuestra firme convicción que no es necesario recurrir a una voluntad supramayoritaria —constitucional— como justificación para que una acción judicial vete, de manera prospectiva, las determinaciones de poderes políticos o, para que algún magistrado instaure una norma de jurisprudencia, ya que el principio mayoritario —«el valor cuantitativo de las masas»[B]— sustenta esta institución. Esta insistencia en el principio cuantitativo podría censurarse como un modo de fetichismo de los números. Sin duda, el número de militantes cuenta al valorarse una señal política sincrónica acerca del resultado de una determinada lucha social. Pero no es preciso decir que el mismo tipo de señal está en juego al conformar, una mayoría diacrónica, un número mayor que el de una mayoría sincrónica.

Una señal jurídica diacrónica, contemplada desde el ángulo de la teoría de juegos, tiene siempre diferente implicación en relación a una señal política sincrónica; la proclamación que emite una mayoría reunida en asamblea de representantes del pueblo adquiere legitimidad en función al resultado previsible de la lucha social: pues la facción mayoritaria prevalecerá imponiendo indefectiblemente su voluntad en favor de una iniciativa, a la vez que la facción minoritaria no tendrá otro camino que rendirse ante lo inevitable y, en consecuencia, terminará aceptando la iniciativa. Cabe resaltar que el aspecto de mayor importancia reside en lograr un acuerdo para evitar que la violencia se desencadene entre la población; es por ello que, en toda instancia, la sociedad se ha organizado políticamente. En lo que respecta a la sentencia que dicta un tribunal, por el contrario, la misma se torna «creíble», no en previsión a que una facción se impondrá en la contienda social —lo que importa una señal política sincrónica— sino a que la mayoría diacrónica resistirá aun ante la inminencia de la derrota o del aniquilamiento físico. Tratándose de una minoría que intente impulsar una medida inejecutable según el criterio de Kaldor-Hicks, la mayoría doblegaría definitivamente a aquélla, resultando eliminada dicha minoría de la faz de la tierra. Aquello viene a ser un canto cruel a la muerte de una facción que ya no reaparecerá, porque la lucha incluso podría acarrear el aniquilamiento de su descendencia. *A confronto il Diabolico Fiorentino era un piccolo dilettante.* Sin embargo, aquí corresponde analizar el caso de la

---

[A] Verbigracia, la jurisprudencia integracionista del Tribunal Europeo de Justicia; véase Buittoni S.A. contra FORMA, en 677 Gaceta de la Comunidad Europea 58 (1979).

[B] Daniel Sánchez Bustamante (1871-1933), Principios de derecho 145 (1902).

mayoría diacrónica que reúne a personas que comparten un interés concreto Pareto-potencial, pero que viven en épocas remotas —en el presente, el pasado y el futuro— y que no pueden reunirse para lidiar por dicho interés. En este caso particular, si cada persona de este grupo pelea y, a su vez, es aniquilada, la sociedad se enfrenta a la crisis desintegradora de recurrentes actos de violencia, pues posteriormente resurgirán otras personas agraviadas que nuevamente lucharán por un interés análogo. Por otro lado, hablando en términos estratégicos, la persona afectada encontrará que es racional combatir a toda la sociedad contemporánea, al tomar conciencia de que hubo y habrá un grupo numeroso de personas dispersas a través del tiempo que también pugnó y pugnará por el mismo interés concreto. No hay un problema del gorrón aquí, pues *chaque personne défendra chèrement sa peau* como decía de Tocqueville.[A]

La lucha se manifiesta en el tiempo, pues esta facción que por el momento parece que se ha evaporado, cual ave Fénix que resurge de sus cenizas, reaparecerá ostentando el nombre de un nuevo líder. El cálculo que mediante el razonamiento analógico efectúa una mayoría diacrónica, importa la amenaza —en cuanto señal jurídica— que se torna ‹creíble› en previsión a los recurrentes episodios de violencia que surgieron y surgirán a lo largo del tiempo, por lo que a la sociedad le cabe delinear las condiciones y garantías del régimen concesional a este interés concreto jurídico mediante la actividad jurisdiccional de los tribunales, con la finalidad de evitar el rebrote de la violencia que protagonizará inevitablemente, a través del tiempo, la mayoría diacrónica. Vaya por delante nuestra hipótesis inicial, que es, precisamente, la volatilidad de la política que evita que una mayoría sincrónica dure en el tiempo; pues hace de las negociaciones una pesadilla de historia sin fin, ese ciclismo de coaliciones políticas cambiantes y de corta vida, con una presencia efímera y coyuntural, donde no hay un ganador de Condorcet.

Nuestro enfoque, que es válido en el contexto de una visión de tinte positivista, configura un nuevo paradigma explicativo mediante el cual se trata de superar las limitaciones imputadas al modelo vigente. Desde la segunda Guerra Mundial, la propia dogmática jurídica, que parte de una

---

[A] La conciencia de la lucha diacrónica, por una parte, insta a estas personas a defender su interés; por otra, la sociedad en su conjunto comprende que a lo largo del tiempo se verá envuelta en no una sino repetidas situaciones de violencia, las cuales no será capaz de contener. Para un análisis en alguna medida relacionado a esta suposición, véase Yeon-Koo Che (1962-), The Role of Precedents in Repeated Litigation, 9 The Journal of Law, Economics and Organization 399 (1993).

visión positivista, carece de los elementos necesarios para explicar o entender la legitimidad de los derechos individuales —o de los más elementales derechos humanos— declarados y reconocidos en los tribunales o por disposición judicial.[A] Así el atrincheramiento del Derecho Natural es un fenómeno propio de mediados del siglo XX; eso ha quedado bien claro. Nuestro enfoque reemplaza al Derecho Natural[B] o a la normatividad jurídica no promulgada,[C] siendo en cambio la premisa mayoritaria —a través del tiempo— el faro resplandeciente que nos alumbra y nos guía; porque percibimos la gran diferencia que existe entre el Derecho Positivo o τῆς ἐπιείκης —una mejora según el concepto de Pareto o según el criterio de Kaldor-Hicks en la cual los precios político-jurídicos son completamente pagados— y la tiranía de la regla o del arbitrio —medidas arbitrarias que son injustificadas—[D] y cabe señalar que cuando se vuelve tiránico el gobierno, la alternativa del pueblo es la rebelión. «Todo sistema apasionado, personal o violento en administración engendra otro sistema de resistencia o de sublevación»,[E] comenta Casimiro Corral (1840-1910), sociólogo boliviano.

[A] La angustia, la impotencia y también el escepticismo, se reflejan en los rostros de quienes parecemos condenados a aguantar, una y otra vez —como Job— los ímpetus fortuitos de la naturaleza. Creo que no hay un Derecho Natural, sino cabe remarcar que un marco de perpetua injusticia se deriva de aquélla en sus formas benigna y maligna. Los ciclos del suelo y cielo no conocen la paz o la justicia. Cabe resaltar que es el corazón humano tocado por la luz divina que detesta la injusticia y reintenta encontrar un camino para la voz que clama un poco de justicia y solidaridad.

[B] «Los lexisladores humanos sólo tienen comisión de Dios, para haser Leyes obligatorias a los Subditos dictandoles conforme a las determinaciones de la Ley natural», Fray Juan José del Patrocinio Matraya (1750-1820), II Crítica imparcial al contrato o pacto social de Juan Jacobo Rousseau Punto Segundo (1811). William Blackstone (1723-1780) declara al Derecho Natural «*co-eval with mankind and dictated by God himself*», y expresa que tiene caracter vinculante «*in all countries and at all times; no human laws are of any validity if contrary to this; and such of them as are valid derive all force and all their authority, mediately or immediately, from this original.*» 1 Commentaries on the Laws of England 38-43 (1765).

[C] Dworkin ubica estas normas jurídicas «*not in a particular decision of some legislature or court, but in a sense of appropriateness developed in the profession and the public over time*», Taking Rights Seriously 40 (1977); Law's Empire (1986); Freedom's Law (1996). Confer Richard Posner, Problematics of Moral and Legal Reasoning (1999); «*In our view the courts do not enforce the moral law or ideals of neutrality, justice, or fairness; they enforce the ‹deals› made by effective interest groups with earlier legislatures*», The Independent Judiciary in an Interest-Group Perspective at 894

[D] Sunstein, Problems with Rules, 83 California Law Review 953 (1995).

[E] Casimiro Corral (1840-1910), La doctrina del pueblo 42 (1869).

Es menester subrayar nuestra firme convicción que los doctores que abogan en los Estados Unidos de América del Norte por una lectura originalista de la norma constitucional, a partir de Raoul Berger (1901-2000),[A] no tratan sino de guiar la actividad jurisdiccional de los tribunales por la mano muerta de quienes forjaron dicho documento;[B] así, Berger sostiene que «*what the Constitution meant when it left the hands of the Founders it means today*».[C] En apoyo a una interpretación objetivo-histórica de la norma, Antonin Scalia (1936-) incluso rechaza la analogía por considerarla un modo de exceso respecto al sentido y alcance del texto literal. Partiendo del presupuesto que el aludido método de interpretación ha constituido siempre un hábito entre los juristas y togados del *common law* anglosajón, dicho Magistrado propone la erradicación del mencionado hábito, tanto en lo concerniente a la interpretación de las leyes en general, cuanto de la norma constitucional en particular, por considerarlo atentatorio al orden democrático.[D] Su enfoque se limita a una teoría de legitimidad política basada en la época actual, e incoherentemente finca el orden constitucional más bien en el pasado.[E] El mismo Magistrado Posner, que sostiene la tesis de que un Poder Judicial independiente e imparcial es el órgano encargado de aplicar la voluntad promulgada por una mayoría legislativa preexistente, en su ensayo que viene a demoler la posición de Bork, sugiere que una mejor forma de proceder es reconociendo:

«*the primacy of consequences in interpreting as in other departments of practical reason, the continuity of legal ... discourse, and a critical rather than pietistic attitude toward history and tradition*».[F]

[A] Government by Judiciary 309 (1977).

[B] Daniel Farber (1950-), The Dead Hand of the Architect, 19 Harvard Journal Law and Public Policy 245, 245-49 (1996).

[C] Federalism: The Founders' Design 18-19 (1987).

[D] The Rule of Law as a Law of Rules, 56 The University of Chicago Law Review 1175 (1989); Common-Law Courts in a Civil-Law System: The Role of United States Federal Courts in Interpreting the Constitution and Laws, A Matter of Interpretation 3-47 (1997).

[E] La noción que un pueblo soberano ratifique una constitución escrita para comprender a las generaciones venideras «*violates the very principle of self-government on which the Constitution claims legitimacy in the first place,*» Jed Rubenfeld (1959-), On Fidelity in Constitutional Law, 65 Fordham Law Review 1469, 1479 (1997).

[F] Overcoming Law 252 (1995).

Controversia de imperio legis

Cabe destacar que la actividad jurisdiccional de los tribunales no ha de adherirse al pasado. Vaya por delante nuestra firme convicción de que tampoco debe afincarse en los valores de mayorías legislativas de un tiempo todavía incipiente, o de generaciones que todavía no han nacido. John Hart Ely (1938-) señala al resumir la obra de Bickel:

> «*Even assuming that by some miracle of logic we could convince ourselves that the sensible way to protect today's minorities from today's majorities is to impose on today's majorities the values of tomorrow's majority, it would remain a myth that ‹the values of tomorrow's majority› are data that prescient courts can discover*».[A]

Nuestro enfoque, en cambio, no supone un esfuerzo de indagar el pasado,[B] ni de predecir el futuro, pues una mayoría diacrónica —compuesta de las partes agraviadas— existe tanto en el presente como en el pasado y en el futuro; bajo ninguna circunstancia resulta necesario considerar el razonamiento por analogía como un ‹milagro de la lógica›; por el contrario, la analogía es una capacidad marcadamente humana, como Cicerón lo indica:

> «*homo autem, quod rationis est participens, per quam consequentia cernit, causas rerum uidet earumque prægressus et quasi antecessiones non ignorat, similitudines comparat rebusque præsentibus adiungit adque annectit futuras*».[C]

Quizá el razonamiento jurídico se hermane menos con la lógica atemporal, que pierde gran parte de la dimensión contingente de la vida, que con la Literatura que acopia la experiencia vital y a la vez permita que, como ha enfatizado Richard Rorty (1931-), surja un principio de empatía esencial entre los hombres.[D] Cabe acotar que Rorty, cuyo pensamiento encarna plenamente el sentido de la ironía y del Barroco, considera imposible que la filosofía escape del tiempo y de la historia.[E]

Cabe hacer mención que, principalmente por el exceso de racionalismo de Herbert Wechsler (1909-2000), éste explica la metodología del

---

[A] Democracy and Distrust 70 (1980).

[B] Confer Jefferson Powell (1954-), The Original Understanding of Original Intent, 98 Harvard Law Review 885, 948 (1985).

[C] De Officiis 4 (45 A. DE J.C.)

[D] Él sigue una linea de pensamiento de Northrop Frye (1912-1991), quien afirma, en The Educated Imagination 3 (1965), que la literatura es alimento de tolerancia.

[E] Contingency, irony, and solidarity (1989); What Can You Expect from Anti-Foundationalist Philosophers?: A Reply to Lynn Baker, 78 Virginia Law Review 719 (1992).

razonamiento jurídico analógico a través del tiempo mediante la no afortunada expresión ‹*neutral principles*›,[A] que induce a una marcada confusión a los teóricos angloamericanos del Derecho Constitucional, lo que nos asombra si consideramos que la ponencia de Wechsler constituye la mayor defensa del control jurisdiccional en el país del Norte,[B] donde la jurisprudencia es de corte casuístico. La postura racionalista de Wechsler llega al extremo de representar al razonamiento jurídico como algo solamente de carácter prospectivo y no retrospectivo, lo que invierte el orden natural de la propia jurisprudencia que sigue los precedentes judiciales. Los ‹*neutral principles*› de Wechsler existen en un plano abstracto, inmutable y eterno —no sujeto a las contingencias del tiempo, ni a las circunstancias del caso[C]— por lo que el jurista pierde de vista la comparación fáctica, y los distingos que deben operarse en el razonamiento jurídico entre los casos concretos que son el resultado de un devenir histórico;[D] tal confusión lo lleva a Wechsler a un panorama que mira sólo hacia el futuro al ser éste teóricamente más asequible. Amén, la perspectiva de Wechsler se equivoca al no discurrir con el caso y los actores ante un tribunal; cabe precisar que el discurrir de un tribunal debe ceñirse a las circunstancias concretas del caso, y que sólo de esta manera pueden las partes del proceso aportar un razonamiento jurídico basándose en las analogías fácticas con los casos pasados y futuros.

Los tribunales constituyen órganos representativos en razón a que, si bien las partes contendientes defienden sus propios intereses, ellas representan asimismo los intereses de un vasto grupo de personas dispersas a lo largo del tiempo. Las analogías se flexionan y tuercen con el fin de que esas coaliciones, que existen en el tiempo y que se preguntan:

[A] Toward Neutral Principles of Constitutional Law, 73 Harvard Law Review 1 (1959).

[B] En el país del Norte el jurista más respetado de mediados del siglo XX, Learned Hand (1872-1961), consideró que el control jurisdiccional ejercitado por la Corte Suprema de Justicia constituía una usurpación de facultades que le había convertido en una «*third legislative chamber*», y que sería un gran error aplicar la idea del gobierno de los guardianes platónicos —los jueces— a la par del Legislativo. The Bill of Rights 22, 73 (1958).

[C] Los seguidores de Wechsler sostienen que es preciso extraer unos principios abstractos de los casos concretos de la jurisprudencia angloamericana, de los cuales la Razón deductivamente obtiene las normas y soluciones justas. Dicha compleja ‹operación mental› en la tradición del Derecho Civil nos parece más natural aun, dado que continuamos engañados por el espejismo del racionalismo.

[D] Recordemos aquello que decía Oliver Wendell Holmes, Jr (1841-1935), un gran magistrado del más alto tribunal angloamericano: «*General propositions do not decide concrete cases.*» Lochner v. New York, 198 U.S. 45, 76 (1905).

¿quién vino antes?, ¿quién seguirá después?, formen parte del grupo que soporta las pérdidas. Además, los tribunales deben abstenerse de tutelar intereses minoritarios aislados, pertenecientes a un grupo cuya intención sea sacar provecho de una actividad no orientada hacia una mejora según el criterio de Kaldor-Hicks, en caso que cierta medida acumule mayores costos no resarcibles. Preguntamos: ¿por qué los tribunales exigen que exista un agravio concreto? Desde el seno de la Real Audiencia de Charcas, Victoriano de Villaba (1732-1802) se extiende en una descripción del requisito:

«El mayor consuelo del Vasallo es el saber que se le ha de oir en los Tribunales, y que se le ha de juzgar con la ley. Quando pide gracia acude desde luego al Soberano que es el manantial de la beneficencia; pero quando pide justicia, no puede ser oido sino con las formalidades del Derecho. Asi es como deben evitarse los inconvenientes que resultarian de juzgar atropelladamente».[A]

Y Francisco Gutiérrez de Escóbar (1750-1830) prosigue, «se procede por medio de Accion de parte según orden, y solemnidades de Derecho».[B] Veamos cuáles son dichas formalidades o solemnidades que ofrecen la posibilidad de acceder a un tribunal. El canonista Manuel González Téllez (1579-1649) en su monumental obra Commentaria perpetua in singulos textus quinque librorum Decretalium Gregorii IX (1690) explica: «*solemnes dixit, quia usitatis, et solemnibus uerborum formulis compositæ*».[C] Dentro el contexto de la época en que González Téllez escribía, el sistema *formularum* del Derecho Romano había ido cediendo paulatinamente su espacio en la práctica, hasta abandonar la tipificación *actionum* y transformarse en el sistema cognoscitivo de demandas que prevalece hoy en día;[D] como González Téllez relata, «*paulatim usu introductum fuisse, ut simplex tantum factum in libello narretur*»; llegó a preponderar una suma de demanda que sencillamente se limitaba a

---

[A] Apuntes para una reforma de españa sin trastorno del gobierno monárquico ni de la religión 11 (1779); José Carrasco (1863-1921), IV Estudios constitucionales 39 (1920); para un análisis de los costes de la adjudicación anticipante, véase Posner y Landes, The Economics of Anticipatory Adjudication, 23 The Journal of Legal Studies 683 (1994).

[B] Instruccion forence y orden de sustanciar y seguir los juicios correspondientes segun el estilo y practica de esta Real Audiencia de la Plata 1 (1804); no porque se trata de mi tatarabuelo y eso me atañe directamente.

[C] ll VI (1690).

[D] Dicha trasformación se dio en parte como consecuencia del abandono de las formalidades o solemnidades de las obligaciones en el Derecho Canónico. Confer Antonio Xavier Pérez y López, ll Teatro de la legislación universal de España e Indias 18 (1741).

explicar los hechos del agravio sin la necesidad de una tipificación. El modelo del *common law* anglosajón ha tenido, en los siglos XVIIII y XX, una evolución similar, en la que el sistema de *writs* ha sido reemplazado por otro en el que se relata una pretensión sin tipificarla.[A] Por ello, al abandonarse el mecanismo *formulæ* o del *writ*, la invariable regla de representación ante los tribunales se sintetiza hoy en día en un requisito de agravio concreto. En el sistema de procedimiento civil romano-canónico, en boca de Dalence, «la Corte exije siempre la demanda particular concreta».[B] En un informe de 1884 al Senado, la Corte Suprema de Bolivia dice:

«Es, pues, indispensable que exista un caso particular concreto... Si se permitiese deducir demandas... en abstracto, fundadas únicamente en perjuicios o agravios expectaticios, y sin que haya interés o derecho actualmente herido... se invertirían los principios constitucionales».[C]

En cualquier caso, si se permitiese a demandantes formular peticiones abstractas ante los tribunales, constituirían un grupo de dimensión limitada. En el transcurso del tiempo, su grupo —formado de partes que existen en diferentes épocas, que comparten agravios concretos, análogos— no llegaría a alcanzar una mayoría diacrónica. Es precisamente el requisito de que exista un agravio en particular el que nos asegura verificar que se está vulnerando un interés concreto, *lo cual hará factible que se repita a lo largo del tiempo.*[D] Por lo que ambas doctrinas, *actio* de

---

[A] Charles Edward Clark (1889-1963), Handbook on the Law of Code Pleading 150-54, 170-79 (1928); Simplified Pleading, 27 Iowa Law Review 272, 279-82 (1942).

[B] Discurso del Presidente de la Corte Suprema en la apertura del despacho de 1887, Número Extraordinario, Gaceta Judicial de Bolivia 4 (1887).

[C] Paz, Derecho público constitucional 403. Hoy en día la doctrina en Bolivia exige que un agravio sea real y tangible, presente e inminente, Ernesto Daza Ondarza (1913-1977), Doce temas de derecho constitucional 141 (1973).

[D] Quedan dudas razonables, por muy novedosa que sea la interpretación de las doctrinas de *standing* y de *stare decisis* desde el enfoque de la elección pública de Maxwell Stearns (1960-). The Misguided Renaissance of Social Choice, 103 Yale Law Journal 1219 (1994); Standing Back from the Forest: Justiciability and Social Choice 83 California Law Review 1309 (1995); Standing and Social Choice: Historical Evidence 144 University of Pennsylvania Law Review 309 (1995); Constitutional Process: A Social Choice Analysis of Supreme Court Decision Making (2000). No es suficiente para revelar la clave en el razonamiento jurídico: cabe precisar que si a un tribunal le fuera permitido establecer un precedente que permitiese una actividad no orientada hacia una mejora según el criterio de Kaldor-Hicks, por más que estuviese establecida esta doctrina, dicho fallo sería un paso en falso en un terreno resbaladizo, causante de una anomalía cíclica inacabable. Vaya por delante nuestra convicción que un tribunal verifica la existencia de una mayoría diacrónica mediante el razonamiento por analogía con los precedentes tomados del

nuestro sistema de procedimiento civil romano-canónico, y el *standing*[A] del *common law* anglosajón, establecen el requisito de un interés concreto para interponer un recurso ante los tribunales. No obstante, la doctrina *actionis* es positiva: confiere participación en el proceso a aquellas personas que tienen un interés concreto en la disputa; la doctrina del *standing* es negativa: excluye del proceso a la parte que deja de tener un interés concreto en la disputa. Por eso, si un demandante acciona en abstracto ante un tribunal en nuestro sistema del Derecho Civil romano-canónico, el juez que conoce el caso dará inicio y desarrollo al proceso y, a tiempo de emitir la sentencia, analizará la pretensión legalmente deducida y los elementos probatorios aportados a objeto de resolver si el demandante tiene *actionem*.[B] En cambio, en el sistema del *common law*, el demandante debe presentar las pruebas de su *standing* antes de darse curso al proceso.[C]

En ambos sistemas el momento de la indagación será distinto, pero el principio resulta ser mayoritario.[D] De la proclamación que emita la mayoría de la asamblea de representantes del pueblo resulta una señal sincrónica clara y fácil de entender que una mayoría de la población ha apoyado la iniciativa. Su verdadera fuerza está implícita y se funda en el legítimo uso de la amenaza, que se hace ‹creíble› en previsión al resultado de una lucha social. En lo que respecta a la sentencia que dicte un tribunal, por el contrario, la misma se torna ‹creíble› no en previsión a que una facción se impondrá en la contienda social —lo que importa una señal política sincrónica— sino a que la mayoría diacrónica resistirá una y otra vez aun ante la inminencia de la derrota o del aniquilamiento físico.

---

pasado y las situaciones hipotéticas que podrían darse a futuro y, que cumplen en gran medida una función complementaria en este proceso de razonamiento diacrónico los requisitos de *standing* en el *common law* anglosajón y *actionis* en la tradición del Derecho Civil romano-germánico. Muy al contrario de nuestra convicción, Richard George Wright (1950-) alega que la justiciabilidad constituye una limitación a la tutela judicial efectiva de los derechos de la posteridad y de las generaciones por venir.

[A] El término ‹standing› del *common law* anglosajón así como el término relacionado de la ‹legitimación› en nuestro sistema, ambos provienen de la expresión «*cum legitimam personam standi in iudicio*», González Téllez, II XVIII. Así Juan de Hevia Bolaños (1570-1623) acota «no solo se requiere que haya actor, sino que sea legítimo, teniendo acción para convenir», I Curia Philipica 8 (1603).

[B] Gutiérrez contra Coronado, 744 Gaceta Judicial de Bolivia 5 (1902).

[C] Muskrat versus United States 219 United States Reports 346 (1911).

[D] Al contrario de lo propuesto por Scalia, quien se equivoca en esta valoración al considerar a los tribunales como instituciones que representan a las minorías, The Doctrine of Standing as an Essential Element of the Separation of Powers, 17 Suffolk University Law Review 881 (1983).

Para que el tribunal tome en consideración los hechos constitutivos de la violación alegada, los estudie y resuelva, es requisito indispensable la existencia de un agravio concreto; referente de representación en el sistema jurídico, de igual manera que es regla inmutable de representación en el sistema político, un proceso electoral transparente, confiable y definitivo, que aliente la participación ciudadana respetando la ley y procurando acuerdos y consensos que atienden la diversidad y los intereses de la población. El objetivo hacia el que avanzamos es la consolidación y fortalecimiento de la democracia en su sentido más amplio.[A] El tribunal es una institución democrática diacrónica vital, y el imperio de la ley se resume en el gobierno de las mayorías en su dimensión a través del tiempo mediante la analogía entre los agravios concretos, y no es un «eslogan gastado y sin sentido».[B] Reiteramos que, dentro del marco del Estado de Derecho, el gobierno de la mayoría se encuentra regido por las instituciones representativas, incluyendo necesariamente al Poder Judicial como órgano perfectivo de la democracia sincrónica,[C] encargado de ponderar los numerosos antecedentes de la jurisprudencia en atención a las circunstancias concretas del caso; condición que deberá darse para un restablecimiento sólido de la democracia que evite que ésta degenere en tiranía y arbitrariedad.[D] La falacia contramayoritaria de la actual doctrina por considerar que la función jurisdiccional comporta un severo déficit

---

[A] Creemos que merece hacerse oír la observación hecha en 1946 por Walter Guevara Arze (1912-1996) en sentido que «La democracia es una de las conquistas más serias de la civilización occidental: cuesta a los hombres el derramamiento de mucha sangre», teoría, medios y fines de la revolución nacional 16 (1946). ¿Tendrá una revolución que establecer el *stare decisis* en Bolivia? Es posible que la integración económica lo logre.

[B] Grant Gilmore (1910-1982), The Ages of American Law 106 (1977).

[C] El jurista colombiano José María Samper (1828-1888) decía justamente: «La república es, por su naturaleza, voluntariosa, engreída, y tiende a tomarse libertades excesivas; por lo que es necesario moderarla con instituciones conservadoras», II Derecho público interno de Colombia 356 (1886).

[D] Cabe señalar que la sentencia del tribunal representa una amenaza «creíble» de violencia que profiere un individuo, con reiteración en el tiempo, en tanto que el pronunciamiento legislativo representa la amenaza «creíble» de violencia que enarbola la mayoría parlamentaria coetánea. Por el carácter progresivo e incremental de la acción jurisdiccional, que se extiende en el tiempo, como sostiene Shapiro en The European Court of Justice: of Institutions and Democracy, 32 Israel Law Review 3 (1998), se evita la confrontación, o cuando menos evita la confrontación inmediata, entre los poderes del Estado. Por ello, el funcionamiento del órgano judicial nos permite alguna medida de protección contra la mayoría tiránica sincrónica, que en nuestra historia republicana ha puesto en marcha décadas de despilfarro improductivo, bajo la égida de gobiernos populistas.

democrático puede suponer un nuevo traspié para el empeño de los eruditos en profundizar en el conocimiento del Derecho Público. En este caso, sin embargo, su justificación democrática sería casi inmediata: la función diacrónica que el tribunal desempeñaría sería la de hacer más eficaz el uso del principio de mayoría. Por tanto, lejos de cuestionar el juego democrático, lo haría más sólido. No debemos olvidarnos de la lección a extraerse de los versos de Fernán Pérez de Guzmán (1376-1458), que reflejan, con ajustada correspondencia, la realidad cotidiana de una mayoría política sincrónica:

«Siempre mira el presente,

nunca el fin considerado;

mata non deliberando

e sin tiempo se arrepiente».[A]

Cabe puntualizar que el esfuerzo por poner coto a la arbitrariedad de los poderes públicos ha terminado por concretarse históricamente en la noción de Estado de Derecho. Una noción que implica la sujeción de las actuaciones de dichos poderes a los principios de la jerarquía normativa. El imperio de la ley (incluyendo el control jurisdiccional de los actos políticos) supone en este sentido el grado cero de la democracia, y el perfeccionamiento, a través del tiempo, del principio de mayoría, el mínimo exigible para que la convivencia transcurra en los cauces de tranquilidad y sosiego. Nótese además que esta postura concuerda con la definición clara de la figura del *rule of law* adoptada, desde el punto de vista del control jurisdiccional por el jurista británico Albert Venn Dicey (1835-1922). Reconstruyendo en el siglo XVIIII, en Lectures introductory to the study of the law of the Constitution (1885), con antiguas doctrinas, modernas opciones, Dicey sostiene que la constitución no constituye la fuente de los derechos individuales; y manifiesta que todas las normas, figuras e instituciones constitucionales tienen siempre, directa o indirectamente, su lugar de gestación primaria en las resoluciones de los tribunales, que han conformado una constante y consolidada doctrina jurisprudencial:[B] Nos dice Dicey:

[A] Coplas de vicios e virtudes (1410).

[B] El corolario a este argumento es que las acciones judiciales preceden a los derechos, que Dicey pone de manifiesto con la lacónica frase acuñada por los ingleses *remedies precede rights*.

«*with us the law of the constitution, the rules which in foreign countries naturally form part of a constitutional code, are not the source but the consequence of the rights of individuals, as defined and enforced by the Courts*».[A]

Cabe destacar que estamos enteramente de acuerdo con la posición de Dicey en cuanto a reconocer una legitimidad independiente al tribunal en la creación del Derecho y en la ascensión y tutela de los derechos individuales y de los derechos humanos; y es incontestable que la Justicia no puede plegarse a los dictados del poder del gobierno sincrónico. Si repasamos la definición más elemental de Estado de Derecho desde la óptica formal,[B] nos damos cuenta que sus taxativos términos no dejan lugar a dudas.[C] Sin embargo, cabe resaltar que es una paradoja, e incluso un contrasentido, que el positivismo jurídico refleje una concepción formalista que siga confundiendo el Estado de Derecho con el legalismo. El llamado Estado de Derecho es la estructura jurídica del poder legítimo; la legalidad instituida de esta forma es válida únicamente si los representantes genuinos de la soberanía popular diacrónica no quedan al margen; sin legitimidad la legalidad es impostura, y la tutela judicial, aviniendo la misma como traducción viva de la soberanía popular diacrónica, es el centro de convergencia de legitimidad y legalidad. El tribunal cumple una función jurisdiccional; y aunque denosten y pontifiquen los jueces, cabe destacar que la judicatura, más allá de instaurar el Estado de Derecho, no deberá convertirse en guardián de la

---

[A] Introduction to the study of the law of the Constitution IIII (1907). A pesar de la amplia supremacía parlamentaria del modelo británico, Dicey y otros autores escriben sobre ese peculiar sistema de tutela judicial que permite la constitución no escrita del Reino Unido; y cabe subrayar que, al otro lado del Atlántico, el sentido pleno de la Constitución y de cada uno de sus preceptos, no sólo del Estado Federal sino de cada uno de los Estados estadounidenses, reside ora en el texto, ora en las llamadas normas no escritas que yacen por encima o debajo del texto, conforme a la jurisprudencia dictaminada por los tribunales superiores. Christopher Gustavus Tiedeman (1857-1903), The Unwritten Constitution of the United States: A Philosophical Inquiry into the Fundamentals of American Constitutional Law (1890).

[B] «*In Hell there will be nothing but law, and due process will be meticulously observed.*» Gilmore, The Ages of American Law III.

[C] El respeto por todos del marco legal vigente, lo que implica cumplir con el principio de legalidad y no pretender un efecto retroactivo en cuanto a la aplicación de la ley a situaciones anteriores a su vigencia; ni violar de manera flagrante los principios de imparcialidad y objetividad a los cuales se debe apegar la autoridad, más bien demandar un respeto estricto a los procedimientos, con una procuración de justicia eficiente, expédita, sin preferencias ni distinciones, no un concepto que entrañe un retroceso a fueros anacrónicos; por último, la certeza en el ejercicio de las garantías individuales y colectivas para permitir a todos tener un espacio de seguridad jurídica para construir el destino de manera digna.

virginidad política y moral de la sociedad.ᴬ El Derecho tiene la base independientemente de cualquier teoría moral. Empezamos a desbrozar el camino hacia una cabal comprensión del Estado de Derecho. Es nuestra convicción que al fin y al cabo la razón por la que el pueblo cumple las normas no es otra que la amenaza que subyace tras de éstas, y el modo en que la sociedad evita esta suposición de violencia es el reconocimiento de un interés jurídico concreto. El individuo lucha porque tiene la certeza que tendrá la victoria en su poder; o, a pesar de la derrota, porque alguien en el pasado y en el futuro llevó y llevará a cabo el objetivo de su empresa.ᴮ ¿En qué consiste exactamente el Derecho? La idea madre a cuyo alrededor giran las disposiciones del Derecho Positivo y la fuente de toda la legitimidad del Estado son algunas de las cuestiones más controvertidas en la literatura jurídica. En este tema existe un acuerdo entre los jurídico-positivistas que en lo más profundo del ordenamiento jurídico subyacen, no un sistema filosófico, sino las tensiones y las

---

ᴬ Al contrario de lo que sostiene Lon Fuller (1902-1978) en The Morality of Law (1964), cabe precisar que la norma jurídica carece de autoridad moral interna. La nueva escuela de las normas sociales, al articular un esquema explicativo coherente de la moral, hace posible armar un cuerpo teórico digno de ser admirado. La obra de Robert Ellickson (1941-), Order without Law (1991), irrumpe con tesis originales, y Cooter logra la hazaña —que es de una magnitud que causa asombro— de construir una teoría positiva de la moral, la cual no consiguió la ambición enciclopedista de Denis Diderot (1713-1784). Confer Models of Morality in Law and Economics: Self-Control and Self-improvement for the «Bad Man» of Holmes, 78 Boston University Law Review 903 (1998); Expressive Law and Economics, 27 The Journal of Legal Studies 585 (1998); Normative Failure Theory of Law, 82 Cornell Law Review 947 (1997); Decentralized Law for a Complex Economy, idem; Law and Unified Social Theory, idem. Esta concepción radical de la aprehensión de la moral por la ciencia económica se suma al temible arsenal de medidas de que dispone el legislador para la puesta en marcha de instituciones efectivas, y es a su vez un desarrollo de apoyo a la gobernabilidad. Sin embargo, la teoría de las Normas Sociales se equivoca al sugerir que puede establecerse un nuevo orden de Derecho basado en la moral. Hay pues un gran desafío para la nueva escuela de análisis económico del Derecho; nuestra lucha es mantener viva la más auténtica tradición de la obra An introduction to legal reasoning (1948) de Edward Hirsch Levi (1911-2000), 15 The University of Chicago Law Review 501, descubrir, a la luz de la teoría de juegos, la norma jurídica diacrónica, y no solamente sincrónica, y formular un nuevo esquema explicativo del razonamiento jurídico de los tribunales como un fenómeno de señales, lo cual fundamenta una legitimidad jurídica diacrónica parecida —aunque no idéntica— a la de las señales políticas mayoritarias sincrónicas. Cabe precisar que la libertad sólo queda protegida si diferenciamos la moral del Derecho, es decir, si lo jurídico es concebido como algo independiente de lo moral, pues la moral que no es impuesta sobre los que no la reconocen como tal es ya el principio de la tiranía. Aunque tanto el Derecho, cuanto la moral, podrían coincidir como ordenamientos que materializan el propósito de supervivencia del hombre, el Derecho no deja de ser una disciplina autónoma. A través del análisis económico es, pues, ahora posible ver la línea de demarcación tajante que existe entre el Estado de Derecho y una fuerza moral no homologable en el ámbito jurídico.

ᴮ Y éste es capaz de imaginar, si no de coordinar, una verdadera lucha trans-temporal.

relaciones de poder que rigen la vida[A] y dividen a esta sociedad moderna tan plagada de actos bárbaros, así como de odiseas humanas éticamente encomiables y, que ni siquiera debería plantearse una inevitable antinomia entre el poder político, de una parte, y los derechos de la persona, de otra. Ciertamente el Derecho no puede ser reducido a una mera aplicación de reglas de inferencia, o a un sistema binario autopoiético o de acción comunicativa, que trascienda las intenciones particulares de la gente dentro de cada caso concreto. Cabe destacar que la puesta en práctica de una racionalidad instrumental que busca los medios más objetivamente eficaces para alcanzar unos objetivos y el razonamiento entimemático —hasta el matemático— tienen su lugar en el razonamiento jurídico tanto en cuanto las consecuencias de las acciones de los humanos deben ser trazadas con más o menos probabilidad; o la causalidad en el Derecho es, simplemente, una cuestión de sentido común.[B] Sin embargo, todo elemento racional en el Derecho no contiene una razón discursiva, sino únicamente la racionalidad limitada del juicio que todos poseemos en virtud de nuestra condición humana. Entre los animales nosotros somos únicamente capaces de razonar acerca del pasado y el futuro, y comparamos a uno con otro. En este contexto, el hombre reconoce ciertas señales que representan amenazas de violencia. Un venado rojo demuestra su superioridad a otro macho con su mugido o con el tamaño de sus cornamentas;[C] correlativamente, cuando los hombres sopesan la virtualidad de la amenaza de violencia se basan en la cantidad de apoyos políticos o en el lugar que asume un individuo que fundamenta su argumento jurídico a través de la analogía. Esta comprensión, que los individuos pasados y futuros lucharon y lucharán por un interés concreto

---

[A] *Nicht die ‹Begriffe›, sondern das ‹Leben› seien sowohl Ursprung als auch Ziel des Rechts.* Rudolf von Jhering (1818-1892), I Geist des römischen Rechts (1852). *The life of the law is not logic, it is experience.* Holmes, The Common Law (1881).

[B] Herbert Lionel Adolphus Hart (1907-1992), Causation in the Law (1959).

[C] Confer Charles Darwin (1809-1882), The Descent of Man and Selection in Relation to Sex XVII (1871); John Maynard Smith (1920-), Theory of games and the evolution of animal contests, 47 Journal of Theoretical Biology 209 (1974); Evolution and the Theory of Games (1982); Must reliable signals always be costly? 47 Animal Behavior 1115 (1994). Timothy Clutton-Brock (1944-), The logical stag: Adaptive aspects of fighting in red deer, 27 Animal Behavior 211 (1979); Red deer: behavior and ecology of two sexes (1982). Peter Hurd (1967-), Communication in discrete action-response games, 174 Journal of Theoretical Biology 217 (1995); Is signalling of fighting ability costlier for weaker individuals? 184 Journal of Theoretical Biology 83 (1997); Conventional signalling in aggressive interactions: the importance of temporal structure, 192 Journal of Theoretical Biology 197 (1998). Así, poco a poco, el centro del debate pasará de nuestra semejanza con Dios a nuestras diferencias con los restantes animales.

y que la sociedad será incapaz de derrotarlos, si bien puede aplastar a él o ella, aquí y ahora, es ‹creíble› como señal jurídica diacrónica a través del razonamiento analógico, y el Derecho es sólo una empresa racional en tanto en cuanto como seres humanos reconocemos que ciertas amenazas deben de tomarse en serio.

Juan Javier del Granado

Capítulo 11

Droit administratif

En el esquema democrático actual, un sistema de frenos y contrapesos tiene por objetivo regular el ejercicio de las funciones de los poderes políticos; sin embargo, las entidades del órgano ejecutivo parecen no tener freno.[A] Nos preguntamos: ¿son las múltiples entidades del gobierno instituciones de representación mayoritaria? Las entidades del Poder Ejecutivo se encuentran normativamente dentro de la esfera de control de los poderes políticos, pero las funciones ministeriales que son desempeñadas por delegación resultan demasiado numerosas y dispersas como para posibilitar un control enérgico y efectivo. En los países de Iberoamérica, las crisis de gabinete constituyen medidas extremas; la Constitución otorga a cada una de las cámaras legislativas, sólo con el voto de la mayoría de sus miembros, la facultad de reprender o censurar en forma pública a los ministros del gabinete por sus actos. Esta atribución es legítima puesto que fortalece la separación de poderes, empero, existen problemas de inercia. Amén, en diferentes países del continente, para acceder a la tutela judicial hay que pasar antes por las horcas caudinas de unos tribunales administrativos no siempre imparciales, mas la tutela judicial en materia contencioso-administrativa sólo es procedente después de una resolución administrativa final. En otras palabras, deben agotarse ante el Poder Ejecutivo todos los recursos de revisión, modificación, o revocatoria de la resolución impugnada. Desgraciadamente, estos recursos ante el Poder Ejecutivo no tienen una reglamentación expresa, uniforme y sistemática que garantice al administrado un recurso que permita un pronunciamiento ágil y oportuno sobre la pretensión planteada y que, finalmente, abra el camino hacia la vía jurisdiccional. Mas cuando se acude al recurso de amparo, la vehemencia política del tribunal frecuentemente se traduce en la aplicación de medidas contra las autoridades administrativas recurridas, tales como la suspensión del acto impugnado en esa instancia concreta, y la reprimenda oral como censura. De forma indolente, la ley permite a las autoridades administrativas iniciar y luego ejecutar, como acto habitual, medidas mal proyectadas y no

---

[A] Ovidio debe haber meditado mucho sobre aquella perplejidad famosa que escribió: *Quid custodet custodes?*

Controversia de imperio legis

acordes con el criterio de Kaldor-Hicks. En general, todo el marco legal en que se mueve la actividad economica, adolece de discrecionalidad gubernamental. Parecería que se verifica la afirmación de Juan José Ameller (1830-1900) en sentido de *que notre système de droit administratif est arbitraire*,[A] ya que por él no se logra proporcionar y aplicar mecanismos de control mayoritarios sincrónicos o diacrónicos indispensables en la elaboración de los reglamentos y en el proceso de toma de decisiones en casos concretos que corresponden a las atribuciones del Poder Ejecutivo.

No obstante, las innovaciones que se formulan en el ámbito legal elevan los costos políticos que deben afrontar las entidades del gobierno cuando incurren en actos arbitrarios y consagran el principio de un control jurisdiccional sobre la administración de las entidades del órgano ejecutivo. Nótese además que si bien Dicey hizo severas críticas al gobierno administrativo —*et en particulier au ‹droit administratif› en France*— su postura constitucional se debió más bien a la inexistencia de un control jurisdiccional de la administración en ese país.[B] Hoy no es ese el caso. Bolivia, a diferencia de otros países de Iberoamérica, no tiene un código de procedimiento administrativo. En los Estados Unidos de América del Norte, por ejemplo, el Administrative Procedure Act de 1946 establece una distinción entre la elaboración de normas legales de carácter general y el proceso de decisión de casos particulares en el ámbito del Poder Ejecutivo. En este cuerpo legal se prescribe que, para formular normas, las entidades deben publicar un extracto en el Registro Federal especificando la acción o materia propuesta, y extendiendo al público una oportunidad para presentar datos escritos, opiniones o argumentos sobre el proyecto, posibilitando incluso hacer una fundamentación oral. Luego de pronunciar su resolución, los funcionarios deben explicar su decisión, incorporando necesariamente en la norma una exposición general concisa de su fundamento y propósito. Estas disposiciones legales son aplicables igualmente a la desatención de cualquier norma propuesta por algún sector o grupo.[C] Asimismo, la ley escrita autoriza a los tribunales a revisar cualquier acto o resolución de las entidades que sea «*arbitrary, capricious,*

[A] Breves apuntes sobre el derecho administrativo de Bolivia 10 (1868).

[B] Introduction to the study of the law of the Constitution XII. Dicey contrasta las extrañas peculiaridades del sistema jurídico inglés con el modelo francés *du droit administratif* que entraña un retroceso a fueros anacrónicos.

[C] Motor Vehicle Manufacturers Association of the United States, Inc. versus State Farm Mutual Automobile Insurance Company, 463 United States Reports 29 (1983).

an abuse of discretion, or otherwise not in accordance with law», y los tribunales tienen el deber de examinar minuciosamente todo el expediente.[A] Si la entidad en cuestión no logra presentar un expediente confiable —considerándose las racionalizaciones *post hoc* inadecuadas— la Corte Suprema, en un caso de jurisprudencia estadounidense ampliamente difundido, sostiene que los funcionarios gubernamentales pueden ser requeridos a rendir testimonio, dando razón de sus actos ante el tribunal. «*It may be that the only way there can be effective judicial review is by examining the decisionmakers themselves*».[B] Los tribunales están obligados a demostrar al público que los elementos de juicio relevantes fueron valorados adecuadamente y que se estableció una conexión lógica entre los hechos comprobados y la decisión adoptada. De esta forma, si una medida fue arbitraria, sus autores deben enfrentarse al hecho de que la misma tendrá repercusión política, y resulta difícil que puedan eludir al conocimiento público. Es más, el control jurisdiccional de la administración cumple la función representativa diacrónica a través del tiempo, según se tiene ya explicado.[C] Las innovaciones que se introducen revolucionan el Derecho Administrativo, priorizando, a su vez, el carácter mayoritario que tienen las entidades del gobierno.

[A] § 706.

[B] Citizens to Preserve Overton Park, Inc. versus Volpe, 401 United States Reports 402 (1971).

[C] Como el único conducto posible para la representación de una mayoría diacrónica, el tribunal impone la Supremacía de la Ley sobre las autoridades del gobierno y el capricho eufórico de la mayoría sincrónica, con el fin de poner coto a los abusos de autoridad, el ejercicio impune del poder y lo arbitrario de la función pública.

Capítulo 12

De indiarum iure

Cabe destacar que estas innovaciones y las bases institucionales más firmes del Estado de Derecho no se remontan a los siglos XVIII, XVIIII ó XX, ni procedieron de Inglaterra, los Estados Unidos de América del Norte ni de Prusia, por mucho que Dicey y von Hayek hagan alarde de «*the distinguishing characteristic of English institutions*»[A] o de «*the most distinctive contribution of 18th-century Prussia*».[B] Estas innovaciones salieron de la América castellana.[C] Desde el siglo XVI se instituyeron frenos y contrapesos políticos y control jurisdiccional de la administración en los Reinos de Indias. Deduciendo de la experiencia, de Villaba escribe:

«Siempre que la potestad legislativa penda en la mera voluntad del Rey: siempre que sus favorecidos Ministros o secretarios tengan en su tintero la facultad de derogar las más fundamentales leyes con sólo decir: El Rey quiere = El Rey manda = El Rey extraña = quando tal vez ni quiere ni manda, ni extraña. Siempre que una ley no se medite, se ventile, se consulte, y se revea antes de promulgarse, y despues de promulgada no pueda derogarse sin las mismas formalidades, y reflexiones con que se publicó, ni hay Monarquía, ni hay constitucion, ni hay gobierno fixo, sino despotismo, transtorno, variacion continua, y un cahon de Cedulas, Ordenes, Pragmáticas, Declaraciones, con que lexos de encontrar regla que prescriba los limites del que manda, y las obligaciones del que obedece no sirven sino de apoyo para hacer cada qual lo que se le antoja... La extension de las facultades de los Ministros, y depresion de la autoridad de los Tribunales ha tomado un rápido vuelo en este siglo».[D]

Villaba tenía razón al deplorar el desmantelamiento, al final del siglo XVIII, del sistema administrativo indiano.[E] Las reformas borbónicas

---

[A] Introduction to the study of the law of the Constitution IIII.

[B] The Constitution of Liberty XI.

[C] Confer Carmelo Viñas y Mey (1898-1968), El régimen jurídico y de responsabilidad en la América indiana, 9 Revista de las Españas 1 (1929); Ricardo Levene (1885-1959), Las indias no eran colonias (1951).

[D] Apuntes para una reforma de españa 8-9.

[E] La dinastía borbón empezó a reinar en España porque El Hechizado de la casa de Austria no tuvo descendencia y porque la facción borbónica ganó la Guerra de Sucesión en 1713. Su implantación supuso la pérdida del buen talante de las instituciones de Indias. Las reformas borbónicas respondían a una nueva concepción del Estado, por la que se buscaba recuperar el

desatendieron la opinión manifestada por Juan de Solórzano (1575-1655) sobre el gobierno de los hombres: «quien lo remitiese todo a los hombres, lo pondria todo de muy ordinario en manos de bestias desenfrenadas».[A]

Hay que hacer memoria histórica: La fecha de 1492 cerró el proceso de reconquista y consolidación de los Reinos peninsulares e impulsó el encuentro con el Nuevo Mundo. Esa gran fecha amplió el horizonte de la geografía universal y marcó el principio de una transformación de mentalidad, que es un hito de innovación y apertura en el Derecho. Todas esas cosas que en principio parecen tener poco que ver con el Derecho, son sin embargo cruciales para comprender lo que sucedió en el ámbito jurídico: el siglo XVI incluyó desarrollos en el Derecho de Gentes[B] y en el Derecho Público[C] y extendió el abanico de derechos a los ámbitos social y adminsitrativo, creando el primer Estado del Bienestar en la historia.[D] Los juristas peninsulares, rechazando la idea de *puissance*

---

poder delegado en las reales audiencias y el Consejo de Indias, reasumiendo la dirección política y económica del Reino, todo acorde con las ideas del Despotismo Ilustrado: un intento de imponer esquemas de racionalidad efectivista desde un proyecto dirigido verticalmente sin contar con el consenso y la articulación de la sociedad; véase José del Campillo y Cosío (1693-1743), I Nuevo sistema de gobierno económico para la America VI (1789).

[A] V Política indiana XVI (1648).

[B] Vitoria, De indis recenter inventis; De indis, sive de iure belli Hispanorum in barbaros.

[C] Recién se abre el camino para realizar un examen valioso, perspicaz y aleccionador de la literatura jurídica propia, que merece del erudito iberoamericano, un examen más equilibrado sobre su alcance. Cabe destacar que el jurista iberoamericano tiene una formación europea, sea por los estudios en las universidades europeas, bien por el pensamiento europeo sobre el que se basa. Así vemos a un historiador del Derecho como Tau Anzoátegui declarado cosas, en Casuismo y sistema: indagación histórica sobre el espíritu del Derecho Indiano (1992), como que el Derecho Indiano no configura un cuerpo de Derecho Público, lo que denota cierta falta de solidez en la apreciación: quien lee la Recopilación de Leyes de los Reynos de las Indias con un mínimo de comprensión lectora inmediatamente repara en que no es no es nada más y nada menos que eso: todo un un cuerpo de normas de Derecho Público. Dicha posición doctrinaria está envuelta en la incomprensión que surge de la importancia que acostumbra concederse al Derecho Privado romano en la historiografía jurídica. No se puede negar que la ciencia jurídica romana se circunscribió al ámbito del Derecho Privado. Por tanto los juristas romanos consideraron que donde había relaciones de poder, las normas jurídicas quedaban al margen. Cabe reconocer que no es acaso hasta finales del siglo XVIIII que plantea el estudio de un Derecho Constitucional romano, con su indiscutible relevancia histórica, igual en dignidad a la del Derecho Privado romano, el más importante historiador del mundo romano, el alemán Theodor Mommsen (1817-1903), en Römisches Staatsrecht (1888).

[D] «Nuestro principal yntento y voluntad siempre ha sido y es el de conservaçion y agmento de los yndios y que sean ynstruidos y enseñados en las cosas de nuestra santa fee catholica y bien tratados como personas libres y vasallos nuestros» en Leyes y ordenanzas nuevamente hechas

souveraine, estructuraron un gobierno de frenos y contrapesos;[A] los Reinos de Indias fueron levantados por juristas antes que por ejércitos.[B] Los tribunales de Indias ejercieron poderes que los tribunales en la Metrópoli no tenían: «se les han concedido y conceden muchas cosas que no se permiten a las de España».[C] Las audiencias fueron un «gran muro y defensa»[D] de las libertades de los súbditos. Asimismo, el rey se encontraba restringido por el derecho a un debido proceso que permeaba todo procedimiento judicial.[E] Entre los poderes que se concedieron a los tribunales de Indias estaba el control jurisdiccional de la administración. En el Tratado de las apelaciones del govierno del Perú (1633), el jurista chuquisaqueño Gaspar de Escalona Agüero (1589-1659) escribe acerca del poder inédito[F] asumido por los tribunales en los Reinos de Indias. Los súbditos[G] que sufrían un agravio a causa de las determinaciones administrativas podían demandar a los virreyes y gobernadores ante un tribunal: «de todas las cosas que los Virreyes y Governadores

---

para la gobernacion de las Yndias y buen tratamiento y conservacion de los yndios promulgadas en Barcelona (1542). Hay quienes afirman que por muy progresistas que fueron las Leyes de los Reinos de Indias, dejaron de aplicarse en la realidad indiana; al respecto Marcelino Menéndez y Pelayo (1856-1912), en su Prólogo a una re-impresión de la Recopilacion de Leyes de los Reynos de las Indias (1681) libra la sentencia: «El indio americano vive todavía donde estas leyes rigieron y desapareció donde ellas fueron desconocidas», (1943).

[A] Solórzano, V Política indiana; el sistema de frenos y contrapesos instituido en los Reinos de Indias fue —como, en alguna medida, es el sistema constitucional de los Estados Unidos de América del Norte— la antítesis de la tajante separación de poderes aconsejada por le Barón de Montesquieu.

[B] El ejercito regular —ese flagelo de la libertad— no se estableció en los Reinos de Indias sino hacia las postrimerías del siglo XVIII; dejó una nefasta secuela en el llamado ‹ejercito libertador›, que sentaría el precedente de militarismo imperante en la región. En esta esquina del continente, conduciría a la política de cacicazgos, la destrucción y la pauperización a lo largo los siglos XVIIII y XX.

[C] V Política indiana III; IV De indiarum jure sive de justa indiarum occidentalium gubernatione III (1645).

[D] Matienzo, I El govierno del piru IIII (1573).

[E] IV Nueva Recopilacion de las leyes de España Título Decimotercio Lei VII (1567). En los Reinos de Indias un importante antecedente del juicio de amparo surgió como un instrumento para proteger a la persona frente a la autoridad y los actos de gobierno. Confer Andrés Lira González (1941-), El amparo colonial y el juicio de amparo mexicano: antecedentes novohispanos del juicio de amparo (1971).

[F] A pesar de que hace el intento de encontrar precedentes, en 3.

[G] Que incluían a los indios; véase de las Casas, De unico vocationes modo omnium gentium ad veram religionem.

proveyeren a titulo de govierno... si alguna parte se sintiere agraviada, puede apelar y recurrir a las audiencias».[A] Para que un acto del gobierno fuese justiciable, era requisito que existiera una parte agraviada: «en haviendose parte que lo reduzca a justicia contenciosa y de ello se sintiera y mostrare agraviada».[B] Asimismo, la apelación debía ser presentada luego de que una determinación administrativa final fuese tomada por un virrey o gobernador:

«habiendose de apelar de los autos por la parte que alegare ser en su perjuicio, se interponga la apelaciòn ante el señor Virrey [o gobernador], y antes de presentarse en grado de apelacion en la Real Audiencia, se haya de proveer a la interpuesta en el Govierno por ser conforme a derecho».[C]

Es sorprendente cómo los tribunales de Indias consideraban en forma extensa justiciables asuntos concernientes a la cuestión política.[D] Para que un asunto de cuestión política excluyera la justiciabilidad, se necesitaba que el asunto no lograse admitir una controversia judicial: «caso de mera y absoluta governacion, sin que en el haya punto que concierna a justicia contenciosa».[E] Escalona explica que la existencia de parte agraviada alteraba la naturaleza de la cuestión política, convirtiéndola en justiciable: «haviendo parte agraviada, el negocio que ya fue de Govierno, alterado con la circunstancia agravante de la queja, muda de especie y pasa a caso de justicia y de hecho contencioso».[F] Sólo tres tipos de cuestiones políticas dejaban de admitirse como una controversia judicial: aquéllas que tocaban las amplias políticas definidas por el gobierno: «privativamente del govierno... por mirar a la universal direccion y enmienda del govierno politico y economico», aquéllas relacionados con los privilegios, la concesión de los cuales era exclusivamente delegada a la discreción de los virreyes y gobernadores: «dependen de la mera gracia y merced de Governador y regulada por su arbitrio y elleccion», y finalmente aquéllas involucradas en la administración cotidiana del gobierno, las cuales tenían

---

[A] Solórzano, V Política indiana III. II Recopilacion de Leyes de los Reynos de las Indias Título XV Lei 35.

[B] Solórzano, V Política indiana XIII.

[C] Escalona, Tratado de las apelaciones del govierno Glosa Segunda 18.

[D] Para un análisis comparativo de la doctrina moderna de una cuestión política, véase Carrasco, IV Estudios constitucionales 112-140.

[E] Solórzano, V Política indiana III.

[F] Escalona, Tratado de las apelaciones del govierno Glosa Primera 5.

menor probabilidad de perjudicar a personas privadas: «de la puesta en marcha y permanente ejecucion en que no puede haber derecho de parte ni perjuicio considerable».[A] Los tribunales tenían prohibido también de revisar las «materias de guerra»,[B] cuando la seguridad de los reinos era comprometida y el virrey o gobernador actuaba en un comando militar: «estar inhibidas las Audiencias expresamente y no poder conocer por via de apelacion en los casos en que el señor Virrey [o gobernador] proceda como Capitan general».[C] Sin embargo, la disposición era limitada a la efectiva confrontación militar: «estar con las armas en las manos esperando enemigos... hasta que cece el arma».[D] Eran amplios los poderes concedidos a los tribunales de los Reinos de Indias para ejercer un control jurisdiccional sobre la administración. Al ejercer el control jurisdiccional, estos tribunales podían afirmar, revocar y modificar las determinaciones de los virreyes y gobernadores: «alli son oidos judicialmente los interesados, y se confirman, revocan y moderan los autos y decretos de los Virreyes y Governadores».[E] Los tribunales decretaban si los virreyes o gobernadores habían vulnerado la ley o excedido de los poderes a ellos delegados: «ordenanzas hechas en fraude de las leyes y contra las cedulas y pragmaticas de su Majestad»[F] y juzgaban si existía una relación racional entre una determinación administrativa fija y las circunstancias del caso —limitación a la arbitrariedad— y si el virrey o gobernador procuraba el bien común: «debe regularse por justicia y razon y en orden a la conveniencia de la causa publica».[G] A pesar de que los jueces no se encontraban restringidos por una regla obligatoria de *stare decisis*, al dictar su fallos se veían circunscritos a la jurisprudencia establecida por la doctrina y las audiencias: «no juzguen jamas por solo su

---

[A] *Idem* Glosa Tercera 31.

[B] Solórzano, V Política indiana III.

[C] Escalona, Tratado de las apelaciones del govierno Glosa Primera 15.

[D] Real Cédula del 2 de diciembre de 1608.

[E] Solórzano, V Política indiana III.

[F] Escalona, Tratado de las apelaciones del govierno Glosa Tercera 36.

[G] Príncipe de Esquilache contra Luis Ximenez Gallego, minero y dueño de ingenios de moler metales en Potosí, Real Cédula del 15 de septiembre de 1612.

ingenio y capricho, apartandose de la escrita y bien cimentada y practicada jurispericia».[A]

Desde el punto de vista del Derecho Público contemporáneo, constituye un jalón importante en la historia el control jurisdiccional de la administración que se implantó en los Reinos de Indias. Aunque la monarquía castellana se concebía como una forma de representación política distante,[B] el cálculo de mayorías a través del tiempo ejercido por las reales audiencias aportó un elemento democrático diacrónico a la administración de la Corona: el imperio de la ley.[C] A tal fin, los sistemas modernos de representación política sincrónica aún carecen de la capacidad para reemplazar la democracia a través del tiempo calculada por los tribunales. Nuestra tesis es que la democracia y el Estado de Derecho deben ser defendidos con idéntica intensidad. La experiencia prueba que la democracia sincrónica puede usurpar las libertades e incluso avalar gobiernos despóticos. Éste es un planteamiento que la democracia no podría resolver por sí misma, salvo que esté subordinada al control jurisdiccional, que comporta la única manera de evitar su desnaturalización. Si rastreamos el origen del control jurisdiccional lo encontraremos en el Derecho Indiano, ese maravilloso episodio de nuestra historia cuando las actuaciones de gobierno estuvieron sujetas a una tutela judicial. Y así, donde la defensa de la democracia como valor absoluto sigue justificando crecientes incursiones del Estado contra las libertades ciudadanas, en aras de los valores democráticos, se nos presenta el desafío de fortalecer la estructura del Estado de Derecho: he ahí la mayor lección del Derecho Público de los últimos doscientos años.

[A] Solórzano, V Política indiana VIII; véase Juan Francisco Montemayor y Córdoba de Cuenca (1620-1685), Excubationes semicentum ex decisionibus Regiæ Chancellariæ Sancti Dominici insulæ, vulgo dictæ Española, totius Novi Orbis primatis compaginatas editio (1667). Gayo (110-180) puntualiza que el Derecho Romano reconocía al razonamiento de los juristas como fuente de Derecho vigente, «*Quorum omnium si in unum sententiæ concurrunt, id, quod ita sentiunt, legis uicem optinet; si uero dissentiunt, iudici licet quam uelit sententiam sequi*». I Institutus VII (150).

[B] El pueblo no era capaz de librarse del rey a no ser que esté degenere en un tirano, «*non potest rex illa potestate privari, quia verum illius dominum acquisivit, nisi fortasie in tyrannidem declinet, ob quam possit regnum iustum bellum contra illum agere*», Suárez, VII Tractatus de Legibus et Legislatore Deo XI. En nuestro sistema representativo, el sufragio como vía para la elección y reelección aproxima más a representados y representantes.

[C] En ese sentido cabe recordar que dos naciones de Iberoamérica se fundaron sobre la jurisdicción territorial de audiencias indianas: Bolivia, de la Real Audiencia de Charcas; y Ecuador, de la Real Audiencia de Quito.

Epílogo

La teoría de elección pública

Cabe preguntarse: ¿Nos inclinamos ante las demoledoras críticas de la teoría de elección pública? El cabildero se especializa en facilitar la aprobación de medidas o proyectos de ley, tratando de influir en las decisiones de los legisladores; se adhiere a un principio eminentemente democrático en la perspectiva de que es él o ella quien informa a los representantes políticos con datos y cifras, de que ciertas medidas son orientadas hacia una mejora según el criterio de Pareto o de Kaldor-Hicks, para que los políticos que tienen que negociar un acuerdo social dispongan de elementos de juicio suficientes. Los políticos no son ingenuos ni puede embaucárseles; tienen conciencia de que deben competir e interactuar recíprocamente unos con otros,[A] y se hallan sujetos a la misma restricción: tienen necesariamente que dar compensaciones a la población, lo que constituye una restricción de costo-beneficio.[B] El keynesianismo subrayaba las debilidades de la economía de mercado; la nueva ideología de la teoría de elección pública adopta el mismo enfoque cuando se propone exponer los defectos intrínsecos, y supuestamente graves, del proceso político. En Iberoamérica el debate ya no gira en torno a lo eficaz de la democracia sino al imperativo de instituir y consolidarla lo antes posible; por ello, debe contemplarse con circunspección la teoría de elección pública, tomando siempre en cuenta que sus críticas sólo son destructivas,[C] e incluso carentes de originalidad. Superado el ciclo de predominio de los caudillos bárbaros aparecidos en las feraces tierras del continente americano en el siglo XVIIII, tragicómicos por partes iguales, en una etapa siguiente —que todavía no

---

[A] Donald Wittman (1942-), Why Democracies Produce Efficient Results, 97 Journal of Political Economics 1395 (1989); The Myth of Democratic Failure: Why Political Institutions are Efficient (1995).

[B] Confer Buchanan, The Limits of Liberty, Between Anarchy and Leviathan XVIIII (1975).

[C] La realidad es que la amenaza de la violencia social existe ya en un ambiente político. Es creíble, real y fundada, con la perspectiva de que mueran miles de personas si no se logra un acuerdo social. Y, a diferencia del esquema explicativo de la extracción de rentas de McChesney, la clase política tradicional representa los intereses de la sociedad. Tenemos que exigir a los políticos capacidad de negociación porque de ellos depende lograr que el problema social se solucione de forma pacífica.

se agota— de reconstrucción de la sociedad y la economía iberoamericana, Eliodoro Camacho (1831-1899) exponía:

«Consideremos el cohecho electoral bajo su aspecto económico. A menos que los partidos persigan el propósito de llevar al poder una gran idea social, los gastos electorales en gran escala serán siempre mercantiles, y como tales, consumos anticipados que se reembolsan con más o menos creces según los resultados del negocio. Mas, como el sufragio popular produce gobierno, pero no riqueza, resulta, pues, que el reembolso del capital y las utilidades apetecidas, han de salir forzosamente de combinaciones financieras o manipulaciones más o menos hábiles del gobierno sobre las rentas fiscales o hacienda nacional».[A]

Sin embargo, en la época que lo anterior era escrito, el sufragio popular en Iberoamérica se encontraba restringido a unos pocos. Desde el logro del sufragio universal, de Tocqueville observa que uno tendría que comprar a demasiados individuos al mismo tiempo para lograr su propósito.[B] Precisamente, nuestra tesis consiste en que se deben pagar precios político-jurídicos por los perjuicios que ocasionamos a los demás individuos, y uno de los planteamientos del presente libro es demostrar que aquella restricción de costo-beneficio que impone el principio mayoritario a la sociedad, sujeto al imperio de la ley, es capaz de corregir las ineficiencias sincrónicas del mercado político. La literatura existente sobre la acción colectiva homogeneiza al criticismo cuando sostiene, basándose en que los mercados políticos no son eficaces, que un grupo político, aunque sea reducido, si está bien organizado, es capaz de imponer sus intereses sobre la mayoría política inoperante. Cabe resaltar que nosotros no compartimos este concepto. Los tribunales corrigen uno de los problemas más importantes relacionados con la acción colectiva, es decir, la imposibilidad de los individuos que existen en momentos aislados del tiempo para defender conjuntamente sus intereses políticos, los cuales el mismo individuo quiere lograr a costa de un gran sacrificio personal. Es otro enfoque proveniente de la tradición de la escuela de Chicago: sin prestar atención a las críticas de la teoría de elección pública, la doctrina resalta la importancia de los tribunales de justicia como vehículo para asegurar la eficiencia.[C] Cabe destacar que, al criticar la

---

[A] Exposicion que dirige a sus conciudadanos el jefe del partido liberal general Eliodoro Camacho 48-49 (1889).

[B] II De l'empire démocratie en Amérique (1835).

[C] Paul Rubin (1942-), Why is the common law efficient? 6 The Journal of Legal Studies 51 (1977); George Priest (1947-), The common law process and the selection of efficient rules, 6 The Journal of Legal Studies 65 (1977).

«*simultaneity of decision*» del proceso electoral, como factor de participación política legítima en una sociedad democrática, y que el proceso de elección democrático «*must involve all the community, not simply those who are directly concerned*», Stigler no toma en cuenta la función diacrónica del sistema judicial a la que nos hemos referido con anterioridad, ni la de emitir medidas concretas en casos particulares.[A]

En el mercado político, el voto comunica las preferencias del pueblo, y el pueblo puede o no, a su vez, disponer de una información digna de confianza. A pesar de que el gobierno político-jurídico mayoritario debe resolver el problema originado por los costos de la búsqueda de información, considerado por Stigler,[B] sospechamos que la gente clama por cualquier tipo de información concerniente a asuntos que ponen en peligro sus condiciones y probabilidades de supervivencia. La opinión que tenemos sobre la naturaleza humana sugiere que la gente indudablemente va a preferir su supervivencia a la utilidad malentendida. En otras palabras, cabe puntualizar que las personas no van a dejar de hacer valer sus derechos de exclusión ya que tal situación importaría que su supervivencia se vea amenazada o que se opaquen otros intereses Pareto-potenciales. El gobierno de la mayoría debe responder a aquello que es prioritario para el pueblo, pero se necesita más diversidad en los medios frente a la excesiva concentración, que pone en peligro el ejercicio de la libertad de información. Por ello, y por alcanzar la paz y fortalecer la democracia, hay que ejercer implacablemente la libertad de prensa. La prensa escrita es la conquista más grande de nuestra civilización; es la voz libre de la opinión pública, la que señala los derroteros de la sociedad, y va abriendo la brecha del futuro. En los Reinos de Indias existía el equivalente de la libertad de prensa, que era la libertad de correspondencia.[C] En una democracia contemporánea, por medio de la prensa cualquier persona puede comunicarse con el soberano, que es el pueblo. En los Reinos de Indias, la comunicación epistolar con el soberano, que era el rey, estaba también garantizada.

En una monarquía, el poder del pueblo se confía a la discreción de una sola persona. El rey es,

---

[A] The Theory of Economic Regulation, 2 Bell Journal of Economics and Management Science 3 (1971).

[B] The Economics of Information.

[C] III Recopilacion de Leyes de los Reynos de las Indias Título XVI Leyes 4, 6-9, 16.

«un Atlante en quien descansa

todo el peso de la ley.»[A]

El enorme dinamismo económico y social del pueblo no es solamente algo difícil de manejar desde el poder político, sino que el buen gobierno se construye en los dificultosos —y en ocasiones inaccesibles— terrenos del disenso. Así, ese pequeño ‹Atlante› que siente sobre sus hombros la pesada carga del mundo, se ve obligado a nombrar consejeros reales, conformando un Consejo que ejerza las funciones judiciales y ejecutivas en los asuntos del reino. El sistema republicano moderno —que cree en la necesidad de la participación del pueblo en la toma de decisiones— hace patente su no delegación de la Supremacía de la nación a una sola persona. Sin embargo, aun este sistema confía sus funciones a las entidades del gobierno y a los tribunales, a fin de que mantengan una estricta vigilancia en lo relativo al procedimiento mediante el cual se ejecutan y hacen cumplir las disposiciones legislativas, o para que administren la Justicia con independencia de los criterios políticos y partidistas del momento. Es más, asumiendo que la democracia supone la multiplicación de los centros de poder, ante la existencia de una duda o de un conflicto de competencias resulta urgente la puesta en marcha del control jurisdiccional de los tribunales. La propia esencia del federalismo debe descansar en esta base institucional, que fue incorporada hace siglos en el sistema administrativo que los juristas hispano-lusos y catalano-aragoneses crearon, estableciéndose en América un verdadero sistema de frenos y contrapesos y no el simple predominio de un virrey, o de una legislatura colonial supeditada a los designios de la Metrópoli.

Conviene recordar que, en lo que toca al Estado de Derecho, somos los herederos de una tradición de gran sustento doctrinal: no es debido al azar que la doctrina constitucional, federal y administrativa de los Estados Unidos de América del Norte haya encontrado sus bases institucionales más firmes —a través de la obra de Solórzano[B]— en el

---

[A] Calderón de la Barca, El Médico de su honra (1635).

[B] Se encontraba el libro de la edición latina de la obra de Solórzano en el país del Norte, en las bibliotecas que existieron durante la época colonial, y es indudable que los togados en la etapa poscolonial bebieron de esa fuente inagotable que es el Derecho Indiano, algo que difícilmente podrá ser admitido hoy en día, dado el odio histórico a la fe católica por parte de los protestantes que en plena deriva de las guerras de religión del siglo XVII. Claro que las estupideces tienen una mayor audiencia que el pensamiento inteligente, y aún entre nosotros se ha cultivado cierto complejo de inferioridad que se fraguó en historias como la leyenda negra y el asedio a los valores de España propiciado por Holanda e Inglaterra. No existe, pues, una historia de Angloamérica y

confederalismo austracista de Indias, con un rey, pero reinos y administraciones diferenciados, sujetos al control jurisdiccional, pues la más elemental comparación mostraría las carencias del poco sofisticado Derecho Público del colonialismo británico,[A] pese a que los tribunales ingleses hubieren atraído la admiración del mundo entero o que el Magistrado Edward Coke (1552-1634) hubiere pretendido someter al parlamento de la Inglaterra del siglo XVII a un control jurisdiccional, pretensión que estaba condenada al fracaso porque se enfrentaba a la intolerancia del régimen parlamentario.[B] Ni podría atribuirse el haber inventado el control jurisdiccional a la Holanda del siglo XVI, a la postre de su rebelión contra el ocupante peninsular, al haber heredado una suerte de desconfianza ante el poder central.[C] Hoy en día, los países más grandes

---

de Iberoamérica, y de la convivencia fructífera y dialéctica entre ellas, un cuadro que los eruditos han de colorear con un instrumento que se llama capacidad crítica. No ss sabe casi nada de la historia jurídica de los Estados Unidos de América del Norte, en opinión de James Willard Hurst (1910-1997), The Growth of American law: The Law Makers (1950). Cabe volver la vista atrás a que el Derecho Público moderno surge de la Pax Hispánica y esa pax se fundó en los Reinos de Indias.

[A] Confer el estudio de Dicey sobre el Colonial Laws Validity Act of 1865, Introduction to the study of the law of the Constitution XI. Joseph Henry Smith (1913-), Appeals to the Privy Council from the American Plantations (1950).

[B] Dr. Bonham's Case, 77 English Reports 638 (1610), caso que a veces erróneamente se cree es un precedente para otra famosa sentencia, Marbury v. Madison, 5 U.S. 137 (1803), por la cual en los Estados Unidos de América del Norte quedó claro que cuando se opone y contrapone una ley a la Constitución, ésta última es la que ha de primar o, por el contrario, queda la Constitución maltrecha. La Inglaterra del siglo XVI, un país poco poblado y aislado del resto de Europa, ofrece un cúmulo de historias negras. Cabe traer a la memoria la emblemática imagen de la Torre de Londres: Allí, el Lord Chanciller inglés Santo Tomas Moro, protector especial y abogado ante Dios, fue decapitado en 1535 por mantenerse fiel al Papa por orden del fundador de la Iglesia Anglicana. Ni siquiera perdió la compostura en esos momentos, *Ayúdeme a subir, que para bajar me las arreglaré solo*. El Lord Chanciller, cargo de preeminencias protocolares y portador del sello real, estaba a la cabeza de una judicatura politizada y actuaba de presidente de la Cámara de Lores. Con relación al Derecho Público inglés, abunda en argumentos contra el absolutismo político de los Estuardo el alegato de Suárez, De Defensio Fidei (1613). Quienes buscaron quitarse de encima el peso muerto de un sistema de absolutismo monárquico, lo reemplazaron durante la Revolución Gloriosa de 1688 por otro sistema de absolutismo parlamentario —el sistema inglés de monarquía parlamentaria— Es una ironía de la historia que la chancillería inglesa, subordinada al monarca, retuviera mayor independencia que las reales audiencias, subordinadas al Parlamento. Se creó un sistema separado de tribunales, dando origen a la separación de *equity* y *common law* en el ordenamiento jurídico inglés. En los Reinos de Indias, en cambio, el cargo que desempeñaba el oidor de la real audiencia revestía mayor importancia que el encargado del sello real, el teniente de gran chanciller. El ordenamiento jurídico indiano incorporaba recursos procedentes de los Derechos Romano y Canónico, por tanto la misma real audiencia, que además fungía de chancillería, ejercía una jurisdicción concurrente.

[C] Confer Cornelius van Bynkershoek (1673-1743), I Quæstionum iuris publici libri duo XIIII (1737); 20 The Federalist.

e influyentes del continente americano, los Estados Unidos de América del Norte, Canadá, México, Brasil y Argentina, han adoptado sistemas federales. Y a medida que los mercados internacionales se integran cada vez más, la mera intuición parece indicarnos que los grupos económicos como el Mercado Común del Sur, la Comunidad Andina de Naciones, el Mercado Común Centroamericano, el Tratado de Libre Comercio de Norteamérica, o el Acuerdo de las Américas, acordarán en fortalecer la institucionalidad regional con la creación de nuevos órganos de justicia supranacionales, en refuerzo y complementación de los juzgados nacionales, para dirimir las competencias de una serie de órganos político-administrativos de nivel similar en cada país y coordinar adecuadamente los esfuerzos integracionistas de los pueblos iberoamericanos. La historia del Derecho ha pasado por alto la contribución seminal de los juristas de la Escolástica Barroca, en parte, por el peso e influencia de la obra del sacerdote Francisco Martínez Marina (1754-1833),[A] quien —imbuido de las ideas ilustradas— se empeñó en encontrar las nuevas doctrinas de representación política sincrónica de la Revolución Francesa en los viejos y carcomidos pergaminos de las cortes de la Península Ibérica sepultados bajo el polvo por la férrea intransigencia política de la Corona, y el centralismo a que eran tan proclives los monarcas borbones. De tal modo, y ante la ausencia de un esquema explicativo teórico del Derecho Público que no ha sido formulado probablemente hasta el día de hoy, los historiadores del Derecho no comprendieron el valor representativo diacrónico y la eficacia política de las instituciones de Indias, que se asentaban en las reales audiencias. Sólo hoy en día, a medida que se establecen instituciones jurídicas supranacionales, podremos llegar a comprender cuáles fueron aquéllas capaces de mantener la cohesión social en los dilatados reinos de Indias casi durante tres siglos sin la presencia en suelo americano de regimientos permanentes o tropas profesionales.[B]

[A] Ensayo histórico-crítico sobre la antigua legislación y principales cuerpos legales de los reynos de Leon y Castilla—especialmente sobre el código de Alfonso el Sabio conocido con el nombre de las Siete Partidas (1808); teoría de las cortes o grandes juntas nacionales de los reynos de Leon y Castilla (1813).

[B] Conviene recordar que el símbolo del dólar ‹$›, se remonta a las ‹piezas de ocho reales› acuñadas en la Casa de la Moneda de Potosí, cuyo distintivo procede de la ‹p› impresa sobre la ‹s›, que circularon durante siglos en gran parte del mundo entre los mercaderes ávidos de esa moneda respetada por su estabilidad. Cabe destacar que la riqueza minera en Potosí alentó la primera revolución industrial en Europa.

Controversia de imperio legis

La naturaleza, como el conocimiento y la cooperación humanos, sufre revoluciones. Así, en el pasado, la naturaleza destruyó especies íntegras para renovar sus formas; a lo largo de la historia de nuestro planeta, la vida ha estado sometida a periódicas extinciones masivas de especies animales y vegetales, y la destrucción fue parte del orden eterno de las cosas. Sin embargo, el ser humano es una innovación para la naturaleza. Es un animal capaz de mejorar y transformarse en forma continua. Uniendo esfuerzos con sus congéneres puede trabajar por lograr un mejor destino. En su apasionado Ensayo de una filosofía jurídica (1923), con las frases talladas como si fueran de marfil, el jurista chuquisaqueño Ignacio Prudencio Bustillo (1895-1928) explica:

«La curva de solidaridad se desarrolló en un plano que asciende incesantemente. En esto, como en muchas otras cosas, continuamos pareciéndonos a los animales. Algunas especies gregarias nos proporcionan ejemplos notables de organismos poderosamente unidos. Pero las sociedades animales no progresan porque son instintivas. Si en ellas brillara la inteligencia, sus progresos hubieran abarcado todas las formas imaginables, en cambio, nada se altera realmente en su organización. Las abejas no han modificado sus procesos para fabricar miel o para construir sus colmenas, desde las épocas en que los griegos las observaban... Es propio del hombre el imprimir a sus actos un impulso innovador».

A diferencia de lo que ocurre en la naturaleza, el ser humano debería ser capaz de adoptar formas de organización para la mayor eficiencia de su quehacer sin un rápido proceso catastrófico, y sin destruir la humanidad ni su medio. Mientras se mantiene la paz social, la democracia admite, al menos, que la masa de hombres, *et non seulement le poids d'une élite*, experimente con nuevas formas de cooperación.

La democracia y el desarrollo avanzan juntos. Como hemos comentado, las instituciones político-jurídicas mayoritarias están sujetas a una restricción de costo-beneficio. Las medidas que son mejoras según Kaldor-Hicks sólo pueden ser obtenidas mediante los órganos legislativos, las entidades del gobierno y los tribunales, siempre y cuando sea posible efectuar una compensación adecuada. Puesto que el gobierno mayoritario no se basa en elevados principios sino en la cruda necesidad, para obtener la aprobación de la mayoría deberá ofrecer una compensación adecuada para las inevitables externalidades negativas —netas— sufridas por terceros como resultado de nuestras actividades —de las actividades de toda la sociedad— En la sociedad contemporánea, dos tipos fundamentales de instituciones representan la voluntad de la mayoría: *las instituciones políticas sincrónicas* y *las instituciones jurídicas diacrónicas*. Las señales mayoritarias sincrónicas y diacrónicas materializan el concepto del imperio de la ley y, en tanto en cuanto los cambios para la maximalización de la riqueza puedan realizarse en las formas de cooperación productiva, la sociedad llevará a cabo una revolución racional.[a]

¿Cuándo hay descontento en el pueblo? Nuestra opinión es que la gente permanece satisfecha siempre que las condiciones de la vida no se deterioren. Paradójicamente, la historia refleja que las revoluciones estallan precisamente cuando se puede advertir una mejora material. En l'Ancien régime et la révolution (1856), de Tocqueville rememora, «*en 1788 Bordeaux était un centre commercial plus animé que Liverpool, et... récemment le progrès de commerce d'outre-mer a été plus rapide en France qu'en Angleterre*». ¿Cómo se puede rectificar esa discrepancia con la crónica histórica? Introducimos pues la noción, que invariablemente conservan los economistas, que los beneficios constituyen costos de oportunidad. Cabe destacar que siempre que el conocimiento aumenta, de forma que existe mayor disponibilidad de mejoras según el criterio de Kaldor-Hicks que las que se están adoptando en la práctica, o cuando no se estipula una compensación por rehusar llevarlas a cabo, la gente pierde estos beneficios y se torna descontenta. De esta manera el desarrollo promueve el descontento. Quizás, con los grandes avances en *know-how* en el mundo desarrollado, hoy en día hay más cambios ejecutables y disponibles según el criterio de Kaldor-Hicks para los pueblos de naciones en vías de desarrollo, que también pueden ser implementados con mayor rapidez. Esta tremenda posibilidad de mejora es la causa de la permanente inestabilidad de estas naciones.

¿Cuándo debe el Estado tomar a su cargo una actividad, y cuándo debe dejarla a la iniciativa privada? Coase nos demuestra que la iniciativa privada es capaz de organizar con éxito cualquier actividad, inclusive aquéllas que se consideran por tradición dentro de la esfera

---

[a] En palabras del jacobino Saint-Just, no puede haber libertad para quienes conspiran contra la libertad. En suma, el verticalismo supremo y la falta de canales para el quehacer político con una incapacidad para construir acuerdos, terminan por darle forma a un ambiente ominoso del que difícilmente podremos librarnos los iberoamericanos; a menos, claro está, que se resolviera el problema de la intolerancia que nos lleva a cometer los despropósitos que ahora padecemos todos. ¿Se trata de una protesta con pretensiones legítimas, o una propaganda política con un gran contenido de incitación a la violencia?

gubernamental, como la administración de los faros de navegantes.[A] De todas maneras, para llevar a cabo estas tareas se requiere de instituciones que cimienten la ayuda recíproca entre las personas que se van a beneficiar con ellas. Como contrapartida, también debe establecerse la posibilidad de excluir de los beneficios a aquellos que dejan de contribuir a su producción o provisión y la negociación competitiva.[B] El excluir a las personas que se benefician interiorizaría las externalidades positivas que resultan de dichas actividades. Mientras estas condiciones institucionales no se den, el aparato coercitivo del Estado seguirá procurando tales empresas.

Aquí cabe recordar aquella orfandad de la intelectualidad iberoamericana que se encuentra en una situación de pasmo y anquilosamiento ante algunas explicaciones del subdesarrollo, como la teoría de la dependencia,[C] por la que se explica que la manera en que un país está integrado en el sistema capitalista mundial es la causa fundamental de sus dificultades a la hora de obtener mejoras en el bienestar de los ciudadanos. Precisamente por eso resulta interesante referirnos a la ola de críticas y dudas sobre las llamadas instituciones de Bretton Woods. Lo alarmante no es la aparición de esas corrientes dogmáticas y obtusas, sino la ausencia de debate en torno a sus propuestas metodológicas. Tenemos que romper con ese preconcepto de la fatalidad de la pobreza. Para alcanzar de forma sostenida un crecimiento económico no basta incorporarse al mercado mundial y seguir las reglas de un juego competitivo, sino que hay que fortalecer el Estado de Derecho. Entre las más recurrentes justificaciones para promover la intervención gubernamental en la economía, está la necesidad de financiamiento estatal en los sectores considerados como estratégicos. Tal vez la brecha en los niveles de inversión en la región radica sencillamente en el fracaso de las

---

[A] The Lighthouse in Economics, 17 Journal of Law and Economics 357 (1974). Sus haces de luz, visibles desde muy lejos, benefician a todos los navegantes; no importa de donde provengan: a nadie se le puede impedir verlos; por el hecho de que un timonel los divise, otro no lo hará menos. Indivisible y no excluyente, el faro casa bien con los criterios que en el debate académico definen a un bien público.

[B] David Van Zandt (1953-), The Lessons of the Lighthouse: Government or Private Provision of Goods, 22 The Journal of Legal Studies 47 (1993).

[C] Sergio Bagu (1911-) Economía de la sociedad colonial, ensayo de historia comparada de América Latina (1949). Fernando Henrique Cardoso (1931-), Dependência e desenvolvimento na América Latina, ensaio de interpretação sociológica (1970); Política e desenvolvimento em sociedades dependentes, ideologias do empresariado industrial argentino e brasileiro (1971).

actividades de intermediación financiera —entre la demanda de capitales a largo plazo y la oferta de capitales a corto plazo— Cabe pensar que el financiamiento bursátil otorgado al sector privado representa el otro lado de la moneda del concedido por el sistema de banca comercial. Ante la crónica falta de disponibilidad de recursos crediticios, es vital fomentar en Iberoamérica una plataforma para el financiamiento bursátil dirigido a proyectos de inversión, que constituya una opción para empresas que buscan financiamiento para desarrollar sus operaciones o la ampliación de capital para promover oportunidades de negocio o financiar proyectos que prometen un retorno más atractivo por las economías de escala; para lograr que los emprendedores obtengan financiamiento y así puedan competir ventajosamente aun en sectores que no conllevan altos costos de entrada.[A] Cabe recordar que el desconocimiento y la falta de comprensión sobre el funcionamiento del mercado de capitales ahora mismo condena a millones de iberoamericanos al desempleo y la migración, todo por causa de la ausencia interna de lo que más se necesita: un mercado maduro de intermediación financiera, el cual no se dará sino hasta que lograremos ver que sean las constantes, como condición esencial del proceso de integración económica, las instituciones democráticas bajo el imperio de la ley.

A modo de conclusión, diremos que el sistema político-jurídico de gobierno mayoritario *sometido al imperio de la ley* constituye una manera de racionalizar la revolución. En los países en vías de desarrollo, lo que debe hacerse es reemplazar la revolución violenta por la revolución jurídica. La revolución es, por definición, una ampliación explosiva de la productividad, que rompe las barreras petrificadas que cierran el paso a la movilidad social. Pero al irrumpir y consolidarse los resultados de la revolución, van siendo mediados por las formas de autoridad. Una revolución es un cambio, y un cambio es ansiado cuando proporciona bienestar al pueblo. A medida que los cambios son implementados, dando compensaciones a la gente por sus pérdidas, se propicia una constante mejora en el nivel de calidad de vida. Por ello, para el desarrollo económico de estos países hay que implantar el imperio de la

---

[A] Uno de los aspectos más problemáticos de la economía iberoamericana es la falta de competencia que se evidencia, que trae aparejada los ya conocidos problemas de ingentes e insufribles ineficiencias de gestión y nepotismo, mayores precios y menor diversidad de servicios con el respectivo perjuicio para el consumidor en el país. No cabe duda que es imprescindible seguir avanzando en su recuperación económica a través de un sistema de intermediación financiera debidamente consolidada y saneada, que cumpla eficazmente con su función.

Controversia de imperio legis

ley, y no, como denuncia el economista peruano Hernando de Soto (1941-), el sistema actual «sin consulta ni control público».[A] ¿Y qué decir del enfoque que adoptamos? En la Bolivia de los albores del siglo XX, Sánchez Bustamante planteaba la relación entre el Derecho y la economía de la siguiente forma:

«La economía y el Derecho reposan sobre las mismas bases: la responsabilidad, la propiedad y la libertad, y tienen una común tendencia: lo más favorable para el perfeccionamiento humano. El camino recto hacia el bien, es hacer económicamente lo más útil. El filósofo francés Filemón Deriosin (1825-1910) dice: *que lo útil es el aspecto práctico de los Justo, y lo Justo el aspecto moral de lo útil*; y el economista belga Emilio Laveleye (1822-1892) agrega: *en manera alguna pueden contradecirse estos términos, y si hay contradicción aparente, elegid lo que es justo en la seguridad de que haréis lo que es útil. Buscad por de pronto la justicia, y lo demás se os dará por añadidura*. El Derecho está sufriendo modificaciones prácticas, a medida que la economía va encontrando los mejores medios de procurar la felicidad, y el proceso económico se desenvuelve acompañado de las luces desprendidas del ideal de la justicia. Por eso cada problema económico se resuelve en un problema legislativo: la necesidad se traduce en la ley».[B]

La tarea del siglo XXI radica precisamente en recuperar un buen destino para Iberoamérica, pacífico, integrador y progresivamente justo. Ahora podemos saber que puede producirse un renacimiento de la acción que vindique la equidad y la productividad, con la convicción de que las nuevas tecnologías están al servicio del desarrollo de los pueblos. Pasadas las tentaciones abstractas del siglo XX, estamos en buenas condiciones para volver a la tolerancia. Reconozcamos humildemente que es el deber de todos nosotros, en una etapa de la ruptura de fronteras entre Estados, impedir la reaparición de los -ismos más renegridos del pasado, que se pasearon por el mundo como un espectáculo inasible, indescifrable e irresistible. En concreto, de hoy en adelante deberá acometerse la creación en el ámbito regional de instancias jurisdiccionales de carácter supranacional que instalen el ejercicio pleno del Estado de Derecho.

[A] El otro sendero VI (1987). Debemos rechazar enfáticamente la posición del jurista estadounidense Richard Posner, en Creating a Legal Framework for Economic Development, 13 World Bank Research Observer 1 (1998), quien cuestiona la singular importancia de la consolidación del Estado de Derecho y de la independencia del Poder Judicial para el desarrollo de los pueblos. Innecesario es decir que el artículo de Posner reproduce la mordaz sátira del irlandés Swift, pues la manera de concretar una legislación clara y eficiente, con derechos de propiedad confiables y exenta de reglamentos y cargas burocráticas excesivas, es mediante la tutela de los jueces.

[B] Principios de derecho 139-140.

análisis económico del Derecho, D, 8, 18, 66-67, 107

Barroco, H, 10, 16, 22, 38, 44, 50, 99

Chicago, D, H, 10, 24, 27, 55, 65, 89, 98, 107, 120

Chuquisaca, H, 27, 55

coalición, 2, 5

constitucionalismo, 13, 91

democracia, 5, 59, 78, 104, 118, 119, 121, 122, 125

Derecho Natural, 7, 8, 9, 11, 97

economía neoclásica, 30, 52, 54, 64, 65

elección racional, F, J, 18, 28

Estados Unidos de América del Norte, 10, 18, 21, 26, 98, 111, 113, 115, 122, 123

humanismo, J, 8, 10, 11, 22, 23, 25, 27, 44-45, 74

Ilustración, 9, 40-43, 73-74

ius naturale secundarium, F, H, 20, 26-28

jurisprudencia, 6, 91, 93, 95, 100, 104, 106, 112, 117

mayoría diacrónica, A-B, J, 92, 94-96, 99, 102, 112, 5, 6

mayoría sincrónica, A-B, 95-96, 112, 5, 6

modernidad, H

Paradoja de Condorcet, 31, 61, 78, 96

positivismo, 18, 38, 40, 106

preferencias, 28, 30-31, 34, 55, 106, 121

racionalismo, I, J, 9, 48, 51, 61, 73, 99, 100

racionalista, I, 12, 14, 42, 50, 61, 100

Razón, H, J, 9, 41, 43, 73, 100

Reinos de Indias, 26, 113, 115, 117, 118, 121, 123

Renacimiento, 16, 25, 44

revolución científica, 9, 24

Revolución Francesa, 31, 59, 124

revolución ordinalista, 27, 65, 74

Siglo de Oro, H, 27, 45, 48, 83

teología, I, 11, 18, 22, 25

teoría de elección pública, G, 119-120

teoría de señales, 59, 64

teoría de juegos, 54, 60, 64, 95, 107

voluntad, I, 3, 11, 25-28, 34-40, 42, 45, 52, 55, 60, 68, 71, 92, 94-95, 98, 113-14, 125

Emblemata de origine iuris

Plebis Vis

> You respect the rights of man — I don't, except those things a given crowd will fight for.
>
> —Oliver Wendell Holmes, Jr. (1841-1935)

Juan Javier del Granado

La conjura sobrevino tal día como hoy,

el pueblo tan largamente expoliado, lleno de indignación,

se transformo en turba

y llegó con palos y piedras

hasta los altos muros del palacio de Gobierno.

En un crispado choque entraron

y asesinaron al mandatario:

Lo arrojaron por el balcón,

arrastraron su cuerpo varios metros

y lo colgaron de un farol.

Emblemata de origine iuris

Est phoenix auis unica singularissima, in quo totum genus seruatur in indiuiduo.

—Baldus (1327-1400)

Juan Javier del Granado

La corona del sol

en llamaradas extiende las alas a ambos lados de la luna

para reemprender el vuelo de un ave.

Es el ave Fénix que empieza a arder,

pero sonríe

porque sabe que resurgirá de sus propias cenizas.

Es el individuo que

reclama el derecho que le asiste.

Los siguientes dos esquemas teóricos no encierran la realidad cotidiana de la política y del Derecho; los juegos fueron ideados para poner de manifiesto únicamente ciertos aspectos concretos de la violencia que late bajo la superficie de la sociedad. Los integrantes del juego que compiten son Facción y Todos los demás —dos colectivos de jugadores o jugadores colectivos— y Natura. De entrada, Natura genera dos tipos de Facción: en el Juego de El Che, una mayoría sincrónica o una minoría sincrónica; en el Juego de Santo Tomás Moro, una mayoría diacrónica o una mayoría sincrónica. Cabe destacar que Facción puede observar la acción de Natura, y conoce con absoluto detalle su propia capacidad de lucha así como sobre la de Todos los demás; mientras que el adversario que tiene enfrente, Todos los demás, no puede observar la acción de Natura, e ignora por completo su propia capacidad de lucha así como la de su oponente. Cabe resaltar que esta suposición no está totalmente desprovista de realismo social, porque la formacion de una coalición implica un larguísimo proceso de diálogo y consulta, que a la vez supone una experiencia de autoconocimiento. Facción comunica a Todos los demás su tipo mediante una señal de consecución o una señal de estrategia. En el Juego de El Che, la señal de consecución consiste en convocar un comicio general, y la señal de estrategia en liderizar un foco guerrillero. La consecución de un comicio general no deja duda alguna sobre la composición de la mayoría, a diferencia del surgimiento de la guerrilla que pretende abogar por la mayoría de la población. En el Juego de Santo Tomás Moro, la señal de consecución consiste en presentar un argumento jurídico, y la señal de estrategia en someterse a un martirio. El requisito de que haya infligídose un agravio concreto en particular al litigante, que pueda repetirse a lo largo del tiempo, hace que el razonamiento jurídico revele analogías con otros casos concretos en el tiempo, a diferencia de la disposición ideologizada al martirio del protagonista. En ambos juegos tras recibir la señal, Todos los demás tiene que elegir entre la paz o la guerra.

Suponemos que es enorme el coste económico de la violencia, contando el coste en vidas humanas, sufrimiento y desolacion.

$C_{W\min}$ es el coste que supone para la minoría la lucha social.
$C_{W\maj}$ es el coste que supone para la mayoría la lucha social.

$C_{W\min}, C_{W\maj} \gg 0$

Suponemos que, en el espacio de la lucha social, la mayoría logra salir siempre airosa frente a la minoría; que el coste de la lucha armada es invariable para la mayoría o para la minoría sin tener en cuenta su

A

tamaño absoluto; su tamaño relativo siendo el factor determinante. Y que el coste que supone para la minoría la lucha social es mucho mayor que para la mayoría.

$C_{Wmin} \gg C_{Wmaj}$

El coste de la violencia recurrente de la mayoría diacrónica no se descuenta a través del tiempo para la mayoría sincrónica, porque si bien una amenaza pierde valor luego que la escalada de violencia consume a toda la sociedad, con la violencia recurrente éste se regenera. Vaya por delante nuestra convicción que la violencia recurrente sólo trae consigo pobreza y miseria. El coste de la violencia recurrente a lo largo del tiempo para la mayoría sincrónica es mucho mayor que el valor presente del recurso para el ganador.

G es el valor del recurso para el ganador.

$\sum_{t=-\infty}^{t=\infty} C_{Wmaj} \gg G, \quad \sum_{t=-\infty}^{t=\infty} C_{Wmaj} \neq \infty$

p, q es la creencia que **Natura** ha convertido a **Facción** en una minoría sincrónica.

g, h es la creencia que **Natura** ha convertido a **Facción** en una minoría diacrónica.

$0 < p < 1, 0 < q < 1, 0 < g < 1, 0 < h < 1$

Suponemos que el coste de liderizar un foco guerrillero es mucho mayor que el coste de los comicios. Y que el coste del martirio es mucho mayor que el coste del litigio.

C_V es el coste de los comicios.
C_F es el coste de liderizar un foco guerrillero.
C_L es el coste del litigio.
C_M es el coste del martirio.

$C_F \gg C_V$

$C_M \gg C_L$

Es más, suponemos que son positivos todos los costes así como el valor del recurso para el ganador.

$G, C_F, C_V, C_M, C_L > 0$

B

El juego de Santo Tomás Moro

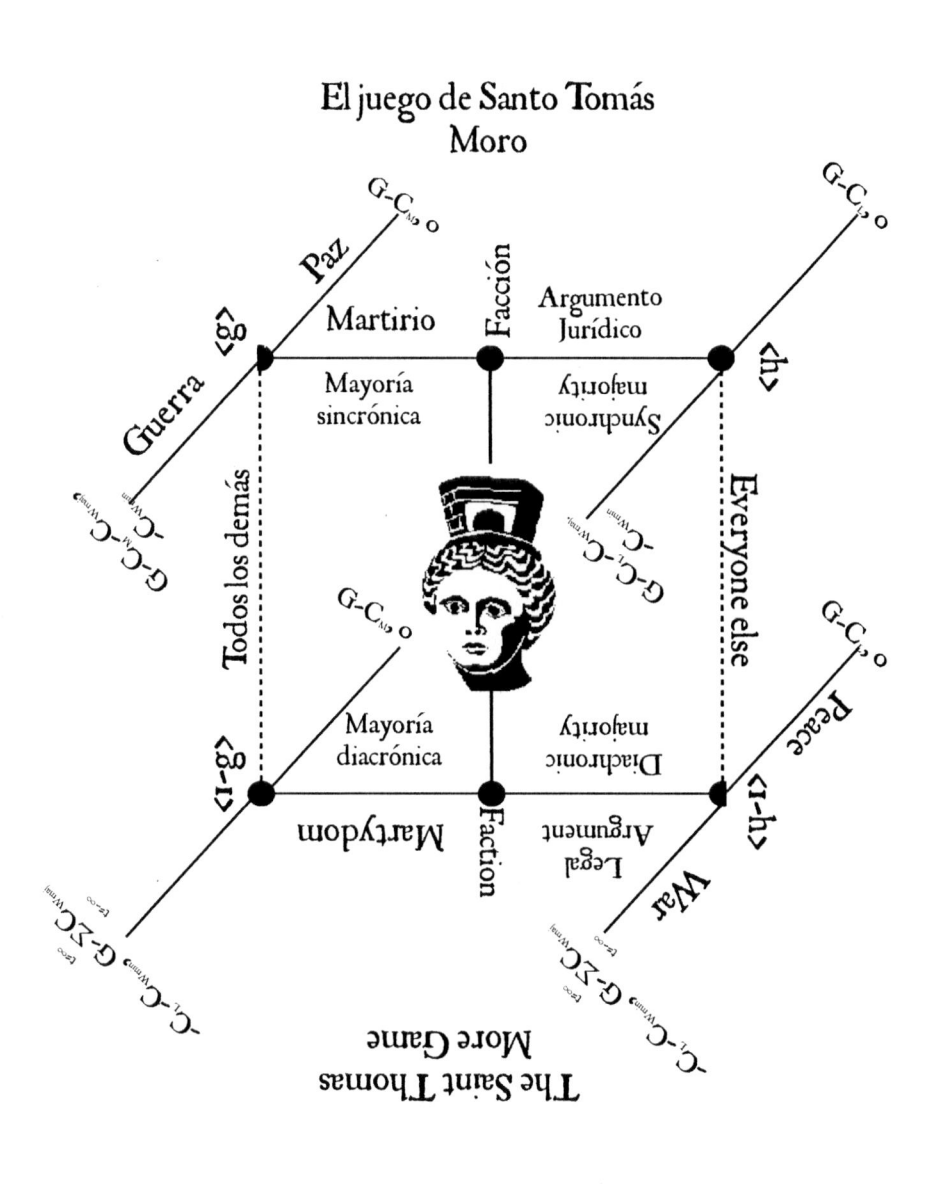

The Saint Thomas More Game

El juego de «El Che»

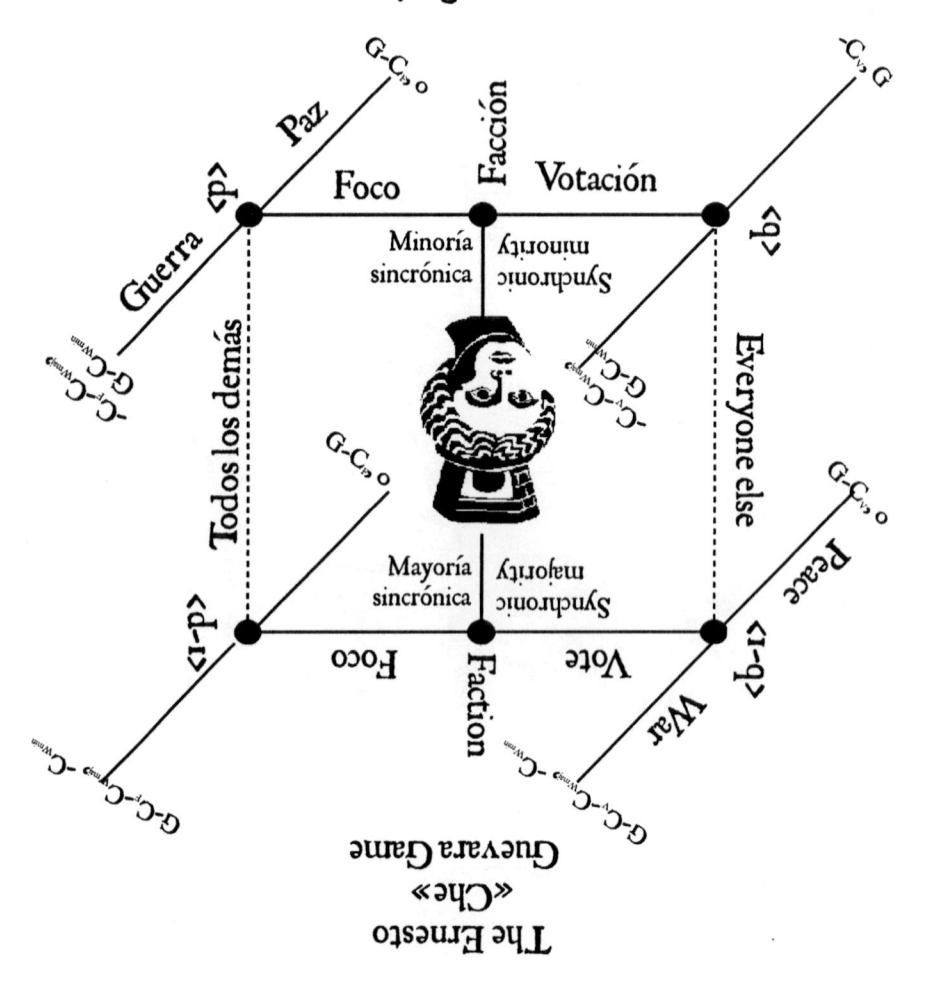

The Ernesto «Che» Guevara Game

social conflict to the minority is much greater than the cost of social conflict to the majority.

$$C_{W_{min}} \gg C_{W_{maj}}$$

We do not discount the costs of the recurrent violence expected from a diachronic majority over time for a synchronic majority. The value of a threat shortly decreases after society is swept over by violence. Yet recurrent violence regenerates this threat. We observe that recurrent violence only brings poverty and deprivation. The costs of recurrent violence over time for a synchronic majority are greater than the present value of the resource to the winner.

G is the value of the resource to the winner.

$$\sum_{t=0}^{t=\infty} C_{W_{maj}} \gg G, \quad \sum_{t=0}^{t=\infty} C_{W_{maj}} \neq \infty$$

p, q are the beliefs that Natura has made Faction a synchronic minority.

g, h are the beliefs that Natura has made Faction a diachronic majority.

$$0 < p < 1, 0 < q < 1, 0 < g < 1, 0 < h < 1$$

We assume that the cost of leading a guerrilla foco is much greater than the cost of an election. We assume that the cost of martydom is much greater than the cost of litigation.

C_V is the cost of an election.
C_F is the cost of leading a guerrilla foco.
C_L is the cost of litigation.
C_M is the cost of martyrdom.

$$C_F \gg C_V$$

$$C_M \gg C_L$$

It is assumed that all costs and the value of the resource to the winner are positive.

$$G, C_F, C_V, C_M, C_L > 0$$

B

The following two game theoretic models are not formulas meant to capture the compound realities of politics and law. They illustrate and bring to the fore only certain aspects of that violence that lurks beneath the surface of society. The players in conflict are Faction and Everyone else (two collectives of players or collective players) and Natura. Play begins as Natura makes Faction one of two types—a synchronic majority or a synchronic minority in The Che Guevara Signalling Game; a diachronic majority or a synchronic majority in the Saint Thomas More Signalling Game. Faction is able to observe Natura. As a result, Faction knows its own fighting ability, and that of its opponent. Everyone else is unable to observe Natura. As a result, Everyone else remains ignorant of its own fighting ability, or that of its opponent. It is not entirely socially unrealistic to expect that forming a coalition involves a lengthy process of dialogue and consultation that makes such groups self-aware. Play continues as Faction communicates its type to Everyone else through either a performance signal or a strategic signal. In The Che Guevara Signalling Game, the performance signal is a vote, and the strategic signal is a guerrilla foco. A vote is something objective and unambiguous, unlike a nucleus of determined fighters who take to the mountains and jungles and claim to speak on behalf of a majority of the people. In the Saint Thomas More Signalling Game, the performance signal is a legal argument, and the strategic signal is a stance of martyrdom. Unlike an ideologue bent on martyrdom, in order to bring a legal action, a litigant must show an injury in fact. This requirement enables legal reasoning to draw analogies from a concrete injury liable to be repeated over time. After receiving the signal in both games, Everyone else is allowed to choose between whether to wage war or declare peace.

We assume that the cost of social violence in human life and destruction is immense.

$C_{W_{min}}$ is the cost of social conflict to the minority.

$C_{W_{maj}}$ is the cost of social conflict to the majority.

$C_{W_{min}}, C_{W_{maj}} \gg 0$

In the models, we assume that the majority always prevails over the minority in social conflicts. Moreover, the cost of social conflict is invariable without respect to the absolute sizes of the majority and of the minority. Only their relative sizes count. We assume that the cost of

A

Juan Javier del Granado

The sun's corona

Flares like wings from the sides of the moon,

Giving the impression of a bird.

The Phoenix bird is consumed in flames.

And yet it knows

It will rise from its ashes gloriously reborn.

It's just one individual

Standing up for its rights.

Emblemata de origine iuris

Est phoenix auis unica
singularissima, in quo totum
genus seruatur in indiuiduo.

—Baldus (1327-1400)

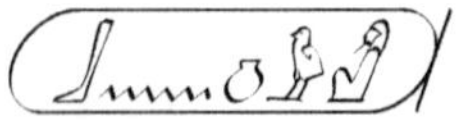

Juan Javier del Granado

It doesn't take much imagination to foresee the day

When an excited and indignant people turns into a lynch mob.

Surging through the narrow streets with clubs and stones,

They set off to storm the national palace,

Its thick dark wall looming like the face of a cliff.

A violent crash takes place.

They break through

And summarily put to death the ruler.

His body is thrown head-first from the window,

Dragged into the street

And strung up from the nearest lamppost.

Emblemata de origine iuris

Plebis Vis

You respect the
rights of man —
I don't, except
those things a
given crowd will
fight for.

—Oliver Wendell
Holmes, Jr. (1841-1935)

Baroque, J, 8, 17, 21, 31, 36, 41, 45, 47-48, 50, 64, 67, 111-112

Baroque scholastics, 8, 21, 31, 45, 48, 50, 64

case law, 85-86, 88, 95

Chicago, D, 9, 22, 24, 51, 60, 81, 89, 97, 109

Chuquisaca, 24, 50, 51, 104

coalitions, 1, 2, 28, 72, 74, 79, 81, 84, 86, 92

Condorcet paradox, 28

constitutionalism, I, J, 13, 22, 83

democracy, H, 5, 55, 72, 83, 86, 95, 99, 107, 109-110, 114, 116

diachronic majority, A-B, 86, 87, 90, 93, 94

economic analysis of law, 24, 26, 61

Enlightenment, 9, 17, 40, 45, 48, 67, 68, 113

French Revolution, 28, 55

game theory, 51, 55, 59, 60

Golden Age, 8, 22, 24, 42

humanism, I, J, 11, 17, 22, 24, 41

ius naturale secundarium, F, 18, 24, 26

Kingdoms of the Indies, 23, 36, 64, 102-106, 110, 111, 112

Mainstream economics, 28, 49

modernity, I, 38

natural law, 6, 7, 8, 9, 11, 78, 88

Ordinalist revolution, 24, 60, 68

positivism, J, 36-37, 68, 88

preferences, 6, 26, 28-29, 31, 51, 60, 67, 69, 81

public choice theory, 108, 109

rational choice, 17, 26, 28, 31, 34, 69

rationalism, 9, 45, 67, 69

rationalist, 8, 11, 12, 17, 39, 47, 56, 66, 91

Reason, 8-10, 39-41, 67

Renaissance, 11, 23, 41, 93

Scientific Revolution, 8, 22

signalling theory, 29, 55, 59, 97, 98

synchronic majority, A-B, 86, 88

will, I, 5, 26, 37, 42, 63, 86, 110, 114

theology, 11, 17, 22

United States of America, 12, 23, 100, 102-103, 111

Controversia de imperio legis

century, Sánchez Bustamante exposed the relationship in Bolivia between law and economics as follows:

«*La Economía y el derecho reposan sobre las mismas bases: la responsabilidad, la propiedad y la libertad, y tienen una común tendencia: lo más favorable para el perfeccionamiento humano. El camino recto hacia el bien, es hacer económicamente lo más útil. El filósofo francés* Filemón Deriosin (1825-1910) *dice:* que lo útil es el aspecto práctico de lo Justo, y lo Justo el aspecto moral de lo útil; *y el economista belga* Emilio Laveleye (1822-1892) *agrega:* en manera alguna pueden contradecirse estos términos, y si hay contradicción aparente, elegid lo que es justo en la seguridad de que haréis lo que es útil. Buscad por de pronto la justicia, y lo demás se os dará por añadidura. *El derecho está sufriendo modificaciones prácticas, a medida que la Economía va encontrando los mejores medios de procurar la felicidad, y el proceso económico se desenvuelve acompañado de las luces desprendidas del ideal de la justicia. Por eso cada problema económico se resuelve en un problema legislativo: la necesidad se traduce en la ley.*»[^]

It is all down to us, now. To-morrow will be what we Ibero Americans make of it. We must summon the political will to address the inadequacies of public law in the region. The 21ˢᵗ century and technological advancement wait for no one. Rather than despair of our elected governments, or sink into authoritarian populism, we must establish the rule of law through treaties that will set up supranational courts, capable of overruling the petty edicts of our national governments or without being snarled up in petty power struggles. The power of the government is based on its legitimate monopoly on violence—its exclusive possession and use of the means of collective violence subject to the supremacy of law. While political centralism is regressing in Ibero America, judicial federalism must be made a reality. Let us seize the opportunities of the future and not repeat the errors of the past. The ghosts of all those -isms do not need to stalk again the political landscape. It is certainly not inevitable that any of those things should happen. We could, if we believe in ourselves, make a better sort of world. And nothing now stops us believing, except ourselves.

[^] Principios de derecho 139-140.

companies, which are unable to compete effectively throughout the economy.[A] Debt financing is only one side of the coin of financial intermediation (which matches short-term capital supply with long-term capital needs)—equity financing is the other. Broader-based financial intermediation is crucial to maintaining sound growth and required if we are to capture the full benefit of advances in technology and trade. In Ibero America there is no shortage of investment capital— only narrower forms of financial intermediation. Financial markets should be opened up when the mechanisms and institutions needed to underpin a free market are in place. If we want to move from an economic relationship towards an evolving economic integration, there must be a common understanding of the primacy of the rule of law.[B]

To conclude, we see the majoritarian politico/legal system of government *subject to the rule of law* as a way of rationalising revolution. In developing nations, what must be done is substitute peaceable change for a state of reckless, runaway revolution. Revolution, by definition, is discontinuity. Revolution is upheaval, and in upheaval there is resistance and confusion. Yet not all upheaval is messy, chaotic, excessive, brutal, authoritarian, or undemocratic. Revolution is supposed to change everything, and changes are desirable when they raise the standard of living and get people out of poverty. When politico/legal changes are implemented by compensating people for their losses, the economic lot in the nation is improved. Therefore, in economically developing nations, we must take the final step necessary to give substance to democracy— the establishment of the rule of law, and not a system, as Peruvian economist Hernando de Soto (1941-) denounces, «*sin consulta ni control público.*»[C] And what of the approach we take? At the dawn of the 20th

[A] Less competition throughout the economy typically leads to higher costs for consumers, lower levels of service, complacency at management level, nepotism as usual, and a host of other ills in Ibero America. We must understand the financial intermediation process and its relationship to the real economy.

[B] No point opening up a financial market when there is no proper banking regulation, or privatising when the rule of law does not adequately protect private property.

[C] El otro sendero VI (1987). Richard Posner adopts something of a contradictory position in Creating a Legal Framework for Economic Development, 13 World Bank Research Observer 1 (1998). Surely the importance of the rule of law and the independence of the judiciary could not be overemphasized for economic development. Posner's article is so close to satire that even a Swift might be paralysed. After all, the accepted wisdom casts judges (Posner is one) as the directive agents in the development of efficient laws.

Controversia de imperio legis

world, more Kaldor-Hicks-enhancing changes are available to-day (faster) to people in the developing nations of the world. The possibility that improvements can be set in place at the stroke of a pen has been a cause of permanent political instability in these nations.

When must goods and services be provided by the government, and when, by private enterprise? Coase demonstrates that private enterprise is able to organise the provision of any good or service, even those traditionally thought of as public goods, such as lighthouse services for mariners.[A] Yet, to carry out these tasks, institutions that cement co-operation between the people who will benefit from them are needed — exclusion from goods and services of consumers who refused to pay for their production and, competitive bargaining.[B] By excluding those who benefit, positive externalities can be internalised. While these institutional conditions are not given, the coercive apparatus of the state often provides these services and goods. For years Ibero American intellectuals have been mired in doctrinal debates that have been distinctly unprofitable. The conventional diagnoses that have been offered during the past century for our ills (imperialism, dependency theory,[C] criticism of the Bretton Woods institutions) are demonstrably inadequate. These diagnoses largely ignore the obvious. A lack of the be-all and end-all of good governance — the rule of law stands in the way of progress.

One of the usual arguments that are used to justify a growing governmental intervention in the economy is the need for state finance. Weak capital markets are key obstacles to obtaining private funds and choke off opportunities for entrepreneurs and companies. It is fine to rely on free markets even where economies of scale are significant and entry costs high. Yet without financial intermediation, even low entry costs become virtually prohibitive, hobbling entrepreneurs and

---

[A] The Lighthouse in Economics, 17 Journal of Law and Economics 357 (1974). Lighthouses have been a classic example of public goods — all mariners within sight of a lighthouse can take advantage of its beacon as they navigate, regardless of whether they have helped to pay for its construction or upkeep.

[B] David Van Zandt (1953-), The Lessons of the Lighthouse: Government or Private Provision of Goods, 22 The Journal of Legal Studies 47 (1993).

[C] C Sergio Bagu (1911-) Economía de la sociedad colonial, ensayo de historia comparada de América Latina (1949). Fernando Henrique Cardoso (1931-), Dependência e desenvolvimento na América Latina, ensaio de interpretação sociológica (1970); Política e desenvolvimento em sociedades dependentes, ideologias do empresariado industrial argentino e brasileiro (1971).

democracy allows the masses of men and women, *et non seulement les élites,* to experiment with new forms of productive co-operation. Such prolific experimentation has never been replicated in nature. Democracy and development go hand-in-hand. It is imperative that we strengthen democracy in order to promote development in a region that has known too little of both. As we have discussed, majoritarian politico/legal institutions are subject to cost/benefit constraints. Kaldor-Hicks-improvements can only be obtained from legislatures, government agencies and the courts when adequate compensation can be made. Since majoritarian government is not based on higher principle but on crude necessity, to meet with the approval of the majority, adequate compensation must be made for the inevitable (net) negative externalities suffered by others as a result of our economic activities (of the activities of all of society). In modern society, two basic types of institutions represent the will of the majority—*synchronic political institutions* and *diachronic legal institutions.* Synchronic and diachronic majoritarian signals actualise the rule of law. Inasmuch as wealth-enhancing changes can be brought about in forms of productive co-operation, society will undergo a rational revolution—a matter of pragmatic balance without spilling buckets of blood.[A]

What causes people to think that a sweeping change is in order? When do people become discontented and unhappy? We may think people remain content and happy as long as their lot in life is not deteriorating. However, on the contrary, history reveals that revolutions erupt precisely when material improvement is becoming manifest. In l'Ancien régime et la révolution (1856), de Tocqueville recalls—«*en 1788 Bordeaux était un centre commercial plus animé que Liverpool, et... récemment le progrés de commerce d'outre-mer a été plus rapide en France qu'en Angleterre.*» How do we rectify the incongruity of the historical record? We bring in the notion, which economists invariably retain, that benefits are opportunity costs. When knowledge augments so that a greater number of Kaldor-Hicks-improvements are available than those being adopted in practice, or when compensation is not provided for refusing to undertake them, people must lose these benefits, and become distressed and unhappy. Accordingly, development stirs up discontent. Perhaps, with the great strides made in know-how in the developed

---

[A] Saint-Just's cry, *qui refusait la liberté aux ennemis de la liberté,* has echoed down all the succeeding centuries. It is violent, it is intolerant, and it is fanatical beyond measure. Just where is the line between legitimate protest and incitement to violence or rebellion?

Controversia de imperio legis

was with Enlightenment ideas) sought to find elements of synchronic popular representation in the legal past of Spain in the institution of the *cortes* (parliament) within the Peninsular kingdoms. Unfortunately until now there has been no tractable, parsimonious model that explains the rule of law. Lacking such a model, legal historians missed the vital diachronic representative element in American legal institutions—the *audiencias* (courts of law). Only now, that we will push ahead with supranational regional institutions, will we realise what social glue and cohesion held together the extraordinarily diverse and ethnically splintered Kingdoms of the Indies for nearly three centuries without the maintenance of standing armies—full-time, professional military forces only very gradually began to be established in the Kingdoms of the Indies during the late 18th century.

Nature as well as human knowledge and co-operation, all undergo revolutions. Nature shuffles and reshuffles its deck catastrophically. Nature likes to do a clear-out every now and again—an event of great consequence in setting the course of life. Periodic mass extinctions make room for new species. Human beings are a radical innovation in the natural order. Human beings are able to revolutionise the way we work and live. We are animals capable of constantly improving and transforming ourselves. By co-ordinating efforts with others of our species, we shape our destinies. In his passionate book Ensayo de una filosofía jurídica (1923), as obviously masterful as any written in the 20th century, the much-respected Professor of Civil Law at Chuquisaca Ignacio Prudencio Bustillo (1895-1928) explains:

«*La curva de solidaridad se desarrolló en un plano que asciende incesantemente. En esto, como en muchas otras cosas, continuamos pareciéndonos a los animales. Algunas especies gregarias nos proporcionan ejemplos notables de organismos poderosamente unidos. Pero las sociedades animales no progresan porque son instintivas. Si en ellas brillara la inteligencia, sus progresos hubieran abarcado todas las formas imaginables, en cambio, nada se altera realmente en su organización. Las abejas no han modificado sus procesos para fabricar miel o para construir sus colmenas, desde las épocas en que los griegos las observaban... Es propio del hombre el imprimir a sus actos un impulso innovador.*»

When human beings discover better forms of productive co-operation, we are able to carry out improvements without an unheralded Armageddon wreaking havoc on the human species or destroying civilisation as we know it. We have the collective power to change the political, economic and social order without destroying ourselves—and indeed all of humankind. Beyond this, while keeping the peace,

insofar as Coke's dictum reflected an effort to establish judicial review, it was recognised as an out-right failure rather than an affirmative precedent. The Dutch federation, based on the Union of Utrecht of 1579, conspicuously failed to institutionalise judicial review.[A] The Anglo American framers, to be sure, did not pluck the concept of judicial review from the void. They found support for it nearly three centuries earlier. It was set forth systematically in Solórzano's writings—which would have been as widely available as the standard coin of trade in the English colonies, the Spanish milled dollar.[B] To-day, the American continent's largest nations, the United States, Canada, Mexico, Brazil and Argentina, all have adopted federal systems of government. Plans are also underway to strengthen the links between markets in the Americas. As economic integration gathers pace, trade blocks such as the Mercado Común del Sur, the Comunidad Andina de Naciones, the Mercado Común Centroamericano, the North American Free Trade Agreement, or the Accord for the Americas, may eventually set up the supranational legislative, executive and judicial organs that have been fashioned by the European Union. As Ibero Americans put forth a collaborative effort in the 21st century to create the institutions that will promote regional development, we must reach into the past to help build the future. In part, legal history has missed the contribution of American Baroque scholastic jurists to public law because of the weight and influence of Francisco Martínez Marina (1754-1833)[C] who (imbibed as he

---

dependent on Parliament. In England, the Lord Chancellor, bearer of the Great Seal, was the first subject of the realm. A separate system of courts arose in English law, giving rise to the separation between equity and common law. In the Kingdoms of the Indies, *gran chancilleres* also guarded the royal seal, but judges emerged as the pre-eminent official over viceroys and governors. Within the system inspired both in the Roman and canon laws, courts exercised concurrent jurisdiction and provided both legal and equitable remedies.

[A] See Cornelius van Bynkershoek (1673-1743), I Quæstionum iuris publici libri duo XIIII (1737); 20 The Federalist.

[B] The United States Dollar is modelled after a Spanish coin called the ‹Piece of Eight› (worth eight Spanish *Reales*). It was widely used in the English colonies before the adoption of the United States dollar in 1785, preferred because it was invariably of good quality silver, of a consistent fineness and of a regular weight. The exact origin of the dollar sign ‹$› comes from ‹p› superimposed over ‹s› as the mark for the Potosí mint. In the mid-16th century, the silver discovered at Potosí (now in Bolivia) had established it as the money-making hub of Spain's vast empire.

[C] Ensayo histórico-crítico sobre la antigua legislación y principales cuerpos legales de los reynos de Leon y Castilla—especialmente sobre el código de Alfonso el Sabio conocido con el nombre de las Siete Partidas (1808); Teoría de las cortes o grandes juntas nacionales de los reynos de Leon y Castilla (1813).

Controversia de imperio legis

are increasingly called upon to resolve complex jurisdictional issues. Courts are well placed and equipped to address difficult procedural issues and give authoritative and binding interpretations of matters of law. These are the bases on which the edifice of judicial federalism is erected, and which were laid down centuries ago in the intricate system of checks and balances designed by Peninsular jurists in the Americas.

Young Ibero Americans must realise that we are inheritors of a great tradition of the rule of law. To say that the public law of the confederated Kingdoms of the Indies later influenced (probably through Solórzano's writings[A]) the development of public law in the United States of America is to state the obvious. The public law of the British Empire was unrefined by comparison.[B] Clearly, English courts are a wonder of the world. And Anglo American judicial review has roots in English common law, in particular Sir Edward Coke's (1552-1634) famous effort to discipline Parliament in Dr. Bonham's Case.[C] Yet,

---

[A] The Latin edition of Solórzano's work could be found in colonial libraries and certainly was familiar to the post-colonial bars. Long after the anti-Catholic propaganda of the Black Legend that historians have traced to Spain's 16th century arch-enemies, Holland and Britain, Anglo Americans will have to struggle with their pro-Protestant biases. Even then, they will scarcely admit it to themselves. The founders of judicial federalism in the United States were clearly influenced by the public law of the Kingdoms of the Indies—the American cradle of Baroque Catholicism. In the long record of human fractiousness, there are few periods of relative peace within extensive empires. One of these is the Pax Hispanica. It is imperative that we demystify this part of the world peculiarly prone to myth-making. Or else, we will lose sight of many untold links between Anglo America and Ibero America. James Willard Hurst (1910-1997) insisted that we know almost nothing about the history of Anglo American law. The Growth of American law: The Law Makers (1950).

[B] See Dicey's discussion of the Colonial Laws Validity Act of 1865, Introduction to the study of the law of the Constitution XI. Joseph Henry Smith (1913-), Appeals to the Privy Council from the American Plantations (1950).

[C] Lord Coke expressed the view that common law principles controlled acts of Parliament, making contrary acts void, see 77 English Reports 638 (1610). That decision is perhaps erroneously regarded as the precursor to Marbury v. Madison, 5 U.S. 137 (1803), which in the United States of America held that the Constitution is the paramount law of the nation, and any legislative act repugnant to it, is void. In the 16th century, England was a tiny country on the fringe of Europe. We ought to bear in mind that grisly executions took place at the Tower of London—Thomas More, who died a martyr and became the patron saint of lawyers and judges, was the English Lord Chancellor who in 1535 defied King Henry VIII by refusing to recognise Henry's pretensions to religious authority. Even then, he kept his composure, *See me safe up. For my coming down, let me shift for myself.* Suárez penned a measured response, De Defensio Fidei (1613), to the Stuart monarchs's open flirtation with absolutism. Those dissatisfied with a system of monarchical absolutism replaced it during the Glorious Revolution of 1688 with a system of parliamentary absolutism (in that Parliament, ruling through the crown with its 17th century powers, could do anything at all.) It is ironic that the chancery court, because of its dependence on the monarchy, was able to retain a greater degree of independence than the royal courts,

In political markets, the people may or may not possess reliable information. A majoritarian politico/legal system of government must solve the problem of the costs of garnering information reckoned by Stigler.[A] An informed citizenry is essential for the workings of a representative democracy. We suspect people clamour for any information that pertains to matters that imperil their chances for survival. A balanced view of human nature suggests people prefer survival to misconceived utility. In other words, they will not fail to assert rights of exclusion where their survival is jeopardised, or where other personal interests are eclipsed. Majoritarian government respects unfeignedly that about which people care. If there is a diversity of channels for the people to articulate their interests, it is more likely that all sides of an issue will be discussed and that a solution acceptable to all will be reached. Accordingly, a free and responsible press, representing a broad spectrum of opinions, is vital in a democracy. In the Kingdoms of the Indies, there was an equivalent to the freedom of speech, the freedom of correspondence.[B] In a democracy, through the press, any person may communicate with the sovereign, which is the people. In the Kingdoms of the Indies, communication through letters with the sovereign, who was the King, was also guaranteed.

In a monarchy, the power of the people is entrusted to the discretion of a single person. The King is —

«un Atlante en quien descansa

todo el peso de la ley.»[C]

Yet such an ultimate concentration of political power proves unwieldy. Such is the weight of hope and expectation the King carries on his slim shoulders, that this ‹Atlas› normally appoints a body of royal advisors to exercise both executive and judicial functions as a King's Council. Republican legislative systems are by no means disposed to grant so great a power to any single person. Yet even these systems must rely heavily upon administrative agencies to interpret and implement the will of the legislature. And upon courts to exercise independent judgment and mete out justice. Administrative agencies are called on to carry out the bulk of regulation. Moreover, as government agencies proliferate, courts

---

[A] The Economics of Information.

[B] III Recopilacion de leyes de los Reynos de las Indias Título XVI Leyes 4, 6-9, 16.

[C] Calderón de la Barca, El Médico de su honra (1635).

Controversia de imperio legis

«*Consideremos el cohecho electoral bajo su aspecto económico. A menos que los partidos persigan el propósito de llevar al poder una gran idea social, los gastos electorales en gran escala serán siempre mercantiles, y como tales, consumos anticipados que se reembolsan con más o menos creces según los resultados del negocio. Mas, como el sufragio popular produce gobierno, pero no riqueza, resulta, pues, que el reembolso del capital y las utilidades apetecidas, han de salir forzosamente de combinaciones financieras o manipulaciones más o menos hábiles del gobierno sobre las rentas fiscales o hacienda nacional.*»[A]

However, when he wrote suffrage in much of Ibero America was the preserve of constituencies with restricted franchises. After the scope of elections were expanded by universal suffrage, de Tocqueville observes, one would have to buy too many men at the same time to attain one's ends.[B] This is precisely the point. In a representative democracy, politico/legal costs have to be roundly paid. This book claims that cost/benefit constraints, imposed by the rule of law on the majoritarian principle, correct the synchronic inefficiencies of political markets. The criticism levelled by collective action literature that a small politically well-organised group is able to impose its interests on a politically inoperative majority is premised on the assumption that political markets are inefficient. We refuse to accept this assumption. Courts correct a collective action problem—that people spread out through time are unable to act together to defend concrete Pareto-potential legal interests for which people show a willingness to take a stand even at great personal sacrifice. We take a typical (and sound) Chicago approach—notwithstanding all of that clamour from public choice theory about the political process, courts tend to be efficiency-promoting.[C] In criticising the «simultaneity of decision» of the electoral process, and that the «democratic decision process must involve all the community, not simply those who are directly concerned,» Stigler fails to take account of the diachronic function of the judiciary to which we refer above, and he fails to consider that the courts are able to hand down concrete rulings in particular cases.[D]

[A] Exposicion que dirige a sus conciudadanos el jefe del partido liberal general Eliodoro Camacho 48-49 (1889).

[B] II De l'empire démocratie en Amérique (1835).

[C] Paul Rubin (1942-), Why is the common law efficient? 6 The Journal of Legal Studies 51 (1977); George Priest (1947-), The common law process and the selection of efficient rules, 6 The Journal of Legal Studies 65 (1977).

[D] The Theory of Economic Regulation, 2 Bell Journal of Economics and Management Science 3 (1971).

Juan Javier del Granado

Epilogue

Public choice theory

Do we bow to the criticisms of public choice theory? Lobbying adheres to democratic principles, in that lobbyists inform political representatives that certain moves are Pareto or Kaldor-Hicks improvements. Politicians are savvy; they must compete and reciprocate with each other.[A] They are constrained by the same limitation—they must compensate people, which imposes cost/benefit constraints on what any political leader can do.[B] Unfortunately, at a time when Ibero America is a region overwhelmingly preoccupied with the promotion and consolidation of democratic institutions, public choice theory argues that republican legislative systems produce socially useless or even harmful laws. Public choice economists take the same approach to collective, political decisions that Keynesian economists use to study markets. Ibero Americans have many challenges to overcome if we are to address the enormous social needs of the people. Democracy in the region has not been consolidated. It is a work in progress. Here, the criticisms of public choice theory represent, sadly, an intellectual and moral abdication.[C] Too harsh a judgment? *Sans doute.*[D] By the end of the 19th century, we struggled to maintain the consensus necessary to rebuild our economic and political institutions and repair the damage done during that turbulent period when strongmen called *caudillos* had stalked the political landscape. The fall of Spain to Napoléon Ier. in 1808 had unleashed the ambitions of sundry provincial satraps. There is nothing new under the sun. When it was time to get on with national rebuilding, Eliodoro Camacho (1831-1899) also took a public choice approach—

[A] Donald Wittman (1942-), Why Democracies Produce Efficient Results, 97 Journal of Political Economics 1395 (1989); The Myth of Democratic Failure: Why Political Institutions are Efficient (1995).

[B] See Buchanan, The Limits of Liberty, Between Anarchy and Leviathan XVIIII (1975).

[C] The threat of social violence is real, and denying it will not make it go away. It already exists in a political environment. Our view stands in sharp contrast to McChesney's model of rent-extraction. Politicians try to negotiate a lasting peace, that is, find peaceful, negotiated solutions to the conflicts and differences of opinions inherent in any society.

[D] Tullock, Efficient Rent-Seeking, Chronicle of an Intellectual Quagmire (2000).

Controversia de imperio legis

democracy—the rule of law.[A] To this end, more modern systems of synchronic political representation are as yet unable to replace democracy as the courts calculate it across time. It is important to remember that scores of nations throughout the world largely continue to operate largely on the institutions built by Peninsular jurists in the Kingdoms of the Indies. It is a little-known but profoundly important piece of information (out of the shroud of historical forgetting) that the United States of America, in turn, latched on to this long history of accountable government. If Peninsular jurists were too slow to introduce directly participative institutions (In 1812 the Cadiz *cortes* announced a liberal constitution in defiance of the occupying Napoléon Ier.), America enjoyed considerable civil liberties under Castilian rule, including a rule of law enforced by an impartial judiciary. It is important to ensure that the rule of law be firmly established before universal suffrage can be made to work. Otherwise democratic constitutions are useless, as has been shown time and again in Ibero America during the 19th and 20th centuries. Making courts sovereign and independent is as important as ensuring that legislatures are popularly elected—that is perhaps the biggest single lesson of public law of the last two hundred years.

[A] It is instructive to recall a little history. Two nations in America were established on the jurisdiction of Castilian courts of law—Bolivia, on the jurisdiction of the Royal Court of Charcas, and Ecuador, on the jurisdiction of the Royal Court of Quito.

exercised by the courts in the Kingdoms of the Indies, were ample. Upon review, the courts were able to affirm, reverse or modify the decisions of the viceroys or governors—*«alli son oidos judicialmente los interesados, y se confirman, revocan y moderan los autos y decretos de los Virreyes y Governadores.»*[A] The courts determined whether the viceroys or governors had acted illegally or, exceeded the powers delegated to them—*«ordenanzas hechas en fraude de las leyes y contra las cedulas y pragmaticas de su Majestad,»*[B] and judged whether there was a rational relation between an administrative decision taken and the facts ascertained (check on arbitrariness) and, whether the common good was served—*«debe regularse por justicia y razon y en orden a la conveniencia de la causa publica.»*[C] Though judges were unconstrained by a rule of *stare decisis* in rendering their decisions, they were nevertheless bound to conform to the jurisprudence established by scholarly commentary and the courts—*«no juzguen jamas por solo su ingenio y capricho, apartandose de la escrita y bien cimentada y practicada jurispericia.»*[D]

Judicial review of administrative decisions was an innovation in public law, which was put into effect in the administrative system of the Kingdoms of the Indies. As much as monarchical rule was a removed form of political representation,[E] the diachronic majoritarian calculus of the courts provided the administration of the Crown of Castile with an an essential and fundamental element to promoting and consolidating

---

[A] Solórzano, V Política indiana III.

[B] Escalona, Tratado de las apelaciones del govierno Glosa Tercera 36.

[C] Príncipe de Esquilache contra Luis Ximenez Gallego, minero y dueño de ingenios de moler metales en Potosí, Real Cédula del 15 de septiembre de 1612.

[D] Solórzano, V Política indiana VIII; see Juan Francisco Montemayor y Córdoba de Cuenca (1620-1685), Excubationes semicentum ex decisionibus Regias Chancellariæ Sancti Dominici insulæ, vulgo dictæ Española, totius Novi Orbis primatis compaginatas editio (1667). At Rome legal scholarship obtained the force of law. Gaius (110-180) states, *«Quorum omnium si in unum sententiæ concurrunt, id, quod ita sentiunt, legis uicem optinet; si uero dissentiunt, iudici licet quam uelit sententiam sequi.»* I Institutus VII (150).

[E] The people were unable to overthrow the king unless he became a tyrant—*«non potest rex illa potestate privari, quia verum illius dominum acquisiuit, nisi fortasie in tyrannidem declinet, ob quam possit regnum iustum bellum contra illum agere,»* Suárez, VII Tractatus de Legibus et Legislatore Deo XI. In the political representative systems of to-day, election and re-election through votes cast brings representatives closer to their constituents.

Controversia de imperio legis

grado de apelacion en la Real Audiencia, se haya de proveer a la interpuesta en el Govierno por ser conforme a derecho.»[A]

It is surprising how little the doctrine of a political question,[B] which developed in the Kingdoms of the Indies, limited the justiciability of the actions of government. For a matter to involve a political question that failed to be justiciable, it needed practically to fail to admit of a judicial case or controversy—*«caso de mera y absoluta governacion, sin que en el haya punto que concierna a justicia contenciosa.»*[C] Escalona explicates that the existence of an injured party altered the nature of a political question, making it justiciable—*«haviendo parte agraviada, el negocio que ya fue de Govierno, alterado con la circunstancia agravante de la queja, muda de especie y pasa a caso de justicia y de hecho contencioso.»*[D] Scarcely three kinds of political questions failed to admit of a judicial case or controversy—those touching upon the broad political and economic policies defined by government—*«privativamente del govierno... por mirar a la universal direccion y enmienda del govierno politico y economico,»* those bearing upon privileges, the awarding of which was exclusively delegated to the discretion of the viceroys and governors—*«dependen de la mera gracia y merced de Governador y regulada por su arbitrio y elleccion,»* and those involved in the everyday management of government that were unlikely to injure private persons—*«de la puesta en marcha y permanente ejecucion en que no puede haber derecho de parte ni perjuicio considerable.»*[E] Courts were also prevented from reviewing *«materias de guerra,»*[F] when the security of the Realms was compromised and a viceroy or governor acted in a military command—*«estar inhibidas las Audiencias expresamente y no poder conocer por via de apelacion en los casos en que el señor Virrey* [or governor] *proceda como Capitan general.»*[G] Yet the provision was limited to actual military combat—*«estar con las armas en las manos esperando enemigos... hasta que cece el arma.»*[H] The powers to review administrative decisions,

---

[A] Escalona, Tratado de las apelaciones del govierno Glosa Segunda 18.

[B] For a comparative analisis of the doctrine of a political question, see Carrasco, IV Estudios constitucionales 112-140.

[C] Solórzano, V Política indiana III.

[D] Escalona, Tratado de las apelaciones del govierno Glosa Primera 5.

[E] *Idem* Glosa Tercera 31.

[F] Solórzano, V Política indiana III.

[G] Escalona, Tratado de las apelaciones del govierno Glosa Primera 15.

[H] Real Cédula del 2 de diciembre de 1608.

Juan Javier del Granado

built by courts rather than by armies.[A] American courts exercised powers that courts in Spain did not have —«*se les han concedido y conceden muchas cosas que no se permiten a las de España.*»[B] The royal courts established in the Kingdoms of the Indies were a «*gran muro y defensa*»[C] for the civil liberties enjoyed by subjects. Even the King was restrained by a due process requirement.[D] Among the powers conferred to the courts in the Kingdoms of the Indies was judicial review of administrative decisions. In *Tratado de las apelaciones del govierno del Peru (1633)*, Chuquisaca-born jurist Gaspar de Escalona Agüero (1589-1659) takes up this unprecedented power[E] assumed by the courts. In the Kingdoms of the Indies, subjects[F] who suffered an injury-in-fact as a result of administrative decisions were able to hail the viceroys and governors into the courts —«*de todas las cosas que los Virreyes y Governadores proveyeren a titulo de govierno... si alguna parte se sintiere agraviada, puede apelar y recurrir a las Audiencias.*»[G] For an action of the government to be justiciable, an injured party was a requirement —«*en haviendo parte que lo reduzca a justicia contenciosa y de ello se sintiera y mostrare agraviada.*»[H] Also, the appeal had to be made after a final administrative decision taken by a viceroy or governor —

«*habiendose de apelar de los autos por la parte que alegare ser en su perjuicio, se interponga la apelación ante el señor Virrey [or governor], y antes de presentarse en*

[A] Standing armies (the bane of liberty) were only established in the Kingdoms of the Indies at the end of the 19th century. The ‹liberation armies› that followed destroyed the region and created a precedent of irresponsible militarism.

[B] V Política indiana III; IV De indiarum jure sive de justa indiarum occidentalium gubernatione III (1645).

[C] Matienzo, I El govierno del piru IIII (1573).

[D] IV Nueva Recopilacion de las leyes de España Título Decimotercio Lei VII (1567). The *demanda de amparo*, which is similar to a petition for a writ of habeas corpus brought in a United States federal court, also has antecedents in the Kingdoms of the Indies. See Andrés Lira González (1938-), El amparo colonial y el juicio de amparo mexicano: antecedentes novohispanos del juicio de amparo (1971).

[E] Though he stretches his imagination to find precedents, at 3.

[F] Which included Indians; see de las Casas, De unico vocationes modo omnium gentium ad veram religionem.

[G] Solórzano, V Política indiana III. II Recopilacion de leyes de los Reynos de las Indias Título XV Lei 35.

[H] Solórzano, V Política indiana XIII.

Controversia de imperio legis

Solórzano (1575-1655) about the rule of men, «*quien lo remitiese todo a los hombres, lo pondria todo de muy ordinario en manos de bestias desenfrenadas.*»[A]

It may be time to recall an epochal page in history. 1492 marks a year which historians regard as a crucial turning point—a year whose impact continues to be felt to-day. The Christian rulers of Aragon and Castile routed the Moors in Granada and extinguished the last vestiges of Islamic rule in Europe. Colombo embarked on his voyage, and had his head-on collision with the Americas. As a result, a tidal wave of globalisation engulfed humanity. The horizon that opened in 1492, with the consolidation of the Peninsular Kingdoms and the encounter of the Peninsula with the New World, demanded an intellectual expansion that included developments in international[B] and public law.[C] It may have also set up the first welfare state in history.[D] Peninsular jurists, rejecting the idea of *puissance souveraine*, formed a government of checks and balances under the rule of law,[E] and the Kingdoms of the Indies were

---

[A] V Política indiana XVI (1648).

[B] Vitoria, De indis recenter inventis; De indis, sive de iure belli Hispanorum in barbaros.

[C] A contemporary historian such as Tau Anzoátegui, though deeply versed in the legal tradition of the Kingdoms of the Indies, is confused about its character as public law, Casuismo y sistema: indagación histórica sobre el espíritu del derecho indiano (1992). This confusion is born of his training in the European legal scholarly tradition. Tau Anzoátegui repeats the well-worn truisms of the Roman lawyer. Roman legal science centred on private law. Roman jurists viewed, as precarious, public law claims put forward by those close to the seats of power. No separate body of Roman public-law doctrine or literature was developed. Not until late in the 19th century did the greatest defender of Roman history and culture in Germany, Theodor Mommsen (1817-1903), conceive Roman constitutional law as a discipline equal in dignity to Roman private law, see Römisches Staatsrecht (1888).

[D] «*Nuestro principal yntento y voluntad siempre ha sido y es el de conservaçion y agmento de los yndios y que sean ynstruidos y enseñados en las cosas de nuestra santa fee catholica y bien tratados como personas libres y vasallos nuestros*» in Leyes y ordenezas nuevamente hechas para la gobernacion de las Yndias y buen tratamiento y conservacion de los yndios promulgadas at Barcelona (1542). Long before de Tocqueville's splendidly democratic Americans started the large-scale expulsion of natives from desirable lands with the consequent episodes of starvation and massacre, the Crown of Castile was actively protecting native rights wherever its writ was effective. As Marcelino Menéndez y Pelayo (1856-1912) notes in his forward to a reprint (1943) of Recopilacion de leyes de los Reynos de las Indias (1681), millions of Indians still speak their languages in Ibero-America today. They neither risk extinction nor are living in reserves, as in other parts of the continent.

[E] Solórzano, V Política indiana. The system of checks and balances instituted in the Kingdoms of the Indies was (as is, in some respects, the constitutional system of the United States of America) the antithesis of the sharp separation of powers recommended by the Baron of Montesquieu, where one branch could not exercise the functions of either of the others or interfere with the exercise of powers by either of the others.

Juan Javier del Granado

Chapter 12

De indiarum iure

We must keep from ascribing the origins of these innovations or the institutional bases of the rule of law to England, the United States of America, or to Prussia, in the 18th, 19th or early 20th centuries, much as Dicey and von Hayek claim when they address the «the distinguishing characteristic of English institutions»[A] or the «most distinctive contribution of 18th century Prussia.»[B] These innovations owe their origins to Spanish America.[C] Spanning on from the 16th century, political checks and balances and judicial review of administrative decisions were instituted in the Kingdoms of the Indies. Speaking from experience, Villaba writes:

«*Siempre que la potestad legislativa penda en la mera voluntad del Rey: siempre que sus favorecidos Ministros o secretarios tengan en su tintero la facultad de derogar las más fundamentales leyes con sólo decir: El Rey quiere = El Rey manda = El Rey extraña = quando tal vez ni quiere ni manda, ni extraña. Siempre que una ley no se medite, se ventile, se consulte, y se revea antes de promulgarse, y despues de promulgada no pueda derogarse sin las mismas formalidades, y reflexiones con que se publicó, ni hay Monarquia, ni hay constitucion, ni hay gobierno fixo, sino despotismo, transtorno, variacion continua, y un cahon de Cedulas, Ordenes, Pragmáticas, Declaraciones, con que lexos de encontrar regla que prescriba los limites del que manda, y las obligaciones del que obedece no sirven sino de apoyo para hacer cada qual lo que se le antoja... La extension de las facultades de los Ministros, y depresion de la autoridad de los Tribunales ha tomado un rápido vuelo en este siglo.*»[D]

Villaba was right to regret the dismantlement, at the end of the 18th century, of the administrative system of the Kingdoms of the Indies.[E] The Bourbon reforms disregarded the opinion stated by Juan de

---

[A] Introduction to the study of the law of the Constitution IIII.

[B] The Constitution of Liberty XI.

[C] See Carmelo Viñas y Mey (1898-1968), El régimen jurídico y de responsabilidad en la América indiana, 9 Revista de las Españas 1 (1929); Ricardo Levene (1885-1959), Las indias no eran colonias (1951).

[D] Apuntes para una reforma de españa 8-9.

[E] A cataclysmic shift in public law marks the transition from the Habsburg to the Bourbon dynasties following the War of the Spanish Succession, which ended in 1713. At the end of the 18th century, assimilating a French version of enlightened absolutism in America, unbridled discretionary powers were conferred on royal intendants. See José del Campillo y Cosío (1693-1743), I Nuevo sistema de gobierno económico para la America VI (1789).

Controversia de imperio legis

«arbitrary, capricious, an abuse of discretion, or otherwise not in accordance with law,» and courts are to pore over the whole record.[A] If the agency fails to produce a reliable record, *post hoc* rationalisations being inadequate, in an amply cited case of jurisprudence, the United States Supreme Court holds administrative officials can be required to testify, explaining their actions in court. «It may be that the only way there can be effective judicial review is by examining the decisionmakers themselves.»[B] They are forced to demonstrate to the public that the relevant factors were considered, and that a logical connection between the facts ascertained and the choice determined was established. If a move was arbitrary, they face political repercussion, and are unable to shrink from the public. The decision-making body must be willing to submit itself to the rule of law; judicial review of administrative decisions fulfils the diachronic representative function over time that we surveyed above.[C] The value of this process is not only in the results in the individual cases that the court determines, but also in the general impact of the jurisprudence on decision-makers, by encouraging them to adopt proper standards and deterring them from abuse of their considerable powers. These innovations revolutionise administrative law, elevating the majoritarian character of agencies.

[A] § 706.

[B] Citizens to Preserve Overton Park, Inc. versus Volpe, 401 United States Reports 402 (1971).

[C] By representing diachronic majorities, courts make the law supreme over officials of the government as well as over the bidding of capricious synchronic majorities, and thereby preclude the influence of arbitrary power.

Juan Javier del Granado

Yet legal innovations heighten the political costs which agencies shoulder when they commit arbitrary acts and courts set the outer limits of administrative action when they ensure that the bureaucracy acts in the public interest. The gap between the powers of the courts and that of Parliament, in which the powers of ministers have grown unchecked, must be filled by the development of administrative law. Advances in administrative law consolidate agencies into majoritarian institutions. Dicey's antagonism towards administrative government (*et en particulier au ‹droit administratif› en France*) was premised upon notions of lack of judicial review of administrative action that no longer hold true to-day.[A] Judicial review exists to ensure that bodies with judicial, quasi-judicial or administrative powers, act within the scope of their powers. Judicial review, a hallmark of administrative law in most democracies, should be well within reach of people in Ibero America, not grudging and narrow. A classic ground for judicial review is an alleged excess or abuse of powers (*ultra uires*) by a decision-making body. In other words, the agency in question was not entitled to make the decision it did because in doing so it has acted outside its powers. Another important category is where an act is arbitrary and capricious by established standards of administrative law, where one who has been adversely affected by a decision is entitled to, but may not have received, a fair hearing by the decision-making body. A fundamental misunderstanding of the law by the decision-maker, or a failure to apply the law properly are also grounds for judicial review. Bolivia, in contrast to other countries in Ibero America, does not have a Code of Administrative Procedure. In the United States of America, to illustrate, the Administrative Procedure Act of 1946 differentiates between rule making and adjudication. In order to formulate rules, it states that agencies must publish a notice in the Federal Register, specifying the proposed action, and extending an opportunity to the public to submit written data, views, or arguments with or without opportunity to make an oral presentation. After rendering a decision, the officials must explain themselves, incorporating in the rule a concise general statement of their basis and purpose. Its prescriptions apply equally to the disregarding of a rule.[B] Also, this statute authorises courts to review agency action which is

---

[A] Introduction to the study of the law of the Constitution XII. Dicey distinguished the English legal system from *le système francais* across the English Channel, where *le droit administratif* meant separate laws and courts for government officials.

[B] Motor Vehicle Manufacturers Association of the United States, Inc. versus State Farm Mutual Automobile Insurance Company, 463 United States Reports 29 (1983).

Controversia de imperio legis

Chapter 11

Droit administratif

In modern representative democracy, an elaborate system of checks and balances regulates the power of the branches of government. Administrative agencies, however, appear to be left unchecked.[A] Agencies are within the control of the political branches. Yet the ministerial functions to which they are delegated are too numerous and diversified for them to be called vigorously to account. In every Ibero American country, a Presidential system provides for the stability of the executive in contrast to the tenuousness of parliamentary governments. We note that cabinet crises are extreme measures, and only upon a vote of the majority of its members is either legislative branch granted by every Ibero American constitution the faculty to censure cabinet ministers. Judicial review of administrative action is one of the cornerstones of modern administrative law. However, judicial review is only available after final administrative determination. Within the executive branch, all administrative remedies for review, modification, or revocation of the action challenged must be exhausted. Unfortunately, in every Ibero American country, these remedies are not efficaciously or formally regulated, in order to enable private citizens to take their appeals to the executive branch and finally prepare the way for judicial review. Where a private person asks for *amparo,* the political heat the court applies to the administrative authorities is the suspension of the act in the concrete instance, and a wag of the tongue in censure. Lazily, the law permits administrative authorities to undertake, as a common thing, ill-planned and stultifying non-Kaldor-Hicks-enhancing moves. It would seem that Juan José Ameller's (1830-1900) words ring true, *que notre système de droit administratif est arbitraire.*[B] It fails to provide indispensable synchronic and diachronic majoritarian checks to rule making and adjudication in the administrative context. Moreover, there seems to be no adequate theory of the state and no theoretical basis on which the consequences to individuals of official action might be adjudged.

[A] Who guards the guardians? That's an ancient conundrum. Ask rather, who regulates the regulators?

[B] Breves apuntes sobre el derecho administrativo de Bolivia 10 (1868).

Juan Javier del Granado

philosophical concepts, but the existing power relations that cut through our own society. This book is a pointed attempt to uncover just how those power relations operate in contemporary society. Certainly law is not reducible to an application of rules of inference, to any self-referential, binary, autopoetic system of communication, nor to any communicative rationality, detached from the concrete intentions of people in specific fact situations. Enthymematic reasoning (even of a mathematical variety) has a place in law along with the prevalence of instrumental rationality insofar as the future consequences of our actions must be traced out, with more or less probability. Causation in law is ultimately a matter of commonsense dictates.[A] Yet the rational element in law is not rational discourse, but bounded rationality in the simple judgement that we all possess as human beings. We are uniquely able to reason about the past and future, and compare specific fact situations with each other. In this context, men and women recognise that certain signals convey sheer threats about violence. A red deer would recognise the superiority of another buck by its bellow or the size of its antlers.[B] Men and women judge the credibility of threats of violence on the basis of numbers of political adherents or of a legal stand taken by an individual who argues by analogy that others rose up and will rise up for a specific cause. Law is only a rational enterprise insofar as rational beings recognise that certain threats have to be taken seriously.

[A] Herbert Lionel Adolphus Hart (1907-1992), Causation in the Law (1959).

[B] See Charles Darwin (1809-1882), The Descent of Man and Selection in Relation to Sex XVII (1871); John Maynard Smith (1920-), Theory of games and the evolution of animal contests, 47 Journal of Theoretical Biology 209 (1974); Evolution and the Theory of Games (1982); Must reliable signals always be costly? 47 Animal Behavior 1115 (1994). Timothy Clutton-Brock (1944-), The logical stag: Adaptive aspects of fighting in red deer, 27 Animal Behavior 211 (1979); Red deer: behavior and ecology of two sexes (1982). Peter Hurd (1967-), Communication in discrete action-response games, 174 Journal of Theoretical Biology 217 (1995); Is signalling of fighting ability costlier for weaker individuals? 184 Journal of Theoretical Biology 83 (1997); Conventional signalling in aggressive interactions: the importance of temporal structure, 192 Journal of Theoretical Biology 197 (1998). Henceforth Darwin will see man not as made in God's image, but as just another animal—killable like the rest.

Controversia de imperio legis

individual rights and human rights. Judges need not be guardians of a morality higher than the rule of law when, in order to give a more equitable resolution to a case, they choose to disregard synchronic positive law.[A] In a positivist mould, we believe that legal norms are threats backed up ultimately by expectations that people will follow through. Society avoids this violence by recognising specifically legal interests. Either people are willing to put up a fight because they compose a majority and know that they will prevail in a social struggle on an issue. Or they are willing to fight and perish for a cause because they know other individuals spread out through time carried and will carry on a similar fight.[B]

What is law?—it is still a matter of debate. Legal positivists are obviously at odds on most matters of interpretation. One thing they pretty much share, however, is an acknowledgment that legal thought is not a free-floating system of ideas but is, instead, anchored in the opaque network of power relations that undergirds life.[C] Behind law lie, not

---

[A] There is no inner morality of law, Lon Fuller (1902-1978), The Morality of Law (1964). An understanding of social norms adds a delicate instrument to the arsenal of measures available to legislators, who would like to move to a higher level of conscious commitment in developing effective legal institutions and processes for ensuring sound governance. The social norms movement has made great strides in modelling morality. The seminal work in this movement was the publication in 1991 of Robert Ellickson's (1941-) Order without Law (1991). Cooter has undoubtedly performed a notable feat in reducing morality to economic logic, and deserves all the acclaim he gets. What was once poignantly implicit has been rendered in explicit terms. He has answered the forlorn, aching cry of encyclopedist Denis Diderot (1713-1784). See Models of Morality in Law and Economics: Self-Control and Self-improvement for the «Bad Man» of Holmes, 78 Boston University Law Review 903 (1998); Expressive Law and Economics, 27 The Journal of Legal Studies 585 (1998); Normative Failure Theory of Law, 82 Cornell Law Review 947 (1997); Decentralized Law for a Complex Economy, *idem*; Law and Unified Social Theory, *idem*. Rational-choice theorists and economists are now well-positioned to wrest moral discourse away from philosophers. Yet social norm theory is mistaken when it suggests that law should be based on social norms. We throw the gauntlet to the new Chicago school of law and economics to study diachronic legal norms in the best tradition of Edward Hirsch Levi's (1911-2000) An introduction to legal reasoning (1948), 15 The University of Chicago Law Review 501—challenging them to model legal reasoning by courts as diachronic signalling phenomena with a similar (albeit not identical) legitimacy to majoritarian political signals. Law is independent and autonomous of moral legitimacy. Rather than mandate moral codes imposed by countless masters, law must support freedom. Morality itself is contentious. It is blinkered brinkmanship to suggest that the balance of morality lies entirely on one side or the other of social disputes. Though both are amenable to the insights of economic analysis, law and morality are autonomous disciplines.

[B] They are able to imagine, if not co-ordinate, a trans-temporal struggle on an issue.

[C] *Nicht die ‹Begriffe›, sondern das ‹Leben› seien sowohl Ursprung als auch Ziel des Rechts.* Rudolf von Jhering (1818-1892), I Geist des römischen Rechts (1852). The life of the law is not logic, it is experience. Holmes, The Common Law (1881).

Juan Javier del Granado

verses of Fernán Pérez de Guzmán (1376-1458) be forgotten, an unruly synchronic mob—

«*Siempre mira el presente,*

nunca el fin considerado;

mata non deliberando

e sin tiempo se arrepiente.»[A]

Victorian jurist Albert Venn Dicey (1835-1922) raises the ancient doctrine of the rule of law to its greatest doctrinal height at the end of the 19th century—giving it an intense modern expression. In Lectures introductory to the study of the law of the Constitution (1885), he teaches that constitutions are not the source of our rights as people, but rather an expounding of the rights of individuals out of a line of judicial decisions. What flows from this hoary definition is that the principles of the constitution are essentially to be derived from the decisions of courts.[B] He asserts—

«with us the law of the constitution, the rules which in foreign countries naturally form part of a constitutional code, are not the source but the consequence of the rights of individuals, as defined and enforced by the Courts.»[C]

We thoroughly agree. And we look to a new era in the history of public law, when economic analysis of diachronic legal institutions will lay open an independent basis of legitimacy[D] for supranational courts to uphold

---

[A] Coplas de vicios e virtudes (1410).

[B] The corollary of that argument is Dicey's thesis that what matters most is not high-sounding declarations of rights but legal remedies, a thesis remembered mostly for one laconic phrase— ‹remedies precede rights.›

[C] Introduction to the study of the law of the Constitution IIII (1907). Though in England to-day, Parliament reignes supreme and everything depends on the wisdom of parliamentarians, Dicey and others spoke of an unwritten English Constitution. We might add that even the written state and federal constitutions of Anglo Americans across the Atlantic Ocean must, in the primary sense, if you will, be considered unwritten constitutions, continually refashioned by supreme tribunals. Christopher Gustavus Tiedeman (1857-1903), The Unwritten Constitution of the United States: A Philosophical Inquiry into the Fundamentals of American Constitutional Law (1890).

[D] We should note that the rule of law is sometimes understood in its formal sense, if you will—in the sense of the principle of legality. That is, the principle by which all rules are perfectly clear, consistent with one another, known to every citizen, never retroactive, stable through time, demand only what is possible, and are scrupulously observed by everyone charged with their administration. Legality and legitimacy must be linked. «In Hell there will be nothing but law, and due process will be meticulously observed.» Gilmore, The Ages of American Law III.

Controversia de imperio legis

majority will put up a recurrent struggle even in the face of certain defeat or annihilation.

The primary requirement for a plaintiff to gain access to the courts, an injury-in-fact, is the rule of representation in the legal process, in the same manner that the number of votes obtained in an election is the rule of representation in the political process. The countermajoritarian fallacy may lead some scholars into the sophomoric blunder of believing that society suffers from a democratic deficit, when actually the rule of law is the basic foundation of democracy. The objective upon which we advance is the strengthening of representative democratic institutions properly understood.[A] The power of the people is, first and foremost, the basis of legitimacy in the modern world. And courts are vital diachronic democratic institutions. The rule of law is the rule of majorities considered across time, not one of several «cheerfully meaningless slogans»[B] in modern public law. Unfortunately, such narrow doctrinal views are all too common among legal scholars. Legal reasoning draws analogies between concrete cases that involve injuries in fact, the occurances of which are distant in time—the rule of law is majoritarian government informed by diachronic representative institutions, that is, the courts as correctors of synchronic democracy.[C] These are the presuppositions of a democracy that seeks to avoid degenerating into a tyranny of the majority. Indeed, without effective judicial review, democracy easily degenerates into tyranny.[D] Lest the

---

[A] We voice the observation of Walter Guevara Arze (1912-1996) that «*La democracia es una de las conquistas más serias de la civilización occidental: cuesta a los hombres el derramamiento de mucha sangre*», Teoría, medios y fines de la revolución nacional 16 (1946). Will a revolution be necessary to establish the irrefutable authority of case law in Bolivia? It is possible that economic integration will accomplish this feat.

[B] Grant Gilmore (1910-1982), The Ages of American Law 106 (1977).

[C] As José María Samper (1828-1888) said so well—«*La república es, por su naturaleza, voluntariosa, engreída, y tiende a tomarse libertades excesivas; por lo que es necesario moderarla con instituciones conservadoras*», II Derecho público interno de Colombia 356 (1886).

[D] Courts represent the ‹credible› threats of violence of individuals that recur in time. Legislatures represent the ‹credible› threats of a present reality of broader societal violence. As Shapiro has argued perceptively in The European Court of Justice: of Institutions and Democracy, 32 Israel Law Review 3 (1998), courts are able to overrule the political process because of the incremental and temporally extended (diachronic) nature of their decisions, which avoids direct confrontation with the two other branches of government. Accordingly, judicial review allows a measure of protection against the tyranny of synchronic majorities. In Ibero America during the 20th century, governments with the support of the larger populous have often implemented ill-advised and stifling economic programmes.

Juan Javier del Granado

Both, the doctrine *actionis* in our civil law tradition, and the doctrine of standing[A] in the common law, limit access to the courts to those who have a direct stake in the outcome. In our civil law tradition, the doctrine *actionis* is positive, including in the process those people who have a concrete interest in a dispute. In the common law, the doctrine of standing is negative, excluding from the process those people who fail to have a concrete interest in a dispute. To this end, if an ideological plaintiff petitions in our civil law courts, the judge hears the plaintiff, holding a trial, and at the end of the process, before sentencing, reviews the evidence to pronounce upon whether the plaintiff has *actionem*.[B] On the other hand, in the common law, the plaintiff must produce proof of his standing before a trial is conducted.[C]

In both systems, the timing may be different, yet the principle is majoritarian.[D] A synchronic political enactment passed by the overwhelming majority of representatives of the people signals that a majoritarian faction is willing to stand up and fight on an issue. The threat is ‹credible› because the outcome of the struggle is almost certainly predictable. In contrast, the sentence handed down by a court is ‹credible› not on account of the result of the social struggle on an issue (what synchronic political signals convey,) but because the diachronic

---

Social Choice 83 California Law Review 1309 (1995); Standing and Social Choice: Historical Evidence 144 University of Pennsylvania Law Review 309 (1995); Constitutional Process: A Social Choice Analysis of Supreme Court Decision Making (2000). If courts were to set a precedent that allowed people to engage in a non-Kaldor-Hicks-enhancing activity, the decision would cycle endlessly down a slippery slope, notwithstanding the assurances about standing being built in. Rather, the doctrines of standing in the common law and *actionis* in the civil law have a legitimate subsidiary role. They help courts engage in legal reasoning across time. By analogising with past precedents and future hypotheticals, courts are able to invoke a diachronic majority. In sharp contrast to our view, Richard George Wright (1950-) quite inconsistently argues justiciability is instead a bar to the adjudication of the interests of posterity, The Interests of Posterity in the Constitutional Scheme, 59 University of Cincinnati Law Review 113 (1990).

[A] Both ‹standing› in the common law and the related term ‹*legitimación*› in our civil law tradition are derived from the expression «*cum legitimam personam standi in iudicio,*» González Téllez, II XVIIII. Juan de Hevia Bolaños (1570-1623) notes «*no solo se require que haya actor, sino que sea legítimo, teniendo acción para convenir,*» I Curia Philipica 8 (1603).

[B] Gutiérrez contra Coronado, 744 Gaceta Judicial de Bolivia 5 (1902).

[C] Muskrat versus United States 219 United States Reports 346 (1911).

[D] In contrast to the misguided and ill-advised proposal of Antonin Scalia (1936-), who is mistaken about courts representing minorities, The Doctrine of Standing as an Essential Element of the Separation of Powers 17 Suffolk University Law Review 881 (1983).

Controversia de imperio legis

practice had slowly given way to a simpler approach to pleading in the canon law.[A] González Téllez recounts, *«paulatim usu introductum fuisse, ut simplex tantum factum in libello narretur.»* This simplified form of pleading called for only a short and plain statement of a claim. Later, in the Anglo American common law, the 12th century system of writs and formalistic pleading requirements that originated in the King's Chancery Court would also be discarded in favor of similar forms of greatly simplified pleading.[B] The common law had long been indexed under a formidably technical and notoriously unsystematic catalogue of forms of action. As both *formulæ* and writs fell into disuse, the invariable rule of representation in courts evolved in both systems into a requirement of injury-in-fact. Requiring concrete, rather than speculative, injuries provided an objectively ascertainable method of measuring access to the courts. To-day in Roman-canonical procedure, in Dalence's words, *«la Corte exije siempre la demanda particular concreta.»*[C] In a report in 1884 to the Senate, Bolivia's Supreme Court submits,

«Es, pues, indispensable que exista un caso particular concreto... Si se permitiese deducir demandas... en abstracto, fundadas únicamente en perjuicios o agravios expectaticios, y sin que haya interés o derecho actualmente herido... se invertirían los principios constitucionales.»[D]

If, on the basis of abstract and uncognizable interests, ideological plaintiffs were allowed to petition in the courts, the petitioners would be a discreet group over time. The size of the group would fail to attain that of a diachronic majority (composed of parties, which although they existed, exist and will exist at different times, receive analogous, concrete injuries.) It is the injury-in-fact requirement that assures that we are affecting a concrete interest, *which is liable to be repeated over time.*[E]

[A] This change was related to the supression of solemnities and formalities in contract formation in the canon law, see Antonio Xavier Pérez y López (1736-1792), II Teatro de la legislación universal de España e Indias 18 (1741).

[B] Charles Edward Clark (1889-1963), Handbook on the Law of Code Pleading 150-54, 170-79 (1928); Simplified Pleading, 27 Iowa Law Review 272, 279-82 (1942).

[C] Discurso del Presidente de la Corte Suprema en la apertura del despacho de 1887, Número Extraordinario, Gaceta Judicial de Bolivia 4 (1887).

[D] Paz, Derecho público constitucional 403. To-day Bolivian law requires an injury to be real and tangible, present and impending, Ernesto Daza Ondarza (1913-1977), Doce temas de derecho constitucional 141 (1973).

[E] Maxwell Stearns's (1960-) analysis of standing and *stare decisis* from a public choice perspective, though powerful and brilliant in many ways, falls short. The Misguided Renaissance of Social Choice, 103 Yale Law Journal 1219 (1994); Standing Back from the Forest: Justiciability and

traditional legal reasoning on its head.[A] Instead, legal reasoning begins by looking intensely at the facts of the particular case at bar. Only then will the parties be able to point to analogous fact patterns that have arisen in the past and that may arise in the future.

Courts are representative systems because disputing parties defend their interests, yet also represent the interests of a large group of people scattered across time. Analogies twist and bend so that coalitions, made up of people who ask—who came before?, who will be next?, are part of the group that carries the losses. Courts must dispense with insular minorities, a group that wants to benefit from a non-Kaldor-Hicks-improvement, if a move piles up greater uncompensated costs which the group that carries the losses over time will bear. We ask—why do courts require an injury-in-fact? At the Royal Court of Charcas, Victoriano de Villaba (1732-1802) gives an account of the requirement,

«El mayor consuelo del Vasallo es el saber que se le ha de oir en los Tribunales, y que se le ha de juzgar con la ley. Quando pide gracia acude desde luego al Soberano que es el manantial de la beneficencia; pero quando pide justicia, no puede ser oido sino con las formalidades del Derecho. Asi es como deben evitarse los inconvenientes que resultarian de juzgar atropelladamente.»[B]

And Francisco Gutiérrez de Escóbar (1750-1830) adds, *«se procede por medio de Accion de parte según orden, y solemnidades de Derecho.»[C]* Why are said formalities or solemnities necessary for a plaintiff to gain access to the courts? In his monumental work Commentaria perpetua in singulos textus quinque librorum Decretalium Gregorii IX (1690), the canonist Manuel González Téllez (1579-1649) explains—*«solemnes dixit, quia usitatis, et solemnibus uerborum formulis compositæ.»[D]* Yet by the time González Téllez writes, the rigid system of narrow *formulæ* used to define, control, and contain claims that had characterised Byzantine law

---

[A] Rather than focus narrowly on analogies between the concrete facts of the case at bar and those of past precedents and future hypotheticals, Wechsler and his followers attempt to isolate principles to be found in cases in order to decide them.

[B] Apuntes para una reforma de españa sin trastorno del gobierno monárquico ni de la religión 11 (1779); José Carrasco (1863-1921), IV Estudios constitucionales 39 (1920). For an analysis of the costs of anticipatory adjudication, see Posner and Landes, The Economics of Anticipatory Adjudication, 23 The Journal of Legal Studies 683 (1994).

[C] Instruccion forence y orden de sustanciar y seguir los juicios correspondientes segun el estilo y practica de esta Real Audiencia de la Plata I (1804); a thin book written by my great, great grandfather.

[D] II VI.

Controversia de imperio legis

absolute and timeless.) As Richard Rorty (1931-) has perceptively argued, when we enter the private worlds of others who are unlike us, re-created and filtered through the literary imagination, we evolve a sense of empathy and human compassion.[A] Rorty's own philosophical tastes are baroque to the point of being uncouth for a philosopher's. Consequently, philosophy should blur into literary criticism and cede the moral high ground to the novelists and poets—and lawyers. Ah the irony![B]

Moreover, Herbert Wechsler's (1909-2000) unfortunate use of the term ‹neutral principles›[C] to describe the methodology of legal reasoning, we note, seems wide of the mark. It appeares to be the product of a rather rationalist turn of mind. This concept has produced an enormous amount of confusion, which is unfortunate considering that Wechsler's lectures are one of the most celebrated defences of judicial review of Anglo American constitutional theory.[D] Wechsler's strongly rationalist cast of mind frames ‹neutral principles› in prospective terms, rather than in retrospective terms. This reverses the more traditional common-law approach to legal reasoning based on precedent. Factual distinctions between prior cases and the case at bar are hard to conceptualise in the realm of abstract principles, which are eternal and immutable (the same for all times, regions, and circumstances.)[E] So that Wechsler turns his gaze to the future. He recommends that judges look beyond the case at bar and foresee a whole array of future cases or situations that an abstract principle may be applied to, which turns

---

[A] He follows the precise line of the late Northrop Frye's (1912-1991) claim, in The Educated Imagination 3 (1965), that through literature it is possible to promote tolerance.

[B] Contingency, irony, and solidarity (1989); What Can You Expect from Anti-Foundationalist Philosophers?: A Reply to Lynn Baker, 78 Virginia Law Review 719 (1992).

[C] Toward Neutral Principles of Constitutional Law, 73 Harvard Law Review 1 (1959).

[D] In Anglo America we see a well respected jurist, Learned Hand (1872-1961), condemning judicial review as exercised by Supreme Courts past and present as a «patent usurpation» of powers that did not properly belong to the courts, which turned them into a «third legislative chamber.» And protesting rule «by a bevy of Platonic Guardians,» on a par with the elected Congress. The Bill of Rights 22, 73 (1958).

[E] It was the great Anglo American Supreme Court justice, Oliver Wendell Holmes, Jr (1841-1935), who wrote with exceptional clear-sightedness—«General propositions do not decide concrete cases.» Lochner v. New York, 198 U.S. 45, 76 (1905).

Posner, who holds the view that an independent judiciary acts largely as an agent of the past, has better sense. In his attack on yet another proponent of an originalist position, Bork, he allows that a superior method of deciding cases is to appreciate —

«the primacy of consequences in interpreting as in other departments of practical reason, the continuity of legal discourse, and a critical rather than pietistic attitude toward history and tradition.»[A]

Judicial review should not be tied deferentially to the past. Nor should courts in exercising judicial review invoke the values of the future in the abstract, even where those values are expected to gain majoritarian support in the future or become a fundamental part of the lives and well-being of future generations. In his comment on Bickel, John Hart Ely (1938-) explains —

«Even assuming that by some miracle of logic we could convince ourselves that the sensible way to protect today's minorities from today's majorities is to impose on today's majorities the values of tomorrow's majority, it would remain a myth that ‹the values of tomorrow's majority› are data that prescient courts can discover.»[B]

Our analysis has the decided advantage that it does not require courts to be staffed by historians[C] or seers. A diachronic majority is represented in the present moment by an injured party as much as it was in the past and will be in the future. Moreover, present-time courts, far from working ‹miracles of logic,› reason by analogy, which is a particularly human attribute. As Cicero affirms —

«*homo autem, quod rationis est participens, per quam consequentia cernit, causas rerum uidet earumque prægressus et quasi antecessiones non ignorat, similitudines comparat rebusque præsentibus adiungit adque annectit futuras.*»[D]

Perhaps legal reasoning comes closer to powerful literature (which creates an entire world out of the raw life of our experience, and transports us into it) than to pure reason (which is intended to be

---

the first place,» Jed Rubenfeld (1959-), On Fidelity in Constitutional Law, 65 Fordham Law Review 1469, 1479 (1997).

[A] Overcoming Law 252 (1995).

[B] Democracy and Distrust 70 (1980).

[C] See Jefferson Powell (1954-), The Original Understanding of Original Intent, 98 Harvard Law Review 885, 948 (1985).

[D] De Officiis 4 (45 B.C.)

Controversia de imperio legis

our guiding light. We appreciate the difference between positive law or τῆς ἐπιείκης (Pareto- or Kaldor-Hicks-enhancing moves where the political costs are roundly paid), and tyranny of the rule or of discretion (arbitrary moves which are unjustified).[A] When a government becomes tyrannical, the people rebel—writes the 19th century Bolivian sociologist Casimiro Corral (1840-1910), «*Todo sistema apasionado, personal o violento en administración engendra otro sistema de resistencia o de sublevación.*»[B]

In Anglo American constitutional law, the proponents of originalism, at least after Raoul Berger (1901-2000),[C] contend that the Constitution should be interpreted largely according to the original intent of the Framers. Berger advocates that «what the Constitution meant when it left the hands of the Founders it means today,»[D] a position that risks enslaving the present to the past. The dead hand of the Framers reaches forth from the grave, pointing to a particular interpretation of fundamental law.[E] Taking an objective historical approach to text in the interpretation of both statutes and the Constitution, another proponent of originalism in the United States, Antonin Scalia (1936-), goes so far as to call for the utter elimination of reasoning by analogy.[F] He poignantly argues that the method of making law by analogising and distinguishing cases is rooted in the common law system in England, where judges were unconstrained by statutes or a written constitution. Accordingly, he questions the appropriateness of this interpretive methodology for the judiciary. His approach is justified by a theory of democratic legitimacy grounded in present-time majoritarian support; yet, quite inconsistently, he ties the constitutional order to the past.[G] Richard

---

the ‹deals› made by effective interest groups with earlier legislatures,» The Independent Judiciary in an Interest-Group Perspective at 894.

[A] Sunstein, Problems with Rules, 83 California Law Review 953 (1995).

[B] La doctrina del pueblo 42 (1869).

[C] Government by Judiciary 309 (1977).

[D] Federalism: The Founders' Design 18-19 (1987).

[E] Daniel Farber (1950-), The Dead Hand of the Architect, 19 Harvard Journal Law and Public Policy 245, 245-49 (1996).

[F] The Rule of Law as a Law of Rules, 56 The University of Chicago Law Review 1175 (1989); Common-Law Courts in a Civil-Law System: The Role of United States Federal Courts in Interpreting the Constitution and Laws, A Matter of Interpretation 3-47 (1997).

[G] The idea that a sovereign people draw up a written constitution to bind future generations «violates the very principle of self-government on which the Constitution claims legitimacy in

bird, literally rising up out of its ashes. Accordingly, through legal reasoning by analogy, diachronic majorities are able to signal threats that are ‹credible› because of the recurrent violence that is expected over time (what diachronic legal signals convey.) Moreover, through the jurisdictional activity of courts, society makes the necessary concessions to these analogous interests, in order to pre-empt these recurrent disruptions and violent outbursts. It is precisely empty cores, the relentless pattern of cycling in the world of politics, which prevent a synchronic majority from similarly maintaining itself over time. The byzantine politics of fluid allegiances between parties and factions, a Sisyphean hell of endless negotiation and re-negotiation, has a logic all its own. Today, interest groups are part of the majority. Tomorrow, they ask themselves if the new majority will be unified enough to hold the political line.

Our entirely novel approach keeps within the parameters of positivism. Since the second World War, we have faced the near-impossible task of explaining, in the increasingly positivist vein of modern times, the legitimacy of individual rights (or of the most basic human rights) as these rights are declared by courts or established by case law.[A] Accordingly, in the mid-20th century, the natural-law approach even underwent a general revival. Yet, we repudiate any such views. In stark contrast, our approach amounts to an unequivocal rejection of natural law[B] and, of the traditional idea that there are certain unenacted principles.[C] The majoritarian premise (calculated across time) instead is

---

[A] If we look into the faces of the damned, the defeated, the disenfranchised (like Job) we realise natural injustice is the constant companion of humankind. An act of natural injustice is played out by the elements of nature. It is up to man to impose some modicum of justice on a world where monstrosities seem inexhaustibly lined up. There seems to be no natural law outside the human heart.

[B] «*Los lexisladores humanos sólo tienen comisión de Dios, para haser Leyes obligatorias a los Subditos dictandoles conforme a las determinaciones de la Ley natural,*» Friar Juan José del Patrocinio Matraya (1750-1820), II Crítica imparcial al contrato o pacto social de Juan Jacobo Rousseau Punto Segundo (1811). William Blackstone (1723-1780) summed it up this way—the law of nature «coeval with mankind and dictated by God himself» is binding «in all countries and at all times; no human laws are of any validity if contrary to this; and such of them as are valid derive all force and all their authority, mediately or immediately, from this original.» 1 Commentaries on the Laws of England 38 (1765).

[C] According to Dworkin, the origin of these legal principles «lies not in a particular decision of some legislature or court, but in a sense of appropriateness developed in the profession and the public over time,» Taking Rights Seriously 40 (1977); Law's Empire (1986); Freedom's Law (1996). See Richard Posner, Problematics of Moral and Legal Reasoning (1999); «In our view the courts do not enforce the moral law or ideals of neutrality, justice, or fairness; they enforce

Controversia de imperio legis

interests were, are and will be at play. None the less, it behoves us to state our analysis more precisely.

In game-theoretical terms, diachronic legal signals are analytically distinguishable from synchronic political signals. An enactment passed by the overwhelming majority of representatives of the people becomes an unqualifiedly legitimate command because the outcome of the social struggle on that issue is almost certainly predictable—the majority surely prevails and imposes its will on the minority. Society submits to the inevitable domination of the majority in order to avert pointless bloodshed. In contrast, the sentence handed down by a court is <credible> not on account of the result of the social struggle on an issue (what synchronic political signals convey,) but because the diachronic majority will put up a struggle even in the face of certain defeat or annihilation. Where a minority faction attempts to undertake a non-Kaldor-Hicks-enhancing move, the majority simply crushes it, that is, wipes it out of existence. The majority may even decimate its lineage and completely annihilate it in time. *A confronto il Diabolico Fiorentino era un piccolo dilettante.* Yet the situation is quite distinct when we consider a diachronic majority. As we saw, diachronic majorities are composed of groups of people, who while sharing concrete interests, exist at different times (in the past, present and future) and consequently are unable to assemble together to defend their Pareto-potential interests. Here, if each person puts up a struggle (however unequal this struggle may be,) and in turn is annihilated, society is never the less unavoidably faced with recurrent crises of violence and disruptions over time. This is because injured parties will reappear, willing to engage society to assert analogous interests. Strategically speaking, injured parties will find it rational to put up a fight where defeat is absolutely certain, secure in the knowledge that a numerous group of people spread out through time, in turn, will choose to fight on the same issue. *Chaque personne défendra chèrement sa peau,* as de Tocqueville reminds us, ensuring there are no free riders.[a]

The struggle takes place within time. One moment a diachronic faction seems to have self-immolated. The next it is reborn, like the Phoenix

---

[a] The diachronic nature of the struggle means that, on the one hand, injured parties are willing to put up a fight. And, on the other, society recognises through time that it must come to grips with not one but with many instances of violent confrontation that society is scarcely able to avert. For an analysis that to some degree makes similar assumptions, see Yeon-Koo Che (1962-), The Role of Precedents in Repeated Litigation, 9 The Journal of Law, Economics and Organization 399 (1993).

Juan Javier del Granado

in senatu Regio fuerit iudicatum, id erit speciale in tali regno, et non in virtute consuetudinis, sed illius legis scriptæ.»

We develop the idea that «judicial common lawmaking» is legitimate because courts can discern directly the will of the majority,[A] calculating (through the use of reasoning by analogy) diachronic coalitions that compose a group larger than the current political majority, and suggest that the rule of *stare decisis* be adopted as part of our civil law tradition.[B] Through the use of reasoning by analogy, courts improvise coalitions that connect people who, though existing at different moments in time, will share concrete interests and, determine whether they attain a majority. Since harm is reciprocal, there are two groups spread out through time that stand to win, depending on which of two ways the court judges. Making analogies between the facts of recurrent situations, legal reasoning gauges the difference between the sizes of these groups, and estimates over time whether it will tend to be larger than the present political majority, which is represented in the legislature.[C] So that courts may prospectively overrule the determinations of the political branches of government, as well as engage in common law-making.[D] It is unnecessary to make appeals to a supramajoritarian (constitutional) will to find a justification for judicial rulings to strike down the acts of the political branches of government or for common law-making, since the majoritarian principle (that of numbers, «*el valor cuantitativo de las masas*»[E]) legitimates this institution. However, the unwarranted belief that democracy is a numbers game may reify numbers to an excessive degree. Numbers count. We will see that they are synchronic signals for the expected outcomes of social struggles on issues. Yet it is imprecise to hold that because a diachronic majority might be larger than a synchronic majority, that the same type of signal is at play. Numbers remain in the temporally extended background—there are real people whose concrete

---

[A] Guido Calabresi (1932-), A common law for the age of statutes 105 (1982).

[B] Mauro Cappelletti (1927-), The Mighty Problem of Judicial Review (1989). It is possible for case law-making to become established through the institutions established for economic integration, following the model of the European Court of Justice.

[C] We would be remiss not to point out, as well, that those who to-day are tormentors, to-morrow (or their descendants decades o centuries later) may be victims.

[D] Exempli gratia, the integrationist jurisprudence of the European Court of Justice; see Buittoni S.A. contra FORMA, in 677 European Community Reports 58 (1979).

[E] Daniel Sánchez Bustamante (1871-1933), Principios de derecho 145 (1902).

Controversia de imperio legis

verdadera usurpación de las facultades legislativas.»[A] Even within the common law tradition, conservative legal theorists such as Justice (later Lord) Devlin (1905-1992) are of the opinion that, when courts step in and do Parliament's job, the act is nothing short of an usurpation by the court of the legislative function. With the eloquence of blazing commitment, he argues that the American doctrine of prospective overruling «crosses the Rubicon that divides the judicial and legislative powers».[B] In our civil law tradition, we employ reasoning (across time) by analogy, and cite case law as a source of legal authority. In the speech inaugurating the judicial year of 1884 in Bolivia, Pantaleón Dalence (1815-1889) says «*la jurisprudencia no siendo obligatoria en derecho... se impone las más veces como autoridad en el hecho.»*[C] In our civil law tradition the emphasis is placed not on the individual case in particular, but rather on a series of cases, sanctioning *una jurisprudencia reiterada, einer ständige Rechtsprechung* or *une jurisprudence constante.*[D] The authority invoked by a «*serie de actos repetidos*»[E] is less than that of a law, and instead attains the persuasive power of scholarly commentary,[F] the «*reverberacion del Derecho en comentarios.»*[G] Suárez explains, «*Habet ergo sententia privati iudicis aliquam auctoritatem, et si sit senatus publici, aut Regii multo maiorum, augeturque per iteratas sententias conformes, non tame habent legis auctoritatem, sed gravis Doctoris.»*[H] Back in the 16th century, Suárez held the belief that the authority to make common law, in those kingdoms where it existed, had to be delegated by the legislature to the courts—«*Quod si in aliquo regno specialiter statutum sit, ut iudices non recedant ab eo, quod bis, vel pluries*

[A] Nociones comparadas de derecho público político VIII (1903).

[B] The Judge 12 (1979).

[C] 455 Gaceta Judicial de Bolivia 834 (1884).

[D] Arthur Lehman Goodhart (1891-1978), Precedent in English and Continental Law, 197 The Law Quarterly Review 40, 42 (1932). «*Consuetudo autem est ius quodamm moribus institutum, quod pro lege suscipitur, cum deficit lex; nec differt scriptura an ratione consistat, quando et legem ratio commendet*», Isidorus Hispalensis, II Originum seu Etymologiarum 10.

[E] Luis Paz (1854-1928), Derecho público constitucional 387 (1912).

[F] See Peter Stein (1926-), Judge and Jurist in the Civil Law: A Historical Interpretation, 46 Louisiana Law Review 241 (1985); Raoul Charles van Cænegem (1927-), Judges, legislators and professors: chapters in European legal history (1987).

[G] Antonio de León Pinelo (1591-1660), Tratado de confirmaciones reales Introduccion (1630).

[H] VII Tractatus de Legibus et Legislatore Deo XI.

Juan Javier del Granado

the institutional confines of past legal developments as well as concerns about future applications of their decisions. Through the use of reasoning by analogy, courts estimate coalitions of people (we argue) who share interests but exist at different times, and who compose a group larger than the current political majority.

We extend Landes and Posner's thesis about the role of an independent judiciary as an agent of a previous (in time) legislative majority.[A] They posit that courts enforce bargains struck by the enacting Congress against subsequent efforts at legislative encroachment by the present session of Congress. The certainty of such enforcement *over time* enhances the value of any given legislative deal to the interest groups that are bidding for it. Landes and Posner's economic analysis imparts a temporal dimension, thus, to static models of the relationship between the legislature and the courts.[B] As we will see, courts represent diachronic majorities (spread out through time,) in addition to synchronic legislative majorities that have existed in the past. The binding common-law rule by which analogies are drawn across time is *stare decisis*,[C] which holds that a rule laid down in a previous case is obligatory for the court in the resolution of a subsequent case, unless the court is able to distinguish the cases; which is binding on like cases, yet fails to be upon others, *«quia facile sit aliquiam rationem diferentiæ inuenire.»* Of course, the temporal institution of *stare decisis*, fails to be rooted in our civil law tradition and, in our ranks, is dimly understood. Diez de Medina states the opinion that the rulings of a court *«deben referirse únicamente al caso concreto resuelto, y nunca por punto general a otros»* in which he hits the mark, yet he goes on, *«ni a casos análogos que en lo sucesivo ocurrieren; pues esto importaría una*

Tullock, The Costs of a Legal System, 4 The Journal of Legal Studies 75 (1972). By substituting violence with the arguments people can substantiate, we expose a view of our present courts.

[A] The Independent Judiciary in an Interest-Group Perspective, The Journal of Law and Economics 875 (1975); Mark Ramseyer (1954-), The Puzzling (In)dependence of Courts: A Comparative Approach, 23 The Journal of Legal Studies 721 (1994); Thomas Merrill (1949-), Pluralism, the Prisoner's Dilemma, and the Behavior of the Independent Judiciary, 88 Northwestern University Law Review 396 (1993); Robert Tollison (1942-), Interest Groups and Courts, 6 George Mason Law Review 953 (1998).

[B] Courts tend to add stability to the legislative process by enforcing interest-group bargains enacted by past majorities against the demands of interest groups in the present. Judicial independence also paves the way for arguments by analogy by diachronic majorities.

[C] A Latinate expression of recent coinage and one of the ugliest neologisms of the 19° century.

Controversia de imperio legis

courts majoritarian institutions?[A] In his influential study of Anglo American constitutionalism The Least Dangerous Branch,[B] Alexander Bickel (1924-1974) argues courts are counter-majoritarian institutions.[C] After all, it seems that they protect the interests of minorities. Yet there would be no justification for a counter-majoritarian institution. Would such an institution not instigate a revolution against it? Why have the Anglo American people not plunged into an incarnate revolution against the Supreme Court, and against all courts and lawyers? *La Révolution française, ne fût-elle pas provoquée par l'actuation du Parlement de Paris?* Bickel's approach would lead us astray, and misses the very point of legal reasoning across time, which works by analogy.[D] We assume courts will reason that what is fair to one person (one day) is fair to another person (another day), unless the facts are distinguishable. Courts will «treat equals equally,» about which Stigler feels uncomfortable.[E] Courts are diachronic majoritarian institutions because they adjudicate questions not only for the two parties before them (today), but for the large group of people (yesterday and tomorrow) who have had or will have analogous disputes.[F] Improper judicial activism occurs when courts act by ignoring

---

[A] This book is, to some extent, a product of the political jurisprudence that has come out of the United States since the 1950s. See Victor Rosenblum (1925-), Law as a political instrument (1955); Martin Shapiro (1933-), Judicial Modesty, Political Reality, and Preferred Position, 47 Cornell Law Quarterly 175 (1962); Law and Politics in the Supreme Court: New Approaches to Political Jurisprudence (1964); Toward a Theory of Stare Decisis, 1 The Journal of Legal Studies 125 (1972); Courts, A Comparative and Political Analysis (1981); Hjalte Rasmussen (1940-), On Law and Policy in the European Court of Justice: A Comparative Study in Judicial Policymaking (1986).

[B] Alexander Hamilton (1757-1804) *va descriure a la judicatura com el* «least dangerous» *dels poders*, 78 The Federalist.

[C] According to Bickel, judicial review is «a counter-majoritarian force in our system» and «a deviant institution in the American democracy,» 16, 18 (1962); Robert Bork (1927-), The Tempting of America: the Political Seduction of the Law 264 (1989). See James Bradley Thayer (1831-1902), The Origin and Scope of the American Doctrine of Constitutional Law, 7 Harvard Law Review 129 (1893).

[D] Caietanus (1468-1534), De nominum analogia (1498); Suárez, VI Tractatus de Legibus et Legislatore Deo III.

[E] The Law and Economics of Public Policy: A Plea to the Scholars, 1 The Journal of Legal Studies 1, 4 (1972).

[F] Let us calculate the benefits captured by analogous treatment (across time) across people — analogous disputes recur intermittently. We assume the violence employed in any recurrence of a dispute is constant. All analogous disputes are decided the same way regardless — *un certo tipo di fattispecie conduce ad un certo esito giuridico*. If violence is expensive both as a good and as a bad, the legal system saves them vast resources through time. The savings to be made from disputes are additional to the savings realised from «defining the rights of individuals in the social product,»

efficient interests that it smothers. *Deshalb ein Denkexperiment*—Rawl's trans-temporal assembly that would convene representatives from distant times.[A] Yet Rawls' long, philosophical discussion is sheer folly.[B] As a reader, you get the feeling that you are rummaging through a philosopher's filing cabinet, as you plunge into the degree of messiness we associate with human decision-making. Rawls fails to register that our brains are not magic carpets, Aladdin's lamps or time machines.[C] On the other hand, economists develop complex and subtle theories of human nature grounded in bounded rationality and in positive observations of individual and social behaviour. In this book we suggest that courts, and not legislative assemblies, are diachronic representative institutions. Ours is a valid and, at root, oddly positive thesis—the assertion of a clear-eyed reality, not an extravagant flight of fancy. Accordingly, let us address the problem of the diachronic majoritarian calculus of these interests actually performed by courts.

The rule of judges—who «*legem constituent*»[D]—is an ancient institution, prior to politically organised society. On the tree of legal evolution, adjudication includes practices that are akin to basic forms of decision making studied by anthropologists. This research suggests that people turn (in indigenous societies without political organisation as, in our society, it is understood) toward adjudication and the discretion of ‹men of prestige› as visible mechanisms for the resolution of disputes.[E] Yet, we still have to discover τὸν ἀναλογισμον used by such formal institutions. Since we propose that courts resolve the problem of the diachronic majoritarian calculus of efficiency, let us begin by asking—are

---

[A] The Problem of Justice Between Generations, A Theory of Justice, 284-93; Bruce Ackerman (1943-), Justice over Time, Social Justice in the Liberal State 107-221 (1980).

[B] *Die Idee gerechter Umverteilung lässt sich unter der Hypothese des Schleiers der Unwissenheit kaum realisieren. Sie setzt konkretes Wissen über konkrete Situationen voraus—und dies sogar in bezug auf die Zukunft. Eine solche Kenntnis können jedoch Philosophen nicht haben.*

[C] Antoine Galland's (1646-1715) rendition of (٨٩٠) ليلة و ليلة أ[ﻲﻓ], Les Mille et une nuits (1709); Herbert George Wells (1866-1946), The Time Machine (1895).

[D] Suárez, I Tractatus de Legibus et Legislatore Deo II.

[E] William Landes (1939-) and Richard Posner, Adjudication as a Private Good, 8 The Journal of Legal Studies 235, 242 (1979). Pluralist legal historians note the persistence in our society over time of these mechanisms alongside formal legal institutions. See António Manuel Hespanha (1945-), La gracia del Derecho (1993).

Controversia de imperio legis

Chapter 10

Law and time

*W*e have become a society of chrono-maniacs. Never mind the motorised tiny-to-large gears grinding away, each labelled with its rotations per hour, day, year, century or millennium. We are obsessed with the constant passing of time. Tick-tock, tick-tock. Embedded deep within the present, the clock parades its moments, propelling us from the recent past to the near future.[A] In law, the blending of all Pareto-potential interests in coalitions is a complicated problem for simple majoritarian democratic institutions. Democratic processes are limited to representing people living in the present moment. Those groups, who exist at different times while sharing concrete interests, are unable to gather and rally to the support of their cause, or to elect representatives to press their claims.[B] Epstein states the problem clearly—

«Democratic processes with universal suffrage cannot register the preferences of the unborn, and dialogue between generations is frustrated when future generations, or at least some future generations, are of necessity silent.»[C]

If representatives from the distant past to the unseen future were able to assemble in the legislature, they would form coalitions that are larger than the simple present majority that prevails, and would recapture

---

[A] *Quid est ergo tempus?* For millennia, we have tried to explain time. Yet this everyday concept can be very difficult to grasp at a fundamental level of understanding. The nature of time has always bewildered anyone who ever thinks about it. Augustinus, a prolific, persuasive and brilliant thinker, famously mused that he absolutely understood time until someone asked him to explain it, «*si nemo ex me quaerat, scio; si quaerenti explicare velim, nescio.*» XI Confessionum mearum libri XIII (400). Physicists believe there is a thermodynamic arrow of time pointing in a constant direction, in that entropy (a measure of disorder) always increases. We distinguish the future from the past because a system that seems to be reversible is, in fact, irreversible. Viscount Professor Ilya Prigogine (1917-) extends quantum mechanics to irreversible systems in nature, in Fin des certitudes (1996), to demonstrate time's natural irreversibility.

[B] The barriers of time cause high, but not prohibitive, transaction costs.

[C] Justice Across the Generations, 67 Texas Law Review 1465 (1989). Epstein explores the temporal dimension of private law in two breakthrough articles, Past and Future: The Temporal Dimension in the Law of Property, 64 Washington University Law Quarterly 667 (1986); The Temporal Dimension in Tort Law, 53 The University of Chicago Law Review 1175 (1986). Again, we find parallels between Epstein's analysis and the concerns Vázquez de Menchaca raised over four centuries ago. Both focus on adverse possession as the recurrent source of private rights.

activity, we note, may be a non-Kaldor-Hicks-enhancing move. Or at the extreme, it may meet the criterion of Paretian-inferiority formed by Vázquez de Menchaca (what, without conferring a benefit upon anyone, will inflict an injury on someone). What is the politico/legal cost of being arbitrary, of undertaking a non-Kaldor-Hicks- or a Kaldor-Hicks-enhancing move without compensating those whose asserted rights of exclusion are infringed? Such moves are expensive in a majoritarian politico/legal system because the same group can capture the benefits of different moves *across time* more than once. Yet a certain group cannot indefinitely bear costs, since its resources will become depleted.[A] The political cost of an arbitrary move must also take into account the negative externality *through time* that it will be repeated. No matter how small the group that loses through the initial activity, the size of the group that incurs the costs of all the negative externalities through time becomes unusually large. Oftentimes, it will be larger than the size of the group that benefits, since the same group can benefit in an any number of instances. *We are estimating the measurements of externalities over time.* And the reason we adduce is that externalities exist in time. What we do today may injure others days, years, or centuries from now.[B] The concept of arbitrariness brings to light the problem of the diachronic majoritarian calculus of efficiency. Under these constraints, the benefits captured by a Kaldor-Hicks-enhancing move for which there is no compensation must be exceedingly large, or the costs minutely small —for it to be politically justified. No matter how large is the size of the group that initially wins, the size of the group that eventually loses is larger, so the average long-term benefits and costs must be adjusted. Accordingly, government is usually not arbitrary in the majoritarian politico/legal system.

[A] Certain kinds of capital, like land, are renewable, yet all capital can be depleted over time. Julián Prudencio (1815-1885), Principios de economía política aplicados al estado actual y circunstancias de Bolivia III (1845).

[B] The people who opposed wholesale land reform in Bolivia decades ago should remember the arguments advanced nearly a century before by José María Santiváñez (1815-1893), against usurpation of communal lands through legislation to extinguish indigenous property rights, Reivindicación de los terrenos de comunidad (1871)

Controversia de imperio legis

From our analysis, we are able to draw the subtle distinction. A valid reason underlies it—for a regulation, we do not recover compensation because it happens collaterally.[A]

In Takings, private property and the power of eminent domain (1985), Richard Allen Epstein (1943-) reproduces the analysis made by Vázquez de Menchaca in Controversiarum illustrium aliarumque usu frequentium (1564). The parallel that can be drawn between both works is striking. Both authors offer the argument that private rights should be a check on government action and, that the doctrine of eminent domain is key to public law. Though more than four centuries separate them, both challenge the prerogative exercised by government to regulate private property. Epstein rejects the possibility of collateral compensation between Kaldor-Hicks-enhancing moves. «No evidence suggests that the crazy quilt of regulation will balance out,» he says.[B] Vázquez de Menchaca goes to a greater extreme than Epstein in disallowing government any right to arbitrarily regulate private property, «*non poterit homini legitimætatis et integræmentis impedire liberum usum rerum suarum,*»[C] and frames a concept of Paretain-inferiority as the only justification to be found—where the use which is made of private property and liberty causes injury to someone, without anyone deriving any benefit, «*iure et libertate nostra uti non possumus, cum id nemini prodest, et alteri nocet.*»[D]

Let us ask the central question of the book—what is the rule of law? We pile up majorities by forming coalitions of minorities who share interests. That often involves tortuous negotiations; putting together coalitions with minority parties is easier said than done. Accordingly, the blending of all Pareto-potential interests in coalitions constitutes the fundamental problem of majoritarian government, which is ultimately solved by the courts. Third, an idea formulated by us for undertaking a productive

---

125 (1992); Heller, Deterrence and Distribution in the Law of Takings, 112 Harvard Law Review 997 (1999).

[A] The earliest discussion of this question is Frank Michelman's (1936-) article, Property, Utility, and Fairness: Comments on the Ethical Foundations of ‹Just Compensation› Law, 80 Harvard Law Review 1165, 1218, 1225 (1967).

[B] Takings at 279.

[C] I Controversarium illustrium usuque frequentium XVII

[D] I *Idem* XXXXVI.

79

Juan Javier del Granado

Chapter 9

Eminent domain

*E*minent domain is another legal institution that assures us that adequate compensation for what is taken will be made. Correspondingly, we ask—what distinction is there between a taking and a regulation? In both instances the government takes the value of rights that belong to us. By a regulation it may, for instance, declare industrial a zone where we possess lands (zoning), making their value drop considerably, without this constituting a taking. With any of these measures, we lose capital, but if a regulation is involved, we fail to receive compensation, since government simply uses its prerogative to regulate. Vázquez de Menchaca established, in 1563, the doctrine that compensation must be offered when the government takes private property, «*ut et si fiat ob publicam utilitatem adhuc tamen non destinat recompensatio aut remuneratio domino illius rei.*»[A] The compensation to be paid must be, he said, commensurate to the value of the property to be taken, «*remuneret res publica si potest ex integro... quod si nec etiam ex parte potest... quod deest ut quum primum venerit ad pinguiorem fortunam suppleat par est.*» The law differentiates between takings, where satisfactory compensation is prescribed, and regulations, where no compensation is stipulated. How do we explain such a sweeping distinction in the law?[B]

[A] I Controversarium illustrium usuque frequentium V. Kris Kobach (1966-) traces the origin of the doctrine back to the natural law writings of de Groot, who borrows his entire system from Vázquez de Menchaca. The Origins of Regulatory Takings: Setting the Record Straight, 47 Utah Law Review 1215, 1235 (1996). Without indicating the source, Julio Alberto d'Avis (1912-) cites other language—«*se dé congrúa y merecida recompensa*», Curso de Derecho Administrativo 190 (1960).

[B] We take a different view from Thomas Miceli (1959-), Regulatory Takings: Regulatory Takings: When Should Compensation Be Paid, 23 The Journal of Legal Studies 749 (1994), and side-step the question concerning the efficiency of the regulation. Instead, we suggest that collateral compensation be applied as the yardstick. There are other explanations for just compensation such as improving the allocation of resources in the economy by correcting massive disincentives or moral hazards, or providing a viable counterpart in the public sector to political risk insurance. See Lawrence Blume (1952-), Compensation for Takings: An Economic Analysis, 72 Cal L Rev 569 (1984); Cooter, Unity in Tort, Contract, and Property: The Model of Precaution, 73 California Law Review 1, 19-25 (1985); Louis Kaplow (1956-), An Economic Analysis of Legal Transitions, 99 Harvard Law Review 509 (1986); William Fischel (1945-), 9 International Review of Law and Economics 115 (1989); Saul Levmore (1953-), Just Compensation and Just Politics, 22 Connecticut Law Review 285 (1990); Daniel Farber (1950-), Economic Analysis and Just compensation, 12 International Review of Law and Economics

Controversia de imperio legis

system does not legitimately bargain with all the violence in the community, and anyone who transacts at the political market will austerely invest. In the words of the Angelic Doctor, «*ut omnes aliquam partem habeant in principatu: per hoc enim conservatur pax populi.*»[A] To sum up our argument, the representative, politico/legal system offers (economic agents) government regulation of private rights, and (others) adequate compensation for what is taken.

Proportional, Majoritarian and Mixed Systems, 18 International Political Science Review 297 (1997).

[A] I II Summa Theologiæ 105 1.

negocian con ellos, pretenden engañarlos.»[A] Politicians calculate Kaldor-Hicks-enhancing moves between groups where the benefits of each move compensate the other group for the costs of each move, logrolling their votes in a parliamentary system to make collateral compensation. Where the groups that benefit from activities are small, and the costs of the activities are borne by groups that are large, possibly by the entire community, the political arithmetic is simple. We alternate a large number of Kaldor-Hicks-improvements, and on average they will compensate for each other collaterally. On the other hand, where the groups that reap benefits are larger, and the groups that incur costs are smaller, it becomes a more delicate operation to compose a set of moves that will compensate for each other. At some point, we expect that the government must undergo the trouble of making a redistribution of income. When moves cannot be found that compensate for one another in a collateral way, in order to put into effect some of these Kaldor-Hicks-improvements, government must offer monetary compensation to those to whom, as a result, harm was done.[B] The politico/legal costs of obtaining Kaldor-Hicks-enhancing moves from a legislature, court, or agency vary with the availability of offsetting Kaldor-Hicks-enhancing moves. Politicians eschew Kaldor-Hicks-enhancing moves for which they are unable to devise compensatory moves. Otherwise, no one apprehends if they are Kaldor-Hicks-enhancing ideas, and no one, whose property incurs the costs, cares solicitously. Discontented people vote against them, and if people are unable to remove them from political office, they rationally become violent.

We must preserve integrity of the electoral system on which the legitimacy of the government depends. It is absolutely imperative that the political system build on a broad base of representation.[C] Else, the

---

[A] 1 Política para corregidores y señores de vasallos VIIII (1597). In a footnote to Du contrat social ou Principes du droit politique, Rousseau sustains that while the Subdolus Diabolicarum Cogitationum Faber professed to teach Kings, it was the people he really instructed (1762).

[B] Regulatory activity fulfils the aims of compensation. Moreover, there are political estimates at which we must arrive to deregulate. Consequently, Richard Posner notes the deliberate and continued provision of many services «at lower rates and in larger quantities than would be offered in an unregulated competitive market or, a fortiori, an unregulated monopolistic one,» Taxation by regulation, 2 Bell Journal of Economics and Management Science 22 (1971).

[C] Insofar as for political systems in Ibero America, it is important to establish a broad base of representation, in addition to universal suffrage. See Federico Diez de Medina (1882-1952), who writing at the close of the 19ᵗʰ century, lists electoral systems, which assure minority as well as majority representation. Las minorías en Bolivia (1878); Nociones comparadas de derecho público político VI (1903). See Pippa Norris (1953-), Choosing Electoral Systems:

Controversia de imperio legis

utilities—*«nous ne pouvons ni comparer ni sommer celles-ci car nous ignorons le rapport des unités en lesquelles elles sont exprimées.»*[A] Instead, we presume it was a non-Kaldor-Hicks-enhancing idea.

Do we believe that the government constantly redistributes benefits to everyone in the community, in order to cover the externalities of every activity?[B] We find politicians are able to compromise with different Kaldor-Hicks-improvements that compensate for one another. If the legislature, court, or agency undertakes various improvements, each group may obtain collateral compensation for the costs incurred by its property and additionally reap a profit. The community amasses considerable money. Society avoids the transaction costs of having to redistribute the benefits of every Kaldor-Hicks-enhancing move in order to compensate those whose property bears the costs of the move.[C] By offering collateral compensation, the politico/legal system opens up new economic opportunity and creates wealth.[D] Politicians barter in the political market, much like the people who buy and sell in the economic market. They broker deals—*gli attori politici ragionano come qualunque altro agente economico.* Only they wheel and deal with the violence of the community.[E] In the economic market, information is conveyed through the prices listed; in the political market, through the votes cast. As market makers, politicians must show savvy. Back in the 16th century, Jerónimo Castillo de Bobadilla (1547-1605) put it this way—*«La astucia y sagacidad son necessarias a los que goviernan Republicas, porque todos los que*

[A] Pareto, I Cours d'Economie Politique 93 (1896). Daniel Salamanca (1865-1935), Apuntes para una Teoría del Valor 21 (1935).

[B] The reason we posit for this redistribution differs from that cited by Harold Hochman (1936-), Pareto Optimal Redistribution, 59 American Economic Review 542 (1969).

[C] Not all benefits are alienable. Yet collateral compensation does not presuppose benefits to be alienable. Kaldor-Hicks-efficient transactions in the politico-legal marketplace are measured «by what people are willing to pay for something or, if they already own it, what they demand [not necessarily in money] to give it up,» the same criterion which Richard Posner establishes for wealth maximisation, Utilitarianism, Economics, and Legal Theory at 119.

[D] Benefits that redistribution through a tax system fails to afford.

[E] The threat of violence is real. It pre-exists in a political environment, instead of issuing from politicians as McChesney's model of rent-extraction would suggest, Rent Extraction and Rent Creation in the Economic Theory of Regulation, 16 The Journal of Legal Studies 101 (1987); Money for Nothing: Politicians, Rent Extraction and Political Extortion (1997).

net negative externalities occasioned, plus the transaction costs that must be borne to re-distribute the benefits of the activity through the government to make adequate compensation.[A] If the condition of a Kaldor-Hicks-improvement fails to ensue, no redistribution from the benefits captured will be enough to pacify those whose property bears the costs dispersed by an activity. Usually, with Kaldor-Hicks- or potential-Pareto-improvements the gainers are said to gain so much that they are able to compensate the losers. Yet those compensations are not actually made. We discard the concept of a hypothetical compensation put forth by Kaldor-Hicks.[B] In the real world of politics, *actual* compensation must be forthcoming. People have no patience or time for a long wait in order to pick up a hypothetical compensation. Never the less, this compensation can be made collaterally. In this book, we choose to use these terms slightly differently. By Kaldor-Hicks- or potential-Pareto-improvements, we mean situations where compensation is made collaterally, so that the compensation here is not hypothetical but actual. This book adopts a theoretical model based on Buchanan's work.[C] In the legislative context, Coasian bargaining takes place through a process of logrolling. The real test of a policy is in the actual consent of people, with side payments permitted among all coalitions. Accordingly, what is the vital question of political theory? The question involves how to distinguish among Pareto-, Kaldor-Hicks-, and non-Kaldor-Hicks-enhancing activities that generate external effects. Pareto-improvements are easily recognisable, since no one may cite a reason to object. A more abstruse matter for us is how to recognise Kaldor-Hicks-enhancing from non-Kaldor-Hicks-enhancing moves. With a Kaldor-Hicks-improvement, on the one hand, we expect to be able to make a redistribution with which people are satisfied. When the people affected find the redistribution unsatisfactory, however, we have no way of determining whether the move was a Kaldor-Hicks-enhancing idea because we are unable to make interpersonal comparisons with respect to

---

[A] Steven Shavell (1946-), Why the Legal System Is Less Efficient than the Income Tax in Redistributing Income, 23 The Journal of Legal Studies 667 (1994); A Note on Efficiency vs. Distributional Equity in Legal Rulemaking: Should Distributional Equity Matter Given Optimal Income Taxation?, 71 American Economic Review 414 (1981).

[B] Hicks concedes that his proposal asks for «more patience, perhaps, than we ought to ask,» The Rehabilitation of Consumer Surplus, 8 The Review of Economic Studies 108, 111 (1940).

[C] The relevance of Pareto optimality, 6 The Journal of Conflict Resolution 341 (1962); The Calculus of Consent (1962). See Francesco Parisi (1962-), The Market for Votes: Coasian Bargaining in an Arrovian Setting (1998).

Controversia de imperio legis

Let us say we have developed an idea for an enterprise that will succeed in the Alchian sense. Because of high transaction costs, we are unable to persuade other people to supply us with resources or, to forbear from injuring us, on account of the external costs our activity causes to their property. So we are left with no alternative but to turn to the government in order to impose a system of regulations that would permit us to carry out the activity, in exchange, that is, for a politico/legal price. Our idea may consist of three different kinds. First, it may be a Pareto-improvement.[A] Such an activity disperses greater amounts of benefit than cost on the property of every person affected in the community. If we inquire what the politico/legal costs of Pareto-improvements (government regulations that permit such activities) are in majoritarian systems, we discover, astonishingly, that these are nil. The politico/legal costs of obtaining Pareto-improvements from a legislature, court, or agency are nil because no one will object. Instead, every person affected would object if we were confronted with a refusal. Pareto-improvements are politically inexpensive.

Second, an idea formulated by us for undertaking a productive activity may be a Kaldor-Hicks-improvement.[B] In such a move, the benefits captured across people are greater than the costs dispersed. As we saw, the people who capture the net benefits are able to redistribute them to those whose properties bear the net costs, and even so reap a profit. After the redistribution, the move is a Pareto-improvement. All are content. Thereupon, the politico/legal price of obtaining a Kaldor-Hicks-improvement from a legislature, court, or agency is equal to the

---

[A] Vilfredo Pareto (1848-1923), Il massimo di utilita dato dalla libera concorrenza, 9 Giornale degli Economisti 48 (1894); Enrico Barone (1859-1924), Il Ministro della Produzione nello Stato Collettivista, 37 Giornale degli Economisti 267 (1908); Harold Hotelling (1895-1973), The general welfare in relation to problems of taxation and of railway and utility rates, 6 Econometrica 242 (1938). See Cooter, The Best Right Laws: Value Foundations of the Economic Analysis of Law, 64 Notre Dame Law Review 817, 818-22 (1989).

[B] Nicholas Kaldor (1908-1986), Welfare propositions in economics and interpersonal comparisons of utility, 49 Economic Journal 549 (1939); Hicks, The Foundations of Welfare Economics, 49 Economic Journal 696 (1939). Tibor de Scitovsky (1910-), A note on welfare propositions in economics, 9 Review of Economic Studies 77 (1941); Simon Smith Kuznets (1901-1985), On the valuation of social income—reflections on Professor Hick's article, 15 Economica 116 (1948); Paul Samuelson (1915-), Evaluation of real national income, 1 Oxford Economic Papers 1 (1950); Ian Malcolm David Little (1918-), A Critique of Welfare Economics (1950); William Gorman, (1923-) The Intransitivity of certain criteria used in welfare economics, 7 Oxford Economic Papers 25 (1955). See Antoni Casahuga (1942-1983), Fundamentos normativos de la acción y organización social (1985).

Juan Javier del Granado

We are unable to employ the coercive politico/legal system to capture any benefit we mark because we must pay cumulative amounts of money to pacify the violence of the community. The same amounts depend on the extent of the costs taken on by the property of others as an overall result of our activity (negative externalities), and on the transaction costs of offering compensation through the government. Precisely, an undiminished possibility of forming new coalitions prevents the government from redistributing wealth. Ultimately, the cycling anomaly associated with Condorcet, proves the political axiom that what goes around, comes around. In a never-ending cycle of wealth distribution, and re-distribution, everyone stands to lose—there are no winners. What price does government command from us? Since we know the structure of majoritarian government bears upon this question, we must throw light upon that structure. In a parliamentary debate, Ricardo Anaya (1907-1997) teaches us that democracy, far from doing away with violence, replaces it with the vote. He says—«*La democracia no ha eliminado la lucha de clases, simplemente se ha limitado a reducir la violencia de la lucha de clases a los términos del sufragio universal.*»[A] What does the majoritarian politico/legal system mean for the person who undertakes a productive activity? She could acquire all the properties to which the external costs of her activity disperse. This securement would dispose of the social problem, since she would now be sustaining damages on her property, and from this circumstance no one would draw any reason to object. Property is evidently scarce, and the external costs of the activity could conceivably disperse further than she is able to secure affected properties. For these reasons, underwriting the transaction might prove to be expensive. Also, the person could attempt to engage in deals with others that own properties, to defray the external costs the activity disperses. She would shoulder additional costs to engage in these transactions and assemble the resources needed, costs that again are inordinately high—even if she is not faced with strategic problems.[B]

---

the arbitrariness of governments. Unfortunately, in Ibero America today, much of this has failed to change—the government continues to pursue its arbitrary will. In the situation, we suggest a substantial improvement would be ventured by majoritarian institutions that cleave to the rule of law.

[A] Democracia y revolución 31 (1943).

[B] See Lloyd Cohen (1947-), Holdouts and Free Riders in 20 The Journal of Legal Studies 351 (1991).

Controversia de imperio legis

Chapter 8

L'applicazione dell'approccio economico alla sfera delle scelte politiche

*I*f as a result of our activities, we make others incur costs in domains where they assert exclusive private rights, it is evident that they will be outraged by what has happened. They will resort to violence to prevent us from undertaking these activities.[A] Sergio Almaraz Paz (1928-1968) writes in 1964—«*Nuestro primitivismo responde a otros resortes porque somos un pueblo ofendido que empieza el camino de la venganza.*»[B] Only when we compensate them, will they agree to abstain from violence and accept the rule of law. Vázquez de Menchaca stumbles over the truth that whoever savours the fruits of an enterprise, must sustain the damages, «*incommoda expensamque cuisque rei eum sequi debere quem commoda sequuntur.*»[C] Majoritarian government, as we saw, enables us to pay them back all at once, through a limited number of political retributions. The government, in turn, assures that, for bearing the costs of our activities (of the activities of all of society) they are satisfactorily compensated. Do we know what government is? Is it a convenient black box in which we hide these transactions? In it money and work go, and out of it money and work come. Now, we must consider more precisely about how government functions. Government is a single instrument of coercion that we utilise to organise the capture of external benefits, which we could not achieve through voluntary co-operative trades or individual effort not affecting anyone else.[D]

[A] When most people talk about justice, they have in mind retributive justice. They really are looking for a modern version of «*que paffe lo que fizo*»—*Lex talionis*. Aristotle, ε' Ἠθικῶν Νικομαχείων (330 B.C.). See friar Tomás de Mercado's (1530-1576) discussion of restitution, Summa de tratos, y contratos (1571).

[B] La Violencia en Bolivia in Mariano Baptista Gumucio (1933-), La violencia en Bolivia (1976).

[C] I Controversarium illustrium usuque frequentium V.

[D] Our bargaining position with the government is worse than if we were employing voluntary, co-operative or individual means. The remark is no quibble. In Bolivia, around 1871, Félix Avelino Aramayo (1846-1916) complained, «*Nosotros habíamos continuado progresando rápidamente en el comercio, hasta que llegamos a esa altura de la que a nadie es permitido pasar, porque no se puede seguir aumentando la fortuna sin correr los riesgos consiguientes, en un país sin instituciones financieras y sujeto a la arbitrariedad de Gobiernos, que pretenden saber todo y quieren dirigir todo, sin más ciencia que la de su autoridad,*» Apuntes sobre el estado industrial, económico y político de Bolivia 9. The touch of bitterness in Aramayo's voice is valid. As an entrepreneur he oftentimes was faced with

Juan Javier del Granado

People (others) in general will fail to permit an activity to be carried on, which causes negative externalities to their property, unless they are able to derive the benefits from it in some way, even indirectly. However, it sometimes happens that the concentrated benefits, which people (economic agents) capture through a productive activity, are greater than the dispersed costs, which an activity causes. So here, provided that transaction costs are high, it would pay everybody to suspend their property rights, their ability to exclude costs from their domains, to let others carry on the activity.[A] Inasmuch as the other people are prevented from excluding costs from their domains, the value of their property rights is decreased. This limitation does not bring about social peace. As the Angelic Doctor says, «*magis pacificus status hominum conseruatur, dum unusquisque re sua contentus est.*»[B] Even so, those who capture the benefits, which are greater than all the costs dispersed, make the money[C] to compensate the people whose property bears the costs of such an activity. After the redistribution, all are content. By co-operating, the group multiplies its wealth. In brief, provided that transaction costs are high, whenever we undertake an activity, where the benefits we capture are greater than the costs we disperse, we pay for the vexation others bear and are richer through the settlement, made by employing the intervention of the State —government regulation of private rights.

Rights at 350; Alchian and Demsetz, The Property Right Paradigm, 33 Journal of Economic History 16 (1973).

[A] Joel Franklin Brenner (1947-) notes that, during the Industrial Revolution, nuisance law failed to be applied systematically in England, to economic activities which were of benefit to the community, Nuisance Law and the Industrial Revolution, 3 The Journal of Legal Studies 403, 412-15 (1974).

[B] I II Summa Theologiæ 105 2.

[C] We assume that they may alienate the benefits. Later on, we overthrow this supposition, since in political transactions we need not presume it, where compensation can be offered in other ways.

Controversia de imperio legis

under the direct and lasting influence of this new-found epistemological modesty, economists came to realise that, though less profound than the notion of *levels of welfare*, that of *individual preferences* was probably more sound because preferences, as revealed in the market, are positive, or observed. This conceptual transformation begets still more conceptual evolution. It is time to take stock and exchange rationalism for rational choice. Now the stage is set for a very clear defence, based on subjective utility theory, of private property rights and limited government intervention in the market, understanding fully its aims and functions. Accordingly, let us draw the public and private law distinction, which has come down to us from Justinianus (483-565). «*Publicum ius est, quod ad statum rei Romanæ spectet; privatum quod ad signulorum utilitatem.*»[A] In our understanding, government regulates multifarious affairs, by allowing certain activities and disallowing others. Private property includes, in great measure, the right to carry on as we choose within certain domains. In the words of Vázquez de Menchaca, «*est enim naturalis fucultas eius, quod facere libet.*»[B] Baroque scholastic doctors frame property in terms of liberty.[C]

Government and private property are bound, thus, to conflict. Coase evades the question as to when we respect the private domain, where a person does whatever she chooses, or infringe upon the right to do or not do something within that domain. Like the Pharos Lighthouse sending its beam into the darkness, we cast a light on the question of where we respect private rights to act freely within a certain domain, or have society restrict what can and cannot be done, which enjoins the use of that domain. We find the answer by observing that costs are usually more dispersed than benefits across property (negative externalities). If benefits were more dispersed, we would not choose to exclude others, or the correspondent effects of their activities, from our domains; to illustrate, if our neighbour cultivated an orchard bearing fruit that fell on our property and which we could enjoy (positive externalities). Yet, we exclude economic agents precisely because costs are more dispersed.[D]

[A] I Institutionum Titulus I IIII, Antonio Pichardo Vinuesa, I Commentariorum in Quatuor Institutionem Iustinianærum Libros (1657).

[B] I Controversarium illustrium usuque frequentium XVII.

[C] «*Et libertas quidem est, ex qua etiam liberi uocantur, naturalis facultas eius quod cuiqui facere libet, nisi si quid aut ui aut iure prohibeatur,*» I Institutes III II.

[D] Demsetz states that «[p]roperty rights develop to internalize externalities when the gains of internalization become larger than the cost of internalization,» Toward a Theory of Property

non-persons. Statements about human nature are elevated to a realm of pure, hermetic abstraction—abstraction as cold and vacuous as the dark side of the moon. The de-personalised figures that result are as remote to us as heavenly bodies. Kept untouchably remote, none the less we find them profoundly alluring. Margaret Jane Radin (1941-) develops one such contemporary outlook—certain categories of property (not all) are required for personal flourishing.[A] Yet her view assumes away the concrete, individualising aspects of human beings. Property is not about a shell of abstract personality. Her dubious analysis is fatally anti-humanistic. Property is about personhood in all its *flesh-and-bone*, even bestial particularity. Any observer will notice that private property is better cared for than what belongs to the community.

C'est seulement a partir de 1870 que, avec l'Ecole autrichienne, la theorie de l'utilite subjective pourra refaire surface et s'imposer a nouveau. And it was not until the 1930s that the core insight underlying ‹the economic analysis of property rights› was recovered.[B] The Ordinalist revolution arose from the application to economics of the logical positivism of the so-called Vienna Circle,[C] a group of scientifically-minded philosophers who attempted to divide human thought in a clear-cut fashion. Linguistic imprecision and factual fuzziness often come together. As a result, people confuse rationality with causality—*causa siue ratio.* Such confusion has afflicted all Western thought since the Enlightenment. A British disciple of the Vienna Circle, Alfred Jules Ayer (1910-1989) laments, «propositions and questions which are really linguistic are often expressed in such a way that they appear to be factual.»[D] In the 1930s,

---

[A] Property and Personhood, 34 Stanford Law Review 957 (1982); Market-Inalienability 100 Harvard Law Review 1849 (1987); The Liberal Conception of Property: Cross Currents in the Jurisprudence of Takings 88 The Columbia Law Review 1667 (1988); The Colin Ruagh Thomas O'Fallon Memorial Lecture on Reconsidering Personhood, 74 Oregon Law Review 423 (1995); Reinterpreting Property (1993); Contested Commodities (1996).

[B] Knight, Some Fallacies in the Interpretation of Social Cost, 38 Quarterly Journal of Economics 582 (1924); Scott Gordon (1924-), The Economics of a Common Property Resource: The Fishery, 62 Journal of Political Economy 124 (1954). Michael Heller (1962-), The Tragedy of the Anti-Commons, Property in the Transition from Marx to Markets, 111 Harvard Law Review 621 (1998); The Boundaries of Private Property, 108 The Yale Law Journal 1163 (1999).

[C] Wissenschaftliche Weltauffassung—Der Wiener Kreis (1929).

[D] Language, Truth and Logic 57 (1936). The opening sentence of this little volume says much in few words—«The traditional disputes of philosophy are, for the most part, as unwarranted as they are unfruitful.»

Controversia de imperio legis

it culminates unwittingly in the economic thought of Smith's greatest disciple—Marx. Marx's entire corpus is a conscious effort to carry Smith's ideas to their logical conclusions. The objectification of labour is behind Marx's flawed theory of surplus value. It also leads a contemporary philosopher such as Robert Nozick (1938-) into confusion and misapprehensions about property as alienated labour, without understanding fully its aims and functions.[A] Baroque jurists, able to flaunt their legal learning,[B] would never have put forward blanket restoration of property to Native Americans after five centuries of occupation, as Nozick's system simplemindedly leads one to surmise, though they were acutely preoccupied with this question.[C] The roots of the objectification of labour reach back to the Enlightenment, the 18th-century philosophical movement characterised by rationalism (rather than to any Calvinist beliefs that pertain to the sacredness of labour as has been romantically put forth.[D]) Kant's attempt to ground the capacity of individuals to act in a free, purposeful and autonomous manner in universal Reason fails nobly.[E] And Hegel's identification of the free personality *qua* self image with an objective spirit (the concrete manifestation of an absolute, and purely rational ideality,) cuts individual flourishing off from one's own subjective preferences. Contemporary understandings of property law have suffered, likewise, from application of the rationalist conception that attaches personality to metaphysical fabrications. Rationalism has a perverse effect on our own concept of personhood (what human beings re-present.) One must de-personify human beings and look far beyond humanity, one must personify the State, in order to mark out property. Persons become

---

[A] See Anarchy, State and Utopia 152-153 (1974).

[B] *Ubi homo, ibi societas; ubi societas, ibi ius.*

[C] Vázquez de Menchaca points out that the establishment of almost all property ownership can be traced back to the law of adverse possession, or to the law of prescription, that is, the doctrine of customary usage from time immemorial that turns a trespasser into a true owner, a title rooted in centuries-old Roman law, rather than in a mythical first possessor.

[D] Emil Leopold Ferdinand Kauder (1901-), The Retarded Acceptance of the Marginal Utility Theory, 67 Quarterly Journal of Economics 564 (1953); Murray Newton Rothbard (1926-1995), II An Austrian Perspective on the History of Economic Thought (1995).

[E] Our notions of bounded rationality are ultimately drawn from Augustinian-inspired tracts. Sixteen hundred years later, we are still struggling to overcome his arguments for heteronomy, with questionable success. Laws, religion and other systems of external authority impose direction upon life because, as the old adage goes, good intentions are the paving stones on that proverbial road to hell. XXII De ciuitate Dei contra paganos libri XXII.

Juan Javier del Granado

repeatedly, and again, and then again, throughout his masterly treatise, governmental office represents a trust held for the benefit of the people and should never be interpreted in a way contrary to it, «*ad utilia tantum, non etiam quod ad contraria.*»[B] The benefit of the people consists of, as Suárez makes clear, the provision of public goods for the immediate use and enjoyment of all the people («*sed totius communitatis, ad ciuis usum, uel usumfructum immediate ordinatur,*») as well as the interests and property of private individuals («*Aliud uero est bonum commune solum secundario, et quasi per redundantiam; immediate autem bonum priuatum est, quia sub dominio priuatæ personæ.*»)[C]

On the other hand, it is worth noting that John Locke's (1632-1704) touted labour theory of property is a rough version of the doctrine of natural liberty put forward by Peninsular baroque scholastics. That pioneer of modern English liberalism, inveighing against the absolutist Stuart monarchs, posits that individuals acquire rights in property because of the labour they invest to create the property, «it has by this labour something annexed to it that excludes the common right of other men.»[D] This was exactly the position of Adam Smith (1723-1790), the 18th-century father of laissez-faire economics.[E] He asserted that people have a property in their labour—«the property which every man has in his own labour, as it is the original foundation of all other property, so it is the most sacred and inviolable.»[F] The product of labour is embodied and made material in an object. The theory is the rationalist objectification of labour.[G] As a justification for individual appropriation leading to private property rights, it is a bit disingenuous. If nothing else,

---

[A] I Controversarium illustrium usuque frequentium XXXXIII.

[B] Vázquez de Menchaca's intellectual debt to Segouiensis cannot be overstated. Vázquez de Menchaca goes so far as to stage his work in the Council of Trent to parallel Segouiensis's work, which reflected his attendance at the Council of Basel.

[C] I Tractatus de Legibus et Legislatore Deo VII.

[D] Second Treastise of Civil Government V XXVII (1690).

[E] Smith *passe communément pour le père fondateur de l'économie politique—l'Ecossais ne cite jamais ses sources. Par exemple, la fabrique d'épingles, qui illustre ses réflexions sur la division du travail, a été copiée de l'article Epingles de l'Encyclopédie de 1755. Un demi-siècle avant,* Bernard Mandeville (1670-1733) *affirme la notion de main invisible, sinon le termine,* The fable of the bees (1729).

[F] I An Inquiry into the Nature and Causes of the Wealth of Nations X (1776).

[G] *Die Arbeit als Form der Hegelschen Entäußerung vermittelt gleichzeitig die Selbstverwirklichung und die Entfremdung der menschlichen Persönlichkeit.*

Controversia de imperio legis

action. What hangs in the balance in the debate about whether private rights are (in)dependent of the State[A] is that, if they are truly independent, the State must justify its ability to regulate. Otherwise, if they rely on the good graces of government, or if an irrevocable transfer of powers has been made to the government, the ability of the State to regulate private rights is simply absolute. Accordingly, within the framework of the traditional theory that attempts to justify the civil state on the basis of a hypothetical *pactum societatis*, there was considerable debate among Mediæval legists about whether *Lex regia* had been a revocable grant. Azo fails to believe that the Roman people had abdicated all their rights and powers—«*dicitur enim translata, id est concessa, non quod populus omnino a se abdicauerit.*»[B] Baldus (1327-1400) reaches a diametrically opposite conclusion. He reads *Legem regem* literally, and draws what he thinks are the self-evident conclusions—«*Et nota uerbum, ‹dedit›; ergo populus perdidit.*»[C] The Spanish conciliarist Segouiensis puts forward a compelling argument of his own. He proposes that the people never abdicate all their rights and powers, which cannot be taken or given away,[D] no matter what the circumstances, «*nunquam sibi abdicat propterea, quod inseparabilis est ab ea.*» The people remain the primary and unmediated source of these rights and powers. He explains, «*que propterea, quod unicum subiectum est ac inmediatum potestatis ipsius.*»[E] Along the same line of thought, Vázquez de Menchaca insists that *Lex regia* is to be interpreted in a manner consistent with its purposes, and not literally. «*Sique qualis est natura principatus, talis esse debet illorum uerborum utcunque gerenalium interpretatio.*»[A] As he indicates

---

[A] See David Friedman (1945-), Private Creation and Enforcement of Law: An Historical Case in 8 The Journal of Legal Studies 399 (1979); Efficient Institutions for the Private Enforcement of Law in 13 The Journal of Legal Studies 375 (1984).

[B] Summa Codicis I XIIII (1482).

[C] Lectura super prima et secunda parte Digesti uetiris I II (1498).

[D] There exist inalienable legal rights that cannot be waived. A majority in a current congressional session, or even a supramajority or a unanimity of representatives in a constitutional convention, may be unable to enact ‹inalienable› rights. Yet courts may find them through legal reasoning by analogy. Why? The Pareto principle means that a group makes a collective choice, unanimously, at a definite moment in time, between different states of the world. Judgments about Pareto-superior states of the world are synchronic (in much the same way that voluntary exchanges are, by definition, synchronic.) Yet, because rationality is time-bound, we suggest that an individual or a group is unable to waive synchronically, on the same welfarist grounds, an inalienable right that has been established through a diachronic process of legal reasoning.

[E] XVII Historia actorum generalis synodi Basiliensis XXXXII.

almost endless in its usefulness to people, who have left the fold of nature
and live from the funds of human creativity. Defined, enforceable, and
transferable property rights offer incentives for good stewardship. The
Angelic Doctor views private property as a kind of stewardship
stemming from practical necessity.[A] He takes up the arguments put
forward over two thousand years ago by Aristotle to reject Plato's
abolition of private property. Aristotle observes that what no one owns,
no one will care for, «ἥκιστα γὰρ ἐπιμελείας τυγχάνει τὸ πλείστων
κοινόν.»[B] Private property encourages greater effort and care among
producers. People are more careful to procure what is for themselves
alone than that which is common to society. Each one shirks the labour
and leaves to another that which concerns the community.

Baroque scholastics believe that private property has compelling practical
advantages. Vázquez de Menchaca goes on to develop an analysis of the
destruction of a common resource because it is open to all. He compares
ocean fisheries with gaming from a wild stretch of woods or fishing
from a pristine river—an increasing number of people using woods and
rivers inevitably results in the over-harvesting of fish and the depletion
of wild game. There are no incentives to manage these resources. Yet
there are ample incentives for everyone to exploit them. Exclusive
private rights in the woods and rivers give the exploiters of these
resources an interest in sustaining them. Vázquez de Menchaca develops
the argument, «si multi uenentur aut piscentur in terra uel flumine, facile
nemus feris, et flumen piscibus euacuatum redditur, id quod in mari non est
ita.»[C] Back in the 16th century, the ocean seemed unlikely to run out of one
critical resource—fish. As Vázquez de Menchaca explains, there was
such a plentiful supply of fish in the sea that it was not worth the effort to
create a system of resource management for them.

It is time that we recover a forward-looking liberalism from our own
cultural past—Peninsular baroque scholastics espoused a liberal ideal of
limited government and took on the task of limiting governmental
powers in the Kingdoms of the Indies. These doctors considered that
private rights were prior to the State and independent of governmental

---

[A] I II Summa Theologiæ 105 2.

[B] β′ Πολιτικῶν α′.

[C] II Controversarium illustrium usuque frequentium LXXXVIIII.

Controversia de imperio legis

radical itinerant poverty with the practical needs of a pastoral ministry.[A]
Centuries before the first major attempt to achieve a Communist society
in the genuine sense of the term, a society in which private property
would be abolished and replaced by a regime of common ownership, the
early Franciscan movement renounced all rights of property for the
simple use of goods. The Order of Friars Minor claimed that its *simplex
usus factus* of considerable property (even if the affected property
consisted of consumables) did not run afoul of its strict poverty vows.
These claims permitted successive waves of legal commentators and
polemicists to explore the nature and function of property rights.
Defined, enforceable, and transferable property rights came to be
understood in the canon law concretely when men vowed to live without
property, with an austerity that is sincere and stripped of artifice.

One must make a clear-cut distinction. The critical point about the
Franciscan poverty disputes is that the renunciation of property carried
with it a concomitant denial of the will, an element that is essential to the
formulation of a coherent vision of property rights. The rights of
property owners, whatever form they may take, were understood as an
extension of the individual will—the supreme, ultimate expression of
personhood. Nothing is more useful to people than the use of their own
free will. It is through the domain of individual liberty that people have
the power to master and use other things. «*Nihil enim est homini amabilius
libertate propriæ uoluntatis; per hanc enim homo est et aliorum dominus, per
hanc aliis uti uel frui potest.*»[B] Along the same lines, baroque scholastics
think in terms of natural liberty. Accordingly, they take the decisive step
of conceptualising property rights as legal powers or faculties belonging
to persons.[C] «*Quicumque ergo habet facultatem secundum leges, habet
ius*[*/dominium*].»[D] They share a view that property was instituted by the
law of peoples and point up the schism between the natural world and
human artifice. The division of private rights emerged because it is

---

[A] The son of a wealthy merchant from the town of Assisi, God's Troubadour (1182-1226), who
owned nothing but the rags on his back, embarked on a programme of renunciation of property,
ministering to the poor. «*Fratres nihil sibi approprient...uadant pro eleemosyna confidenter, nec oportet
eos uerecundari, quia dominus pro nobis se fecit pauperem in hoc mundo.*» Regula bullata (1209).
Gilbert Keith Chesterton (1874-1936) St. Francis of Assisi (1923).

[B] Angelic Doctor, De perfectione spiritualis uitæ XI (1269).

[C] Luhmann, Gesellschaftsstruktur und Semantik, 2 Studien zur Wissenziologie der modernen
Gesellschaft 56 (1981).

[D] Vitoria, Scholia in Secundam Secundæ Sancti Thomæ 62 1 (1535).

Juan Javier del Granado

Chapter 7

Property rights

*L*et us bring up a question—does government regulation diminish the value of private rights? This question imparts an impulse to respond with a resounding and categorical ‹Yes!› Yet we ought to reflect at greater length on government regulation of private rights.[A] From the vantagepoint of economic analysis, private rights are socially useful instruments. They derive their social significance from the fact that they help people form those expectations that people can reasonably hold in their dealings with others.[B] The law plays an important role in setting conditions for private negotiation—people seeking to enforce a private right or duty may pursue a legal remedy. Coase first analysed the possibility that, in a system of well-developed property rights (provided that transaction costs are low,) the conflict inherent in positive and negative externalities might be resolved more efficiently by private negotiation than by government regulation. The property rights of others internalise negative externalities of one's activities insofar as one is required to compensate others for the effects of one's activities on their property. One's property rights internalise positive externalities of one's activities insofar as these activities raise the value of things that one can first acquire property rights in. Generally, private rights are proposed as a means to ensure efficient allocation of resources. Thus, private rights generate a net gain to society.

It is a little-known aspect of legal history that, in the development of property rights, Franciscan poverty proved to be a watershed. Those *deren Glauben an die marxistische Ideologiekritik unerschütterlich ist* strongly believe that property rights evolved as a clever ruse in the interest of the bourgeois order to keep the poor disenfranchised as that makes it easier for the bourgeoisie to exploit them. However, an early source of rights-based discourse was the attempt of the mendicant orders to reconcile

---

[A] Our rights are those that we have purchased in the marketplace, such as goods that we own and from which we may exclude others, or blessings such as our liberty and our energy to work, from which no one may exclude us. What we claim by private rights is the ability to utilise (and exclude others from) certain factors of production.

[B] Demsetz, Toward a Theory of Property Rights, 57 The American Economic Review 347 (1967). See Félix Huanca Ayaviri (1964-), Análisis económico del Derecho 8-14 (1995).

Controversia de imperio legis

1932 that minimised finger movement, called DSK (Dvorak Simplified Keyboard,) gained limited acceptance. Yet for most people, the difference in typing speed with non-‹qwerty› arrangements is relatively minor, certainly not enough for typists to throw out ‹qwerty› and relearn touch-typing. If this difference were greater, people would learn to type with other letter arrangements. This story is used disingenuously to suggest that people can get locked into inferior products because of distant and long-forgotten events in the past and that market systems are unable to generate efficient results.[A] Yet, who is to judge what is optimal? Answers to such questions must stem from openness to our exercise of freedom and personal choice, involving both limited means and ends and the irreversible investments that we make down the paths that we follow, and not high-minded ideological commitments or gobbledegook. The time has come to toss all those extraordinary -isms on the scrap heap of history.

Strategic approaches shed light on the organising principles that lay behind all aspects of co-operative activity, and produce a richer account of social interaction and wealth creation. Cooter's analysis goes beyond the Coase Theorem. We follow Cooter's lead and answer his call for a new discipline, public law and economics.[B] Though in this section we have developed a simple model of majoritarian political signals, we have yet to explain legal signals through a more innovative analysis that separates synchronic and diachronic signals *out in time,* which contemplates law and politics with a distinctive concern with how legally to represent the temporal dimension that frames our lives and everything that we do. Yet, before we undertake this strategic analysis, we must work out more fully some commonplace, if problematic, legal terms through mainstream economic analysis of law. Or else, some of the more common words in the legal lexicon, *that distinction between what is* ‹mine› *and what is* ‹yours,› are so overused that they sound tired and trite.

[A] Paul David (1934-), Clio and the Economics of Qwerty, 75 American Economics Review 332 (1985); Stan Liebowitz (1950-), The fable of the keys, 33 The Journal of Law and Economics 1 (1990).

[B] The Minimax Constitution as Democracy, 12 International Review of Law and Economics 292 (1992). James Buchanan (1929-), Markets, States, and the Extent of Morals (in Critique of Our System), 68 The American Economic Review 364 (1978).

Juan Javier del Granado

Economics rarely ventures out-of-hand into explaining the benefits of market systems—it studies human behaviour as a relationship between scarce means and competing ends. In the increasingly analytical and mathematical world of conventional economics, game theory has produced its own ironies. A continuing problem of game-theoretic approaches concerns the failure of models to produce a unique equilibrium. Game-theoretic models have thrown up the phenomena of *too many possible solutions*. It is unclear whether game theorists should be self-conscious of this problem. The multiplicity of equilibria might be the by-product of unpredictability in the world. One needs path dependence to predict which equilibrium will emerge. Unfortunately, proponents of government intervention have used these central insights to level criticism at laissez-faire policy prescriptions. Yet these mathematical developments, far from leading to the downfall of mainstream economics, offer new insights into contradictory realities and a wider range of phenomena. Being on the edge of new areas of discovery is exhilarating and terrifying at the same time because we are never sure what it portends for the future in terms of promise and peril. At least since the Ordinalist revolution occurred back in the 1930s, mainstream economics has rejected Cardinalist aggregations of utility.[A] Correspondingly, it is imperative that, when the entire paradigm of economics is reviewed and changed in the future, revealed market preferences be retained as the most robust measure of individial utility— in the best Chicago-style tradition.

Let us return to the streets surrounding San Telmo market, crammed with old curiosity shops of antiques. Amid restored Victrolas with horn speakers, carved wooden walking sticks and tapestries with sylvan scenes, we find an out-dated typewriter. The history of the ‹qwerty› keyboard layout (named for the first six letters in the upper row) is informative—the first model included letter keys arranged alphabetically in two rows, as can still be examined in the lower row—the consonants ‹dfghjkl.› When operators typed using the initial design, they found that the typebars frequently jammed. An effective solution to this problem was to scatter the commonly-used letters around the keyboard *pour limiter les risques de blocage des petits marteaux qui portaient l'empreinte de la lettre.* Other letter arrangements have been designed. One patented in

---

[A] Cooter, Were the Ordinalists wrong about Welfare Economics?, 22 Journal of Economic Literature 507 (1984).

Controversia de imperio legis

will meet their needs.[A] For the economist, alienation comes down to market failures, externalities, divergences between private and social costs, and state intervention (which on occasion also becomes destructive of the ends for which it was designed.)

Coase ends his paper, and the section he says is most integral to his thinking, by writing about *laissez faire* and different conceptions of the ideal world. Since he fails to dwell on the point about benefits being more concentrated than costs, he is unable to explain government regulation of private rights. Unable to cope with a question he finds unaccommodating, he evades it. «The whole discussion is irrelevant,» he concludes. Yet, *wie mein Lehrer* Robert Cooter (1954-) *vorgeschlagen hat* in his elaboration upon Coase,[B] treating bargaining or struggle over property rights as a transaction cost «postpones analysing it.»[C] Cooter mentions that game theory might be useful in explaining how groups interact strategically. It is from strategic interaction that transaction costs recurrently will stem. In past years, *la théorie des jeux* has made great strides in the analysis of social conflict. The nascent discipline of game theory may have been inspired by Isidorus Hispalensis's lengthy treatment De bello et ludis, dating back to the 7th century.[D] Yet not until 1944, when John von Neumann (1903-1956) published his formidable Theory of Games and Economic Behavior, was the analysis generalised to all situations.[E] Rather than address the utility-maximising behaviour of individuals, game theory focuses on the interaction of small groups, insofar as it can be generalised and the assumptions of mainstream economics can be maintained. New developments in signaling theory extend the analysis to the interaction of large groups.[F]

[A] The key notion of alienation is really a religious concept—man is separated from God.

[B] See The Cost of Coase, 11 The Journal of Legal Studies 1 (1982) and Coase's response in The Firm the Market and the Law 162 (1988).

[C] Law and Unified Social Theory, *idem* at 53.

[D] XVIII Originum seu Etymologiarum Libri viginti.

[E] Zur Theorie der Gesellschaftsspiele, 100 Mathematische Annalen 295-320 (1928).

[F] Market participants use ‹credible› signals to let other parties know what they know, and get round some of the problems of asymmetric information. Andrew Michael Spence (1944-), a former dean at Harvard and Stanford universities, first applied signalling theory to the setting of higher education. Since prospective employers are unable to judge the productivity of job applicants in large groups directly, added education is held to be a ‹credible› signal of that higher productivity. Job Market Signalling, 87 Quarterly Journal of Economics, 355-74 (1973); Market signaling: informational transfer in hiring and related processes (1974).

which Coase elaborated, and those which he failed to develop, we will
stress the following terms. In the first place, implicit in Coase's notion of
harms are both benefits and costs. Applying these terms, we find it
evident, as Coase does, that harms are *reciprocal*. Any individual who
infringes upon my right inflicts an injury on me. Yet when in the
assertion of my right I exclude her, I do harm to her also, in keeping her
from seizing an economic opportunity. However, we are unable to
sustain with Coase that harms are *proportionately reciprocal*. We see
objectively that, across property, benefits tend to be more concentrated,
while costs tend to be more dispersed.[A] To illustrate, the noise produced
by the operation of an industrial plant, in travelling through the air, spills
over the limits of the property where the plant is located. It may create
nuisances for the people on neighbouring properties. In like manner, the
activity of the plant may give off fumes that pollute the environment in
which we all live. That benefits are concentrated explains how they can
be captured. In the previous illustration, if the activity in question is the
assembly of metallic parts, once the assembly is finished, we are left with
a number of machines which have a set value. On the other hand, if costs
were concentrated, they could be captured and paid for by the person
engaged in the productive activity. Returning to our illustration, the
noise and fumes, being volatile, escape. We have no way to avoid their
production. *Hæc appræhensio difficilis est.* That the costs of a productive
activity cannot be captured by private parties, and must be borne by
society at large, destroys the *proportionate reciprocity* between social/private
harms. Private costs and benefits, rather than social costs and benefits,
motivate the people who direct their energies into productive activities.
When costs cannot be captured, we have a negative externality. A
negative externality would fail to exist, likewise, if transaction costs
were nil and we could pay others for bearing the costs dispersed by the
activity. The economic analysis of externalities, accordingly, *ist eine
galileische Revolution der marxistischen Kategorien der Entfremdung.*[B] Owing
to external costs, people become severed, in an economic sense, from
their own productive activity. They lose the ability to ensure the market

---

[A] The distinction which can be drawn between economic externalities and those where private
costs and benefits diverge from social costs and benefits.

[B] For a thorough description of the revolution of Galileo (1564-1642) in mathematical physics,
see Edmund Husserl (1859-1938), Die Krisis der europäischen Wissenschaften und die
transzendentale Phänomenologie: Eine Einleitung in die phänomenologische Philosophie
(1936). *Mit anderen Worten: Hat der Marxismus sein Ziel erreicht—und jegliche Relevanz
verloren.*

Controversia de imperio legis

pacify the violence of other people? Peace is an ideal to which, after all, we all cling. With respect to it, Luis Mariano Guzmán (1830-1900) submits—

«*La paz no se predica, ni se pregona. La paz es un modo de ser social; es la manifestación más significativa del bienestar general. Donde el individuo sufre, nunca habrá paz, a pesar de todas las modificaciones oficiales, de todos los discursos, de todas las homilías de la prensa, por boca de sus más acreditados oradores.*»[A]

One way we can keep someone from injuring us, accordingly, is to pay off that person. However, if we had to bribe everyone else in the community so they would not injure us, whatever amount of money we could scrape together would not be enough to go around, since each would try to exact from us as much as we have.[B] Because of the problem in bargaining posed with each person, we would never have enough money to engage in the transaction with the whole of society. What we need, then, is an institution that would help us to come to an agreement about peace, making the necessary concessions. Majoritarian government is a system that allows us to subdue the threat of violence we face from the whole community, through a few transactions with a single power— that allows us to reduce transaction costs.[C] By monopolising relations of power, government overcomes strategic problems in negotiating peace and creates market conditions favourable to wealth creation.

If social peace is linked to economic rights and transactions, let us work from the formula Ronald Coase (1910-) coined in The Problem of Social Cost.[D] This economist offers two keen insights—first, harms are reciprocal. Second, rights are really factors of production.[E] If these terms confuse us, to clarify our thinking, we must define our terminology, and even broaden common economic language. To disclose those ideas on

---

[A] Bolivia y sus disensiones intestinas 65 (1874); Estudios sobre la paz en Bolivia (1876).

[B] In this free-for-all of violence, other people are liable to snatch away every last cent because they think, ‹if I do not, another will.› In our example, exclusivity fails since anyone is able to injure us, and we confront the vast problem of negotiating with everyone to avert the threat hung over us.

[C] Its activities are designed to lower transaction costs rather than extract rents.

[D] 3 The Journal of Law and Economics 1 (1960).

[E] Property rights entitle holders to exclude others from specific factors of production. This ability to exclude provides the holders of these rights with the capability to manage and increase *suum res*, that is, to accumulate wealth. Harold Demsetz (1930-), Wealth Distribution and the Ownership of Rights, 1 The Journal of Legal Studies 223, 229-32 (1976). The Angelic Doctor anticipates the economic analysis of property rights, when he underscores *potestatem procurandi et dispensandi res*, I II Summa Theologiæ 66 2 (1266).

necessary concomitant of social engagement.) If the number of militants signals how a struggle will turn out, near unanimity in people fighting for a cause is an unmistakable portent. Yet unanimity among people is an unusual event; having a majority take up a cause is a more usual occurrence. *Refertur ad uniuersos, quod publice sit per maiorem partem.*[A] Consequently, the principle of majority rule is adhered to by contemporary society not because of the moral fibre or prudence which the majority evidences, *«in quantum enim in ea sunt prudentes, habet prudentia et virtutem.»*[B] Rather, people submit to *la banalité* of the power exercised by the majority[C] to subdue the minority through force. *«In quantum autem multi habet potentiam.»* The application of the principle of majority rule relieves us of many agonising conflicts going on in a society.

Much fuss in the literature is kicked up over The Condorcet Jury Theorem.[D] We dare say it is entirely possible to reject this epistemic claim as so much nonsense and still be seduced by its rationalist allure. Through an odd application of *laws* of probability, this Theorem makes a strong epistemic claim—a majority stands a greater chance of exercising prudence. It would seem majorities reach the correct outcome more often than minorities. The claim is as dangerous as it is specious. It rests on a tacit assumption that there is some correct outcome or Truth out there, apart from the opinions and interests of men.[E] Every belief system that lays claim to ultimate truths carries the seeds of violent fanaticism and intolerance. That way lies a non-stop road to tyranny.

Let us go back to the question at hand—If the capacity for violence *a main armée* wielded by classes underlies power politics, how is it that society is free from violence? We may put the question another way—how do we

---

[A] Domitius Ulpianus (170-228), L Iuris enucleati ex omni uetere iure collecti Digestorum seu Pandectarum libri L XVII, De diuersis regulis iuris antiqui. Early in the 15ᵗʰ century, this phrase was lifted out of context from a passage on corporate law by Conciliar theorist Franciscus Zabarella (1339-1417), Tractatus de Schismate (1408).

[B] Petrus Alverniensis (1240-1304), Questiones super politicum III 15 (1275).

[C] The undertone of Hannah Arendt's (1906-1975) famous comment about the banality of evil. Eichmann in Jerusalem: A Report on the Banality of Evil (1963).

[D] Duncan Black (1908-1991), The Theory of Elections and Committees 156-84 (1958).

[E] Rationalism is magnified out of all recognition by the modern concentration camp and the gulag and by modern technology such as Zyclon B gas. After all, science has always portrayed itself as logical, almost ruthless in searching after absolute truths, an inexorable unfolding of advances in an environment of open debate.

Controversia de imperio legis

of power politics in a democracy—in all social conflagration, the majority now predominates.[A]

Let us express this insight in terms of signalling phenoma. An enactment passed by the overwhelming majority of representatives of the people has more threat value than a dozen bombs set off by a terrorist organisation. Social violence is generally a non-credible threat.[B] The destructive nature of any violent activity means that it is costly for anyone to resort to social warfare. Furthermore, the awareness and sensitivity of people to a threat of social violence decreases once a threshold is crossed and their affairs are thrown into turmoil. We extend Eric Posner's (1966-) analysis of voting as a signalling behaviour. His focus is limited, however, to the question of why voters go to the polls at all given the low probability that their votes will affect the outcome. «The signal here is the act of voting in the voting booth, not the vote in favour of one person or another.»[C] Elections are intended to make government more representative of and responsive to the majority of the people—presumably elections serve to elect representatives who can represent us. It is precisely the latter aspect that we wish to develop here. This is not to diminish the vital part Posner's theory plays. People must cast their votes. Correspondingly, an enactment passed by the overwhelming majority of representatives of the people ultimately serves as a signal that a majority of people are willing to stand up and fight on an issue. Safe and secure in its victory, the majority is not only ready and willing but seems almost eager to engage in violence against the now powerless minority on the issue. In the jargon of game theory, this threat is ‹credible› because the outcome of the struggle is almost certainly predictable. Society surrenders to the inevitable ascendancy of the majority (rather than accept bodybags as the

---

[A] This claim is a positive one. The evidence we may adduce is much of political history subsequent to the French Revolution. History does offer empirical support for our position, even if historical observations are not verifiable in the laboratory.

[B] Reinhard Selten (1930-), Spieltheorische Behandlung Oligopolmodels mit Nachfragetragheit, 121 Zeitshrift für die Gesomte Staatwirtschaft 301, 667 (1965); Reexamination of the Perfectness Concept for Equilibrium Points in Extensive Games, 4 International Journal of Game Theory 25 (1975). We choose to rely on grounds of effectiveness of threats rather than levels of violence. *Une interprétation au contraire de la gamme de modèles proposes par* James de Nardo (1949-), Power in Numbers, The Political Strategy of Protest and Rebellion 35-40, 188-228 (1985).

[C] Law and social norms 22 (2000); Symbols, Signals, and Social Norms in Politics and the Law, 27 The Journal of Legal Studies 765 (1998).

Juan Javier del Granado

ξυγχωροῦσιν.»[A] This statement is an uncivil, harsh evocation of *Realpolitik*.

Correspondingly, we must be mindful that the resort to violence underpins both politics and law.[B] To understand how the resources of a society will be allocated to people as well as to the groups or classes forming it, we must consider the variant ability to use force. The readiness of people to establish new relations and norms in a society depends upon their ability to use violence. Alexis de Tocqueville (1805-1859) sees this factor as significant. In the notes he was preparing for a second volume of l'Ancien régime et la révolution, he writes—«*Une révolution profonde dans l'art de la guerre: C'est une des grandes caractéristiques de la Révolution française. Un grand chapitre sur ceci.*»[C] Since that time, improvements in the development τῆς τέχνης τοῦ πολέμου have tended to ensure greater equality among people. Set in the context of the vagaries of natural selection and the Darwinian struggle for survival, these improvements sooner or later become available to everyone. Long-gone is an era when a few Conquistadors, on horseback and with light armour, were able to overcome ten thousand Indians, «*Y en verdad, que no fue por nuestras fuerzas, que éramos pocos, sino por la graxia de Dios que es mucha,*»[D] what Michel de Montaigne (1533-1592) referred to as «*Mechaniques viles victoires!*»[E] The phenomenon of equality that prevails nowadays becomes apparent, if not on the battlefield, at least in the urban and rural setting of class struggles.[F] As a result, the number of men and women enlisted in any movement matters increasingly. From that tentative observation, we deduce the following principle, sustainer

---

[A] Thucydides (472-396 B.C.), ε′ Ιστοριαι, ξυνέγραψε τὸν πόλεμον τῶν Πελοποννησίων καὶ Ἀθηναίων ρϑ′-ϙ′ (396 B.C.)

[B] Social norms are said to exist in a positive sense only when they are minimally effective, Cooter, Decentralized Law for a Complex Economy: The Structural Approach to Adjudicating the New Law Merchant, 144 University of Pennsylvania Law Review 1643, 1664 (1996). Cooter argues that the ability to mete out informal punishments underpins morality.

[C] (1859).

[D] Anonymous, Conquista del Perú llamada la Nueva Castilla (1534).

[E] In an essay shot through with envy, Des Coches, III Essais VI (1588). The Black Legend is a calumny from the propagandists of rival nations.

[F] William McNeill (1917-), The Pursuit of Power: Technology, Armed Force and Society since A.D. 1000 (1982).

Controversia de imperio legis

various subjects strung together under the concept of the rule of law, explores some new ground. We will see how politico/legal signals significantly help the process of market-related barter and bargaining in dealing with strategic problems.

Any agreement into which wealth maximisers enter must confer to each individual the rights to, at the least, a share of goods equal to what he could seize if he were to use his force, or capacity for violence. Between a group, it can be worked out that the goods can be distributed among them according to any one principle or social norm. They may agree whether to retain equal shares or to apportion a larger share to whomever is most fleet of foot, most attractive, or even to whomever is most productive. They may articulate a notion τοῦ καλοῦ καὶ δικαίου and make a pronouncement that *pacta sunt seruanda*.[A] Yet if any individual of the group were apportioned less than what he could seize using his force, he might disregard the agreement and take the lion's share.[B] John Umbeck's (1945-) model of muscular economics[C] is, of course, simply a rehash, in modern dress, of the argument of Thrasymachus in Plato's Πολιτεία (370 B.C.) The collective decision-making power is obliterated and what is right reflects simply the interests of the stronger party, «τοῦ κρείττονος ξυμφέρον.» The stronger party makes and enforces the rules, an instance of might-makes-right domination. Or to put it in blunt Nietzschean terms, «*in dem furchtbaren Gespräche der athenischen und melischen Gesandten.*»[D] According to the emissaries of conquering Athens in its dispute with the tiny island of Melos, the strong do what they can and the weak suffer what they must, «δυνατὰ δὲ οἱ προέχοντες πρύσσουσι καὶ οἱ ἀσθενεῖς

[A] Richard Hyland (1945-), Pacta sunt seruanda: A medidation, 34 Virginia Journal of International Law 405 (1994). Or «*aliena rapere conuincitur, qui ulera necessaria sibi retinere probatur,*» Concordia discordantum canonum Distinctio XXXXII Capitulum I; Pierre-Joseph Proudhon's (1809-1865) dictum that all property is theft, Qu'est-ce que la propiété? (1840).

[B] The law of the jungle, Aesopus (590-520 B.C.), Μῦθοι (560 B.C.)

[C] Might makes rights: a theory of the formation and initial distribution of property rights in 19 Economic Inquiry 38, 40 (1981).

[D] I Menschliches, Allzumenschliches 92 (1878).

Juan Javier del Granado

Chapter 6

The strategic basis of wealth

*W*ith careful economy, people seek to attain their ends with the least possible expenditure of means.[A] They undertake to maximise wealth.[B] Wealth refers to the readiness of people to engage in co-operation. In an age of economic globalisation, wealth enables individual persons to satisfy their needs with the co-operation of others *um dem ganzen Globus.* In a sense, wealth is bargaining power over the voluntariness (the best efforts) of others. People develop know-how on a stock of knowledge accumulated from time immemorial, and employ it in order to satisfy their needs. Time and again, people face the formidable challenge of scarcity. Yet with unbelievable tenacity and effort, they overcome it and push prosperity to new levels. In a market economy, wealth is a powerful tool that not only improves society and standards of living, but also sets human beings free,[C] casting off the shackles of limited means. Wealth creation is revolutionary activity *par excellence.*[D] In light of the rapid advances in technology in recent times, the revolutionary characteristics of wealth should be plain enough. Wealth is not an end in itself. People maximise wealth *simpliciter* to maximise the probability that they will have the means to realise complex other ends. That wealth is instrumental in achieving complex other ends raises questions as to the distribution of means. Wealth creation and the foundations of prosperity cannot be separated from strategic questions concerning the distribution of means. For this reason, people receive and send out different political and legal signals about violence. This book, which is essentially a series of essays on

---

[A] Baron Robbins, An essay on the nature and significance of economic science Chapter II (1932).

[B] Richard Posner (1944-), Utilitarianism, Economics and Legal Theory, 8 Journal of Legal Studies 103 (1979); The Economics of Justice 60-87 (1983); Wealth Maximization Revisited, 2 Notre Dame Journal of Legal Ethics and Public Policy 85 (1985).

[C] Stigler, Wealth, and Possibly Liberty en 7 The Journal of Legal Studies 213 (1978).

[D] During the Legal and Industrial Revolutions of the 12th 13th and 18th 19th centuries, the bureaucratic and bourgeois classes of Europe transformed governmental institutions and increased the productivity of society. The bureaucracy is the class that Marx forgot. The outdated Marxist notion that the urban proletariat alone is a really revolutionary force is unproductive and may cause this class to lose sight of the enormous material gains it made, Eduard Bernstein (1850-1932), Die Voraussetzungen des Sozialismus und die Aufgaben der Sozialdemokratie (1899).

Controversia de imperio legis

into the past and forward into the future. This aspect, which follows up theoretically the remarkable discovery of socio-temporal distance uncovered by humanist philologists in the 15ᵗʰ century, lied unsurpassed until mainstream economics and game theory would inject the notion of time into mathematics.[A] As a result, baroque scholastics achieved a more balanced and encompassing vision of what influences us and what we may have control over. Thus, in discussing the origin of property rights or of the State, these American doctors *iuris gentium aut iuris naturalis secundarii* begin the painstaking search, not of the ultimate reason which underlies society, not of the fundamental truths of public law nor of the right revolution, *sed utilitatis et expedientis publici et consensus populi.*

Ibero Americans will usher in the Third millennium without dogged adherence to rigid economic orthodoxies and narrow social agendas. We encourage men and women who feel a sense of urgency to put the Ibero American economy into action, to create a new doctrine of public law that will renew the social order and establish freedom as an indispensable element of social harmony. By bringing together the jurisprudence of the two dominant American schools of legal thought, Chuquisaca and Chicago, we hope to revive a tradition not of a trenchant neo-liberalism,[B] but of a forward-looking public law recovered from our own cultural past, revamped with basic law and economics. We propose that a new public law and economics will reinvigorate Spanish baroque scholastic concepts of popular consent and of public utility and expedience. As George Joseph Stigler (*1911-1991*) affirms, «We live in a world that is full of mistaken policies, but they are not mistaken for their supporters.»[C] In a world where interpersonal comparisons of utility are impossible between individuals who are psychosomatic unities (and not Liebnizian monads)[D] and where Cardinal welfare aggregations of unstable, intransitive individual orderings of preferences are senseless, we will discover how people are able to make politico/legal exchanges.

[A] Hicks considers mainstream economics to be similarly «on the edge of history, facing both ways,» *idem* at 4.

[B] Those who are ideologically unreconciled to more market-oriented policies, or who oppose embracing globalisation, should remember the abject poverty of Christ's generation, for antiquity, unlike modernity, had no middle class.

[C] The Economist as Preacher and other essays 9-10 (1982).

[D] La Monadologie (ohne Überschrift, 1714).

de Peralta (1517-1587) in Chuquisaca developed a subjective utility theory.[A] Another idea in economics formulated by baroque scholastics in the 16th century was due to Molina, who formulated the laws of supply and demand, and how competition, or the lack of it, affects the price of products. With regard to pricing, he declares, «*Multitudo emptorum concurrentium plus uno tempore, quam alio, et maiori auditate, facit pretium accrescere: emptorum uero raritas facit illud decrescere.*»[B] Baroque scholastics, one after another, denounced monopoly. ‹*Monopolium est injustum et rei publicæ injuriosum*› rang out in the lecture halls at Chuquisaca; although, as Joseph Alois Schumpeter (1883-1950) has argued, they failed to develop a concept of competitive equilibrium at which market prices clear.[C] Further, Molina anticipated methodological individualism when he devised his theory of free will.[D] An individual is inclined toward what is *proprius* and what is *melius*, that is, maximises individual self-interest.[E] The concept of indifference in economics can be traced to Molina, who formulated it to reject determinism. ‹*Indifferentia est de essentia liberi arbitrii*›[F] also echoed through the lecture halls at Chuquisaca.

Moreover, baroque scholastics set forth the idea of evolution through time as a precise and clearly formulated view. The Spanish doctors *iuris naturæ* during the 16th-17th centuries were, more properly speaking, theorists *iuris gentium aut iuris naturalis secundarii*. Appealing to unchanging *natura*, they pointed up the mutability of all things human. They set their theories within a temporal context of continual social changes and achieved a Janus-like perspective, casting our minds back

---

Wolowski (1810-1876), Traictie de la première invention des monnoies de Nicole Oresme, textes français et latin d'après les manuscrits de la Bibliothèque impériale et Traité de la monnoie de Copernic, texte latin et traduction française (1864).

[A] I Commentaria Ioannis Matienzo regii senatoris in Cancellaria Argentina regni Peru in librum quintum recollectionis legum Hispaniæ II (1580).

[B] *Idem*, II CCCXLVIII.

[C] He concludes they «lacked nothing but the marginal apparatus,» History of Economic Analysis II (1954).

[D] Concordia liberi arbitrii cum gratiæ donis, diuina praescientia, prouidentia, prædestinatione et reprobatione concordia (1595).

[E] Commentaria in Primam Secundæ diui Thomæ 3 4, 10 1, 56 3-6 (1622); in Secundam Secundæ 26 3. Pierre de Fermat elaborated the mathematics of maximisation, Methodus ad disquirendam maximam et minimam (1638).

[F] «*[P]ro sua libertate tendere indifferentur in obiectum per uolitionem aut nolitionem,*» in Primam Secundæ, *idem* 13 6.

Controversia de imperio legis

economics recovered at the end of the 19th and throughout the 20th centuries. Mainstream economics, *sweit entfernt davon, absolute Wahrheiten zu postulieren, beschäftigt sich mit subjektiven Wahrscheinlichkeiten.* «A model validated empirically is never proclaimed the immutable truth.»[A] Mainstream economics meets *criterios probabilistas.*[B] John Richard Hicks (1904-1989) affirms, «Economics is a leading example of uncertain knowledge» and «most macro magnitudes... are subject to errors.»[C] We put forth an ostensibly baffling hypothesis, both for economic theory and legal history. But the facts suggest otherwise. In western history, the discovery of America at the end of the 15th century brought sudden human, geographical and philosophical revelations. The wealth of the American continent economically impacted the Peninsula and the rest of Europe with high inflation,[D] which was felt throughout the 16th-18th centuries. As a result, baroque scholastics were able to observe the dramatic short- and long-term economic effects of American wealth. Accordingly, they assembled some of the core concepts now embedded in mainstream economics, concepts which economic science was going to mathematicise throughout the 19th-20th centuries.[E] Thus, during the 16th century, Martín de Azpilcueta Navarro (1492-1586) became the first to formulate a clear concept of scarcity. He set out that money *«vale mas donde o quando ay gran falta del, que donde ay abundancia.»*[F] Juan Matienzo

---

[A] Fred McChesney (1948-), Assumptions, Empirical Evidence and Social Science Method, 96 Yale Law Journal 339, 341 (1986). Popper, Logik der Forschung (1934); Postscript to the Logic of Scientific Discovery (1982).

[B] Juan Bautista Soto (1882-1952), La tragedia del pensamiento 95 (1937).

[C] Causality in economics 2 (1979).

[D] Earl Jefferson Hamilton (1899-1989), Imports of American Silver and Gold into Spain, 1503-1660, 43 The Quarterly Journal of Economics 436 (1929); American treasure and the price revolution in Spain, 1501-1650 (1934); Money, prices, and wages in Valencia, Aragon, and Navarre, 1351-1500 (1936); War and prices in Spain, 1651-1800 (1947).

[E] Economics was transformed «from an art, in many respects literary, to a science of growing rigor,» Stigler, Production and Distribution Theories 1 (1941). Gérard Debreu (1921-), Economic Theory in the Mathematical Mode 74 The American Economic Review 267-278 (1984); The Mathemization of Economic Theory, 81 American Economic Review 1-7 (1991). In instructing the monks regarding proper restitution to be paid by those who took economic advantage of others, baroque scholastics developed the concept of a just price. The idea is remarkably similar to our modern definition of a long-term equilibrium price, an amount equal to the value of the inputs to production, including entrepreneurial returns.

[F] Comentario resolutorio de cambios sobre el principio del capítulo final de usuris XII (1556), twelve years before Jean Bodin's (1530-1596) Réponses aux Paradoxes du Sire de Melestroit (1568). Mikolaj Kopernik (1473-1543), who suggested that the earth moves about the sun, had jotted down the idea, but his work failed to be published until the late 19th century, Ladislas

as thoroughly misunderstood for so long. It is important to consider the particular circumstances of each individual situation. It is never easy to provide for contingencies with general laws. A simple, stripped-down understanding of the individual circumstances of each case, with its concreteness, enriches rather than impoverishes thought. Enlightenment rationalism (since Blaise Pascal's (1623-1662) scathing attack on casuistry[A]) attempts to reverse this natural paradigm of thought. Newton's God rules by fiat of universal laws. He sets the wheels turning, and then retires to heaven to smile over his handiwork. In contrast, Baroque scholastics believe that God is a casuist. He exercises divine dispensation of all particulars because of His omniscience. Unattenuated thoughts, without any levels of abstraction, constantly enter His infinite intelligence. Friar Luis de León (1527-1591) explains — *«no guarda una regla general con todos y en todos los tiempos, sino en cada tiempo y en cada ocasión ordena su gobierno conforme al caso particular del que rige.»*[B] These doctors are also realists about the inbuilt limitations of the human mind. Unable to grope through the morass of particulars, our minds tap into higher levels of abstraction and formulate general concepts. We may mentally conceive and manipulate only those objects that have been assigned common attributes and placed in general intellectual categories. Pedro Simón Abril (1530-1595) explains —

«nuestro entendimiento no pudiendo comprender todas las cosas por menudo, por su natural flaqueza, redúcelas a consideraciones comunes como hacen los astrólogos a las estrellas, que no pudiéndolas comprender por menudo divídelas por constelaciones.»[C]

This circumscribed view springs from a recognition that our understanding is imperfect and fallible.

This is far from suggesting that, as Molina teaches in discussing pricing in the market, many things are not subject solely to human will and choices, *«pro solo hominum beneplacito, et arbitrio.»*[D] However, let us speculate that a selfsame rationality, subject to an endogenous will and modelled as an economic agent, is precisely the notion which mainstream

---

[A] Lettres Écrites par Louis de Montalte à un Provincial de ses Amis (1656). See Unamuno y Jugo, La agonía del cristianismo VIIII (1925).

[B] De los nombres de Cristo (1583).

[C] Primera parte de la filosofía llamada la lógica, o parte racional: la qual enseña, como ha de usar el hombre del diuino, y celestial don de la razón (1587).

[D] *Idem*, II CCCXLVII.

Controversia de imperio legis

From the standpoint of rhetoric, these schoolmen offer good, straightforward enthymematic arguments.

Moreover, they measure out their language and style with complex turns of wit and the sheer inventiveness of the conceit. It is impossible not to admire the range and reach of Gracian's *Agudeza y arte de ingenio* (1648). He captures exactly what defines wit. According to Gracian, multiple layers of meaning create the cumulative effect of the witticism, «*Auméntase en la composición la agudeza, porque la virtud unida crece, y la que a solas no pasara de una mediocridad, por la correspondencia con la otra llega a ser delicadeza.*»[A] Various enthymemes that have a greater or lesser degree of probability are taken over and woven into a beautifully crafted and provocative extended metaphor, before hitting in with the infinitely more powerful *consequentia*, or gut-busting punch line. Witticisms play around with our expectations and perceptions. Yet in this constant interplay of wit and intelligence there is no point on a scale at which the witticism stops and logical appeal begins.[B] De Groot confuses the æsthetic of an earlier era with authoritative testimony, «*Usus sum etiam ad iuris probationem testimoniis philosophorum, historicorum, poetarum...*»[C] No Baroque scholastic would imply such a thing, and de Groot is clumsy and misguided to float such an interpretation.

Friar Luis de Molina (1535-1600) argues that *natura* fails to demonstrate as clearly *quem ius naturale est*, «*natura non ita distincte nos docere ea quæ iuris sunt naturalis.*» He suggests that by deducing *ius naturalem* from remote and obscure first principles, it is easy for errors to slip in, «*facile error surrepat, præsertim cum conclusiones eiusmodi remote obscureque ex primis principiis colliguntur.*»[D] This is especially true in the diverse and varying circumstances that surround human beings, «*a multis circumstantiis, quibus uariatur.*» Since life is dependent on variables as elastic as timing and circumstance, baroque scholastics are willing to consider the particulars of specific situations. Reasoning takes on a casuistic vein—in each particular case, a careful look and analysis has to be conducted. Few principles are as simple or important as case analysis, and few have been

---

[A] Discurso LI.

[B] Emanuele Tesauro's (1592-1675) distinction belongs to a later rationalist age, «*l'unica loda delle Argutezze, consistere nel saper ben mentire.*» Il cannocchiale aristotelico 491 (1670).

[C] Prolegomena.

[D] I De iustitia et iure tractatus I IIII (1596).

Juan Javier del Granado

human virtues, יָשֵׁר [d], is raised to the dignity of , הַכֹּרֵא [d] the tenets of this faith proclaim the inherent dignity of every human being.

Baroque scholastics are followers of the Roman rhetorician from the Peninsula, Marcus Fabius Quintilianus (35-95). He regards logic as the rational core of the art of persuasion. On the Peninsula during the 16th century, Quintilianus's rhetoric comes into contact with an earlier tradition of the direct infusion of grammar into logic, which culminates in the 12th century with Petrus Hispanus (1205-1277).[A] Where terminist logicians stress linguistic conventions and the made-up character of language, and bring their insights to bear on the evaluation of inference, baroque scholastics strike a humane balance between logic and rhetoric, between theory and arguments grounded in real experience. Where truth is essentially a matter of the human use of conscience, reasoning becomes enthymematic—enthymemes are the dominant form of reasoning. Τό ἐνθύμημα is defined as ὁ συλλογισμός based upon propositions that are themselves not necessarily true but probable. Logic is the art of establishing the probable by a process of reasoning from our subjective sense of the probable. Baroque scholastics believed the enthymeme to be a more useful tool in rhetoric because the truths of human behaviour are human estimations, not the certainties of classical geometry or physics. The *recta ratio* of baroque scholasticism fails to arrive at *allgemeinen Gesetzen* or unerring certainties based on deductive reasoning from first principles, as in mathematics. Rather, right reason produces human judgements and opinions.[B] Friar Domingo de Soto (1495-1560) affirms, «*Alias quippe necessarias demonstratem, ut in Mathematicis, alias uero propter ineuidentiam consequentiæ sub opinione colligimus pro qualitate cuiusque scientia.*»[C] Baroque scholastics view practical reasoning as a matter of probabilities rather than certainties.

[A] Summulæ logicales (1230). Tongue in cheek, in the middle of an attack on logicians, Vives clears up a few misunderstandings—there are those who think that terminist logic originated in Britain or Ireland and was then nurtured in Paris. He touts—«*nam sunt qui putent hæc primum in Britannia aut Hybernia orta, deinde Parisiis alita atque aucta.*» Liber in pseudo-dialecticus (1519).

[B] See the Toledan scholar Dominicus Gundissalinus (1110-1180), De anima (1152). On the Peninsula the notion *intelligentiæ agentis* as a separate realm of pre-existing forms, which all human beings call to mind, long since had been rejected along with the neo-Platonism of Ibn Sina (980-1037). What was at stake is whether human thought (in its most pure form) is the province of the individual.

[C] I De iustitia et iure V (1556).

Controversia de imperio legis

Chapter 5

Probabilities and case reasoning

*T*here is no truth left in the modern world, only the ersatz truth that Nietzsche once described as «*ein bewegliches Heer von Metaphern, Metonymien, Anthropomorphismen.*»[A] Yet there is an essential difference between *der Weltanschauung* of baroque scholasticism *und dem Nihilismus des 19. Jahrhunderts.* Truth is something markedly different—it is essentially a matter of the human use of conscience. Though conscience shows sparks of synteresis, it may none the less err. Vives argues that even those who are extremely gifted in mind will constantly err. To err, after all, is human. We are all frail human beings, «*ut sunt humana omnia infirma.*»[B] Baroque scholastics are not beholden to the absolute truths of European rationalism. In fact, only by conveniently forgetting *les changements de mentalités* has Antonio Regalado García (1932-) been able to maintain that they initiated our long slow descent into nihilism.[C] As a reaction against Enlightenment rationalism, modernism posits a world in which truth is, at best, suspect. For baroque scholastics, humanity fails to be *une passion inutile, pour paraphraser* Jean Paul Sartre (1905-1980).[D] *Chaque être humain est crée comme force créatrice a l'image et a la ressemblance du Créateur.* Christians on the Peninsula never waver in their faith. For eight hundred years, in a struggle waged against the Moors, when everything else had been stripped away, they fought and died defending their faith. Thus their faith is the cornerstone of their existence. Where a man with all too

---

[A] Über Wahrheit und Lüge im außermoralischen Sinne (1873). See Ronald Dworkin (1931-), Objectivity and Truth: You'd Better Believe It, 25 Philosophy and Public Affairs 87 (1996).

[B] De Instrumento Probabilitis, De disciplinis libri XX (1531). The oppositions of Socratic dialectic use conversational reasoning to dismiss the contentions of opposing opinions and point to a supernal realm of Truth. A vigorous bout of Baroque Scholastic reasoning brings together opposing opinions on a subject, without dismissing conflicting points of view and allows room for human fallibility.

[C] Calderón: los orígenes de la modernidad en la España del Siglo de Oro (1995). As modern men and women (to the degree that we are modern) we believe in nothingness as such. It is this in which we place our trust, upon which we venture our souls, and onto which we project the values by which we measure the meaningfulness of our lives. Or, to phrase the matter more simply and starkly, our religion is one of very comfortable nihilism.

[D] Être et le néant (1943).

45

Juan Javier del Granado

can anyone explain such a state of unstinting intensity akin to the fever of love? How else would Bernini have described to onlookers the different impressions of a love of such mystical intensity? Pensive or joyous, flushed in the fever of love, enticingly sensuous, he captivatingly depicts the Saint transfixed and enraptured by religious passion.

Controversia de imperio legis

poetic creations appeals with a beguiling simplicity to the will, a highly stylised dialogue of voices speaks to the intellect. The baroque era struggles fiercely, in effect, to achieve a keen mastery of the arts of persuasion. A soaring use *sermonum* (in the larger context of a baroque culture of genuine respect for the individual conscience) defines the standards of tolerance that make co-existence possible. Vives puts the concept succinctly,

«*Humanæ omnes societates duabus potissimum rebus ac continentur, iustitia ac sermone; quarum si alterutra desit, difficile sit cœtum et congregationem ullam siue publicam siue priuatam diutius consistere ac conseruari. Nêque enim uel cum iniquo possit quis habitare...uel cum eo uelit uiuere, quem non intelligit.*»[A]

In Toulmin's interpretation of the baroque era, he objects to Lorenzo Bernini's (1598-1680) gravity-defying sculpture of Saint Theresa of Avila (1515-1582). Bernini managed to form in marble, faces swooning in ecstasy, the figures of Saint Theresa and of a disrobed angel about to plunge an arrow into her body, the figures formally united by their flowing and rippling robes. The erotic overtones were meant to be obvious. Her pose suggests the rapture of orgasm. How unruly female sexuality is; how promiscuous its objects of desire. Bernini drew on rich biblical and mystical traditions that celebrated the overlapping spheres of sacred and profane love,[B] much as Saint Theresa had done when writing her poetry,

«*Hirióme con una flecha*

enherbolada de amor

y mi alma quedó hecha

una con su Criador.»[C]

The vision she recounts of a beautiful angel who plunged an arrow into her entrails bemuses contemporary Freudians. Yet Bernini accepted the oneness of the mystical and the physical, and his levitating sculpture continues to astonish all who see it. Would Toulmin's Puritan cast of mind never harness the profane, the erotic allure of שִׁיר הַשִּׁירִים[D] to talk about God? How else but through bringing marble to warm life

---

[A] IIII De disciplinis I (1531).

[B] Gregorius Magnus (540-604), Super Cantica Canticorum expositio (580).

[C] Sobre aquellas palabras *dilectus meus mihi*.

43

tendentiousness—there is an over-profusion of ideas; mixtures of genres replete with arcane trivia, satire, innuendo, circumlocution, conceit, hyperbaton, parable, Scripture, myth, aphorism, hyperbole, understatement, allegory, verse, epigram, prescriptions for potions (a wit's brew of agitated erudition.) Dry humour creates brilliant scenarios in the tradition of Menippean satire, which aim at demystifying philosophy while exposing the human condition as it is felt directly. Woven into baroque texts are moralising dialogues and clipped witticisms, crisp in style, passionate and humane, after the Roman poets from the Peninsula, Aurelius Clemens Prudentius (348-405)[A] and Marcus Valerius Martialis (40-101).[B] Baroque genres bring out the culture of reasonableness and the scrupulous Christian piety of humanism to the fore. Secular humanism is seen as a form of agnosticism to-day. Yet it is rooted in a Christian attitude of true compassion as much as in a rediscovery of the remaining corpus of Greek and Latin classics.[C] An Augustinian tradition of the primacy of the will over reason and respect for the person seems to triumph over another Augustinian tradition of stress on original sin[D] and respect for authority. Petrarch (1304-1374) turns the tide in attitude. This subtly moving and insightful humanist notes that one benefits more from a good will than a sound intellect—«*Tutius est uoluntati bone ac pie quam capaci et claro intellectui operam dare.*»[E] As a result, dialectic and argumentation yield to wit and persuasion during the Spanish, Catalonian and Portuguese Golden Age. Baroque-era genres are polyglot masterpieces. The atmosphere is a babel because we are all expansive masters of any number of tongues and cultural influences. Menippean satires ingeniously combine the elements of poetry and dialogue. While the sheer visceral excitement of pure

---

[A] Apotheosis (380); Dittochæon (385); Psychomachia (390).

[B] Epigrammata (70).

[C] The whole idea of Jesus as the Word incarnate (Alexandrian Judaism)—of God—of man—of Christ, holding that he was Divine *and* human even unto death, in whom meek *menschlich-allzumenschlichen Tugenden* become exalted, and the New Testament teaching that the human body is a temple of Divinity, raises the dignity of humankind, recognizes value in human life, and brings forth that intellectual ferment that is humanism—in a way that no philosophy ever could. The whole scheme of ‹human rights› comes from Christianity—that God uniquely loves, and greatly values each person (you, me, everyone.)

[D] The Pauline idea that Christ, the second Adam, came to reverse the devastation occasioned by the first.

[E] De sui ipsius et multorum ignorantia (1367).

Controversia de imperio legis

articulates it in a Menippean satire, Ζεὺς Τραγωιδὸς (150). Yet the other extreme, irrationalism, is absurd. As Alfred North Whitehead (1861-1947) notes, we use rationality to carry out everyday activities.[A] Indeed, practical reason is the utmost expression of the rationality inherent in purposiveness as a causality of concepts—the reason of the wily and cunning mariner Ulysses, as opposed to the Reason of the serious and grim philosopher Plato (that epitome of rationalist self-obsession.)

Toulmin puts forward an argument about an humanist culture of reasonableness. Yet his crabbed interpretation of the baroque era, which follows the narrowly-focused scholarship of José Antonio Maravall (1911-1986),[B] fails to comprehend the full scope of humanism. He thinks of baroque-era genres as a contortion of thought grasped in incompatibilities, an expression of the internal conflicts which led to the division of Europe into Catholic and Protestant camps. The baroque era is quite the contrary—it is the confluence and coexistence of various perspectives joined at the vantagepoint of a single observer with an unhampered (many-sided) view. We are able to see ourselves in several creative lights of varying intensities, through various prisms. A kaleidoscopic vision is multiplied amid a rich interplay of many-angled reflections, whose mirrors collapse time and space. We are what integrates the many perspectives that are otherwise disjointed but that form a brilliant, humanistic vision of remarkable scope. The baroque era represents a natural outgrowth of the renaissance. Baroque style is a maturing of renaissance attitudes, a finer and fiercer humanism. The rational subject observes, not simply a collection of objects separated from human consciousness, but an intermixture of those objects and divers subjective perceptions of them. Language has acquired vastly greater mannerisms and accents and the kind of creative richness and multivocality that leads to new considerations, new possibilities, new perspectives. Its wielding of multiple levels of discourse offers a refreshing, realistic counterpoint. Toulmin describes baroque-era genres as «histrionic and grotesque.»[C] Renaissance balance and perspective have given way to baroque exaggeration and

---

[A] The Function of Reason (1929); Science and the Modern World (1925).

[B] La cultura del barroco (1975). See Toulmin, The Abuse of Casuistry: A History of Moral Reasoning 145 (1988).

[C] Cosmopolis at 54.

Juan Javier del Granado

Hispanicus and subsumes the will instead under the imperative of rationality.[A] Rousseau, the Swiss watchmaker's son, subordinates *la volonté générale* to ineluctible Reason. «*Il faut obliger les particuliers à conformer leurs volontés à leur raison.*»[B] And in his concept of *die historische List der Vernunft* Hegel confuses the reason of the wily commander Ulysses with the Reason of the grim philosopher Plato. As a result, we argue that an ideological mishmash of enlightened despots, absolute monarchs, dictators and fanatics will uphold *la tradition étatiste et dirigiste des economies du XVIIe-XXe siècle.*

Stephen Edelston Toulmin (1922-) turns to social history to explain the quest for certainty that arose.[C] He argues that it was driven by a gnawing fear, in the wake of the Enlightenment, that society was sliding toward a tragic age of uncertainty. During the 17th century, Europe was drawn into a mælstrom of religious wars that brought widespread famine and disaster. Yet Toulmin leaves out the profound and complex interconnexions between rationality and causality.[D] The nature of human thought determines to a great extent the nature of human experience. He fails to realise that the nature of human thought changed (detrimentally[E]) as part of the so-called Enlightenment project. After the Enlightenment, causality continues to model rationality. The new causality evinces a model of greater certainty. And so the post-Enlightenment confusion of rationality and causality becomes the *reason* Hume feels *forced* to debunk the idea of a necessary causal relationship—we only suppose that the sun will rise the next day from experience.[F] The literary history of this meditation by Hume is a long and honourable one—almost two millennia ago (centuries before al-Ghazzali) the Samosatan Lucian (120-190)

[A] Kritik der praktischen Vernunft (1788); I Die Metaphysik der Sitten (1796).

[B] II Du Contrat social VI (1762).

[C] Cosmopolis, The Hidden Agenda of Modernity (1990).

[D] He concedes, «The debate about rationality (rules/rule conformity) and causality (laws/law governedness) is too often pursued in a way that fails to allow for the complexity and diversity of the points at issue,» Rules and their Relevance for Understanding Human Behaviour, in Understanding Other Persons 187 (1974).

[E] The perverse Reason of the Enlightenment drives emotion out of the human mind into a realm of subconscious thought (Freud's great discovery.) Die Traumdeutung (1900). Freud's idea of a subconscious battleground of the instinctive drives of the id against the socially controlling forces of the ego and superego is unsupported by any evidence. Das Ich und das Es (1923).

[F] Philosophical Essays Concerning Human Understanding (1748); An Enquiry Concerning Human Understanding (1758).

Controversia de imperio legis

accuracy.[A] There is one Reason alone as there is one time ongoing for everyone.[B] Reason brings a bracing clarity of thought where «*le blanc est blanc, le noir est noir.*»[C] The application of mathematical methods to the moral sciences follows the success of Newton's physics, which unravels the secrets of nature. Other phenomena may represent facts that can be proven to a mathematical certainty. With unerring logic, Kant accounts for erroneous judgements in terms of Newtonian vectors, «*wird es daher nötig sein, das irrige Urteil als die Diagonale zwischen zwei Kräften anzusehen.*»[D] Further, according to Cartesius, the rational route to knowledge will produce virtuous behaviour, since «*la doctrine ordinaire de l'École est que* uoluntas non fertur in malum, nisi quatenus ei sub aliquâ ratione boni repræsentatur ab intellectu.*»[E] Even before Newton, de Groot models public law after mathematics, «*sicut mathematici figuras a corporibus semotas considerant, ita me in jure tractando ab omni signulari facto abduxisse animum.*»[F] Baron von Leibnitz (1646-1716) improves on clear and distinct Cartesian ideas with unyielding mathematical logic, «*ut nulla vox admittatur, nisi explicata*» and «*ut nulla propositio, nisi probata.*»[G] *Er und* der deutsche Naturrechtslehrer Freiherr von Pufendorf follow the lead of their mentor Erhard Weigel (1625-1699), who holds that «*Matheis non sit pars Philosophiæ... ed quod it ipsima Philosophia.*»[H] As Vattel aptly remarks, Baron von Wolff (1679-1754) writes after the method and scientific form of treatises on geometry, «*dans la méthode et même dans la forme des Ouvrages de Géométrie.*»[I] The hyper-rationalist Kant inverts the order established in public law by Laurentius

---

[A] Galileo's discovery of the isochronism of the pendulum led to the development of mechanical clocks, Christiaan Huygens (1629-1695), Horologium Oscillatorium sive de motu pendulorum (1673). By the early 1700s, mechanical clocks kept time to within one or two minutes per week, ultimately leading to Newton's conception of the clockwork cosmos (How did he know? He checked it with a clock.)

[B] Albert Einstein (1879-1955) had to challenge this notion of absolute time. Zur Elektrodynamik bewegter Körper, 17 Annalen der Physik und Chemie 891 (1905).

[C] Claude Adrien Helvétius (1715-1771), De l'Homme XXIII (1772).

[D] Kritik der reinen Vernunft 295 (1781), 351 (1787).

[E] Letter to Marin Mersenne (1588-1648) of May 30, 1637.

[F] De iure belli ac pacis libri tres at 59.

[G] Noua methodus discendæ docendæquæ iurisprudentiæ 25 (1667); Characteristica Uniuersalis (ohne Überschrift, 1677).

[H] Philosophia mathematica 2.62 (1693).

[I] Jus gentium methodo scientifica pertractatum (1749).

Juan Javier del Granado

unrestrained atavistic desire. Will serves to put a veil over the unmediated appetites and aversions, an attitude which, *nach einem romantischen Zwischenspiel,* Nietzsche would take to the extreme *mit seiner Formulierung des Begriffs vom ‹Willen zur Macht,›* pilloring Schopenhauer's *‹Willen zum Leben.›* Yet, Nietzsche's doctrine of the all-pervasive will to power, uncontrolled by any sense of what is possible or what must be dealt with presently, achieves nothing. People must make choices and be consistent with them. Further, the will to power is distressingly concomitant with religious obedience, though Nietzsche seeks to escape this conclusion, *«Das dem Stärferen diene das Schwächere, dazu überredet es sein Wille, der über noch Schwächeres Her sein will.»*[A] Ultimately we are unable to deny it — acceptance on the basis of reasons is less insidious than slavish and wilfully uncritical, mindless obedience. The Roman philosopher from the Peninsula, Lucius Annæus Seneca, put it simply, *«non pareo deo, sed adsentior.»*[B]

Hobbes feels strongly about the need for detaching the will from reason. The *reason* that should enlighten[C] our mindless spontaneity changes in nature during the transition that leads the way to modernity. At least since the so-called Enlightenment project, rationality seeks to postulate the clear and distinct certainty of a causal mechanism.[D] *«Sapere Aude!»*[E] is indeed to be the watchword of the era. The exogenous rationality of the Enlightenment seeks to predict natural phenomena with clock-like

---

[A] *«[D]ieser Luft allein mag es night entrathen,»* Von der Selbst-Überwindung, II Also sprach Zarathustra (1884).

[B] *«Ex animo illum, non quia necesse est, sequor,»* Epistola XCVI (50).

[C] *«[M]agistra est igitur, et præceptrix uoluntatis, ratio, non domina,»* Vives, De anima et uita libri tres (1538).

[D] In the first half of the 17th century, our conceptions of cause/effect relations changed with Francis Bacon's (1561-1626) rejection of final causes, *«ex his causa finalis tantum abest ut presit, ut etiam scientias corrumpat,»* II Nouum Organum 2 (1620). Furthermore, with the application of algebra to geometry, Cartesius remade the formal and material causes into the efficient cause and geometrical extension. He laid the foundations for analytical geometry by introducing the notion of co-ordinates to represent points in space, Géométrie (1637). In the latter half of the 17th century, Newton pared down causal vortices when he (independently of Leibnitz but at the same time) systematised the infinitesimal calculus, Philosophiæ Naturalis Principia Mathematica (1687).

[E] *«Habe Muth dich deines eigenen Berstandes zu bedienen!»* Kant, Was ist Aufklärung? (1784). See Michel Foucault's (1926-1984) lecture, Qu'est-ce que les Lumières?, delivered in Berkeley in 1983.

Controversia de imperio legis

origins of legal positivism can be traced back much farther, to the 13th century. The canonist Laurentius Hispanicus (1200-1248)[A] hit upon this idea in a legal note,[B]

« Unde et dicitur habere celeste arbitrium...o quanta est potestas principis quia etiam naturas rerum immutat substantialia huius rei applicando alii, et de iustitia potest facere iniquitatem, corrigendo canonem aliquem uel legem, immo in his que uult, est pro ratione uoluntas.»[C]

Laurentius notes that the Divine will asserted by the Pope is held to be reason. He cites a phrase of Decimus Junius Juuenalis (60-140), *«est pro ratione uoluntas,»*[D] and indicates that no one on earth is able question the Pope. *«Non est in hoc mundo qui dicat ei ‹Cur hoc facis.›»* Laurentius points out that there is no external framework of rationality from which Innocent III's will could be judged, other than the Pope's reason. Accordingly, in the 15th century, public law discloses the clear-cut distinction between rationality and causality drawn by Spanish conciliarist Segouiensis.[E] Such a distinction would not be introduced again until the mid 20th century by Hans Kelsen (1881-1973).[F] Segouiensis distinguishes law and politics (this is rational) from nature and perception (this is causal) through his observation that the human will must intervene to posit a politico/legal consequence, *«ex ea, que prefuit, uariaque esse potest uoluntate ordinatoris.»* Five centuries later, Kelsen makes the same distinction based on the intervention of human will, *«durch den Eingriff eines menschlichen Willens.»*[G] Hobbes no longer sees any use for the broader concept of a mutually constitutive relationship between will and reason. He feels the need to detach the will from reason. Will, in this context, is the *«last appetite in deliberation.»*[H] It is an action that negates deliberation; it is blind obedience to an urge, to an

---

[A] See Kenneth Pennington (1941-), Law, Legislative Authority and Theories of Government 1150-1300, in The Cambridge History of Mediæval Political Thought 424, 428 (1987); The Prince and the Law, 1200-1600 44-48 (1993).

[B] With reference to Innocent III's (1161-1216) decretal, Quanto personam (1189).

[C] I Apparatus glossarum Laurentii Hispani in Compilationem tertiam 3 Quanto personam (1215).

[D] VI Saturæ CCXXIII (90).

[E] XVII Historia actorum generalis synodi Basiliensis XXXXVII (1453).

[F] Kausalität und Zurechnung, 46 Archiv für Rechts- und Sozialphilosophie 321 (1960).

[G] Will provides the germ of the seed that sprouted legal positivism.

[H] The Questions Concerning Liberty, Necessity, and Chance 35 (1656).

Juan Javier del Granado

resembles cold, blind chance, the random happenings of a vast, unknowable universe. So much so that, in a fit of atheistic lunacy, Arthur Schopenhauer (1788-1860) connived to supplant the Divine will, clinging to a theoretic belief in a metaphysical will, the life force that sweeps us on inexorably to death and renders all resistance futile. That is not all. *Des Dinges an sich* is none other than this will. Indeed, will is a primal element immediately known to us, *«ein durchaus unmittelbar Erkanntes und so sehr Bekanntes, dass wir, was Wille sei, viel besser wissen und verstehn als sonst irgend etwas, was immer es auch sei.»*[A] In public law, the subsumption of rationality under the ægis of will, which lies at the root of legal positivism, goes back farther than Subdolus Diabolicarum Cogitationum Faber[B] or Hobbes.[C] Or, for that matter, farther than the anti-rationalists Nietzsche[D] and Schopenhauer.[E] Both authors employ Mannerist touches that are hallmarks of the Spanish, Catalonian and Portuguese baroque.[F] His literary outlook indebted to his youthful reading of Baltasár Gracián (1601-1658),[G] Schopenhauer translated into German Gracián's Oráculo manual y arte de prudencia (1646);[H] Nietzsche later studied it closely. In the newly established Kingdoms of the Indies, *die spanische Barockscholastik* made substantial advances in public law. It is our contention that we must be sensitive in our literary appreciation of 16th- and 17th-century legal texts, a philological treasure-trove—the essential link between the what-is-said and the saying-of-it cannot be severed. And baroque-era genres ingeniously call out that extraordinary combination of will and *«un otro yo»*,[I] reason. Yet, the

---

[A] I Die Welt als Wille und Vorstellung § 22 (1819).

[B] Il Principe (1513).

[C] Leviathan, or the Matter, Form, and Power of a Commonwealth (1651).

[D] Die Geburt der Tragödie aus dem Geiste der Musik (1872); Menschliches, Allzumenschliches (1878); Also sprach Zarathustra (1883-85); Jenseits von Gut und Böse (1886); Zur Genealogie der Moral (1887); Der Fall Wagner (1888); Die Götzen-Dämmerung (1889); Der Antichrist (1895), Nietzsche contra Wagner (1895), Ecce Homo (1908).

[E] Die Welt als Wille und Vorstellung (1819); Über den Willen in der Natur (1836).

[F] Ernest Robert Curtius (1886-1956) maintains that it is better to eliminate the term <Baroque> altogether, and use <Mannerism,> which has fewer cyclical historical associations, Europäische Literatur und lateinische Mittelalter XV (1953).

[G] El Héroe (1639), El Político (1646), El Discreto (1646), Oráculo manual y arte de prudencia (1646), Agudeza y arte de ingenio (1648), El Criticón (1651, 1653, 1657).

[H] Hand-orakel und Kunst der Weltklugheit (1861).

[I] Gracián, I El Criticón VIII (1651).

Controversia de imperio legis

inclinations within the human heart. Without a prayer, without an expectation of divine intervention or epiphany, she ponders the crime she is about to commit, an act of almost unspeakable barbarity. She is intensely conscious of her love for her children and of the grief their death will cause her. But then her passions overpower her reason, «θυμὸς δέ κρείσσων τῶν ἐμῶν βουλευμάτων.» In the framework of a monotheistic belief system, will is none other than the power *creationis ex nihilo* (*er repräsentiert der Ursprung der Zufälligkeit der Existenz,* a miracle no less glorious than creating something out of nothing!) incompletely transplanted into the human soul.[A] Ἡ ποίησις inspired by a quirky, fitful, mysterious Muse, fails to mark a new ᾖβο born in dark places of the soul, but attributes creativity to an outside agency. Inspiration descends out of the heavens, as it were. Vives's comedy Fabula de Homine (1518) reveals that the individual person must be the source of all. The vast pantheon of gods and goddesses of Græco-Roman polytheism are left mouths agape in wonder at the human creature, who, though a weak mortal, offers a passable imitation of the powers of the Judæo-Christian Divine Being—who they take to be Jupiter. *«Summe Iuppiter, quantum illis spectaculum!»* The human soul is a marvel of creativity. After a performance replete with a hefty measure of metamorphosis, they invite this human creature to join their ranks with the other gods and goddesses on Olympus. Unlike Giovanni Pico della Mirandola's (1463-1493) more speculative humanist tract, Vives's clever comedy is careful to steer clear of that heresy named after Pelagius (360-420).[B] Though humans are created in the image and likeness of God, they only have a hint of the divine in them. Vives's entire corpus is a reflection on the limitations of the power of human reason and will. Will is a second reason that has drawn chance, contingency, and uncertainty into the very weft of its make up. It bears up something so arbitrary and contingent, so rife with possible alternatives, that it

---

[A] *«Que assí como Dios tiene en su poderío la fábrica del mundo, y con su mando la gouierna: assí el ánima del hombre tiene el cuerpo subjecto, y según su voluntad lo mueue y lo gouierna: el qual es otra ymagen verdadera de aqueste mundo a Dios subjecto,»* Fernán Pérez de Oliva (1494-1533), Diálogo de la dignidad del hombre (1546). *«Deum te igitur scito esse, si quidem est deus, qui viget, qui sentit, qui meminit, qui providet, qui tam regit et moderatur et movet id corpus, cui praepositus est, quam hunc mundum ille princeps deus,»* Cicero, VI De re publica XXVI.

[B] *«O summan Dei patris liberitatem, summan et admirandam hominis foelicitatem! Cui datum id hebere quod optat, id esse quod uelit,»* Oratio de hominis dignitate XVI (1489). Pelagius had taught that human beings may initiate the move toward divinity without God's prevenient grace.

Juan Javier del Granado

Chapter 4

Der Primat des Willens für die Basis aller Politik und Recht

*W*ill acts as a bridge between the endogenous rationality of the individual subject and causality, between thought and action. Take away the bridge and you are left hopelessly marooned. Rationality refers to the patterns in which we assemble our experiences. By definition, our rational expectations are presented as a pre-determined chain. Each link comes off as a logical necessity. Yet thinkers as early as Plato have realised distressingly that our experiences fail to conform to rational patterns.[A] Causality refers to the haphazard experiences that naturally bedevil us. In making causal observations, we are struck by a play of chance and contingency. Accordingly, in a hut on the edge of a Norwegian fjord, Ludwig Josef Johann Wittgenstein (1889-1951) dispelled the illusory causal nexus.[B]

Will represents neither simple rational choice — ή προαίρεσις. Nor does *voluntas*, which is a direct translation τῆς βουλήσεως, quite gel with the usual connotations of that word. Will expresses a thing as wondrous and confounding as the Egyptian image of ⟨ᴇ⟩. Our sense of being whole, individual units of thought and action, not simply puppets with strings pulled by the gods, arises with Greek tragedy[C] amid Dionysian cult celebrations.[D] It seems that the gods have descended from Mount Olympus to play out their ancient grudges within the human soul. In the drama by Euripides, a wronged woman is driven to retaliatory violence — she kills her two children as revenge against their unfaithful father. A tortured mother, Medea[E] is torn between two conflicting

---

[A] See his Τίμαιος dialogue. «The squirming facts exceed the squamous mind,» Wallace Stevens (1879-1955), Connoisseur of Chaos III (1944).

[B] See Tractatus Logico-Philosophicus 6.37-.371 (1922). Wittgenstein follows al-Ghazzali and Hume on this point. Philipp Frank (1884-1966), Das Kausalgesetz und seine Grenzen (1932).

[C] Bruno Snell (1896-), Die Entdeckung des Geistes; Studien zur Entstehung des europäischen Denkens bei den Griechen (1946).

[D] Recall for a moment the words of Publius Ovidius Naso (43 B.C.-18) about this twice-born half-human, half-god figure, «nec enim præsentior illo est deus» —no god is nearer than him.

[E] As is cruel Martina carved out with a deft wielding of the pen by Augusto Guzmán (1903-1994), Cuentos del Pueblo Chico (1954).

Controversia de imperio legis

individuals against a broad background of real-world violence, a factual landscape of brute power relations, as Fernando Vázquez de Menchaca (1512-1569) demonstrates repeatedly in his lucid and masterly 16th-century treatise on public law, Controversarium illustrium usuque frequentium libri tres (1564). This civilian of the *ius commune* takes a contractarian tradition over from the canon law, in which, in the conciliarist Johannes Segouiensis's (1386-1458) words, truth is preferred to fiction, «*ueritas præfertur fictioni.*»[A]

[A] Tractatus de Conciliorem et Ecclesiæ Auctoritate 224 (1439).

nebulous happiness thus afforded the world, which he wished to quantify, is admittedly hard to calculate. Edgeworth, professor of political economy at Oxford, and author of Mathematical Psychics (1881), a work that anticipated many of the tools of modern economic theory, knew what everyone who thinks seriously on such matters must have long ago concluded as well—this view is complete nonsense, totally void of content, amazingly meaningless. He asks—«is this more intelligible than ‹the greatest illumination with the greatest number of lamps›?»[A] Even if we had an action-at-a-distance equivalent of Bentham's felicific calculus, the State would be wholly without reason; absolutely without an independent rationality, consciousness or personality, let alone will, apart from the separate existences of the persons connected to it. One of the most compelling of reasons, State interest, was effectively invoked by Caiaphas and the Pharisees against the apparent meekness of a man whose kingdom was not of this world. According to Francisco de Quevedo (1580-1645), «el más eficaz medio que hubo contra Cristo, Dios y Hombre verdadero, fue la razón de Estado.»[B] There are those who spin such fictions into the most favourable justification for their actions; those who suggest that it is better for one to die than for a whole nation to perish. The Lord Christ was later nailed to the cross in order to placate the Sanhedrin. Why? Because the state is altogether without reason and will and Pontius Pilate gave in, against his better conscience, to a single-purpose pressure group.

I have in mind a scene from the tombs of the Pharaohs.

The Egyptian goddess suckling the infant

In her tender embrace, like the Virgin with Child.

Virgil's Eclogue that foretold of your coming.

Or Constantine's cross, clear as the noonday sun.

True God and true man, God incarnate,

With the bishop of Alexandria, Athanasius, we say—

«Αὐτὸς γὰρ ἐνηνθρώπησεν, ἵνα ἡμεῖς θεωποιηθῶμεν.»

If anything, the State is a nexus of contracts, a bundle of discreet transactions entered into by, and coming under the scrutiny of, myriad

---

[A] Appendices, VI On the errors of the ἀγεωμετρητοί.

[B] II Política de Dios y gobierno de Cristo VI.

Controversia de imperio legis

Ercilla laments that the war had accomplished far less than one had hoped for. Conversions imposed by force are, at best, the begrudging concessions of a beaten, resentful, and humiliated enemy. He follows the new intellectual line of thought, drawn with tact by Friar Francisco de Vitoria (1483-1546)[A] and with conviction by Friar Bartolomé de las Casas (1474-1566),[B] that as a practical matter, the harm wars do is far greater than the good. Baroque scholastics, one after another, abhorred the blistering effects of war and condemned the real horrors of violence because their effects do not just vanish, they do not just wisp away. They stay. They fester. They wind their way through the decades and touch the lives of future generations.

Just-war theory has a history of sometimes being stretched to rationalise whatever a nation-state needs to justify. Even with the cruelty of slavery, and with the long, tangled history of violence that sustained it, will and reason cannot be collective. Will and rational choice exist only at the level of the individual person. That is only a question of whether you own up to it. Stanford University economist Kenneth Arrow (1921-) suggests the impossibility of devising a non-dictatorial decisional rule to ensure that individually transitive preferences, when aggregated, will yield a collectively transitive outcome.[C] Rousseau's *volonté générale*, Giovanni Botero's (1544-1617) *Ragion di Stato* and Baron von Pufendorf's (1632-1694) insistence on the state personified[D] are no more than fictions equally awkward and naïve. Not markers of truthfulness, but stale contrivances that rarely convince. At the turn of the 19th century Jeremy Bentham (1748-1832) advanced the philosophy of cardinal utility—the novel idea that governments should strive to promote ‹the greatest happiness of the greatest number.›[E] Yet the

---

[A] De indis recenter inventis (1539); De indis, sive de iure belli Hispanorum in barbaros (1539).

[B] De unico uocationes modo omnium gentium ad veram religionem VI (1552). Father Antonio de Montesinos (1475-1545) cried out in his sermon before Christmas 1511—Are these not men? Have they not rational souls?

[C] Social Choice and Individual Values (1951).

[D] *«ex plurium pactis implicita et unita, pro uoluntate omnium habetur,»* VII De jure naturæ et gentium libri octo II (1672).

[E] «An action then may be said to be conformable to the principle of utility ... when the tendency it has to augment the happiness of the community is greater than any it has to diminish it,» Introduction to the Principles of Morals and Legislation (1789); «that the conduct which, under any given circumstances, is objectively right, is that which will produce the greatest amount of happiness on the whole; that is, taking into account all whose happiness is affected by the conduct,» Henry Sidgwick (1838-1900), The Methods of Ethics (1874).

Juan Javier del Granado

in the name of religion nearly destroyed the European continent. As pointed out by numerous baroque scholastics, the horrors, the terror, the absurdity, the tragedy, the stupendous waste of war would have made Native Americans hate Christ before embracing new beliefs and giving up their old ones. These doctors descried the bloody brutality and ultimate uselessness of armed conflict. When the flames of war did spread to the American continent, they swept across the wide Bio-Bio river. There, tough, warlike Araucanian Indians resisted the invading Spanish horsemen, who came rampaging along the Andes. One such soldier and war poet, Alonso de Ercilla y Zúñiga (1533-1596) recalls that resistance. He gives a haunting testimonial of the sorrow and horrors experienced by those on both sides of the war. His poetry depicts gruesome scenes replete with the sombre actualities of death and dismemberment,

«*Miembros sin cuerpos, cuerpos desmembrados*

lloviendo lejos trozos y pedazos,

higados, intestinos, rotos huesos,

entrañas vivas y bullentes sesos.»[A]

Ercilla is unsparing in describing the tragedy inevitable in war. Poets since Homer (850-770 B.C.) had glorified soldiering and a war in which blood, if shed at all, drops in tidy, painless increments. Ercilla uses his poetry to indict the stupidity, madness and extreme cruelty of war.[B] Each verse contributes to the sorrowing sense of developing catastrophe. War is war; its horrors are universal. War must be a last resort, defensive and just. Otherwise, in the Bard's (whoever he may have been) biting words, one

«hath

a heavy reckoning to make, when all those legs and

arms and heads, chopped off in battle, shall join

together.»[C]

[A] III La Araucana XXXII (1569).

[B] As Andrés Bello (1780-1865) notes, La Araucana (1841).

[C] The Life of King Henry V 4, 1 (1599).

Controversia de imperio legis

The will of the individual person must put his preferences into some relation of order. Positive transaction costs move people to order their individual preferences and are *ad fonem et originem* of rationality. Human choice is made under conditions of uncertainty and is constrained by the exchanges individuals are able to posit. The self-regard *hominum œconomicorum* (methodological individualism) is learned not from the misapplied greed of individuals. Our preferences must reflect what we control.[A] An individual person selects the bundle that maximises her benefits and minimises her costs. In closing transactions with others, she runs up costs and commits herself to an ordered relation. The loss of resources imposes an increased budgetary constraint upon her further choices. As a result, she is able to enter into fewer new exchanges. The particular preferences of a person emerge from path dependence on her previous choices. If with great economy nature always acts through the simplest means, *«la Nature, dans la production de ses effets, agit toujours par les moyens les plus simples,»*[B] we see that people not only seek to attain their ends with the least possible expenditure of means, but also practice economy in making their choices with regards to ends.[C] Collective choices are rarely teleological unless people *suum unanimis uoluntatibus* will commit to ends. Ends are endogenous to individual persons. Agreement about beliefs cannot be imposed on people. *Credere actionem uoluntatis est.* Saint Paul (7-67) asks us, « Ἱνατί γὰρ ἡ ἐλευτοῦ μου κρίνεται ὑπὸ ἄλης συνειδήσεως.»[D]

The humanist respect for peaceful means of conversion shown by the Peninsular intelligentsia in America in the 16th century would contrast sharply with the sadly tragic religious wars that tore the peoples of Northern Europe apart in the 17th century. There, in the name of the Prince of Peace, Catholics and Protestants slaughtered each other in merciless wars with no end in sight, their theological disputes accented with fire and sword. The devastation wrought by troops of mercenaries

---

[A] Epictetus (50-120) offers this advice·β´ Διατριβαί (90); Ἐγχειρίδιον (80).

[B] Pierre Louis Moreau de Maupertuis (1698-1759), Accord de differentes loix de la nature (1744); *«la quantité d'action ... est toujours la plus petite qu'il soit possible,»* Essai de cosmologie II Partie (1750).

[C] Robert Cooter (1954-) uses signalling to suggest how a theory of endogenous preferences could be developed that would unify the social sciences, Law and Unified Social Theory, 22 Journal of Law and Society 50, 60 (1995).

[D] α´ Επιστολη προ Κορινθίων ι´ κθ´ (60).

Juan Javier del Granado

The methods by which both the Latin fathers and mainstream economists develop their models of rational choice are remarkably similar—they turn to deep introspection and self-knowledge.[A] People invariably ascribe psychological explanations and interpretations to their behaviour. The Latin fathers delve into their deeper being. And there, they find one of the underlying principles of Christian thought, the doctrine of free will. Each person is an autonomous individual, able to make rational choices among alternatives. Mainstream economics is predicated upon a consistent set of ordered preferences for each individual person. This set of preferences remains largely consistent over time insofar as transaction costs are positive. Let us be clear about our disagreement over whether transaction costs can ever be considered nil—these, and information costs,[B] are always positive and oftentimes prohibitive.[C] A world of nil transaction costs would be a whirring $\chi\acute{\alpha}o\varsigma$. There, people would have intransitive preferences or would incessantly change these[D] and be able to re-negotiate exchanges. The undiminished possibility of forming new coalitions also poses a problem for pure distributions of wealth, made by people who adhere to the principle of majority rule. On the eve of the French Revolution, le Marquis de Condorcet (1743-1794) pointed out the paradox.[E] Three friends, who have transitive preferences of xR_iyR_iz, yR_jzR_jx, and zR_kxR_ky, may be unable to make collective choices among $\{x, y, z\}$. More distressing than the Condorcet paradox propounded at the end of the 18th century is the problem of Buridan's ass posed in the 14th century. Here, an ass sits equidistant between two haystacks, and yet this simple-minded animal starves to death from indecision.

[A] «Our knowledge of ourselves is based on introspective observation,» Frank Knight (1885-1972), Risk, Uncertainty and Profit 7 (1921).

[B] Stigler, The Economics of Information, *69* Journal of Political Economy 213 (1961).

[C] For now we chose to ignore the equation of benefits with opportunity costs that economists make. We do not need to draw up endless arrays of opportunity costs to outline political transactions. The activities people contemplate are those for which, as far as they are certain, they anticipate positive returns. Our supposition originates in the partial failure of marginal analysis, with which Armen Albert Alchian (1914-) grapples in Uncertainty, Evolution, and Economic Theory, *58* Journal of Political Economy 211, 213 (1950).

[D] «*Probatur quia continue consuetudines et dispositiones variantur,*» Jean Buridan (1295-1358), Questiones super Libros Politicorum (1513).

[E] Essai sur l'application de l'analyse à la probabilité des décisiones rendues à la pluralité des voix (1785).

Controversia de imperio legis

right.[A] When considering an important matter, it is proper to get at the root of the word. In the etymological origin of rationality lies what is right, «*dum rectum iudicat, ratio est.*» We could say that what is right refers to what is *honestum*, or even perhaps what is *utile*,[B] in accordance to the ordering of means and ends carried out by the individual will. *Sic explanat* Friar Francisco Suárez (1548-1627), «*nam uoluntas est, quæ ordinat media ad finem, quia ipsa est, quæ intendit finem, et eligit media propter ipsu, et ita statuit, ut fiant.*»[C] Suárez relies on the traditional psychological model of the individual self articulated by the bishop of Hippo (354-430). Drawing on an earlier scriptural tradition *creationis ex nihilo* (certainly a long way removed from the Greek concept of the universe as a single, preordered κόσμος or system) Augustinus establishes the classic Christian doctrine of free will (This position is the more paradoxical because in the Earthly city he insists on slavish obedience to secular commands.)[D] God grants us free will, a choice being the mark of this free will. All right. Now. Let us unpackage the notion of will from reason. What distinguishes the will from reason is that reason is an ordering carried out by the primary act of choice, the will. Yet the will can break free of this ordering and make a different choice. In this sense, the will is said to be free. The new will is set against the foregoing one, ordered reason; resulting in an inner clash of the two wills which Augustinus confessed having, «*duæ uoluntates meæ, una uetus, alia noua.*»[E] Out here in the wide world of conspicuously limited rationality and circumscribed choice,[F] no one has such knowledge of the future to say, in reasoning about practical matters, how one must act in all circumstances. There is no predetermined plan of action, no sketched-out scenario for the future. Instead, one's mind hovers over the boundaries where the will recreates the ordering of reason.

[A] «*Dum uiuificat corpus, anima est: dum uult, animus est: dum scit, mens est: dum recolit, memoria est: dum rectum iudicat, ratio est.*» De homini et portentis, XI Originum seu Etymologiarum Libri XX i (615).

[B] «*Medium inter superabundantium et defectum, et hoc rationem rectam,*» Princeps Scholasticorum, VI In Decem Libros Ethicorum Aristotelis ad Nicomachum Expositio I.

[C] I Tractatus de Legibus et Legislatore Deo V (1612).

[D] XVIIII De ciuitate Dei contra paganos libri XXII (427).

[E] VIII Confessionum 10 (400).

[F] There is general recognition that rationality is bounded. Herbert Alexander Simon (1916-), Models of Bounded Rationality 291 (1982).

Juan Javier del Granado

Chapter 3

Rational choice and the baroque mind

*T*hough the opposition between both American schools of legal thought once more betrays a hemispheric North/South divide, the apparent contradiction dissolves if we focus on their common attribute, the special emphasis that both 16th- and 17th-century *ius naturale secundarium* and 20th- and 21st-century economic analysis of law place on the rationality of the individual subject. Cicero explains that «*lex est ratio summa insita in natura, quæ iubet ea, quæ facienda sunt, prohibitque contraria.*»[A] Vives finds this law of nature in human beings,[B] where individuals set goals and then employ strategies to pursue them. Economic analysis of law refers to the same rationality, only that instead of being inserted *natura atque adeo natura secundaria*, it is built of the know-how of producers and the preferences of consumers. Common to both schools of thought is, of course, the embrace of the subjectivist elements of rational choice and bounded rationality. Both *ius naturale secundarium* and economic analysis of law say practical reasoning is best left up to each individual conscience. An unshared *con-scientia* may seem σαν ὀξύμωρον, with an incongruous participle attached to a contradictory prefix.[C] Yet not in this case. Here, it is a workable however lexically forced attempt to join two facts—a shared language and one's own mind.[D] A person is «*natura rationabilis individuæ substantiæ*»[E] or a rational maximiser. According to Isidorus Hispalensis (560-636), rationality refers to the will of the individual who uses that exquisite and incisive tool, one's own mind (which stashes knowledge and calls up memories) to judge what is

---

[A] De legibus I VI (52 B.C.)

[B] In leges Ciceronis Prælectio.

[C] Raymond Ruyer (1902-1987), Paradoxes de la conscience et limites de l'automatisme (1966).

[D] The distinction between the shared λόγου and the private φρονήσεως derives from Heraclitus of Ephesus, who wrote—«διὸ δεῖ ἕπεσθαι τῷ ξυνῷ, τουτέστι τῷ κοινῷ· ξυνός γάρ ὁ κοινός. τοῦ λόγου δ' ἐόντος ξυνοῦ ζώουσιν οἱ πολλοὶ ὡς ἰδίαν ἔχοντες φρόνησιν.» Sextus Empiricus (150-220), η' Πρὸς μαθηματικούς ρλγ' (190).

[E] Anicius Manlius Seuerinus Boethius (480-524), Contra Eutychen et Nestorium III (510).

Controversia de imperio legis

terms is not provided. Accordingly, much of the book is devoted to a theological and economic *précis* of the cognitive model of the human agent that lays the basis for law and legal institutions. This book is an extended encounter with humanism,[A] as reflected in the legal writings of baroque scholasticism. By creating a dynamic and complex narrative and excavating and interpreting 16th-century sources, we put the developments and breakthroughs achieved in the area of law and economics at the dawn of the 21st century into an unusually expansive historical perspective. An explanation and discussion of the rule of law is offered later in the book.

[A] The joy of elevated thoughts is not the exclusive domain of philosophers and those trained in philosophy. What grand spectrum, what panoramic perspective, can be found in the golden treasury of literature at its finest hour! Accordingly, in the Iberian peninsula and Ibero America, our thinkers have been *«filólogos, o más bien humanistas, en el más comprensivo sentido»* rather than philosophers, Unamuno, El sentido trágico de la vida XII (1913).

federal and administrative law that develops later in the United States of America. Another point of comparison is that both the Kingdoms of the Indies and the United States of America provide impressive examples of heterogeneous societies. In the 16ᵗʰ and 20ᵗʰ centuries, both societies come into an enviable position of global dominance. Their leadership in international affairs is bitterly resented by Europeans. By re-assessing the legal heritage of America as well as re-examining the underpinnings of western legal ideology, we hope to frame ideas in their social and economic context and to enrich historical discourse. Further, if we assimilate advances made in scholarship through law and economics, we will be in a unique position to renew our creative energy in order to set up in the region the institutions necessary for continued economic growth. Accordingly, we juxtapose 16ᵗʰ- and 17ᵗʰ-century *ius naturale secundarium* with 20ᵗʰ- and 21ˢᵗ-century economic analysis of law (the jurisprudence of two dominant American schools of legal thought, those of Chuquisaca and Chicago.) We hope to achieve a new synthesis, what might be described as a revived respect for legal history with a keen appreciation for economic theory, an amalgam of the old and the new, the best that the American continent has to offer. The fashionable Chicago school of economic thought,[A] which paved the way for the market-oriented structural reforms currently sweeping throughout Ibero America, resulted from the Ordinalist revolution of the 1930s. At Chuquisaca[B] in the Southern cone, baroque scholastic thought arose out of the burgeoning humanist learning of the Golden Age and its philological components in the *ius commune* and Roman-canonical legal system. In this spirit, we present variations on collage, with phrases garnered from the works of literary stalwarts on one line abutting unrelated phrases uttered by economists on the next, in the hope that some of it will stick.

We will see that *ius naturale secundarium* and economic analysis of law both assert that law originates from the actions of human beings. Law is linked to an understanding of human motivation, cognition and decision-making. The words *will, reason, person, right* and *property* may be commonplace, but are rarely used with a clear sense of their precise connotation. Too often in law, an explanation and discussion of these

---

[A] Read London School of Economics in the British isles.

[B] Read Salamanca, Alcala de Henares and Evora in the Iberian peninsula, Mexico in North America.

24

Controversia de imperio legis

Catalonian and Portuguese jurists, theologians and humanists, meant a mix of piety, legal *gravitas* and willingness to put up with people's differences. Helmut Coing (1912-) highlights the need for original, more detailed, research into baroque scholastic legal literature.[A] Its texts have only recently begun to be examined with any thoroughness. He points to the need for a full, archival history; all thoughts and amplifications on the subject are welcome. Paolo Grossi (1933-) is responsible for bringing together a number of pioneering studies.[B] Gordley writes with a keen understanding of legal history, if not of Peninsular culture. Paul Oskar Kristeller (1905-1999) very usefully stresses the complementary nature of scholasticism and humanism during the renaissance.[C] The relationship was far from one of belligerence or antagonism; the rhetorical flourishes of humanists misled past scholars. Guido Kisch (1889-1985) turns our attention to Vives's influence on legal humanism.[D] Now it is time for us to uncover the full implications of Vives's thought for the Iberian peninsula and Ibero America. We need to obtain a more precise knowledge of the movement—but our zest for making inroads must be tempered by the understanding that legal history is a precarious and delicate matter. This book, before luring us under the rubric of ‹philosophy› into thickets of ideas that leave us befuddled, proposes that we return history to its early roots in philology.

This book combines both aspects of the comparative method. We deliberately focus on the wide geography of America[E] and on two major phases of its political and legal history. This perspective underscores the breadth of the American experience. In this vein, we find striking parallels between the politico/legal institutions that developed in the Kingdoms of the Indies and the United States of America, such as the importance attached to lawyers and courts in the administration of both governments. We find that these institutions run parallel to each other, though we do not force convergence where it does not exist. The public law of the Kingdoms of the Indies is relevant to the constitutional,

---

[A] Europäisches Privatrecht, I Alteres Gemeines Recht (1500 bis 1800) 101 (1985).

[B] La Seconda scolastica nella formazione del diritto privato moderno (1972).

[C] Humanism and Scholasticism in the Italian Renaissance, 17 Byzantion 366 (1944).

[D] Erasmus und die Jurisprudenz seiner Zeit: Studien zum humanistischen Rechtsdenken 69-89 (1960).

[E] In this sense, this book is Americo-centric.

vulgaire. The transition from the Habsburg to the Bourbon dynasties followed the War of the Spanish Succession. The pouring of *les grognards de* Napoléon Ier. «adown the Pyrenees» in 1808 left the pan-Hispanic world a «Kingless people.»[A] Later, a reactionary King Fernando VII (1784-1833), extinguished the fire of political reform and pan-Hispanic constitutionalism that permeated Spain and Spanish America early in the 19th century.[B] In much of the rest of Europe, 19th-century legal scholarship became locked into a narrow mindset that wielded historiography as the means of achieving national identity. This historiography perpetuated the myth that a long-standing controversy existed between *mos italicus* and *mos gallicus*. *Mos hispanicus* was marginalized or simply forgotten. Legal scholarship became entangled with the inextricable, and pathetically inevitable, confusion of causality and rationality which has afflicted all of western thought since the Scientific Revolution in the 17th century, with dire consequences for public law and society. Furthermore, neo-Thomist schools of thought, steeped in a philosophical neo-scholastic Catholic theology, blithely misread baroque scholastic literature.[C] History and theology seek to interpret and reinterpret texts so that they bear meaning for those who study them. 19th-century neo-Thomists emphasised the theological at the expense of the humanist strands. In an irony of ironies—[D]they failed to keep in mind that, in the Iberian peninsula and Ibero America during the 16th and early 17th centuries, humanism was in its finest moments of splendour. The era is generally considered to be the golden age of Spanish, Catalonian and Portuguese culture. Yet the Iberian presence that this book uncovers was far more vital and enduring than is generally acknowledged. Iberian culture, carried east across the ocean by Spanish,

---

[A] Baron Byron (1788-1824), I Childe Harold's Pilgrimage LXXXVI, LXXXVIIII (1812).

[B] Jaime Rodríguez (1940-), The Independence of Spanish America (1998).

[C] Neo-Aristotelian scholars such as University of Chicago philosopher Martha Craven Nussbaum (1947-), like their neo-Thomist kith and kin, forget that Aristotle and the Angelic Doctor represent incomplete syntheses of contradictory schools of thought, and insist on reading them as if they were autonomous creators. Our notion of ‹authorship› is, as even the most cursory historical study reveals, a concept of relatively recent provenance. We must not forget that before the mid-15th-century invention of the printing press made books widely available and facilitated shared intellectual social discourse, writers endeavoured to capture and preserve the thought of those who came before them. Only to-day when the writings of our rivals are widely disseminated do we equate the urge to be thoroughly up to date with an impossibly complete break with the past.

[D] Wayne Booth (1921-), The Rhetorics of Irony (1974).

Controversia de imperio legis

diversity and the willingness to accept and accommodate differences. Within this matrix of accomplishments is the desire to forge unity, to combine the mosaic of varied heritages that characterise Peninsular society. The Castilians, Aragonese and Portuguese, unlike their more racially and culturally ensconced neighbours north of the Pyrenees, were receptive to the New World. In western history, the expansion of the Iberian peninsula *in nouo orbe* and the encounter with that elusive figure of ‹The Other› (other worlds of meaning)[A] represent critical turning points.

Perhaps less appreciated is the contribution of Iberian and Sephardic culture to the advancement of legal knowledge. There was genuine progress in legal doctrine in the 16th and early 17th centuries. Advances in legal thought drew up a blueprint for human coexistence that has stood the test of time. Baroque scholastics revised and systematised the Pandects along theological and humanist lines, carrying out a task perhaps unprecedented in its scope and detail. In so doing, they formulated legal doctrines that laid a solid foundation for both the codified Romano-Germanic civil and the judge-made Anglo American common laws.[B] In the Americas, Peninsular jurists fashioned new politico/legal institutions that have embodied the rule of law ever since. Legal historiography reveals great gaps in its knowledge of baroque scholasticism.[C] This may be due to a variety of historical circumstances. The long, drawn-out religious disputes, which flared in Northern Europe between Protestants and Catholics during much of the 17th century, left behind not only a torrent of blood and devastation but also a well-marked trail of sectarian ill will. Protestant propagandists diffused the calumny of the Black Legend.[D] An antisemitism of a relatively covert nature in Northern Europe intensified against a predominantly New Christian intelligentsia in the Peninsula and America. *Au XVIII siècle, les auteurs abandonnent les langues anciennes pour les témoignages littéraires en langue*

[A] José de Acosta (1539-1600), De natura noui orbis (1588).

[B] See James Russell Gordley (1946-), The Philosophical Origins of Modern Contract Doctrine (1991).

[C] Víctor Tau Anzoátegui (1938-), ¿Humanismo jurídico en el mundo hispánico?, 20 Anales de la Universidad de Chile 585 (1989).

[D] Julián Juderías y Loyot (1877-1918), La Leyenda Negra, estudios acerca del concepto de España en el extranjero (1914); William Maltby (1940-), The Black Legend in England, the Development of Anti-Spanish Sentiment 1558-1660 (1971).

inquiry reveals a lasting legacy of a much broader jurisprudential movement, which Ibero Americans ought to reclaim. We find, relegated to a footnote of legal history, the work of numerous American legal scholars of great prominence, unusually capable of speaking to the 21ˢᵗ century. This book attempts to unearth this doctrinal legacy and re-value its ultimate achievement. We hope to remedy this state of neglect in scholarship. We look at the intellectual crosscurrents that, during the 16ᵗʰ and early 17ᵗʰ centuries, shaped legal developments in the Iberian peninsula and Ibero America. We find that baroque scholastics made unprecedented advances in public law, only repeated much later in late 19ᵗʰ century Prussia and early 20ᵗʰ century Anglo America.

Between the 10ᵗʰ and 12ᵗʰ centuries, when the lands beyond the Pyrenees were the heart of darkness, Moslem Andalus and North Africa were the crucibles of world civilisation. In the Iberian peninsula, the extensive project that made Arab philosophy, mathematics and medicine available in translation to western Europe, by itself, was a key event.[A] Pitted against the Moors, Peninsular Christians upheld a long, deep-rooted tradition of ancient Latin literature and philology, which had continued to flourish from the 3ʳᵈ to the 7ᵗʰ centuries under Visigoth rule. Then, in the volatile years of the mid-16ᵗʰ century, as contemporary successors to intertwined strands of Christian and humanist traditions in western Europe, and the *ius commune* embedded in the canon and Roman laws, Castilian, Aragonese and Portuguese jurists faced a general change in *Weltanschauung*. In 1492, Cristoforo Colombo's (1451-1506) landfall in the West Indies marked the beginning of a centuries-long series of encounters between Europeans and the indigenous people of the Americas.[B] *Neste sentido, o desembarque de Colombo desata um processo que leva toda a humanidade a tomar consciência das diversidades culturais e da dimensão planeta. Isto é importantíssimo. O desembarque de Colombo é um símbolo de um grande processo, cuja conseqüência é a globalização da humanidade.* The discovery of the trade-wind route across the Atlantic and the opening of the sea route to India make economic globalisation one of the major contributions of Spanish, Catalonian and Portuguese culture. Equally noteworthy are the openness of Peninsular culture to

---

[A] The influence of the Toledan School of Translators.

[B] The chronicler Francisco López de Gómara (1511-1564) called this landfall the most important event in world history since the Crucifixion of Christ. Historia general de las Indias, con todos los descubrimientos, y cosas notables que han acaescido en ellas, dende que se ganaron hasta agora (1552).

Controversia de imperio legis

political coexistence. Faced with domestic situations that fall short of promoting the general welfare, the creation of regional institutions parallel to our national governments is akin to wiping the slate clean and making a promising new start in the region. One sweeping correction may be better than applying several piecemeal solutions. At a time when the political face of Ibero America is newly fresh for moulding, we must not give countenance to the past. Inaction has its consequences. 21st-century Ibero Americans must put forth a collaborative effort to create institutions that promote regional development. At the turn of the century, the rapid decline in the importance of central governments and of nation-states[a] moves us toward a future no longer defined by the past. The present ushers in a new age marked by a willingness to experiment with wholly new systems of government. The change is as radical as the emergence of nation-states after the Middle Ages. To-day, sovereignties and frontiers are on the decline. Nationalism (replete with flag waving and gun toting) and the centralised, bureaucratic states of the 20th century no longer meet the needs of a world of growing productivity and rapid technological advances. Modern communications and the processes of regional integration are driving peoples and economies together. As a result, throughout the world regional institutions are being established under which we and future generations will live. We live in a complex world. The regional institutions that reflect the trend toward integration must take full account of its diversity. It is our contention in this book that we are moving toward government by supranational courts in order to facilitate administrative decentralisation in the regional economy.

In current economic times, the intellectual legacy of the Peninsula in the Americas takes on a renewed significance. Legal scholarship, with its facile unawareness of legal history, repeatedly overlooks the key intellectual contributions of Spanish, Catalonian and Portuguese jurists, theologians and humanists during the 16th and early 17th centuries to the ideas that helped shape the modern world. Those who forget the lessons of history are condemned to repeat the mistakes of the past. Moreover, circumstances have emerged in Ibero America that render this blithe ignorance dangerously obsolete. We need to recognise the shortfalls of intellectual history and overcome its weaknesses. Proper historical

---

[a] See John McGinnis (1957-), The Decline of the Western Nation State and the Rise of the Regime of International Federalism, 18 Cardozo Law Review 903 (1996).

Juan Javier del Granado

Chapter 2

Economic analysis of law/*ius naturale secundarium*

When a paradigm shifts, new theoretical approaches phase out the scholarship of former times.[A] Fresh controversial perspectives mark a further step in the slow demise of an era—a period when barren, doctrinaire formulas were not only inescapable but also dominant themes in intellectual debate. Narrow bands of ideas confused and obscured what they were meant to illumine. Ibero American progressives espoused an ideology redolent of a charmingly naïve time when there was still hope that a social revolution would usher in a new era of human fulfilment. They disingenuously followed an astounding variety of detours and dead ends. We now live in a much more fluid age. Yet despite all its changes and advances, it is surprising that much intellectual debate in Ibero American countries reflects stagnant thinking, hostile to shifting times and perspectives.

This complete break with the past raises the question of how we are to achieve a keen sense of the present and the future. Ibero Americans will move into the 21ᵗᶜ century by responding to the pressing challenge to create regional institutions.[B] The agreements that establish the new regional order will provide a legal framework in which to promote the rapid pace of economic integration. The agreements thrown up by regional integration also provide a unique window of opportunity to form the sort of institutions that, until now, Ibero Americans have unsuccessfully tried to achieve at the national level.[C] Everybody knows the shortcomings of our domestic legal systems—these are glaring. Accordingly, it is essential for the economic development of the region that we improve our court systems and make the administration of justice more rational and even-handed. On a daily basis, in every Ibero American country, we flout the most basic legal rules and principles of

---

[A] See Thomas Samuel Kuhn (1922-1996), The Structure of Scientific Revolutions (1962).

[B] Top priorities for the region are the furtherance of the Mercado Común del Sur and North American Free Trade Agreement, as well as diplomatic negotiations for the Accord for the Americas.

[C] See the jurimetrics of Edgardo Buscaglia, Jr. (1959-), A quantitative assessment of the Efficiency of the Judicial Sector in Latin America, 17 International Review of Law and Economics 275 (1997); Maria Dakolias (1965-), Court Performance Around the World: A Comparative Perspective, 2 Yale Human Rights and Development Law Journal 87 (1999).

Controversia de imperio legis

book, we will uncover that the system of Pandects, the very notion of subjective rights, as well as judicial review of administration were all Peninsular creations, which arose when baroque scholastics wrote lengthy legal treatises on the Castilian, canon and Roman laws and created newfangled legal institutions for the New World.

The approach that we attempt to take in this book is broader than the traditional emphases of most standard law and economics texts.[A] Such a wide-ranging approach may make a law and economics scholar feel ill at ease. Our use of non-standard economic terminology may cause confusion. Yet our approach to legal scholarship reaches beyond economics. This approach intersects with legal history, law and theology, and establishes in the place of legal philosophy—legal philology as a viable alternative. Together with much writing in the Austrian school of economics, work in rational choice is quite inconsistent with the rationalist assumptions of the Enlightenment. It is permeated with an appreciation that human reason is quite limited in what it can achieve and with scepticism about the motives of all-powerful rulers. Unfortunately, much work in law and economics today falls head-on into the pure sophistry of the rationalist pretence at <social science> of the Enlightenment. Another clarification—if the British economist Francis Ysidro Edgeworth (1845-1926) relished both in mathematics and classical languages, we see no harm in at once pursuing law and economics and the legal humanism of the 16th century—in the ghost-ridden, pre-rationalist era of a Peninsular and American public law clearly more highly developed in many ways than our own. Baroque culture must not be consciously rejected by the modern scholar. It must be further developed. We must move forward from those who have preceded us and discover things they would not have thought of. Our approach places law and economics in a wider social, historical perspective, and serves to remind its practitioners of the pre-Enlightenment background to the success of their own discipline. After having been wrapped in the sands of time and sealed in the sarcophagi of indifference, the richness and rewards of Baroque literature lie hidden away. Such a work, the reader will appreciate, brings to light many legal masterpieces written with fervour and intelligence.

[A] One of the strengths of this book should be that it combines the analytic power of rational choice with the descriptive power of area studies.

institutions evolved to interpret these signals. If we recall Marcus Tullius Cicero's (106-43 B.C.) suggestion that the Roman republic was the product of gradual evolution, «*nostra autem res publica non... una hominis vita, sed aliquot constituta sæculis et ætatibus,*»[A] we realise how the modern State, far from being one body, is a collection of many institutions which have interacted over history yet have had separate geneses and evolutions. In this work, we identify two basic types of representative institutions — *synchronic political institutions* and *diachronic legal institutions*. As we will see, majoritarian government is not based on higher principle but rather on crude necessity; to this end we discover that the majority of wills, properly understood, is subject to cost/benefit constraints. Consequently, this work is an attempt to define through economic analysis the concept of the *Rechtsstaat*[B] with greater precision than was up until now possible.

This work is also an excursion into the field of legal history — we will dig up evidence that the institutional bases of the rule of law were formed in the Americas back in the 16th century. What follows is an attempt to rewrite legal history in the New World. In a sense the traditional story is not historically inaccurate. Yet, it leaves out abundantly significant aspects of the growth and development of legal institutions. The shortest version of the story goes that Ibero American countries imported (unthinkingly and wholesale) their private law from Europe when foreign codifications were transplanted to this newly free and optimistic soil (Legal commentators like to point out the translation and typographical errors in the earliest codes.) What is left out is that these codes were based on the system of Pandects worked out by Peninsular and American baroque scholastic doctors.[C] As the story goes, Ibero American countries took their public law from the United States of America when republican institutions were adopted, often along federal lines and, judicial review on constitutional grounds was introduced. We will argue that this view focuses too narrowly on the 19th and 20th centuries. Legal history should take a wider view, and dwell at length on developments in the Americas in the 16th and early 17th centuries. In this

---

[A] II De re publica II (51 B.C.)

[B] This term is used for the first time in Robert von Mohl's (1799-1875), Staatsrecht des Königreiches Württemberg (1831).

[C] The *Corpus iuris ciuilis* and the *Corpus iuris canonici*, the basic sources of the *ius commune*, were haphazard and unsystematic.

Controversia de imperio legis

1755),[A] *das zu dem werden wird, was* Carl Schmitt (1888-1985) *in unbestimmter Weise ‹das Volk› nannte.*[B] Regrettably, we note Savigny places an extraordinary premium on mediæval at the expense of renaissance or baroque legal sources.[C]

Yet grand theories of metaphysical significance alienate men and women from history or law. Hegel and Savigny notwithstanding, the etymology of ‹ίστορία,› as any student of Herodotus (485-425 B.C.) knows well, suggests merely researches or stories. Turning to the legal ordering, Niklas Luhmann (1927-1998) chalks out (with unsparing theoretical rigour) the inner logic of legal development, though he rejects the quill of a great legislator, «*Das Recht stammt nicht aus der Feder des Gesetzgebers.*»[D] According to Luhmann, law is a constant process of self-creation, which proceeds through a self-referential, binary, autopoietic system of communication. We beg to differ. It strikes us that law is very much alive. It surely cannot be the work of dead, decrepit or metaphysical hands. Nor can it re-generate out of itself, as a supraindividual subject. *Bien au contraire,* law is the work of men and women *de carne y hueso* (to borrow Miguel de Unamuno's (1864-1936) humanising term) who struggle hands-on to reshape a rather different future.

In order to understand the rule of law, we scrutinise *was die Willkür*[E] *der Mehrheit* means across time. For the rule of law to prevail, each succeeding generation must look hundreds of generations into the past as well as hear thousands of lives in the future. We study synchronic and diachronic majoritarian signals for violence (*mit neuen mathematischen Analysemöglichkeiten wie der Spieltheorie,*) and we see how representative

---

[A] L'Esprit des lois (1748).

[B] Michael Stolleis (1941-), Rechtsgeschichte im Nationalsozialismus, Beiträge zur Geschichte einer Disziplin 4 (1989). Schmitt, Die geistesgeschichtliche Lage des heutigen Parlamentarismus (1923); Der Begriff des Politischen (1932); Staat, Bewegung, Volk: die Dreigliederung der politischen Einheit (1935); Der Leviathan in der Staatslehre des Thomas Hobbes: Sinn und Fehlschlag eines politischen Symbols (1938).

[C] See Hans Erich Troje (1934-), Humanistische Jurisprudenz, Studien zur europäischen Rechtswissenschaft unter dem Einfluß des Humanismus (1993).

[D] Rechtssoziologie 208 (1980); Law as a Social System, 83 Northwestern University Law Review 136 (1989); Operational Closure and Structural Coupling, The Differentiation of the Legal System 13 Cardozo Law Review 1419 (1992).

[E] Ferdinand Tönnies (1855-1936), Thomas Hobbes Leben und Lehre (1896).

Juan Javier del Granado

toward political decay, this ancient historian decried the weakness and instability of all constitutions.

On a deeper level, the Diabolical Schemer's dead hand may colour mountainous landscapes, that is, discover some system out there that embodies the rule of law.[A] Surveying the axiological (or ideological) confrontation sparked by the collision of advancing forms of civilisation, Hegel none the less charts history according to observable rules. He serves up one plaid abstraction after another, textured with monist gibberish. It is a wearisome slog through Hegel's pedantic writings. This continues up until a point at which anyone in his right mind figures out that he has utterly and irredeemably confused causality and rationality, lumping them into the same category. Hence Hegel's famous statement—«*Was vernuenftig ist, das ist wirklich; und was wirklich ist, das ist vernuenftig.*»[B] His unhappy fusion of timeless logic and history, though organic and self-referential, is based on a flawed causality. The hotchpotch is neither logical (*Obwohl es einen Gegenentwurf in der wirklichen Welt gibt, die vernuenftige Logik kann nicht auf dem Widerspruch aufbauen*) nor historical (*Die Geschichte ist nicht als geschlossenes System zu konzipieren.*)[C] Marx takes up Hegel's historicism, but replaces the earlier philosopher's idealistic categories (the national spirit[D] and forms of civilisation) with a new set of cruder materialistic ones, social classes and the modes of production that prevail over them. Friedrich Karl von Savigny's (1779-1861) *Historismus lässt die dialektische Aufhebung der Vergangenheit hinter sich,*[E] and throws a batch of Roman learning and customary law into an evolving ideal of the national spirit[F] *base sur le concept de l'esprit general d'une société, au sens de* Montesquieu (1689-

---

[A] Jaime Mendoza (1874-1939), El Macizo Boliviano (1937).

[B] Einleitung, Phänomenologie des Geistes.

[C] History is a contingent, open-ended mess. Karl Raimund Popper (1902-1994), The Open Society and Its Enemies (1945); The Poverty of Historicism (1957).

[D] Siegfried Brie (1838-1931), Der volksgeist bei Hegel und in der historischen Rechtsschule (1909).

[E] 1-6 Geschichte des römischen Rechts im Mittelalter (1815-31).

[F] Paolo Cappellini (1956-), 2 Systema iuris (1985). Savigny, Vom Beruf unsrer Zeit für Gesetzgebung und Rechtswissenschaft (1814); 1 System des heutigen römischen Rechts (1840). Aldo Schiavone (1944-), Alle origini del diritto borghese: Hegel contro Savigny (1984). Hegel, Grundlinien der Philosophie des Rechts (1820); Marx, Das philosophische Manifest der historischen Rechtsschule, Rheinischen Zeitung (1842).

Controversia de imperio legis

elaborate system of checks and balances from the self-renewing threads of competing political interests and ambitions. And it makes rulers subject to some higher form of law such as a written constitution. Much of modern constitutionalism follows this paradigm. However, we will argue that equating the rule of law with the idea of constitutional restraints is an outworn doctrine. As Bautista Saavedra (1869-1939) observes, pre-ordained constitutional rules cannot always hope to lock the stable doors before the horse has bolted.[A] Throughout the 19th and 20th centuries, Ibero American experience with constitutionalism reveals nothing other than a convulsive history of multiple-term autocrats and dictators. One Latin Americanist has even suggested that, as Anglo American public law is Lockean, Ibero American public law is Machiavellian.[B] He proceeds to argue that this philosophic stance was part of its humanist inheritance from the Kingdom of Aragon. But Subdolus Diabolicarum Cogitationum Faber (1469-1527), often portrayed as a consummate humanist,[C] is a die-hard Platonist.[D] *E inóltre, la letteratura della Ragion di Stato che lui ha ispirato e il tacitismo sono smentite dagli Scolastici barocchi perché questi riflettono una visione troppo semplicistica.*[E] *Anzi, i dottori scolastici hanno capito benissimo che il pensiero machiavelliano* was lifted, in a reverse mirror of sorts, from Polybius. While recognising the benefits of mixed governments (a recurrent theme of western political thought for over two millennia) to retard the progression

---

[A] La Democracia en Nuestra Historia (1921-).

[B] Richard McGee Morse (1922-), Toward a Theory of Spanish American Government, 15 Journal of the History of Ideas 71 (1954); New World surroundings: culture and ideology in the Americas 112 (1989).

[C] Maurizio Viroli (1952-), Machiavelli (1998). Nothing could be farther from an humanist if the term is to be understood a follower of Isocrates (436-338 B.C.) *chi si era generosamente votato a promuovere e a rafforzare con le tecniche della retorica i valori affermatisi nella cultura umanistica.*

[D] In the words of the political theorist Michael Oakeshott (1901-1990), politics can never be a rational enterprise because it is «so deeply veined with both the traditional, the circumstantial and the transitory.» Rationalism in Politics and other Essays 7 (1962). After hesitation about whether politics and philosophy could ever mix, Oakeshott agreed they could, and did in his own work, but only on condition that it was understood that political philosophy was useless, «has no injunctive force,» and could never yield anything of interest or relevance to actual politics.

[E] Pedro de Rivadeneyra (1526-1611), Princeps christianus adversus Nicalaum Machiavellum, cæterosque huius temporis Politicos (1603); Juan de Salazar (1575-1645), Política española (1619); Francisco de Quevedo (1580-1645), Política de Dios y gobierno de Cristo (1626); Diego Saavedra y Fajardo (1584-1648), Idea de un príncipe político-cristiano representada en cien empresas (1640); Claudio Clemente (1594-1642), El maquiavelismo degollado (1637); Baltasár Gracián (1601-1658), El Político (1646).

Juan Javier del Granado

«الاقتران بين ما يعتقد في العادة سببا وما يعتقد مّسببا ليس

ضروريا عندنا. وانّ اقترانها لما سبق من تقدير الله سنحانه يخلقها

على النساوق، لا لكونه ضروّريا في نفسه، غير قابل للفرق»[د].[١١٠٠]

Both men were brilliant at simultaneously explaining and debunking all
the nonsense that surrounds the concept of a necessary causal relation.
The sudden realisation that even Newton's instantaneous calculus
(which epitomises a deterministic relation) was imprecise and unreliable
should have spelled an end to theoretical aspirations of this kind. At the
close of the 19th century, Henri Poincaré (1854-1912) ascertained this
failure when he confronted the three-body problem in celestial
mechanics and gauged the limits of mathematical certainty.[B] The demise
of this certainty[C] overturned Plato's dividing line[D] more abruptly than
the anti-rationalist philosophy that winds its way from Friedrich
Wilhelm Nietzsche (1844-1900). Nietzsche took Poincaré's
recurrence theorem as a source of his cosmology and proclaimed the
death of the ideal of an ultimate redemption in history.

Another answer put forward is the rule of the dead hand of a
philosopher-king or great legislator, *die Philosophenherrschaft der toten
Hand*,[E] such as of a Solon or Publius Valerius.[F] This hand fashions an

---

[A].[١١٠٠] تهافت الفلا سفة ١٧[د] Baroque Scholatic doctors no doubt read every word of the
Latin translation of Ibn Rushd's (1126-1198) point-by-point rebuttal of Al-Ghazzali,
Destructio destructionum (1529).

[B] Sur le problème des trois corps et les équations de la dynamique, 13 Acta Mathematica 1 (1889); I
Les Méthodes nouvelles de la mécanique céleste 3 (1892).

[C] It was during the early 19th century that the fabric of mathematical certainty began to unravel.
Morris Kline (1908-1992), Mathematics: The loss of Certainty (1980); Mathematical Thought
From Ancient to Modern Times (1972).

[D] α´ Πολιτεία ϛ´ (370 B.C.)

[E] Lain heavily across a land, this hand erects dikes and dams to ward off the river of fortune, Il
Principe XXV (1513).

[F] It is important to remember that the Founding Fathers of the United States of America wrote
The Federalist (1787-88) under the pen name Publius. Perhaps they took to heart the barbs that
Plutarch (45-120) levelled at Solon, who had inscribed his republican innovations on wooden
tablets and then abandoned Athens to its fate—«ὁ μὲν γὰρ ἅμα τῷ θέσθαι τοὺς νόμους
ἀπολιπὼν ἐν ξύλοις καὶ γράμμασιν ἐρήμους τοῦ βοηθοῦντος ᾤχετ᾽ ἀπιὼν ἐκ τῶν
Ἀθηνῶν». Σόλωνος καὶ Ποπλικόλα συγκρισις (105-115).

Controversia de imperio legis

individual conscience, placing wo/man as the connecting link between God and His creation.[A]

Accordingly, in theology the post-scientific mechanical view of the universe was a throwback to an earlier belief in an indifferent cosmos and an otiose Deity, to which Isaac Newton (1642-1727) added that God must be a mathematician (since He modelled it by Euclidean geometry.[B]) Perhaps Newton was prompted by the views that his philosophical predecessor, Plato,[C] took from the Pythagoreans.[D] Alexander Pope (1688-1744) mocks the English physicist and mathematician in this doggerel —

«Nature and Nature's laws lay hid in night —

God said, *Let Newton be!* and all was light.»[E]

Sweet illusions! Short-lived illusions! Already in the 17th century, David Hume (1711-1776) would sound the death knell of these rationalist illusions, echoing Abu-Hamid Muhammad al-Ghazzali's (1059-1111) 12th-century challenge to rationalist ideas of causality.

———————————————

[A] Such a humanist stance mirrors the Mosaic belief that we are in partnership with God in perfecting creation. בְּרֵאשִׁית רבה נ:ב [d] Nothing could be farther τῆς ἀπαθείας inherent in the Stoic idea of natural law. Martin Luther (1483-1546) opposes this belief. De seruo arbitrio (1525); Geert Geertsz, De libero arbitrio diatribe (1524). Contrary to what Harold Joseph Berman (1918-) claims in Roman Law in Europe and the Jus Commune: A Historical Overview with Emphasis on the New Legal Science of the Sixteenth Century, 20 Syracuse Journal International Law & Commerce 1 (1994), the Protestant Reformation insists on the tenets *sola fide, sola gratia et sola Scriptura*. Ulrich Zwingli (1484-1531), Die Klarheit und Gewissheit des Wortes Gottes (1522). While legal positivism has its religion-based roots in free will, civic republicanism is an expression of the salvific grace of God, faintly echoing Thomas Jefferson's (1743-1826) observation in Notes on Virginia (1787) that «those who labor in the earth are the chosen people of God, if ever He had a chosen people, whose breasts He has made His peculiar deposit for substantial and genuine virtue.»

[B] Karl Friedrich Gauss (1777-1855) invented the first non-Euclidean geometry, barely thiry years after Kant sustained the a priori necessity of Euclidean geometry, which had been passed off for two thousand years as the supreme rational achievement of mankind.

[C] Τίμαιος νγ′ (350-365 B.C.)

[D] *L'idea pitagorica di rappresentare numeri con punti disposti secondo figure geometriche porta alla scoperta di numerose proprietà dei numeri, dei quadrati, dei cubi e delle loro somme.* Many aspects of Pythagorean thought have been virtually forgotten. This ancient Greek geometer had made a religion out of the seeming beauty of the relations between numbers and the perfection of geometric forms.

[E] Epitaph Intended for Sir Isaac Newton, In Westminster-Abbey (1730).

the Irish author Jonathan Swift (1667-1745) takes to task these system-builders—

«All philosophers who find

Some favourite system to their mind

In every way to make it fit

Will force all Nature to submit.»[A]

20th century legal theorists have been either unable or unwilling to shake off the horrific sterility and alienating cruelty of this philosophical stance as resolutely as baroque humanists did in the 16th and early 17th centuries.

The fascination with theoretical systems is a phenomenon with centuries-old roots. It goes back farther than Plato (427-370 B.C.) and the Pythagoreans—the rule of Reason derives from the Homeric notion that the law is an expression of an ordered cosmos. According to Heraclitus (536-470 B.C.), the timeless order τοῦ κόσμου precedes the deities who look down from the immortal heights of Mount Olympus, «κόσμον τὸν αὐτὸν ἁπάντων οὔτε τις θεῶν οὔτε ἀνθρώπων ἐποίησεν, ἀλλ᾽ ἦν ἀεὶ καὶ ἔστιν καὶ ἔσται πῦρ ἀείζωον.»[B] In cosmology, this notion was transcended by a Mosaic (or Egyptian)[C] monotheistic belief in an almighty God. אֱלֹהַי יְהֹוָה (or ⟨ ⟩) preceded the moment of creation and made the universe an expression of His will.[D] Renaissance humanism (a sort of pedagogy that taught that men and women were at the centre of the marvellous universe) would restrict this Biblical idea of a creative will to its legitimate sphere, that is, to the

---

[A] Cadenus and Vanesa (1726). The satirist passed scathing comments on English society, Gulliver's Travels (1726).

[B] Clemens Alexandrinus (150-220), ε´ Στρωματεῖς ιδ´ (190). Τὸ πῦρ ἀείζωον, the altar-fire kept ablaze in a Roman temple by the Vestal Virgins (one of them, the Virgin Rhea Silvia, preceded Mary in a miraculous conception). The flicker of this Eternal Flame was symbolic of something far more sacred and eternal than any one of a Pantheon of gods. If it went out, frightful cataclysms would befall the Empire, plunging it into war or pestilence.

[C] Sigmund Freud (1856-1939) conjectures in Der Mann Moses und die monotheistische Religion (1938) that Moses, a figure who may have been mere legend, was based on Pharaoh Akhenaten (1405-1365 B.C.), who was a demonstrably real person.

[D] The ontic priority of God rescues whatever happens in the run of the universe from a flux of pure fleeting contingency.

Controversia de imperio legis

law theory. The natural lawyers set aside the law of peoples, which came to denote simply natural law as applied to states or nations, *«applicata totis ciuitatibus, nationibus, siue gentibus.»*[A] The all-encompassing culture of the Enlightenment had set in, and with it Thomas Hobbes's (1588-1679) celebrated dictum. *Avec son esprit cartésien, sinon méthodique,* Emmerich von Vattel (1714-1767) *estime que cet Auteur est le premier qui ait donnée «une idée distincte» du droit des gens.*[B] Accordingly, rationalist jurisprudence was a throwback to an earlier, less sophisticated time.

Unfortunately, in public law, this answer is still being advanced. Immanuel Kant (1724-1804) removed nature (understood as the external world to which we look for reference) as the link between rationality and the mental structure of the perceiving subject, but kept the exogenous rationality of the Enlightenment. During the second half of the 20th century, «Kantians,» to use Carlos Nino's (1943-1993) apt phrase,[C] such as Jürgen Habermas (1929-)[D] and John Rawls (1921-)[E] still maintain this paradigm of rationality. University of Chicago law professor Cass Sunstein (1954-) (beating a sharp retreat with his patina of scholarship) fares no better. «That theory probably cannot itself be accepted without reference to general theoretical considerations, and its acceptance or rejection should not be incompletely theorised,»[F] he writes. Even 20th-century proceduralists view the legal process in the light of Reason. Albert Martin Sacks (1920-) holds that adjudication concerns itself solely with rationally resolvable disputes.[G] During the 18th century,

---

[A] De Cive XIIII (1642).

[B] Le Droit des Gens Préface (1758).

[C] Ética y Derechos Humanos (1984).

[D] Theorie des kommunikativen Handelns (1981); Faktizät und Geltung: Beiträge zur Diskurstheorie des Rechts und des democratischen Rechtsstaats (1992). Robert Alexy (1944-), Theorie der juristischen Argumentation: Die Theorie des rationalen Diskurses als Theorie der juristischen Begründung (1978); Theorie der Grundrechte (1985); Idee und Struktur eines vernünftigen Rechtssystems, 44 Archiv für Rechts- und Sozialphilosophie 30 (1991); Recht, Vernunft, Diskurs (1995).

[E] A Theory of Justice (1971); The Idea of an Overlapping Consensus, 7 Oxford Journal for Legal Studies 1 (1987); Political Liberalism (1985); The Domain of the Political and Overlapping Consensus, 64 New York University Law Review 233 (1989); The Idea of Public Reason Revisited, 64 The University of Chicago Law Review 765, 807 (1997).

[F] Incompletely Theorised Agreements, 108 Harvard Law Review 1733, 1772 (1995); Legal Reasoning and Political Conflict (1996); On Analogical Reasoning, 106 Harvard Law Review 741 (1993); One Case at a Time: Judicial Minimalism on the Supreme Court (1999).

[G] The legal process: basic problems in the making and application of law (1958).

Juan Javier del Granado

This school became what is generally known as ‹late scholasticism,› but there is actually nothing late about it. Hence, we use in its place the term ‹baroque scholasticism.› As we marvel at their feats of intellectual synthesis accomplished with nonchalant daring, we realise that they were centuries ahead of their time. The term Golden Age is entirely appropriate for them. Baroque scholastics were not theorists of natural law as much as they were theorists of the law of peoples and secondary natural law. The latter of these was also human law, «*alia autem est natura hominis quæ est propria sibi in quantum est homo.*»[A] Nor were they followers of the Angelic Doctor or of the Venerabilis Inceptor (1300-1349). Instead, they explored ideas embodied in the rich cultural and intellectual tradition of the Iberian peninsula, which lies at the edge of Europe, and looks beyond—to Africa, the Levant, and further still, to India. This book follows that tradition, linking it with modern law and economics. We must realise that Ibero Americans are inheritors of a great tradition, which nurtured the intellectual and intuitive capabilities of the human mind to achieve an extraordinary range and depth of legal thought. We look back to a time when the essence of law was the conscientious fulfilment of good governance.

Yet, if law is the symbolic and learned creation of men and of human society (not really part of God's creation,) what could an impersonal rule of law mean? During the Age of Reason, rationalist jurisprudence offered the alternative answer of the rule of Reason. In the 17th century the ideal of an exogenous Reason outside our heads and inherent in the external order of freestanding reality re-emerged in modern dress, with the new mechanistic causality established during the Scientific Revolution. Nature itself was conceived as following a clear and rational plan. As a result, Huig de Groot (1583-1645) was seen as re-introducing nature as an intervening link, this time between Reason and man.[B] De Groot held a skewed, fractured view of many baroque scholastic ideas. Since he published his work several years before Renatus Cartesius (1596-1650),[C] he was not a Cartesian rationalist. Yet his system, thrown as it was into hopeless confusion, allowed those who held a purely mechanistic view of nature to read the new rationalism into his natural

---

[A] Angelic Doctor, V Sententia libri ethicorum XII (1264).

[B] De iure belli ac pacis libri tres, in quibus ius naturæ et gentium item iuris publici præcipua explicantur (1625).

[C] Discours de la Méthode (1637).

8

Controversia de imperio legis

Egyptian theocracy[A] (the same emperor-worship led the Roman republic to ruin,[B]) and in our ethical landscape, shaded by a monotheistic amalgamation of numerous Canaanite and Mesopotamian deities into one, all-powerful personal God.[C] Accordingly, if the rule of law was co-ordinate with the rule of God, canonists speculated whether the Pope shared in Divine authority and could abrogate, or dispense from, natural law. Hostiensis (1201-1271) even suggested that the Pontiff of the Seven Hills could turn squares into circles, «*potest mutare quadrata rotundis*»![D] That statement may be laced with a bit of hyperbole—overstatement for the sake of effect. By and large, canonists surmised that the Pope failed to exercise Divine authority over natural law.

This link was severed when the humanist Juan Luis Vives (1492-1540) suggested that all natural law also belongs to the law of peoples and pushed law squarely into the human arena—«*quamquam mihi nullum uidetur esse ius naturale, quod non sit idem etiam gentium, ius enim omne atque æquitas inter solos homines est.*»[E] In the 16th and early 17th centuries, Vives's followers, a numerous group of theologians, humanists and jurists dispersed throughout the Iberian peninsula and the farthest reaches of the Americas, carried out a synthesis of various intellectual strands of humanist and theological jurisprudence (like an intricate laying of oddly juxtaposed mosaics.) They were followers of Vives's progressive vision and openness to anti-dogmatic thought,[F] if not devotees of the man, who was one of the most versatile and prophetic thinkers of his time,

«*Vt de me uno loquar, nolim quemquam se mihi addicere; nec auctor umquam sectæ, nec suasor ero, etiamsi in mea uerba iurandum sit; si quid uobis, o amici, recte uidebor admonere, tuemini illud quia uerum, non quia meum.*»[G]

[A] Hans Kelsen (1881-1973), Gott und Staat, 9 Logos 261 (1923).

[B] The rule of men became an untenable proposition when its emperors had themselves declared gods even while they were alive.

[C] William Foxwell Albright (1891-1971), Yahweh and the gods of Canaan (1965). A creator-god who nurtures a personal relationship with each generation, he serves as lawgiver.

[D] Summa auræ (1477).

[E] In Leges Ciceronis Prælectio (1519).

[F] José Luis Abellán (1938-) suggests the philosophical outlook of the Iberian Peninsula reflects in a good measure that of Geert Geertsz (1466-1536), El erasmismo español, Una historia de la otra España 141 (1975). Accordingly, we must reject Marcel Bataillon's (1895-1977) summary dismissal of Vives in Erasme et l'Espagne (1937).

[G] De Disciplins libri XX Præfatio (1531).

governments according to who rules in them betrays an out-of-date principle. It belongs to the feuding city-states of Greece—when civilisation, in its cradle, expressed the interests of a dominant class. Identifying governments according to whether they adhere to the rule of law is a more up-to-date principle. It dates back to the Roman republic and the mixed constitution subscribed to by Polybius (205-125 B.C.)[A] Here, no classes dominate but rather they come together in various representative institutions, balancing and harmonising the multiple interests of myriad different people.

In a government that places the law above men, the question may be posed—who rules then?[B] The rule of law seems oddly to be the rule of *no one in particular.*[C] This impersonal rule is a multi-faceted conundrum, which requires us to carry on further analyses and researches. Finding the answers to such conundrums is often a complicated and difficult task. In the centuries following the Roman republic, the emperor was not bound by law, «*Princeps legibus solutus est.*»[D] Yet, contradictorily, Roman law recognised officially that imperial authority depended on the authority of law.[E] Mediæval legists grappled with this conundrum. Azo (1198-1230) had this telling rejoinder—«*Nam si diceret,* ego sum legibus obligatus, *mentiretur.*»[F]

The answer that *ius naturale* offered was the rule of God—ἡ βασιλεία τοῦ ϑεοῦ. Gratian (1080-1150) forged this link when he saw natural law as the connexion between Divine and human law.[G] The Mosaic idea that ultimate ךِ̀לﬞ rests with God, שׁ ﬨֺלﬞﬨﬢﬡ ﬩ﬣﬨ[H], may be rooted in

---

between Regal and Political Power in the Work of Thomas Aquinas, 47 The Journal of the History of Ideas 547 (1986).

[A] ςʹ Ἰστορίαι (130 B.C.)

[B] American legal realists and Continental legal sociologists undercut the ideal of, and respect for, the rule of law, beyond the particular preferences of men and women invested with the mantle of authority.

[C] Paul Kahn (1952-), The Reign of Law 28, 94 (1997).

[D] I Digesta III.

[E] «*Adeo de auctoritate iuris nostra pendet auctoritas,*» I Codex I XIIII.

[F] Lectura Azzonis (1581).

[G] Concordia discordantum canonum Distinctio VIIII Capitulum I (1140).

Controversia de imperio legis

Chapter 1

Der Rechtsstaats bevorsteht!

*T*his book advances a number of important claims. One is that democracy is able to transfer, and conceivably create, wealth *when the will of the majority is subordinated to the rule of law* in an orderly and efficient way, without casting society into the anarchy that a major revolution would cause. We elucidate majoritarian government *unter Recht und Gesetz* as a means of rationalising the latent revolutionary energy of people. Not of foiling it.[A] Where the majority has majesty and not the law, «εἶναι τὸ πλῆθος καὶ μὴ τὸν νόμον,»[B] any revolutionary enterprise proves to be too disorderly to be efficient when put into practice. His eye trained on a vision of a future Communist society where the state would inevitably wither away, Marx failed to appreciate that law is instrumental in revolutionary developments.[C] We argue simply that the rule of law, far from stymieing revolutionary efforts to break with *anciens régimes*, imposes the constraints of rational calculus on mob violence.

Accordingly, finding a form of government that places the law above men is a question of vital importance. Jean Jacques Rousseau (1712-1778) thought it was *«le grand problème en politique, que je compare à celui de la quadrature du cercle en géométrie.»*[D] Throughout the ages, men have made vague allusions to the concept of a rule of law and not of men[E] and have attempted to grasp at its contours. The Angelic Doctor (1225-1274) classifies forms of government according to whether or not they adhere to the rule of law, instead of according to who rules in them.[F] Classifying

---

[A] *Une interprétation au contraire de* Charles Austin Beard (1874-1948), An Economic Interpretation of the Constitution 154 (1913). Marx, III Das Kapital (1895).

[B] Aristotle (384-322 B.C.), δ᾽ Πολιτικῶν δ᾽ (335 B.C.)

[C] Accordingly, Evgeny Pashukanis (1891-1938) held that both law and the state would progressively diminish as socialism developed. Об? а Теори Права и Марксизм (1926). Timothy O'Hagan (1941-), Marxism and the Rechtsstaat, The End of Law? 65-69 (1984).

[D] Letter to the Marquis de Mirabeau (1715-1789) of July 26, 1767.

[E] Friedrich August von Hayek (1899-1992), The Constitution of Liberty XI-XIII (1960).

[F] I In Libros Politicorum Aristotelis Expositio I XIII (1250), he follows John of Salisbury (1115-1180), Policraticus (1159). James Blythe (1948-), The Mixed Constitution and the Distinction

Juan Javier del Granado

what manner of social revolution would transfer wealth efficiently. In Bolivia Narciso Campero (1815-1896) poses this academic question at the middle of the 19th century—[a]

«La revolución es una necesidad para Bolivia y una necesidad que ha estado muy distante de ser satisfecha, puesto que Bolivia clama por ella y clama tan incesantemente. Esto admitido, hay que averiguar desde luego cuál es el género de revolución que convendría a Bolivia y cuáles los medios más adecuados para haber de realizarla.»

With the dizzying speed of technological progress at the end of the 20th century, we Ibero Americans are in better shape than we were a century ago to project an optimistic future. We have better means to realise it. The next year, decade, century and millennium will bring a completely new concept of revolution, re-engineered around the nearly instantaneous transmission of information. As we stand on the threshold of everything, everywhere, we must ask ourselves this question of Ibero America generally—How are we to leap-frog years of hard-won technological progress, in order to confront the challenges and complexities of the future?

---

[a] Proyecto de Revolución 2 (1857).

style. The revolutionary symbol of El Che (1928-1967) seems forever etched into the collective consciousness. A fiery Joshua-like figure (the indefatigable warrior,) we evoke his now-familiar image—rough beard, hair flowing over his shoulders, woollen beret emblazoned with a lone star, gaze fixed on the future.[A] In the developing world, an extensive body of literature informs oppressed people how to launch a revolution.[B] A large part of this human mass is the victim of great inequalities in economic means, education, health conditions, and housing. On account of this, people yearn for a revolution as the change that will increase their standard of living. In the wake of the revolution, people expect to improve their lot. Carried away by the euphoria of the thought, they attempt to stir up unrest. Yet, if people summon up the courage to attempt a revolution, they will lack literature within their reach to tell them how to rationally realise the ideal they nourish and, accordingly, will buy into a «kettle of magicians.»[C]

Analysieren wir also die Zweckrationalität, nach der eine soziale Revolution streben. We might establish a cost/benefit criterion—What are the social gains that leaders want to achieve, and what are the sacrifices that the people will submit to? None the less, if we pour over the voluminous literature on how to stir up social unrest in these nations, we find a mercenary spirit where the guiding principle adhered to is, in the expression of Guillermo Lora (1925-), «*el apotegma del fusil por encima de la política.*»[D] In the 21ˢᵗ century, society is too complex for a rebel or regular army to play politics or shape public policy. Social institutions instrumental in policy-making must be diverse and subject to cost/benefit constraints. If social revolutions advance toward goals that include the redistribution of wealth, it may be worthwhile to inquire

---

[A] This well-known picture of Ernesto "Che" Guevara, a symbol of youthful rebellion, was taken on March 5, 1960. Che developed the theory of focoism—centres of insurrection from which revolutionary activity could be launched. The notion that a nucleus of determined fighters could launch a revolution, prompted a generation of bright and socially aware (but poorly trained and ill-prepared) young Ibero Americans to abandon their families and studies in order to take to mountains and jungles, where thousands of them were slaughtered by armies grateful to have an excuse to extend their dictatorial rule into the 1980s.

[B] *Exempli gratia,* Guevara, La guerra de guerrillas (1961); Régis Debray (1941-), Révolution dans la révolution? (1967)

[C] Edmund Burke (1729-1797), Reflections on the Revolution in France VI (1790).

[D] Revolución y foquismo 32 (1973). If we cite the example of Mao-Tse-Tung, he was a superlative revolutionary, yet his politics were questionable. Gordon Tullock (1922-), The Social Dilemma: The Economics of War and Revolution 20-21 (1974).

Juan Javier del Granado

it is difficult to discern what feasible combination of upheaval and stability is endorsed by University of Maryland economist Mancur Olson, Jr. (1932-1998).[A] His remark seems preposterous. No social revolution by itself is useful, inasmuch as any social revolution is an anarchic process.[B] While the anarchy reigns, people carry out destruction without showing signs of compunction. Heads are chopped off, Hegel writes with true Teutonic flair—as if striking the heads off cabbages, *«als das Durchhauen eines Kohlhaupts.»*[C] While a social revolution lasts, people work themselves up into frenzy. The continued bloodshed makes for a grim spectacle that gluts the senses. It seems that the simple regard and respect for law are lost. When people seize whatever they covet most and deny others their most basic rights, the social relations among people suddenly appear to come unglued. Their collective stake in peace is diminished when their affairs are thrown into turmoil. Set against this backdrop of anarchy, a social revolution bursts into violence that, at the sight of atrocities and tragedies beyond measure, revolutionary leaders find exceptionally difficult to curb.[D] The outbreak of irrepressible violence and wanton destruction is seen to unleash winds of terror and woe. The fallout from this holocaust, which continues to envelop the horizon, is likely to shroud society for years to come.

Yet, despite the casualties and crippling costs which society runs up, the idea of a revolution embodies an intense expression of hope. In the developed world, people espouse the ideal of a revolution, mid-1960s

---

[A] Whatever doubts one might harbour over Olson's logic, he addresses a problem that lies at the core of economic growth. The Rise and Decline of Nations: Economic Growth, Stagflation, and Social Rigidities 165 (1982). It is possible to turn Olson's argument on its head—in prosperous times, new coalitions aim at re-distributing wealth through social revolutions. The later form of this argument turns out to be the first one Olson advances, The Logic of Collective Action: Public Goods and the Theory of Groups 106 (1965). Marxist revolutions are led by «small conspiratorial elites», Olson's term, or by «крпкой организацией революционеров», Vladimir Ilich Lenin's (1870-1924), Цто Делать? 127 (1902).

[B] He concedes, «Obviously, anarchic violence cannot be rational for a society,» Dictatorship, Democracy and Development, 31 The American Political Science Review 567 (1993); and «Obviously, anarchic violence is always irrational for a society,» Power and Prosperity 64 (2000).

[C] Die Absolute Freyheit und der Schrecken, VI Phänomenologie des Geistes III (1807).

[D] A case in point, in 1983 the party leadership of the ‹Shining Path› movement was unable to restrain the intra-communal and inter-ethnic violence that raged in Ayacucho, Perú. And Louis Antoine Léon de Saint-Just (1767-1794) wisely remarked how the Reign of Terror during the climactic months until July 27, 1794 (9 Thermidor of Year II in the revolutionary calendar) dulled the sense of crime, as strong liquors dull the palate.

Controversia de imperio legis

Prologue

Sta arrivando la rivoluzióne!

*T*he fate of Ibero America[A] seems to be like that of a dusty shellac record from the San Telmo antiques district of Buenos Aires, amid dog-eared photos, Art Deco furniture and old gramophones —78 revolutions per minute![B] Ibero America has had a turbulent past. This stark reality reminds its people of their collective inability to act. Yet this is not a fate which condemns people to live out the past endlessly—like enduring a broken record. We should recall that, according to an apocryphal account of a conversation between Johann Wolfgang von Goethe (1749-1832) and Napoléon Ier. (1769-1821),[C] the latter voiced the view that tragedy was a thing of the past. Politics had appeared in place of the ancient Fates. Appropriately enough, politics involves finding universally accepted solutions to problems that then and now plague us. There is no need to succumb to despair or cynicism. The essence of politics, the art of the possible, is getting done what can get done. Destiny and politics do not sit well together. Politics demands action while destiny denies it, and states that the outcome is already a foregone conclusion and that participation is meaningless. Politics depends on the notion that through our participation in the process, either individually or collectively, we may make a difference.

Until recently, any suggestion that politics was more than class struggle was met with fierce rebuke. If the political history of society is the history of class struggle,[D] let us clear up the mystery—what useful purpose does a revolution serve? After all, social revolutions wipe out the ‹distributional coalitions› that inhibit economic growth. Try as one may,

---

[A] The much-used term *Latin America* is inappropriate —a French notion hatched after France's invasion of Mexico in the 1860s. It is appropriate to say *Ibero America*.

[B] On the unending number of revolutions, see Nicanor Aranzaes (1849-1927), Las revoluciones de Bolivia (1918).

[C] Georg Wilhelm Friedrich Hegel (1770-1831), Vorlesungen über die Philosophie der Geschichte 215 (1837).

[D] Karl Marx (1818-1883), Manifest der Kommunistischen Partei (1848); Die Klassenkämpfe in Frankreich 1848-1850 (1911); Der 18. Brumaire der Louis Bonaparte (1914). Lionel Charles Robbins (1898-1984), The Economic Basis of Class Conflict 17-22, 26-28 (1939).

Spanish colonies of the Black Legend (Inquisition, intolerance, counterreformation, the cruel conquistador and the saintly friar) promoted by the synonymity of Protestantism and modernism. There is the South America of English travellers and the Latin America of French romantics. There is even the backward Spain of Hemingway's sanguinary tourism. Yet there is no recognition of the vast Catholic Habsburg empire of the New World under law, which foreshadowed the federalism and constitutionalism of the United States of America or of the European Union.

In seeking the possibilities of the law of the future that most authentically corresponds to our humanity, therefore, del Granado unearths the rich legacy of the past rather than looking to schemes and ideologies or -isms. Baroque humanists, jurists, theologians and grammarians in the 16th century acknowledged, with such robustness, the human frailties and fallibilities which we all have; they elevated human values, affirmed the inherent dignity and worth of every human being, defined individual liberty and human rights. They also asserted that humanity must take responsibility for its own destiny, that human beings are responsible for the realization of their aspirations and have within themselves the power of achieving them. And they resisted being assigned to any overarching ideology. «The noble savage,» «the new man,» «the state's man»— such universalising ideas were alien to them.

One need not be versed in the discipline of economics (I am not) nor share the author's commitment to Kelsenian positivism (I do not) to appreciate and be moved by this work's sincere attempt to offer an «extended encounter with humanism.» One need only be open to the possibility of an unexpected encounter. There, perhaps (rather than a Rousseauian utopia, or a Hobbesian dystopia,) we may discover something indeed new, including the marvellous possibilities of law.

—Paolo Carozza

Associate Professor of Law
Notre Dame Law School
The Center for Civil and Human Rights

in Bolívar's self-image, his own infallibility as the leader of the new republics of America. The man whose military vision vanquished an empire, whose foresight longed for the transnational unification of a continent, also had such constitutional blindness that he was prepared to retain almost absolute power in himself for life, understanding himself to be the embodiment of the will of the people with an utterly Rousseauian confidence. The scars of statism, autocracy and revolutionary violence without a genuine rule of law have been a part of what del Granado refers to as the «convulsive history» of constitutionalism in Latin America ever since.

Yet, that it not the sole legacy of Rousseau, and Rousseau is far from the only tradition of thought to mould Latin American law. Such a medley of traditions have moulded Latin American public law (from the democratic movement in canon law called conciliarism to the contractual reading of the nature of political power articulated by the Jesuit Francisco Suarez, always thought to be one of the bright lights of the School of Salamanca, to the rebellions which brought independence to English North America and to the French colony of St. Domingue) that it's hard to tell which have had the most impact. If we are able to resist the temptation to utopia, we can receive from Rousseau a great passion for humanity as well. The law envisioned by his political pamphlet *Le Contrat social* is an education of citizens in public virtue, a self-imposed constraint on the disorderly and chaotic wills of individuals for the benefit of the common good. This is a clear vision of the constructive possibility, indeed necessity, of the rule of law. How can Latin America capture this, without continuing to fall prey to the dark side of Rousseau, as Bolívar did?

The proposal offered by the method of this book is a brilliant response to that predicament. The antidote to the modern tendency toward utopia/away from dystopia is to assert a presence, an encounter with something given. As the contemporary French philosopher Alain Finkelkraut has said, «at the base of modernity is a sort of resentment toward the world as it has been given to us, a resentment toward the given.» Del Granado accepts, embraces the given. He understands that the utopian temptation of Latin American law is to be met with a self-understanding that «Latin Americans are the inheritors of a great tradition of legal thought.» Who would even imagine to-day that law is the inheritance of Latin America? Perhaps no other continent has been, to such a degree, the victim of foreign perceptions. There are the

I

The opening introit, exordium and censors' report

Someone's utopia is everyone else's dystopia

*M*uch of the history of law in Latin America, especially public law, turns on the pivot of Jean Jacques Rousseau. In Rousseau we can see clearly the promise of Latin America in the throes of a democratic revolution, characterised by an explosion of political organising and the abortive attempt in 1812 to establish the short-lived Constitution of Cadiz; in Rousseau we also see its predicament. On one side lies the promise of a law that helps educate the citizens of democracy to a virtuous freedom. On the other is the quest for utopia through politics. Juan Javier del Granado's ambition, evident in these pages, is to edge Latin American law and politics from the non-realism of an incorrigibly ideological turn of mind striving towards some kind of utopia/away from some kind of dystopia, to the realism of the rule of law infused with social facts.

When Rousseau proclaimed, «I hate tyranny; I consider it to be the source of all the evils of humankind,» he confirmed the possibility of seeking the fulfillment of man in society through the elimination of political oppression and domination. In itself, certainly there can be nothing objectionable about wanting to resist tyranny. The problem is not that of engaging politics in an effort to protect human liberty. The temptation of Rousseau, instead, is to understand the salvation of humankind from the tyranny and chains of the world to arrive through the perfect synthesis of individual wills in the *volonté generale*. The final, fatal tendency of any Rousseau-like ideology is therefore the paradox of seeking liberation through subjection to the all-powerful Legislator, to seek human fulfillment through the most hubristic pretenses of the State. It is the temptation of utopia.

Latin American public law has suffered from this ideology at least since the days of Simón Bolívar. The *Libertador* was, famously, an acolyte in the priesthood of Rousseau. Bolívar wrote of Rousseau to his tutor Simón Rodríguez (who himself was consumed with the thought of Rousseau), «You cannot imagine how deeply the books you gave me are engraved on my heart. I have not been able to omit even a single comma from these great theses which you presented to me. They have ever been before my mental eye, and I have followed them as I would an infallible leader.» Unfortunately, the infallibility of his intellectual leader became,

Chapter 11 99

    Droit administratif 99

Chapter 12 102

    De indiarum iure 102

Epilogue 108

    Public choice theory 108

Index

Emblemata de Origine Iuris

Plebis Vis 1

Appendix

Controversia de Imperio Legis

The opening introit, exordium and censors' report .... H

   Someone's utopia is everyone else's dystopia .... H

Prologue 1

   Sta arrivando la rivoluzióne! 1

Chapter 1 5

   Der Rechtsstaats bevorsteht! 5

Chapter 2 18

   Economic analysis of law/*ius naturale secundarium* 18

Chapter 3 26

   Rational choice and the baroque mind 26

Chapter 4 34

   Der Primat des Willens für die Basis aller Politik und Recht 34

Chapter 5 45

   Probabilities and case reasoning 45

Chapter 6 52

   The strategic basis of wealth 52

Chapter 7 62

   Property rights 62

Chapter 8 71

   L'applicazione dell'approccio economico alla sfera delle scelte politiche 71

Chapter 9 78

   Eminent domain 78

Chapter 10 81

   Law and time 81

F

Boliviæ, nationi conditæ supra
iurisdictionem tribunalis iustitiæ.

© 2003

ISBN: 99905-0-430-X

Apart from any fair dealing for the purpose of private study, research, criticism or review, as permitted under copyright laws, no part of this publication may be reproduced without the written permission of Editorial Javeriana.

Cataloging Data

del Granado, Juan Javier 1965-
Controversia de imperio legis et Emblemata de origine iuris /
Juan Javier del Granado
1. Rule of Law. 2. Law and economics.
3. Law—Spain—Colonies. 4. Natural law.

B

CONTROVERSIA
DE IMPERIO
LEGIS
ET EMBLEMATA
DE ORIGINE IURIS

MM